中公文庫

野 生 の 棕 櫚

フォークナー
加 島 祥 造 訳

中央公論新社

目次

野生の棕櫚 9
オールド・マン 34
野生の棕櫚 43
オールド・マン 82
野生の棕櫚 106
オールド・マン 183
野生の棕櫚 225

オールド・マン 293
野生の棕櫚 354
オールド・マン 416

『野生の棕櫚』について 加島祥造 436

附録

人間終末説は容認せず ウィリアム・フォークナー 446
フォークナーとラテンアメリカ文学 野谷文昭 450

主要登場人物

【野生の棕櫚】
ヘンリー・ウイルボーン（ハリー）＝研修医
シャーロット・リトンメイヤー＝二児の母
フランシス・リトンメイヤー（ラット）＝シャーロットの夫
マコード（マック）＝新聞記者。ウイルボーンとシャーロットの友人
カラハン＝カラハン鉱業の代表
バックナー（バック）＝ユタ州にある鉱山の現場監督
ビリー（ビル）＝バックナーの妻。ウイルボーンの手術を受ける
医者＝ウイルボーンとシャーロットが辿りついた別荘の家主

【オールド・マン】
背の高い囚人＝ミシシピイ州刑務所農場の囚人。列車強盗未遂で十五年の刑期を受ける
太った囚人＝同農場の囚人。強盗殺人で百九十九年の刑期を受ける
女＝妊婦。ミシシピイ河が増水した際、背の高い囚人に救助される

野生の棕櫚

野生の棕櫚

またもノックの音がした――その音は控え目だが執拗につづき、その間に医者は階段をおりはじめていて、彼の懐中電燈は前方の茶色に汚れた階段の壁や、下方の茶色に汚れた実矧《さねはぎ》張りの玄関ホールを照らした。それは二階屋だったが、しかし海辺の別荘式の建物であって、明りも石油ランプだった――それもひとつしかないうえ、妻君が夕食後に二階へ運んでしまっていた。また医者はパジャマでなくて寝間着用の長シャツを着ていた、というのも彼がパイプを吸うのと同じ理由からだったが、そのパイプも彼は好きで吸っているのではなく、うまく扱えもせぬまま、いまだに手放さずにいるのだ……ただしときには患者のくれた葉巻を吸うこともあって、ひまな日曜日には三本ほどふかすが、それとても自分で買う気なら買えるものだった、なにしろ彼はこの別荘のほかに隣りにも別荘を持ち、町には電燈もつけば壁は漆喰《しっくい》ぬりの家を持ちさえしていたのである。しかもパジャマを着ないというのは、いま四十八になる彼が十六、十八、二十といった年ごろに父親からたえず紙巻きたばことパジャマは気取った男や女の用いるものだと言い聞かされた（そして信じこみもした）からなのである。

時刻は深夜を少し過ぎていた。彼にはそれが直観でわかった。風のせいではない——この閉じて錠をおろした家の中にも風のにおいや味や感触は動いていたが、それなしにも彼には時刻がわかったのだ。なぜなら彼はここに、この海岸に、生まれたからだ——といってもこの別荘にでなくて町にあるあの住居でであり、それ以来ずっとこの地に暮らしてきたのだ。その過去には州立大学の四年間やニューオーリンズでの二年間のインターン生活も含まれていて、そこでは（彼は若いときでさえ太って、手も厚ぼったくて柔らかな女の手であり、元来が医者になるべき人間でなく、しかもこの都会で六年あまり過ごした後でさえ、同僚のインターンたちを田舎者めいた閉鎖的な眼つきで眺めていたものだ——彼らはやせた青年たちで、いばったように白い医療着を着ており、その白衣の上には勲章か花束のように見習看護婦の顔をいくつも飾り、その勝利の印を無情に得意げに見せつけているのだ——少なくとも彼にはそう見えて）彼には実にうんざりした生活だった。そして彼は卒業したが成績はトップでもどん尻でもなく、ただし尻のほうに近かった。そして家に帰ってきて、二年もせぬうちに結婚したが、妻は彼の父が見つけてくれたものであり、そして四年せぬうちに自分の家を持ったが、それも彼の父親が建てたものであり、次には父が地ならしした医業を継いだが、それで患者を増やしもせず、そして十年せぬうちに子供のない彼ら夫婦が夏場だけ過ごす海辺の別荘を手に入れたばかりか、その隣りの別荘も買ったのであり、この方は夏の避暑客に――ときには釣やピクニックにくる連中にさえ――貸したのだった。彼と彼の妻は新婚旅行をしなかったものの、結婚した晩にニューオーリンズへゆき、ホテルに二泊した。そしてそれ以後二十年間、夫婦は同じベッドに寝てきたが、二人にはまだ子供がなかった。

しかし風を頼らずともいまの彼が時刻をほぼ感じとれたのは、オクラ料理のすえたにおいからであって、料理はいま台所の薄い壁の向こうの火の消えたストーブにのる大きな土鍋のなかで冷えていた――それは彼の妻が今朝、近所や隣りの借家人たちへ分けようと作った料理だったが、隣りの家を借りているのは四日前にきた男と女であり、たぶんこの二人はオクラ料理をくれた者が隣りの住人だとは（そして彼らに小屋を貸した大家だとも）悟らずにいたのである――この二人のうち女のほうは、暗い髪をして奇妙な黄色い眼を持ち、薄い皮膚の下から頬骨《ほおぼね》がぐっと張りだし、頑固な型の顎《あご》をしていて（医者ははじめその顔を無愛想と称したが、のちには怯えた顔と言いかえた）、まだ若くて、海に向いて新しい安物の海浜用の椅子に一日じゅう坐っており、着ているものは着古したセーターと色褪《あ》せたジーンズのズボン、そしてキャンバス・シューズをはき、本を読むでもなければなにをするでもなく、ただそこにじっと坐っているばかりであり、その様子からこの医者は（名称としての医師ではなくて職業としての医者は）それがなにかを見抜いたのだ――それも彼女の緊張した頬や、自分の内側に向けられた空《うつ》ろな眼を見なくともわかったのだが

――それは完全に動きの止まった放心状態であり、そこでは苦痛や恐怖さえ消え去って、いわば一匹の生物が自分の弱まってゆく臓器のひとつ、たとえば心臓が、止めようもなくひそかに血を滲みださせるのに耳をすまし、見守っているといったふうなのだった、そして男のほうも若くて、くたびれきったカーキ色のズボン、袖なしの毛織下着という姿で帽子もかむらないが、ここは若い者でさえ夏の陽には帽子なしではいられぬ土地なのだ、そしてたいてい裸足《はだし》で波打ぎわを歩いては、流木の束をベルトで縛って持ちかえってきて、海浜椅子に坐って動かぬ女の前をすぎるが、彼女からはなんの合図もない――頭の動きばかりか、たぶん眼の動きさえなかったろう。

しかしあれは心臓ではないな、と医者は自分に言い聞かせた。そう判断したのも最初の日からのことで、それは、二軒の敷地の間を区切る夾竹桃《きょうちくとう》の茂みの間から、盗み見する気もなしに彼女の姿を見守ったときだった。そしてこの、心臓病ではないという仮定そのもののなかに、すでにあの秘密が、それを解く答えが、ふくまれてもいたのだった。すでに彼は真相を見通した感じを持ったのであり、その真相をさえぎるのは、ただ一枚の薄幕でしかない――それは現実の彼女をさえぎる夾竹桃の茂み程度のものでしかない、と感じたのだ。彼は盗み見したのでも盗み聞きしたのでもなかった。たぶん彼はこう考えたのだ

――彼女が自分のどの内臓を気にしているか、いずれわかるさ、その時間はたっぷりある、なにしろ彼女は二週間分の借りを払ったんだからな（たぶんそのときこの医師のなかにあ

る医者は二週間どころか数日あればたくさんだ、とも知っていたろう）そして彼女に助けが必要となれば、彼が、家主が、医者なのは運がよかったなとも考えつづけ、そのときはじめて、あの二人がこちらを家主とは知らないだろうし、ましてや医者だとは知りようもないのだ、と改めて思いあたった。

不動産屋は電話で借り手のことをこう話したものだった。「その女はズボンをはいてるんですぜ」と彼は言った、「いや、ご婦人のはくスラックスじゃなくて、ズボン、男のズボンですよ、それで男が見たがるところはどこもぴっちり狭すぎてね、男は喜ぶけれど、ご婦人たちが見りゃあ怒りますぜ。はいてる当人は別でしょうがね。どうもあなたの奥さんにゃ、気に入りそうもない人でさあ」

「そんなことかまわんさ、彼らが期日通りに家賃を払ってくれるんならね」と医者は言った。

「その心配はねえですよ」と業者は言った、「そこはこっちで確かめましたさ。この商売、無駄に長いことやってませんぜ。あたしはこう言った、『前金が必要ですな』すると彼は言った『いいよ、わかった。いくらだい？』とまるでヴァンダービルトといった大金持みたいに言ってね、そして汚れたズボンをはいて上衣の下には下着しか着てない姿で札の束をつかみだしたんですがね、その一枚は十ドル札でもないんでさあ。あたしはもう一枚のほうを取って十ドルのお釣りをやったんですが、とにかく十ドル札は二枚と持ってませんでしたよ、そこであたしはこう言った、『もちろんあの家をそのまま、家具もろくにないまま借りるとなれば、かなりお安い値ですがね』すると彼は『いいよ、それで、いくら』とこうです。いや、もっと吹っかけてもよかった、と思いましたね。なにしろその男、四つの壁があってドアが閉められるんなら、どこにでも飛びこみたかったんでさあ。彼女のほうはタクシーからでることさえしなかったですよ。ただ坐って待ってるだけでね。それもあのズボン姿——肝腎のところだけがぴったり窮屈すぎるあのズボン姿でね」その声が止《や》んだ。いま医者の頭には跡切《とぎ》れた電話のたてる低いざわめきで満ち、そのざわめきがいまにも高まりそうに持続し、それで医者はほとんど鋭い口調で言った。

「それで？　二人は家具がもっと入用なのかね？　あの家にあるのはただベッドひとつだよ、それにその上のマットレスだって——」

「いや、彼らはそれ以上ほしがらないんです。あの家にはベッド一台、料理用ストーブ一個、それっきりだと言ったんですがね、彼らは自分達用の椅子を持ってるんです——例の折りたためる布製のやつでね、ほかの荷物といっしょに、タクシーに積んでるんでさあ。どうやら仕度はできてる、という様子ですぜ」いま再び医者の頭は中断した沈黙の笑いに満たされた。

「なんだと言うんだね？　なにを言いたいんだ？」ただし彼は、相手が言おうとすることを、その声が喋りだす前に悟っている様子だった。

「どうもマーサ奥さんは重いものを腹に収めることになりそうですぜ、あのズボンの下にあるのよりも重いものをね。たぶんあの二人は結婚してないですよ。いや彼はしてると言ってますし、それも女のほうだけは嘘じゃないかもしれない、それに男のほうだって結婚してるのかもしれんですがね。ただ問題は、この二人がお互いに結婚してないんじゃないか、彼女が彼とは結婚してないんじゃないかという点でしてね。あたしには夫婦かどうか、においでわかるんでさあ。たとえばモービールやニューオーリンズの町中であたしがひとりの女を見たとしますよ、それもはじめて見る女ですよ、それでもあたしはすぐに、彼女が独身かそれとも――」

その午後二人はあの別荘に入った――別荘というよりも小屋というべきで、その小屋のなかにはベッドがひとつあるが、そのベッドのスプリングとマットレスは上等なものでなく、また料理用ストーブがあってそれには幾代も交替して魚を揚げた油かすのこびりついたフライパンがのっており、それからコーヒーポット、ひとにぎりの不揃いなスプーンとフォークとナイフ、ひび割れた茶碗や皿、そしてコップはいずれももとは店売りジャムやゼリーの容器だったものだ。それにあの新品の海浜椅子があり、それに女は一日じゅう身を横たえ、海のぎらつく輝きとその前で棕櫚《しゅろ》の葉が激しくこすれて乾いた音をたてるのを見守っているらしく、その間に男は流木を台所へ運びこんでいるのだった。二日前の朝、浜沿いの道をめぐる牛乳配達の車が停まったとき、医者の妻君は一度だけ見たのだが、男のほうが漁師だったポルトガル人の営む食料品店から戻るところで、腕には一本のパンと、かさばった紙の袋をかかえていた。それから妻君はさらに見張っていて、彼が台所前の階段で食用の魚を洗う（少なくとも洗おうとする）のを見守り、それを夫の医者に語ってから苦々しさと腹立ちのまざった口調で断言した――この妻君はまだ太ってはいない、少なくとも医者ほどぶよついてはいないが、十年前から髪が白くなりはじめ、それと歩調を合わすかのように肌の色も、さらには眼の色も微妙に変わりはじめ、そして彼女が家で着る服の色も変わった、というのも彼女が自分の髪や肌に合う色の服を選んだからである。

「あの男の人、汚《よご》したり散らかしたりするだけよ！」と彼女は叫んだ、「台所の外を汚してるわ、たぶん料理ストーブの上も汚してるわよ、きっと！」

「まあ、料理は女のほうがするんだろうよ」と医者はおだやかに言った。

「どこで？　どうやって？　庭に坐ったままでするの？　男が料理用ストーブを彼女のところに運びだしたときにでもするわけ？」ただしこれは彼女の怒りの本当の原因ではなかった。彼女もそれを口には出して――「彼らは結婚していないのよ」とは言わなかったが、医者夫婦の心にはそれがあったのだ。二人ともそれは知っていたのだが、ひとたびそれを二人の間で口にすれば、医者はあの借家人を追いださねばならなくなるだろう。しかし夫婦がこのことを口にしなかったのも、単に、そうすれば追いだすに当たって自分が良心にかられて家賃を返すことになるという理由だけではなかった、それ以上の原因があったのだ、少なくとも医者はそうであり、いまは彼はこう考えていた――**あの二人は二十ドルしきゃ持ってない。それも三日前のことだ。それにあの女のほうは、どこか体の具合が悪いらしい。**医者はいま、生まれながらのバプティスト、あの偏狭なキリスト教徒の道徳性にではなく、もう少し人間的ななにかに動かされていたのだ。そしてその点では妻君の心もまた偏狭なバプティスト教徒を越えるなにかに動かされたのだろう、なぜなら彼女は今朝、医者を起こして窓まで呼びよせたからだ――そのときの彼女は死者に着せるようなだぶついたナイトガウンを着て、白髪《しらが》をよじって紙結びした頭という姿のまま、彼に指さして示したのであり、医者の見たのはあの男が流木の束をベルトで縛って下げ、夜明けの浜を歩いてくる様子だった。そのうえ、彼（医者）が昼に家へ帰ったころには、すでに妻君はオクラを煮てもいた――それも大変な量で、十二人前といえるほどであり、それというのも聖書のサマリア人にも似た堅固な節約心からのことであった、いわば彼女は、善良な女が堕落した人間になにかを与える行為の、あの陰気で残酷で自虐的《マゾ》な喜びを、オクラの残り物を分けることに見出したといったふうだったのであり、実際それは料理ストーブの上にどっしりとすわって無限に供給をつづけるのであり、日々が重なるにつれて鍋は温めかえされ、また温めかえされて、しまいに、それは好きでもない二人によって平らげられるのだが、その二人とも海の見える所で生まれ育ったのに、魚の好みといえば、マグロ、サケ、イワシなどであり、それも罐詰《かんづめ》で買ったものだ――三千マイルも離れた土地で生贄《いけにえ》となり、商業機械の油に漬けられた罐詰なのだ。

そのオクラのスープを、医者が自分で運んだのだった。小柄で小太りでだらしない様子の男が汚れかけたワイシャツを着こみ、まだ皺《しわ》もない（そして洗濯もしていないのだ、それほど新しい）リンネルのナプキンをかぶせたスープ鉢をもって、夾竹桃の垣の間を不器用に横向きにいざって通ったのであり、その様子は、誠実や憐《あわれ》みでなくて義務の心から実行するという頑固なキリスト教的行為の象徴（彼の運んでいるスープ）にさえ、ある種の無骨な親切の影を加えていた――そしてそのスープの鉢を下におろしたが（その女は椅子から立ちも動きもせず、ただ猫じみた固い眼を動かした）その鉢をまるで爆薬《ニトロ・グリセリン》が入っているかのようにそっと置き、その小太りの無精髭の顔を人のよさそうな笑いにほころばせたが、その仮面の奥では医師のなかの医者の眼が抜目なく働き、なにも見逃さず、笑いもせねばおじけもせずに、女のやせていないが骨ばった顔を観察しつづけて、頭では考えて、**そうさ、一期か二期かだ。たぶん三期かな。しかし心臓じゃあない。**それから我にかえって立ちあがり、空ろで凶暴な眼が自分を見つめているのに気づいた――その眼は、彼の知る限り、自分をはじめて見たはずなのだが、しかし深くから照射するような憎しみをこめていた。それは全く個人を超えて相手を見る眼付きであり、たとえば、すでに喜びを内に持つ人が柱でも木でも楽しい幸福な気分で見るときと同じだ。彼は（医者は）虚栄心のない人間だった。女の憎悪が自分に向けられたのでないと知っていた。**あれは人類全体**

に向けられているのだ、と彼は思った。いや、ちがう、待てよ、待てよ——薄い幕がいまにも破れて、推理の歯車が嚙みあいかけ——いや全人類にではないぞ、男全体にだ、男性にだ。しかし、なぜだろう？　なぜ？　彼の妻だってこの女の指に結婚指環をはずしたかすかな跡があるのは気づくことだろう。しかし彼は、医者は、それ以上を見ぬいていた——彼女は子供を生んだことがあるな、と彼は考えた。少なくとも一人はあるぞ、その点なら私の学位を賭けてもいいほどだ。それにもしコファー（あの不動産屋である）が言う通りあの男がこの女の夫でないとしたら——たぶん彼の言う通りなのだろう。あたしには夫婦かどうか、においでわかるんでさあ、と彼は言っていたからな、それというのもコファーは浜の別荘を貸す商売をしていて、都会からの借り手が同じ理由や衝動から、いろんな必要から、怪しい偽の名前で部屋を求めるのをいく度も経験してるんだから……だから彼女は夫や子供を捨てるほど男全体を憎むようになった女なんだ、そうだとも。それでいて、彼女は別の男に走ったばかりか、貧乏にも踏みこみ、それにひどい病気にもなってる——それとも別の男との貧乏に身をまかすために夫と子供を捨てたのかな、そしてその結果——それから——……彼はいくつもの歯車の嚙み合うのを感じ、その音を聞きさえした、それが前よりも早くなり、自分もうんと急がねば間に合わぬと感じた、急がぬと最後の歯車がカチッと嚙み合って解明完了のベルが鳴るのを聞きそこなうぞ、と予感し、そうだ、そうとも、問題は男という人類が彼女になにをしたかだ、彼女になにをしたので、彼女が私みたいな男にまであんな眼を見せるのかだ——なにしろ彼女は私をはじめて見たのであり、たとえ一度は見ても二度と見たがらぬ男なのにその私をもあの男を見るのと同じ憎しみの眼で見ているのだ——あの男のほうは彼女の食べる食物を煮るために浜から流木をかかえてくるのに、そのたびに彼女のあの視線のなかを通らねばならんのだが、彼は彼女になにをしたのだ？

女は医者から料理を受けとる仕草さえしなかった。「これはスープじゃないんでね。オクラですよ」と彼は言った。「妻君が作ったんですがね。妻君は……私たちは……」女は動かずに彼を見やっており、彼のほうは皺だらけの麻服の太った身をかがめて用心深くお盆を下へ置こうとしていて、彼の耳にはあの男の近寄る音が聞こえず、女が男に呼びかけたのではじめて気づいたのだった。

「ありがとう」と女は言った。「ハリー、それを家に持っていって」いま女は医者を見やってさえいなかった。「奥さんにお礼を言っといて」と彼女は言ったのだった。

彼はこの二人の借家人について考えながら、いま懐中電燈の揺れる光をたよりに階段をおりて、オクラのすえたにおいのただよう内玄関へ、ドアのほうへ、ノックの音のほうへと近づいていった。ノックしているのがハリーという名の男だと、予感や予測もなしにわかっていた。というのも彼はこの四日間、ほかのことは考えずにいたからだ——実際この薄汚れた中年男、いまや舞台の喜劇役者だけしか着ないような寝間着姿のこの人物は子もはらまぬ妻との古びたベッドでの熟睡から起こされたとたんに、すぐとあの不思議な女の眼にひそんだ無目的な憎悪の、深くて狂った輝きを考えはじめたのだ（いや、その前に夢みていたかもしれない）、そしていま再びあの切迫感を覚えたのだ――薄幕《ヴェイル》にさえぎられていた自分が、いま少しでその向こう側のなにかを見出せる感じ、薄い幕をあげて手さぐりして、触れさえするのだが、はっきりつかめぬ感じ、その真相の形を確かめられそうだが、もう少しのところで及ばぬ感じにとらわれていて、それで彼は無意識のうちに階段の途中で止まった、その流行遅れの安物スリッパをはいた両脚をぴたりと止め、素早く考えはじめて――そうとも。**それともそうと彼女が信じこむようなことをしたのだ、そうとも。そうとも。男が、男性という種族全体が、彼女になにかをしたのだ。**

またドアを叩く音がしたが、それはまるで叩く者が医者の立ち止まったのに気づいてせきたてるかのようだった（叩く者は玄関のドアの下から、医者の懐中電燈の光の変化に気づいたのかもしれない）、そしていまや再び見知らぬ者が夜ふけに援助を求めるときの、あの控え目ながら執拗《しつよう》なノックをはじめていて、医者もまた動きはじめた、といってもノックにうながされたのではないし、予感したからでもなくて、いわばその再開したノックが偶然に彼の行き詰まった思考と一致したからなのだ――その四日間、戸惑いや模索、推理や再推理が繰り返され、行き詰まり、澱《よど》んでいたからで、あたかも本能が彼をまた動かしたといえよう――知性でなくて、動きうる肉体を動かしたというふうなのだ、それというのも肉体の前進だけがあの薄い幕に近づく方法だと信じたからであり、そうすれば薄い幕は開けられて、その不可侵の領域にある真実（彼が触れかけた真実）を剝《む》きだしてくれそうだったからである。だから彼は予感なしに玄関のドアを開けたのであり、次には外をのぞきながら、懐中電燈の光をノックする者のほうに向けた。それはハリーと呼ばれる男だった。彼は立っていて、彼の立つ闇のなかには強くて着実な海風が吹き、見えない棕櫚の葉のこすれる乾いた音が満ちていて、彼の様子はすでに医者が見かけた通りのものだった——汚れたズック靴と袖なし下着という姿であり、口は時刻や必要についての常套的弁解をつぶやき、そして電話を借りられないかと頼みはじめ、その間も医者は寝間着代わりの下着の脚あたりのたるみを風のはためくのにまかせながら、この訪問者をのぞくように見つめ、そして湧き起こる勝利感とともに考えていた——さあて、**これでようやく真相がわかるぞ**。「いや」と彼は言った、「あんた、電話する必要はないですよ。私自身が医者だから」

「あ、それは」と相手は言った「すぐいっしょにこられますか？」

「ああ、ただしズボンははかせてもらうよ。どんな病気なのかね？　それを知っておけば、なにを持ってゆくかわかるからね」

ほんの一瞬間、相手はためらった、これはこの医者にもなじみの反応だった、すでに前にも出会ったことがあり、その原因も自分なりに知っていると信じていることだ——すなわち、それはあの先天的で根絶しがたい本能からくるものであり、それは人が、技術や知識のために雇って金を払う弁護士や医師にたいしても、真相の一部を隠そうとする本能なのだ。「彼女は出血してるんです」と彼は言った。「あなたの診察料、いくらに――」

　しかし医者にはその言葉が耳に入らなかった。彼は自分に向かって言っていて――あっ、**そうだ、なぜ気がつかなかったかな……肺だった、もちろんさ、なぜ気がつかなかったかな？**「わかった」と彼は言った。「ちょっとここで待ってくれんかね、それとも家に入るかね？　一分とかからんと思うが」

「ここで待ちます」と相手は言った。しかしここでも医者にはそれが聞こえなかった。彼はすでに階段を駆け戻っていて、それから小走りに寝室に入った、そこでは妻がベッドの上で片肘をついて半身を起こし、彼がズボンをはこうともがくのを見守っていて、彼の影は、ベッドのかたわらの低いテーブルにのったランプの光で、壁に怪奇な姿を作り、彼女の影もまた醜怪だった、というのもその固く紙結びにした灰色の髪がゴルゴン（ギリシア神話、髪がすべて蛇である怪物）めいた影を作ったからだが、その髪の下にある顔は灰色、そしてその下の高襟の寝間着も灰色で、あたかも彼女の所有する衣服はすべて彼女の陰気な鉄色の道義心を強調するといったふうであり、その執念深くて頑迷な道義心は、やがて医者が悟るように、ほとんど全能にちかい力を発揮するのだ。「そうさ」と彼は言った、「出血してるんだ。たぶん喀血《かっけつ》だろうな。肺のな。しかしどうして私に前もって――」

「それより、男が彼女を切るか射つかしたんじゃないの」彼女は冷たくて静かで容赦ない声で言った。「ただし一度だけ彼女の眼をそばで見た感じからすると、切ったり射ったりは女のほうがやりそうだけどね」

「くだらんことを」と彼は言い、ズボン吊りに肩を入れようと身をかがめながら「馬鹿くさい」こんな言い方をするのもいまの彼が妻に話しているのでもなかったからだ。「全くだ。あの馬鹿者め。ところもあろうに、こんな土地に彼女を連れてくるなんて。海と同じ低さの――こんなミシシピイの海岸にだ――あんた、ランプは消しておくかね？」

「そうね。もし診察料金を払ってもらう気なら、あなたもあそこに長いこと居すわるでしょうからね」彼は再びランプを吹き消し、懐中電燈をたよりに階段をくだった。彼の黒い鞄《かばん》は帽子とともに内玄関のテーブルにのっていた。あの男、ハリーは玄関のすぐ外側に立っていた。

「これ、いま取っておいてもらいたいんですが」と男は言った。

「なにを？」と医者は言った。彼は足を止め、見おろしながら懐中電燈を向けると、相手の手のなかには一枚だけ紙幣があった。**あれから一セントも使わなかったとしても、これでこの男には十五ドルしか残らぬわけだ、**と彼は思った。「いや、後でいい」と彼は言った。「どうやら急いだほうがよさそうだね」懐中電燈の踊る光芒を先にたてて、彼は勢いよく歩きだした。相手が後から歩いてくるのもかまわず小走りにゆき、自分の家のやや風除けのある庭を横切って垣根代わりの夾竹桃の茂みを抜けると、たちまち海風が彼にまともに吹きつけてきた——それは闇に見えぬ棕櫚の葉をざわめかせ、隣りの荒れた庭にある塩っぽい雑草にかさかさと音をたてていて、いま彼はその別荘のなかに薄暗い光のあるのを見出した。「出血をしてるんだね?」と彼は言った。空は曇っていた。眼に見えぬ風は闇に見えぬ棕櫚の間を強く絶え間なく吹いていて、それは見えない海からくるのであり、その苛烈な絶え間ない風の音は、沖をかこむ島々や、頭をふりたてる松林の砂州にうちつける波のざわめきを、いっぱいにふくんでいた。「喀血だね?」

「なんですって?」と相手は言った。「喀血?」

「ちがうのかね?」と医者は言った。「すると彼女は咳をして、ちょっと唾《つば》に血がまじっただけなのか、ええ?」

「唾に血が?」と相手は言った。それは言葉というより、音調だった。それは医者に答えたのではなく、笑い声の調子だが笑いを越えていた、なぜならその語る内容が笑いを受けつけぬものだったからで、だから立ち止まったのは医者ではなかった、医者はなおもその短な貧弱な両足で小走りをつづけており、懐中電燈の光も踊りながら前方の暗い燈火に向かっていて、立ち止まったのは彼のなかにあるバプティスト教徒であり、都会になれぬ田舎者のほうだ、そしてこの人間は（医者でなくて人間としての彼は）いまショックではなく、情けない驚きとともに考えた——**私の無邪気さはどうだ！　私という人間は永遠に無**

邪気さにかこわれて、かこいのなかの鶏みたいに、生涯をおえるわけかな？　彼は用心深く声にだして言った――いまやあの薄い幕はあがりはじめ、消えはじめ、開きはじめたが、そうなったいま、彼はその幕の向こうにあるものを見たくないのだった――これからつづく自分の心の平和のためにも、彼はそれを見たくなかったのだが、同時にそうするには遅すぎる、と知っていた、そして自分でも抑えられないことだとも知っていて、気がつくと彼は自分の尋ねたくない質問を口にし、聞きたくない返事をうながしていたのだった。

「君は彼女が出血してると言ったね。どこから出血してるんだね？」

「女が血をだすところはきまってるでしょ？」と相手は言った、いや荒い必死の声で叫んだのであり、さらにつづけて、「ぼくは医者じゃあない。もしそうだったら、ぼくがあんたに五ドルも使うわけないでしょ？」

医者にはこの言葉も耳に入らなかった。「ああ」と彼は言った。「そうか。なるほど。そうなのか」いま彼は立ち止まった。黒い風がたえず吹きつけていたので、彼は自分が立ち止まったと気づかなかった。驚いたりするのも、私が中途半端な年のせいだ、と彼は思った。もしも私が二十五歳なら、自分が彼でなくてよかったと言ってすませただろう、なにしろその年なら今日はのがれても明日か来年は我が身のことになりかねないのだから、別にこの男を羨みもしないだろう。そして私が六十五歳なら、やはり、自分が彼でなくてありがたいと言ってすませるだろう、なぜならもう彼のしたことができない年であり、だから彼が自分は死んでいないというしるしを愛と情熱と生命を持つ肉体に刻みつけたからって、彼を羨むのは無駄なことだと知っているからだ。ところがいまの私は四十八歳なのに、自分も彼の運命に価する者と考えなかったのだ。「待て」と彼は言った。「待ちたまえ」相手は足を止め、そして二人は、棕櫚の乾いた荒い葉ずれの音に満ちた夜風のなかで、互いに向きあって立った。

「さっき、お金は払うと言ったでしょ」と相手は言った。「五ドルじゃあ足りないですか？　もしそれで不足なら、誰か五ドルで来てくれる人を教えてほしいな、そして電話もかけさせてもらえないかな」

「待ちたまえ」と医者は言った。やはりコファーは正しかったな、と彼は思った。君は結婚していないんだ。ただ、君はなぜそれを私に打ち明けねばならなかったのかね？　もちろん医者は口に出してそう言わなかった。彼は言った、「君はまだ……君はどうやら……いったい君はなんなのかね？」

　相手は、医者より高い背を強い風のなかにかしげて、あの苛だたしさ、あのたぎるような自制心を見せながら医者を見おろしていた。その黒い風のなかで、あの家は、別荘は、本体が見えぬまま、薄暗い燈火だけが、ドアや窓に形どられもせず、ひと筋どこか遠くで燃える火のように光っていて、それは風のなかで貧しくかたくなな不動さを見せていた。

「ぼくがなにかって、なんのことです？」と彼は言った。「ぼくは絵描き《ペインター》になろうとしてるんですよ。あなたの知りたかったのはそのこと？」

「絵描き《ペインター》？　しかしここらには建物もないよ。もうここらには建築や宅地開発の景気はなくなってるんだよ。九年前に終わったきりさ。君はここに、仕事の目当ても契約の予約もなしにきたのかね？」〔painterにはペンキ屋、塗装工の意味もある〕

「ぼくには絵を描く仕事がありますよ」と相手は言った。「少なくとも、自分ではそう思ってますね――それで、ぼくはお宅の電話を借りることになるんですか、どっちですか？」

「君が絵を描くのかねえ」と医者は言った。彼の言葉には静かな驚嘆がこもっていたが、この気持はそれから三十分後、そして明日も次の明日も、激昂《げっこう》や怒りや絶望の間を彷徨することになるのである。「さてと。彼女はまだ出血しているだろうな。さあ行こう」二人は動いた。彼が先に家へ入った。とその瞬間でさえ、彼は自分が先に入ったのは客としてでないと気がついた――いや家主としてでさえなくて、この家に女性がいる以上は中に入る権利のあるのは二人のうちで彼のほうだと自分が信じたためだと知ったからだ。いまや二人は風から抜けでていた。風はいま、ハリーと呼ぶ男が二人の入った後で閉めたドアに、黒く、重さのない圧力で、寄りかかるだけであり、そこで医者はすぐとあの冷えたオクラ料理のすえたにおいをかぎつけた。彼はそれがどこに置かれているかさえ察した、いや、ほとんど自分の眼で見たほどの確かさで、知ったのだ、その料理が口をつけられぬまま（たぶん彼らは味をみさえしなかったんだと彼は考えた。だがそれも当然だ、彼らには味をみる義理などないじゃないか）冷えた料理ストーブにのっているのだ、それというのも彼はその台所をよく知っているからであり、そこにはあの壊れかけたストーブのほかに、わずかな鍋釜類、欠けたナイフやフォークやスプーンの寄せ集め、いまはコップ代わりだがかつては華やかな張り紙《ラベル》のはりついた機械製の酢漬けやジャムの容器などがあるのだ。

も、それというのも彼はこの家全体をよく知っていた——自分の所有物であり、自分が建てたものだからだ——その薄っぺらな壁板は（それは彼が住む家のように実矧接ぎでさえなくて、ただ重ね合わせただけであり、その接ぎ目は湿っぽい潮風にさらされてそり返り、破れたズボンや靴下のように隙間だらけで）すでに幾知れぬ昼と夜にここを借りた亡霊どもの声をもらしていたのであり、それにたいして彼は（妻はそうしなかったが）眼を閉ざしてきたのだった。ただし主張だけはしたのであり、男女まじりで借りる場合は誰か第三者が泊まらねばならぬと言い、ただしその見知らぬ男女が夫婦だと明言した場合は別だ、ちょうど今度の場合のようなときだ、ただ今度だって彼は二人の嘘を知ってたし、妻のほうはもっと深く見通していると知っていたのだ。それもこの状況のためなのだ、これこそあの怒りや激昂を起こし、それがやがて明日には絶望感と交替するものなんだ、君はなんで私に知らせたんだ？　と彼は考えた、ほかの人たちは私に知らせず、私の心を仰天させたりしなかったし、君が持ちこんだようなものをここに持ちこみはしなかったぞ、もっとも彼らがなにを持ち去ったかは、私も知らんけど。

すぐに彼は開いたドアから薄暗いランプの光のもれるのを見てとった。しかし彼にはその光がなくとも、どの部屋かは察しがついただろう、というのもそれがベッドのある部屋のはずだからであり、そのベッドとは彼の妻の言葉だと黒人の女中にさえ使えと言えぬほどの代物だった。彼は相手の男が背後からくるのを聞き、ここで医者はハリーと呼ばれる男が裸足でいたことに、はじめて気づいた、そしてその男は彼を追いこして先に部屋へ入ろうとしていて、彼（医者）の頭には、本来二人の男とも部屋に入るのは遠慮せねばならんのだが、二人の内ではこの男こそ入る権利などわずかしかないのだと考えて、ひどく笑いだしたくなり、また考えが走って——いや、私はこうした場合のエチケットなど知らん男だ、なにしろ若くて都会にいた頃には、こうした事件が起こると、どうも怖《おじ》けて遠のいたからな、実に怖がったからな、足を止めたというのも相手が立ち止まったからだった、その結果、医者が自分では気づかないが実際には千里眼の眼でじっとにらんでいると、まるで二人が立ち止まったのもひとつの影を先に通そうとしたためのように思えたのだった——その影とはここにいないが怒り狂った正当な夫の影だ。じっと動かぬ二人を動かしたのは部屋の中から響いた物音だった——壜にコップの当たる音だ。

「ちょっと待って」とハリーと呼ばれる男は言った。彼は足早に部屋へ入っていった。医者のほうは海浜椅子に投げかけられた色褪せたジーパンを見た——彼女のまさに女らしい部分では狭すぎるあのジーパンである。しかし彼は動かなかった。ただ耳にハリーの裸足のいそがしく床をこする音を聞き、それから彼の緊張して、大きくはなく、静かで、実にやさしい声を聞いた、そのため突然に医者は、彼女の顔に恐怖も痛苦もなかった理由がわかったと思った、――男もまた同じ苦しみをいつも身につけているのだ、ちょうど彼が流木を運んだり、それで（疑いもなく）煮たものを彼女に食べさせるのと同じようにだ。「だめだよ、シャーロット」と彼は言った、「いけないよ。だめだよ、さあベッドに戻っておくれ」

「なぜいけないのよ」と女の声が言った。「かまわないでよ！」いま医者の耳には二人の争う音が聞こえた。「放してよ、この間抜けの腰ぬけ男《バスタード》」（医者にはその言葉のなかに名詞のラットという単語が聞きとれたように思えた）「約束したでしょ、ラット。あたしが頼んだのはこのことだけよ、そしてあんたは約束したわ。だって、ラット、いいこと――」医者にはいまその単語が聞きとれたが、その声はいま狡猾《こうかつ》で、ひそやかなものになっていた。「彼じゃなかったのよ。わかるでしょ。あの馬鹿なウイルボーンじゃなかったのよ。あたし、あんたにしたと同じように、彼を裏切ったのよ。あれは別の男だったのよ。とにかく、あんたにはできっこないわ。あたしならば浮気のせいだと言いわけできるのよ、ほかの女たちが貧しいからと理屈つけるのと同じにね、そして、商売女が誰かを責めるときにはどっちが真相か誰ひとりわかりっこなくて――」医者には二人が、二人の素足のたてる音が聞こえた、それはまるで激烈で、しかも細心に、靴のない足で踊っているかのように響いた。それからその動きが停止し、声は狡猾でなく、ひそやかでもないものになった。だがあの絶望はどこからくるんだろう？　と医者は思った。あの恐怖はどこから？　「ああ馬鹿だ、あたしまたやりはじめた。ハリー！　ハリー！　あんた約束したのよ」

「わかってるんだよ。大丈夫なんだ。さあ、ベッドに戻りなよ」

「飲ましてちょうだい」

「だめだよ。これ以上はだめと言っただろう？　その理由も話したね。いま、君、ひどく痛むかい？」

「わからないわ。なんとも言えない。とにかく飲まして、ハリー。そうすればあれがまたはじまるかもしれないわ」

「いや。いまはだめなんだ。そんなことはもう間に合わないんだよ。それに医者が来てくれてる。彼があれをはじめてくれるさ。彼がここに入れるように、君にガウンを着せてやるよ」

「そしてあたしのひとつだけのガウンを血だらけにさせるわけ？」

「そのためのものじゃないか。そのために買ったんだよ。たぶんこのガウンを着れば、すぐにまたはじまるかもしれない。さあ着るんだ」

「それならなぜ医者を呼んだの？　なぜ五ドルも使うの？　ああ、あんたって間抜けでのろまで――あっ、困る、だめ、だめだわ。早く。またはじまったわ。早く止めて。痛くなったわ。自分では止めようもないのよ。あっ、この――」彼女は笑いはじめた。それは引きつった笑いであり、声は高くなくて、吐いたり咳こんだりするときに似ていた。「ほらね。そうだわ。まるでサイコロ博打《ばくち》みたい。七がでろ十一がでろってね。あたしがいつもこう称《とな》えてれば、もしかするとほんとに――」彼は（医者は）二人を、二組の裸足が床をこする音を聞いた。それからベッドの錆《さ》びたバネがきしむ音、女がまだ笑っていて、その声は高くなく、ただあの絶望、彼が昼にオクラの鉢ごしに彼女の眼に見つけた漠として激烈な絶望の調子をふくんでいた。彼はそこに立っていた、手には自分の手ごろで使い古された小さな黒鞄を持ち、眼は海浜椅子にまるめて積まれた衣類のなかにあるジーパンを見やっていたが、その視野にハリーと呼ぶ男が再び現われ、衣類のなかからガウンをさぐりだし、再び消えさって、医者はあの椅子を見やっていた。**そうさと彼は考えた。あの薪《たきぎ》とそっくりだ。**それからハリーと呼ばれる男がドアロに立っていた。

「さあ入っていいですよ」と彼は言った。

かつて（というのは大洪水のあった一九二七年で、その五月ミシシピイ州でのことだが）二人の囚人がいた。ひとりは二十五歳ほどで、背が高く、やせて腹部も平たい体つき、顔は日焼けして、髪はとても黒く、そして青磁色の眼玉は驚きと怒りのまざった表情だった——その怒りも彼の犯罪をくじいた連中へ向けられたものではない、いや彼をここに送りこんだ弁護士や裁判官にでさえなくて、あの作家たちに——ダイヤモンド・ディクとかジェシー・ジェイムズといった冒険物や犯罪小説にくっついた実体のない作家の名前に、向けられたものなのだ、というのも彼らが自分を現在の境遇に落としたのだと彼は信じていたからだ。彼らは金儲けのために材料を扱うがそれについては無知で暢気《のんき》であり、聞きこんだだけの話に真実かつ権威あるものと太鼓判を押し、（この点がとくに悪質なのだ、というのもこんな読物には公証人の宣誓保証などついていなかったから、素直な読者はかえって早々と信じこんでしまう、なにしろこういう読者は自分と同じように相手も良心的だと思うのであり、それで特別の保証などまったく要求せず、ただそれを買うのに十セントも十五セントも払う以上、きっとそれに値する真実の話を聞けると思いこむのだ）儲けたい一心で大量に書きまくるが、そんな犯罪小説は実際に適用してみるとまったく役に立たず、そして（囚人にとっては）その嘘自体が犯罪ともいえる誤りだらけなものなのだ。彼はときおり畑の畦《あぜ》の途中で騾馬《らば》と鋤《すき》を止めることがある（ミシシピイ州の刑務所には塀がなく、囚人たちは看守や模範囚の小銃や散弾銃に見張られながら、棉畑で働く）、そして痛がゆいような無力感とともに思いふけり、自分と裁判所や法律とのただ一度の接触でうろ覚えした用語を口裏に呟いたりする。そして呟いているうちにしまいにその無意味で長たらしい専門用語がどんな意味か明瞭になって（彼はここで、彼自身をはじきとばした法の裁きと同じ裁きを求めていたのだ）すなわち郵便物による詐欺犯罪の裁きなのだが、自分は第三種郵便物、すなわち大衆雑誌によって詐欺をされたと信じこんだのであり、それも騙《かた》り取られたのは低級かつ愚劣な金銭ではなくて、自由と名誉と誇りだった、と信じたのだった。

彼はここに十五年の刑期で入っていたが（彼は十九の誕生日がすぎた直後にここに到着したのだ）罪状は列車強盗未遂だった。あらかじめ彼は計画を立てて、その印刷された（そして嘘っぱちの）権威に一字も違《たが》わず従ったのだった――すなわち彼はその大衆小説類を二年間も手もとに置いたのであり、それらを読み、さらに読み返して、暗記もした、そしてひとつの小説とその犯行手段を他の小説とその手段と比較し、計画し、次第に計画新しい雑誌が発売日がくるにつれてあちこちから有用の個所を採り不用の個所を捨て、いそがずあわてずに、最後の瞬間まで心を開いて、変更する点があればとり入れようとし、新しい雑誌が発売日にでるごとに気を配ったのであり、それはあたかも良心的な仕立屋が宮廷服を仕上げるときに新しい公示の出るごとに細かな直しをするのと似ていた。それから実行の日がくると、彼は客車に押し入る機会さえなかったのだった。ましてやその客車で時計や指環、ブローチやベルトにつけた隠し財布を奪うどころではなかった、というのも彼は金庫や金のあるはずの急行列車に乗りこんだとたんに捕まったからであった。彼は人を射ちもしなかった、というのは人々が彼から取りあげた拳銃は、たしかに弾《たま》がこめられていたが、人間を射てるような代物でなかったからだ。後になって地方検事に自供したのだが、彼はその拳銃や、ローソクを使う黒塗りのランターンや顔を覆う黒い布を、近所の松の丘に住む貧しい連中に『探偵雑誌』の予約購入をつのって稼いだ金で入手したのだった。それでいまの彼はときおり（そうする余裕がたっぷりあるからだが）あの苛だたしい無力感とともに物思いにふけった、というのも彼には法廷で言いえなかったこと、どう言ってよいかわからなかったことがあったからだ。彼が欲しかったのは金銭ではなかったのだ。財宝とか卑しい掠奪品が目的でなかった、そんなものは単に自分の誇りとして胸につける飾りにすぎず、オリンピック選手のメダルと同じだ——ひとつの印、バッジであり、それはただ自分もこの流動する現代に生きて自分の選んだ賭に成功したという証拠品にすぎないのだ。それで彼は鋤をもって豊かな黒土を掘り進んだり、鍬《くわ》で芽生えた棉やトウモロコシを間引いたり、夕食後に自分の寝台にうずく背中を横たえたりするとき、ふと激しくて思いつきの罵り言葉をつづけざまに吐いたりした、それも彼を現在の場所に送った生きた人間たちに向かってでなくて、それがペンネームだとさえ知らない犯罪小説の作家に――亡霊のことを書いた亡霊の名称だとさえ知らぬ者に――たいしてなのだった。

二人目の囚人は背が低くて太っていた。髪毛はほとんどなく、実に白い男だった。たとえば腐った木や板をひっくり返して日に曝《さら》したときの白さに似ていて、彼もまたあの燃えるような無力な怒りを内にこめていた（ただしそれは第一の囚人のように眼のなかにではなかった）、それで彼の表面には現われず、誰ひとりそれがあるのを知らなかった。もっともその点では、誰ひとり彼のことをよく知らなかったのであり、それは彼をここに送った人々でも同じだった。彼の怒りは印刷されたページに向けられたのでなくて、ひとつの矛盾した事実に向けられていた、すなわち、彼が自分の自由選択と意志でここにくるように強いられたという点で、彼はミシシピイ州刑務所農場かアトランタ市の連邦刑務所かを選べと強制されたのであった。そして毛のない青白いナメクジに似た彼が戸外と陽光のあたるここを選んだという事実は、これまた彼の用心深い孤独な性格の謎を語る別例にすぎなかったのであり、この事実もたとえば、かすかに見える何物かが、澱《よど》んで不透明な水から一瞬だけ浮きあがって、また底に沈んでしまうようなものであった。彼の仲間の囚人た

ち も誰ひとり、彼の犯罪がどんなものだったか知らなかった、ただ知っているのは彼が百九十九年の刑期だということだった――ただしこの不可能で信じがたいほど長期間の懲罰と拘束そのものが凶悪きわまる彼の犯行の性質を語っていて、それが彼をここに置いた原因でもある以上、さらに次の点も想像できるのだ――すなわち正義と公平さを守る騎士そして柱石《ちゅうせき》である人たちは、彼をここに送りこんだとき、怒りに盲目となった使徒の役目を果たしたのだが、それも単に公平心のためでなく全人類の憤激と復讐のためであり、かくして裁判官・弁護士・陪審員がこぞって残忍な共同行動をとり、そうなれば正義ばかりか法律さえも無視しうるという結果になったのだ。たぶんその犯罪の実際の内容を知っていたのは連邦検事と州の検事だけだったであろう。犯行にはひとりの女がからまり、一台の自動車が盗まれて州境を越え、ガソリンスタンドが襲われ強奪され、従業員のひとりが射殺されたのだった。そのときの車中には第二の男もいたのであり、この囚人をひと目でも見た者は誰も（二人の検事がしたと同様）彼が酒の勢いを借りても人に引金を引ける男ではないと推察できたであろう。しかし彼と女と盗んだ車は捕まったが疑いもなく真の殺人者である第二の男は逃亡してしまったのであり、かくして彼は州検事室で問いつめられるはめになったのだ――彼の背後の控え室ではいまも荒れ狂う女が二人の警官に押さえられていたし、追いつめられ混乱し、歯を剝きだす彼の前には、冷酷に執拗に残忍に楽しむ二人の検事が控えていて、そこで彼は選択を迫られたのだった。彼は売春婦州外移送禁止法の違反と自動車窃盗《せっとう》の罪で連邦裁判所の裁判を受けることもできた——ただしそれには控え室で怒りに荒れ狂っている女の前を通りすぎねばならぬのだが、そうすれば連邦裁判所でやや軽い刑を受ける機会もあったのだ、しかしまた州の裁判所で殺人罪の判決を受ける気なら荒れ狂った女の前を通らずにうしろのドアからこの部屋をでることも許されるのだった。彼は選んだ、そして被告席に立って、裁判官が（彼を見おろすその眼つきは、まるで地方検事が実際に靴先で腐った板を引っくり返して自分の前に曝したのを眺めるかのようだった）州の刑務所農場で百九十九年の服役と宣告するのを聞いたのだった。かくして（彼にも充分の暇があった、というのも彼らは彼に耕作を教えたが失敗し、鍛冶の仕事にまわすとそこでも鍛冶長の模範囚が彼の配置変えを要求してきて、その結果、いまの彼は女のように長いエプロンをつけて、所員の官舎で料理や掃除に従っていたからだ）彼もまた、ときおり、無力感と虚《むな》しい怒りをこめて思いふけることがあった、もっともそれは第一の囚人のように外へ現われなかった、というのも彼は思いふけるときに箒《ほうき》の柄に寄りかかったりしなかったからであり、それで誰ひとり、そんな感情が彼にあるとは知らなかった。

この第二の囚人が他の囚人たちに新聞から読み聞かせはじめたのである——それは四月の終わりごろで、足首を鉄鎖でつながれた彼らが銃を持つ看守に守られて農場から帰ってきて、夕食をすまし、宿舎に集まったときだった。そのメンフィス市の新聞は、すでに所員たちが朝食のテーブルで読みすてたもので、その記事を囚人は仲間たちに声高に読み聞かせたのだが、聞いているのは外の世界にたいして積極的な興味など持ちようもない連中だったし、なかの幾人かは自分ではまるで読めもしないばかりか、オハイオ河とミズリー河〔いずれもミシシピイ河の支流〕の流域がどこかさえ知らなかった。なかにはミシシピイ河を一度も見たことのない連中もいたのだ、もっとも過去の一定期間、たとえば数日から十年、二十年、三十年にわたる期間（そして未来となると数カ月から一生涯にわたる期間）彼らはその堤防の影の下で耕作したり植えたり食べたり眠ったりしてきたのであり、その向こうに水の流れがあると耳学問で知ってはいたし、ときおりはその向こうで蒸気船の汽笛の音を聞いてもいた、そしてこの一週間ほどは、彼らの頭上六十フィートの空中を煙突や操舵室が横切ってゆくのを見てもいたのだった。

　しかし彼らは聞き入ったのであり、間もなく、背の高い囚人のように馬の飼葉桶に容れるほどの水しか見たことのない連中でさえ、カイロ市やメンフィス市での水位標が三十フィートだとはどういう意味か悟ったのであり、堤防の外側の湧き水について喋ることさえできるようになった（事実、大いに喋りもした）。たぶん実際に彼らの心を動かしたのは、徴集され堤防に駆りだされた連中の記事だったろう――それは黒人と白人のまざった一団で、たえず増大する水量《みずかさ》にたいして二交替で働いていた――たとえ黒人であるにせよ、この囚人たちと同様に強制され、報酬もなしに働き、粗末な食事とテント内の泥土の床に眠る男たちの話——そんな話や光景が背の低い囚人の読む声から現われたのだ——いやでも必要な散弾銃を持った泥だらけの白人たち、蟻のような線になった黒人たちが砂袋をかつぎ、護岸の急な斜面を滑りながら這いあがり、洪水の表面にその空《むな》しい砂袋を投げこみ、また砂袋を取りに戻ってくる光景。いや、たぶんこれ以上のことが彼らの心を動かしたのかもしれない。たぶん彼らは、驚きと不信のまざった希望とともに災害の接近を待ちはじめたのだ、それはあの奴隷たちが——ライオンや熊や象、馬丁や浴場係や菓子職人たちが——暴君ネロ皇帝の庭でローマの炎上するのを見つめたときと同じ気持だったろう。しかし彼らは耳をすまして聞いたのであり、やがて五月になり、ここの所員のとる新聞は二インチもの大きな見出しを使いはじめた——まっ黒の、団子じみた印刷活字であり、これならどうやら、無学文盲でも読めそうだ、と思えるほどの活字が——真夜中　メンフィス市最高位突破。ホワイト河流域　四千家無し。知事、民兵隊を召集。流域諸郡　戒厳令。フーバー長官《プレジデント》　赤十字列車で今夜首都出発。それから、三日三晩の後の記事は（その間ずっと降りつづいていた——といっても四月五月にある活気のよい短なざんざ降りではなく、冷たい北風前の十一月や十二月に小止みなくしとしととつづく降り方と同じだった。囚人たちは一日じゅうまったく畑に出なかった。そして二十四時間遅れの記事の古びた楽観説は、それ自体、裏切られると覚悟していたもののようであった）メンフィス市　下流いま最高位。二万二千人ヴィクスバーグに無事避難、軍技師の説では堤防は決潰《けっかい》せず。

「ということは、今夜にもぶちこわれるという意味だろ」とひとりの囚人が言った。

「まあな、この雨が止まずにいりゃあ、水もここまでくるさ」と二番目が言った。彼らはみな同意した。というのも彼らの気持、生きて動く暗黙の考えは共通していたからで、それはもし雨があがれば、たとえ堤が破れて洪水が農場自体に流れこんでも、彼らは畑に戻らねばならず、戻ればそこで働かねばならぬだろうという考えだった。無用になったものを刈りとるというこの考えには矛盾したところは全くなかったのだ。たしかに彼らには口で表現できないにしろ、直観で理解していたのだが、つまり彼らの耕す土地と彼らの収穫する物は、彼らに属さぬばかりか、銃口を突きつけて彼らを働かす連中にも属さないのであり、両者——囚人たちと看守たち——に関するかぎり、地面に挿しこむのが小石の粒であってもかまわず、間引く棉やトウモロコシの新芽が紙製であってもかまわなかったのだ。そういった状況のなかで、ふと吹きでる希望と仕事のない昼間と夜の新聞記事にはさまれながら、トタン屋根に鳴る雨の下で落ち着かなげに眠ったが、真夜中になって突然に電球がつき看守の声がひびいて、彼らは眼をさますと同時に待ちかまえるトラックのエンジンの音も耳にしたのだった。

「そこから出ろ!」と所長代理がどなった。彼は完全な身ごしらえだった——ゴム長靴、レインコートそして散弾銃も持っていた。「一時間前にマウンド舟着場で堤防がぶちこわれたんだ。さあ起きて出てくるんだ!」

野生の棕櫚

ハリーと呼ばれる男がシャーロット・リトンメーヤーと出会ったのは、彼がニューオーリンズ市の病院でインターンをしていたときだった。彼は三人の子供の末っ子として生まれたのだが、それも父が老年になって二度目の妻に生ませた子であり、父と先妻との間にできた二人の姉のうち下の姉と彼とでは十六も年のひらきがあった。二歳のときに両親が死んで、上の異母姉が彼を育てた。彼の父は医者だった。彼が（父が）医学を学びはじめ、そしてその修業を終えた時代は、まだ医学士《ドクター》という称号が薬学から診断学や外科まですべてを含んだのであり、また自分の教育費を物品や労働で払いえたころでもあった。それでこの父のウイルボーンは寄宿舎の夜番をし、学生食堂では給仕をして、現金は二百ドルを支出しただけで四年間の課程を終了したのだった。かくして彼の遺書が開封されたときには、その最後の一節は次のような文章になっていた。

息子ヘンリー・ウイルボーンへ。貨幣本来の価値に加えて諸状勢も変化しており、

従って私の時代に学位を取得できた費用では、彼には外科学および内科学の学位を取得できがたいと痛感するゆえに、ここに私は二千ドルの金額を別個に遺贈するが、これは彼が大学に進学してその過程を終了し、さらに外科と内科の学位および開業の免許証を取得するために用いられるべきものであり、前記の金額はその目的を果たすに充分なるものであると信じている。

この遺書はハリーが生まれた二日後の日付になっていた。それは一九一〇年のことであり、その二年後に彼の父は田舎の丸太小屋で、蛇に嚙まれた子供の手から血を吸いだした結果、敗血症で死亡し、上の異母姉が彼を引きとった。この姉は自分の子供たちも持っていたし、結婚した相手はオクラホマの小さな町で食料品店に働いて生涯を終える男だった。この状況のなかで彼は医科大学にゆく年となったのであり、四年間に引き延ばして使うあの二千ドルという金額は、彼の選んだ地味だが評判はよい大学でさえ、父親の使えたあの二百ドル程度の値打ちにしかならなかった。いやそれ以下だった、というのもいまでは学生寮はスチーム暖房を持っていて夜番はいらず、食堂もカフェテリア形式で給仕は使わなかったからで、いまでは若者が学校で金稼ぎをするとなれば、フットボールをかかえて走るかそれをかかえる相手を止めるかして奨学金を得るしかなかった。姉が彼の援助をしてくれはした——ときおり一ドル二ドルの為替を送ってくれたり、丹念に折った手紙の間に幾枚かの郵便切手をはさんでくれたりした。これが彼には煙草《たばこ》銭の役をしてくれたし、一年間の禁煙をすることで医科学生クラブへの入会費になったりもした。ただしそれは女の子とつき合う余裕は残さなかったが（この学校は共学だった）しかしその点では彼にはそんな暇もなかったのだ——外見は落ち着いて無欲な生活に見えたが、彼の内側ではウォール街の株屋に劣らぬほど苛酷な戦いが行なわれていた——なにしろ彼は、自分の銀行預金の減り具合と、自分の読む教科書の残り具合とを、たえず計量していたからである。

しかし彼はやりとげたのだ、ゴールに飛びこんだときには、その二千ドルを少し残しさえしていて、その残り金で彼はオクラホマの町へいって姉に卒業証書を渡すことも、あるいはニューオーリンズへ直行してインターンになることもできたが、ただし両方をやれるほどの金額ではなかった。彼はニューオーリンズ行きを選んだ。いや正確に言えば、彼には選ぶ余地はなかったのだ。彼は姉とその夫に感謝の手紙を書き、さらに送ってもらった郵便切手と為替の総額に利息も加えた金額を書きこんだ署名入りの借用証を同封し（彼はまた卒業証書も送ったが、そのラテン語、細くはねあがった書体の賞詞、こわばった教授たちの署名などは、彼の姉や義兄にとってまるで読めぬもので、読みとれたのは彼の名前だけだった）それらを郵送したあとで汽車の切符を買い、十四時間かかる普通列車に乗った。手には鞄《かばん》ひとつ、財布には一ドル三十六セントという身で、ニューオーリンズに着いたのだった。

彼が病院にきてから二年がたとうとしていた。彼はインターン用宿舎に暮らしていたが、そこには彼と同様、ひとり住まいをする資力のない同僚たちがいた。いまの彼は週に一回は煙草を吸った、週末にはひと箱の煙草を買うのであり、それればかりか彼の姉に送った借用証にたいして支払いもはじめていた――かつては一ドル二ドルと送られてきた為替が、いまは逆に、いわばその源泉に、送りかえされていた。いまだに彼の全財産はひとつの鞄に納まるものだった――いま持っている病院の白衣ばかりか、二十六年の過去、あの二千ドル、ニューオーリンズ行きの鉄道切符、一ドル三十六セント、すべては鉄製簡易寝台だけの兵営じみた部屋の片隅に置かれた一個の鞄に納まるものだった。二十七歳の誕生日の朝、彼は眼を覚まして自分の体を眺めおろし、先細りして見える両脚のほうまで見わたしたが、彼にはそこに自分の二十七年の取り返しえぬ過去が縮まり先細りしているかに見えたのだった、あたかもこれからの彼の人生があお向けに無力に寝ていて、自分は努力も意志もないまま戻らぬ流れにただよってゆくかに思えた。彼には自分の過去も見てとれたように思えた――それは虚《むな》しく消え去った青春であり、そこには奔放で大胆な日々もなかったし、思春期の熱っぽくて悲しくてはかない恋、あの清純な少年と少女の恋も、荒っぽく虚しくまさぐる肉欲の恋も、なかった――寝たまま、彼はそう考えたが、それも正確に言えば誇らしい気持でではなく、また自分では信じている諦めの気持からでもなくて、むしろ安らいだ気持だった、あたかも中年になった宦官《かんがん》が自分の去勢される以前の過去をふりかえり、いまは自分の肉体にでなくて記憶にだけ残る薄ぼけた（そしてついに）形もさだかでない女たちを思いだすときの気持といえただろう――自分は金銭欲を放棄した、だから恋も捨てたんだ。いやで避けたんじゃなく、自分で捨てたんだ。恋なんか不要なんだ。来年か二年後か五年後には、いま自分の本当だと信じてることを、やはり本当だと知るようになるだろうな――そのころには恋をほしがる必要さえなくなってるだろうな。

　その晩の彼は勤務を、いつもより少し遅く離れたから、食堂を通ったとき、すでに食器を洗う音や人の声が聞こえ、インターンの宿舎は人っ気がなく、フリントという名の男だけ残っていて、彼もまた外出着を着て鏡の前でネクタイを結んでいたが、ウイルボーンが入ってくるのを見ると、ふりかえってウイルボーンの枕にのった電報を指さした。それは開封されていた。「それ、ぼくの寝台にのっていたんだ」とフリントは言った。「服を着るのをいそいでたんで、名前をゆっくり見る暇がなかったんだ。あわてて取って開けちまったんだ。すまない」

「かまわないさ」とウイルボーンは言った。「電報なんて、ここに着くまでに、もういく人かが見てるものさ。秘密なんか保てないものなんだ」彼は封筒から折りたたんだ黄色の紙を抜きだした。それは花環や渦巻き模様の図案を刷り込んであった彼の姉からのもので、例のお定《き》まりの誕生祝いの電報――二十五セントだせば電報局が合衆国内ならどこにでも届けてくれる代物だった。彼はフリントがなおも自分を見やっているのに気づいた。

「今日は君の誕生日なんだな」とフリントは言った。「お祝いするのかい？」

「いや」とウィルボーンは言った。「まあ、しないつもりさ」

「どうして？　いいかい、ぼくはこれからフレンチ・タウンのパーティに行くところなんだ。いっしょにこないか？」

「いや、よすよ」とウィルボーンは言った、「ありがたいけどね」彼はまだ、行ったっていいじゃないのか？　と考えはじめもしなかった。「ぼくは招待されてないんだからね」

「それはかまわないんだ。そんな形式ばったパーティじゃないんだ。アトリエでやるんだよ。絵描き連中なのさ。床に坐ったり相手の膝に乗ったりして、飲んだくれるだけさ。こいよ。自分の誕生日にこんな所にいることはないさ」いま彼はまさに、行くことにしようかな？　と考えはじめていた。そうとも、行ったってかまやしないだろ？　するとたちまち彼の眼の前に、あの飼いならした平和と諦めを守護する神が立ち現われた——彼にはほとんど眼に見えるほど明らかに、あの厳格な十戒のモーゼが武装した姿で、悠然と、びくともせずただ凄まじくて容赦ない介入の態度で——いかん。汝、行くなかれ。豊かなるものは騒ぐにまかせよ。汝は安らぎを持つ——それ以上を求むるなかれ。

「それに正式の服はなにも持ってないしね」

「そんなものいりやしないんだ。そこの主人は湯上がりのガウンを着こんでいるかもしれないほどさ。君だって黒っぽい服は持ってるだろう、え？」

「しかしそれも――」

「わかった」とフリントは言った。「ド・モンテニーはタキシードを持ってる。サイズも君ぐらいだ。いま持ってくる」彼は彼らが共同で使っている衣装戸棚に行った。

「しかしぼくはそのう――」とウィルボーンは言った。

「わかった」とフリントは言った。彼は手にしていたタキシードをベッドに置き、自分のズボン吊りを肩からはずしてズボンを脱ぎはじめた。「君はぼくの服を着ろよ。ぼくがモンテニーの服を着る。三人ともだいたい標準サイズだからな」

一時間後、いままで着たこともない服を身につけた彼は、フリントとともにひとつの通りで立ち止まったが、それはヴュー・カレー地区（ニューオーリンズ市の中心街で、フランス風の町）のジャクスン広場とロイヤル街の間を走る幾本かの道のひとつで、細くて薄暗くてバルコニーが張りだして一方通行の道だった――柔らかな色の煉瓦塀があってその上からはキャベツ椰子《やし》の枝が爆発したようにぎざついた葉をひろげ、その向こうの、重たるいジャスミンの香りがただようあたりにはすでに、波止場からくる砂糖とバナナと麻のにおいが豊かに澱んでいるらしく、それが霧か霞《かすみ》、いやペンキのような濃密さであると、眼に見えるほどに感じられた。木の戸が少し傾いて立っていて、その横には針金製の呼び紐がさがり、それはフリントの手に引かれると、遠くで豊かな柔らかな音をたてた。二人の耳にはピアノの音も聞こえ、それはガーシュインの曲らしかった。「ほら」とフリントは言った。「このパーティが気がねのいらないものとわかるだろ。ガーシュインなんて自家製のジンと同じようなものさ。彼がここの主人のかわりに絵を描いたって、けっこう通用するのさ。それにもしガーシュインがクローの称する絵画とやらを描いたとしたら、それは、ガーシュインの称する音楽とやらをクローが演奏するのよりも、ちょっとは上等だろうね」

フリントは再び針金の紐を引いたが、またなんの答えもなかった。「とにかくその戸は錠がおりてないらしいよ」とウイルボーンが言った。その通りだった、二人はなかに入った。中庭は静かにすりへった感じの同じ柔らかな、煉瓦敷だった。そこには濁った水の池と一個の素焼きの像、ランタナの茂み、一本の椰子があり、さらにクチナシの厚ぼたい葉と重なり咲いた白い花の上には、開け放たれたフランス窓からの光がおちていて、それから中庭のバルコニーと——それも三方に張りだしている——そしてあの同じ焼きなましの煉瓦の塀が、いたみ崩れて凸凹《でこぼこ》だらけの胸壁のように突き立っており、その向こうには都会の光の輝きと常に低くたれこめる空、そしてそれらすべてを覆うように、もろく、不調和で、はかなく、うわべだけ洗練されたあのピアノの音が、鼠に食い荒らされた古代の墓に思春期の少年がいたずら書きをするかのように這いまわっていた。

二人は中庭を通りすぎて、フランス窓から部屋に入った、とたちまち騒音——あのピアノ、人声——そこは床の凸凹した長めの部屋で、どの壁にも額なしの絵がびっしりかけられていて、それを見た瞬間、ウイルボーンはサーカスの巨大なポスターを突然にごく近くで見たときの、あのごたついて同時にのっぺら棒な効果に打ちのめされ、自分の眼球があわてて内側にひっこもうとする感じにとらわれた。そこには家具はなくてピアノが一台あるきりで、その前にはバスク帽をかむって浴用のガウンを着た男が坐っていた。たぶん十二、三人の人がグラスを手にして立ったり床に坐ったりしていた。袖なしでリンネルのワンピースを着た女が叫び声で言った、「あら、まあ、どこにお葬式があったっていうの？」そして近づくとフリントにキスしたが、なおもグラスは手に持ったままだった。

「諸君、これは医師のウイルボーンだ」とフリントは言った。「この男は大切に扱えよ。ポケットにはどんな額も書ける小切手帳を持ってるし、袖のなかには外科メスをかくしてるんだからね」主人はふりむきさえしなかったが、やがてひとりの女が彼に飲み物を持ってきた。それがここの女主人だったが、それを誰ひとり彼に告げたりしなくて、彼女は少しの間そこに立って彼と話をした、いや彼に向かって話したと言うべきだ、なぜなら彼は聞いていなかったからだ――彼は壁の絵を見ていたのであり、やがて彼は、なおもグラスを手にしたまま、ひとりでその壁の前に立っていた。彼は雑誌でこうした絵の複製や写真を見たことはあったが、そのときは全く好奇心さえ覚えなかった、というのもそんなものが存在するとは頭から信じなかったからであり、その点では無知な世間知らずが恐竜の絵を見たときと同じだった。いまはその世間知らずがまさに恐竜そのものを見ていたわけで、ウイルボーンは全く我を忘れてそれらの絵の前に立ちつくしていた。その描いた対象やその手法は問題でなかった、そんなものは彼にはなんの意味もなかった。彼をとらえたのはひとつの思いであった——いったいひとりの男に昼間はこんな絵を描かせ、夜はピアノを弾かせたり、客たちに酒をふるまわせたりする(ただしその客たちを無視してもいて、少なくとも彼にたいして名前を聞こうとさえしなかった)——そんな余裕と閑暇《かんか》を与えるのはどんな生活条件なのか、と彼は熱意もうらやみもなしにぼんやり思いふけったのだった。彼がなおもそこに立っていたとき、背後で誰かが言った、「ほら、ラットとチャーリィがきた」しかし彼がなお立ったままでいたとき、シャーロットが彼の肩ごしに話しかけたのだった。

「それ、どう思います?」彼がふりむくと、そこに自分よりもよほど背の低い若い女がいて、一瞬間、彼は相手を太った女だと思った、しかしよく見ると全く太ってはいず、ただアラブ系の牝馬《ひんば》がもつあのがっしりして、素朴で、しかも微妙に繊細で女性的な体つきなのだった——二十五にもならぬ女で、綿プリントの服を着ており、その顔は愛らしささえ主張せぬ容貌で、大きめの口に紅をぬったほかは化粧もしていなかった、そして片方の頬にはかすかながら一インチほどの傷あとがあり、それは彼の眼にも火傷《やけど》、子供時分の火傷だと認められた。「あなたはまだ判断しかねてる、というところらしいわね、そうでしょ?」

「そう」と彼は言った、「よくわからないな」

「自分がどう考えるかわからないというわけ？　それとも自分は判定をする気なのかしない気なのか、それがわからないわけ？」

「うん。たぶんその方だね。あんたはこんなの、どう考えてるの？」

「甘ったるい菓子をワサビで利かそうとした代物」彼女の答え方は早すぎる感じだった。「あたしも絵を描くのよ」と彼女はつけ加えた、「だからあたしには言う資格があるわけ。あたしはこんな絵を負かせる、とも言える資格があるのよ、あなたの名はなんと言うの？　それにこんな貧民窟にくるのに、なんでそんな服を着てるの？」

　彼は説明し、女はいま彼を見やっていて、彼はその眼が薄茶色でなくて黄色なのを知った――猫の眼の色であり、それがおしはかるような冷静さで彼を見つめていて、それは男性のする視線に近く、単なる大胆さを越えた熱意、単なる凝視を越えた考察力をみせていた。「ぼくはこれを借りたんでね。こんな服を着たのは、生まれてはじめてなんだ」それから彼はつけ加えたのだが、自分ではそれを口にするつもりはなかった、いやそんな気でいたとさえ知らず、ただ相手の黄色い眼に、意志も意力も吸いこまれたかのように――「今日はぼくの誕生日でね。二十七になったんだよ」

「まあ」と女は言った、そして彼の手首をつかんだが、その把握は率直な、容赦ない確固としたもので、彼を引きながら歩きだした。「いらっしゃい」彼は従った――ぎごちなく、女の踵《かかと》を踏まぬように気をつけてゆくと、やがて女は彼を放して前を横切り、部屋の向こう、三人の男と二人の女が酒やグラスの置かれたテーブルのまわりに立っているところへ行った。女は止まり、再び彼の手首を握り、彼と同じ年ごろの男のほうに引きよせた――その男は濃い茶の服を着ていて、金髪の柔らかな髪は少し薄くなりかけ、顔は整っているとまで言えないし知的というよりむしろ鋭くて抜目ないものだが、それでも全体の感じは優しさを持ち、成功した人間の丁重さを帯びていた。「こちらはラット」と彼女は言った。「まだアラバマ大学一年生の気分がぬけない人なの。だからあたしたちは彼をラット（俗語で大学一年生を意味する）と呼ぶのよ。あなたも彼をラットと呼んでいいのよ。実際、彼はまだときどきそうなんですもの」

しばらく後――それは夜中すぎで、フリントが自分とキスをしていた女と二人で立ち去ってしまった後だが――二人は、中庭のクチナシの茂みのそばに立っていた。「あたしは二人の子があるのよ。二人とも女」と彼女は言った。「ちょっと変な感じね、だって私には男の兄弟しかないんですもの。あたしは一番上の兄が大好きだったわ、でも誰だって自分の兄とはいっしょには寝られないでしょ、それで寮で兄と同じ部屋にいたラットと結婚したわけだけど、そしたら女の子が二人できたのよ。それから、あたし、七つのときに暖炉におっこちたの――兄とけんかしてね、それでこの傷あとがあるのよ。あとは肩や脇腹やお尻にもあるのよ、そしてね、あたし、このことを誰かが聞こうとする前に言いだす癖があるの、もうそんな必要もないのに、まだ言ったりするのよ」

「君は誰にでもそれを話すの？　初対面で？」

「あたしの兄弟のこと？　それとも傷あとのこと？」

「どっちもさ。とくに傷のこと」

「傷のことは言わないわ。そう言われると変ね。忘れてたわ。もう幾年も誰にも話してないわ。五年ぐらい」

「でも君はぼくに話したね」

「ええ、それも変な点だわね。二度も変な感じね、いえ、三度だわ。あのね、あたし嘘をついたのよ。あたし絵描きじゃないわ。粘土をこねる仕事。ときには真鍮《しんちゅう》で作ることもあるし、一度はのみや槌《つち》を使って石を彫ったこともあったわ。さわってみて」女は彼の手をとり、彼の指先を自分の別の掌《てのひら》の上にこすりつけた——その掌は幅広くて、部厚く、強くて、指はしなやかであり、指先の爪はまるで彼女が嚙みとったかのように短く切られていて、指の根元と下部の肌は、ささくれた固さではなく、足の踵のようになめらかな堅固さをもっていた。「あたしの作るのは、そういったものよ——さわったり取りあげたりできるもの、手に持てば重みが感じられて、その裏側も見れるもの、空気を押しのけ、水を押しのけて存在して、落としたら傷つくのはあなたの足で、それのほうじゃないもの。麻の布っきれの上をナイフや絵筆《ブラッシ》で突っつくのとはちがうものよ。あれはまるで鳥籠の外から細い小枝で、なかにあるはめ絵〔ジグソー《パズル》〕を作ろうとするみたいなものだわ。だからあたし、あんなものは負かせると言ったのよ」と彼女は言った。彼女は動かず、頭をふりむけて背後の壁をさし示すことさえしなかった。「あれはほんの瞬間ひとの味覚をくすぐって、あとは呑みこまれて、たぶんお腹にたまりもせずにそのまま排泄《はいせつ》されて下水に流れこんじまうもの――なければないにこしたことはない、という代物よ。あなた、明日の晩に夕食に来られる？」

「ぼくは行けないな。明日は夜勤だから」

「じゃあ次の晩は？　それともいつなら来れる？」

「君のほうは誰とも約束がないの？」

「あさっての夜は幾人かお客が来るわ。でもみんなあなたを気にしない人だわ」女は彼を見やった。「いいわ、あなたが人の集まるのを好まないんだったら、彼らを断わるわ。あさっての夜ね？　七時？　あたし、車であなたの病院へ迎えに行ってもいいわ」

「いや、それはしないでほしいな」

「でも、そうする気ならできるのよ」

「わかってる」と彼は言った。「それは知ってるけど、あのね――」

「なかに入りましょう」と彼女は言った。「あたし家に帰るわ。それからそんな服は着ないで来てね。自分の服を着てちょうだい。それが見たいわ」

二日後の夜、彼は夕食に行った。彼が見出したのは地味だが住み心地のよいアパートで、それはオーデュボン公園ちかく、申し分のない環境にあった、そして黒人の女中ひとりと、二人の女の子——二歳と四歳だが特別に可愛いというほどでなく、髪が母親似のほかはすべて父親に似ていて（この父親は前夜とは別の、一見して高い値とわかるダブルの黒っぽい服を着こみ、これも特別にうまいとは言えぬカクテルをウイルボーンに自分をラットと呼ぶように主張した）、そして彼女は彼も知ったのだが半ば訪問用として買った服を着ていたが、それをごく無造作に、彼が最初に会ったときの服と同じ様子で、いわば両方とも作業服といった風に着ていた。夕食はカクテルよりもずっと上等だった、そしてその後、彼女はともに食事をした上の女の子とともに部屋を出ていった、しかしやがて戻ってきてソファーに坐り、煙草をふかしていたが、その間リトンメーヤーはウイルボーンに職業のことを質問しつづけ、その態度はちょうど学生クラブの会長が医学部からの新入会員を問いただす調子だった。十時にウイルボーンは行かねばならないと言った。「だめよ」と彼女は言った、「まだ行かないで」それで彼はとまどった、すると十時半になってリトンメーヤーが明日は仕事があるから寝ることにすると言い、二人を残して去った。それから彼女は煙草をつぶして消し、立ちあがって、彼が立っている暖炉の前までくると、止まって彼と向きあった。「どうしたら——あなたはハリーと呼ばれてるのね？　ハリー、どうしたらいいと思う？」

「わからない。ぼくは一度も恋したことがないんだ」

「あたしはあるわ。でもあたしにもわからないわ——あなた、タクシーを呼んでほしい？」

「いいや」彼は身をまわした。彼女も彼と並んで部屋を横切りはじめた。「ぼくは歩くからいい」

「あなたは、それほど貧乏なの？　あたしにタクシー代を払わせてよ。病院までは歩けやしないわ。三マイルもあるのよ」

「それぐらい、遠いとも言えないさ」

「あなたが気にする人なら言うけど、これは彼のお金じゃないのよ。なにかのときのためにあたしが貯めてきたお金よ——どんなときのためにかは、自分でも知らないけど」彼女は彼に帽子を渡し、玄関のドアの握りをつかんで立った。

「三マイルは遠くなんてないさ。ぼくは歩いて——」

「そう」と彼女は言った、そして二人は見つめあった。それから二人の間にドアが閉まった。そのドアは白いペンキが塗られていた。二人は握手をしなかった。

次の六週間に二人はさらに五回会った。きまって下町で昼食をしたのだ、それというのも彼は二度と彼女の夫の家に入りたがらなかったからだし、また彼の運命あるいは幸運のせいか（いや不運と言うべきだろうか、もしそうでなかったら彼も恋愛を至上と思わずにすんだかもしれないからだ、恋愛など、太陽と同じで、地上のどこでもどんな時代でも、二人の人間がいればその場で発生するものだと気づいたかもしれないからだが）彼には間接にパーティに招待されることも全くなかったのだった。二人が昼食をするのはヴュー・カレー地区の食堂で、そこでの払いは彼が借用証に従って姉に送っていた週二ドルが当てられた。こうした会合が三度めになったとき、彼女はだしぬけに、なんの関連もなしに、言った──「ラットに話したわ」

「彼に話した？」

「昼食のことよ。あなたと会ってるということ」それ以後の彼女は二度と夫のことを口にしなかった。五度めのとき、二人は昼食をしなかった。彼らはホテルに行ったのであり、それは前の日に計画した行動だった。その計画段階で気がついたのだが、こうした場合の手順について、彼は推察と想像によるほか、ほとんどなにも知らないのだった、そして無知のせいで、こうした仕事を成功させるには秘訣があるのだと信じていた、といってもそれは忠実に従わねばならぬ秘密の公式でなく、奇術の種のようなもので、隠れた引出しや羽目板を開けるのに使う一語、あるいはごく微細な、つまらぬ手の振り方といった程度のことなのだ。ことをどんなふうに運ぶのか、彼女に聞いてみようと彼は考えた、なぜなら彼女はきっと知っていると思えたからで、その点では彼女をどんなときもまごつかぬ性質《たち》の女だと信じたのと同じである、というのも彼女の言動が絶対に迷わぬものだったからだが、それればかりかこの短期間でさえ彼は、恋愛の実際面で、女が直感的かつ的確な能力を持っていることを思い知らされたのだ。しかし彼はシャーロットに尋ねなかった。なぜなら、彼は自分に言いきかせたのだが、もし彼の予想どおり彼女が手順を説明し、それがその通りだったりしたら、彼女が前に同じことをしたと、あとになって信じるようになるかもしれぬし、たとえ彼女が前にしたとしても、彼はそれを知りたくはなかったからだ。それで彼はフリントに尋ねた。

「おどろいたな」とフリントは言った、「君も世間に顔を出しはじめたわけかい？ まさか君が女の子を知ってるとは思わなかったな」ウイルボーンにはフリントが素早く頭を働かせ、思いかえしているのが手にとるようにわかった。「あのクローの家でのパーティでかい？ いや、そんなことは君の勝手だな、そうだろ？ 簡単さ。鞄を出して、それに煉瓦を二個、ガタつかぬようにタオルでくるんで入れるんだ、そしてホテルに入ってゆけばいいのさ。もちろん、行く先はセント・チャールズやルーズベルト（いずれもニューオーリンズにある上等のホテル）じゃないよ。もっと小さなのを選ぶんだ、ただし小さすぎるのもだめさ、たぶん駅のほうにあるあのホテルがいいね。煉瓦はまず別々にくるむんだぜ、それから二つをいっしょにくるむ。それからコートを持ってゆけよ。レインコートをね」

「そうか。どうだろう、彼女にもコートを持ってこいと言ったほうがいいかね？」

フリントは笑った――ごく短くて、高い声でもなかった。「止めとけよ。たぶん彼女は、君やぼくの指導なんかいらない女だろ――いや」と彼はいそいで言った。「怒るなよ。ぼくは君の女の子を知らないんだ。だから君の彼女のことを言ったんじゃない。女一般のことを言ってるんだ。たとえ彼女が自分の鞄とコートを持って、顔覆《ベール》いもつけ、ハンドバッグからは寝台券の切符を半分も突きだしてやってきたって、それで彼女が前にも同じことをしたとは断定できないのさ。女とはそういうものなんだよ。この種のごまかしとなると、十四歳の小娘だって覚えこんでいて、だからドン・ファンやソロモンみたいな女蕩《たら》しだって、何ひとつ教えこむ必要はないのさ」

「そんなこと、どうでもいいんだ」と彼は言った、「どうせ、たぶん彼女は来ないだろうからね」彼は自分がその言葉を本気で信じているのに気づいた。なおもそう信じながら、彼は鞄を下げて舗道の端に立っていると、近づいたタクシーが停まった。彼女はコートを持っていた、しかし鞄も顔覆《ベール》いもなかった。彼がドアを開けると、彼女は素早く外に出てきたが、その表情は硬く、まじめであり、眼は異常なほど黄色であり、声はしゃがれていて――

「それで？　どこ？」

彼は説明した。「そんなに遠くない。ぼくらは――」彼女は身をまわし、すでにほとんどタクシーに入りかけていたが、「歩いてゆけるところ――」

「まあ、しようのないお乞食さんね」と彼女は言った。「入って、早く」彼は入った。タクシーは走りだした。そのホテルは遠くなかった。黒人のポーターが鞄をとった。それからウイルボーンは彼女を見やり、たぶん自分のこれまでの人生で、そして将来でも二度と、これほど彼女の姿に心をうたれることはあるまいと思った——彼が紙片に偽名を二つ署名して、姉に送るはずで送らなかった六番めの二ドルを番頭に渡す間、彼女は汚いロビーのただなかに立っていて、あたりには行商人や三流競馬の常連といった土曜の夜の客たちがたむろしており、彼を待っている女の姿には、とりつくろう様子は全くなく、静かで、自足していた、そしてあの深い悲劇的な気配をもただよわせているが、それは彼女に特有のものでなく、人生のこうした瞬間にあらゆる女性に備わる特性であり、それは女性に威厳を、ほとんどつつましさをさえ加えており、それはさらに持ちこされてあの最後の身を横たえる喜劇的な降伏時の態度をもおおいかくすことになるのだ。彼はそれを知っていた(彼は急速に学びはじめていたのだ)。彼は彼女のあとから廊下を行き、給仕の開けてくれたドアから入った。給仕をさがらせ、借りた部屋のドアを後手に閉め、彼女の姿を眼で追う間に、彼女は部屋を横切り、ひとつきりの汚い窓まで行き、そして、なおも帽子とコートをつけたままの姿で、動きやめずに身をまわしたのであり、それは子供が陣取り遊びで敵陣から戻るときの動作そのままであった、そしてその眼、すでに彼が美しいと言いはじめているその顔は、硬く、こわばっていた。

「ああ、いやよ、ハリー」と彼女は言った。固く握った両の拳で彼の胸を叩いた。「こんなところだなんて、ひどいわ、こんなのはいやよ」

「わかってるよ」と彼は言った。「さあ、落ち着いて」彼は、なおも握った拳で自分の胸を叩いている彼女の両方の手首をつかみ、押さえつけたが、彼女はそれをふりほどいて叩きつづけようとした。そうさ、と彼は思った、こんなのはだめさ、そして二度としないぞ。

「さあ、落ち着いてくれ」

「こんなところだなんて。ハリー。場末の裏路地なんて——あたしいつも言ってたのよ、たとえなにが自分に起こるとしても、自分がなにをするにしても、裏路地だけはごめんだって。もしも相手がすばらしい肉体をしてて、あたしがだしぬけに恋したというんなら、あたしその人の首から上など眼に入らないかもしれない。でもあたしたちはちがうわ、ハリー、あなたはちがうわ、あなたはね」

「さあ、落ち着きなよ」と彼は言った。「わかってるんだから」彼はベッドの端まで彼女を導いてゆき、なおも両手をつかんだまま、見おろすようにそばに立った。

「あたしがどんなものを作りたいか話したでしょ。あたしは清潔で固くて質のいい真鍮か石を使って、それを刻みたいのよ、たとえそれがどんなに固くて、刻むのにどんなに時間がかかろうと、それを見事なにかに仕上げたいのよ、人に見せても誇らしく思えるもの、ふれたり持ったりできて、その重い手ごたえも感じられて、だから落としたって落ちた足のほうが傷つくようなものなのよ、ただしあたしが心を持っていたら、足でなくて心が痛むかもしれないけど。ところがこんな——ハリー、あたしはあなたにそれを安物にして渡しちまったんだわ」彼女は手を伸ばした、それから彼は相手のしようとすることを悟り、彼女が自分にふれぬ前に身をよじった。

「ぼくは気にしないよ」と彼は言った。「ぼくのことは心配しないでいいんだ。君、煙草をほしくない？」

「ほしいわ」彼は煙草と火をさしだし、それを吸う彼女の寸づまりにみえる鼻とあごを見おろした。彼はマッチを引いて捨てた。「でもね」と彼女は言った。「現実はこの通り。それに離婚もだめだし」

「離婚はだめ？」

「ラットはカトリックなのよ。彼は離婚を承知しやしないわ」

「というと彼は――」

「あたしが話したのよ。ホテルで会うことまでは言わなかったわ。ただ、もしそうしたら、という言い方をしたわけ。それでも彼、まるで受け付けなかったわ」

「君のほうで離婚はできないのか？」

「どんな理由で？　彼はあくまで争うわ。それに裁判はこの市でするしかないし――裁判官はカトリックなのよ。だから残るのはひとつのことしかないわ。あたしにはそれができそうもないけど」

「ああ」と彼は言った、「君の子供たちのことだね」

わずかの間だが、彼女は煙草をふかしながら彼を見やった。「あたし、子供たちを考えてたんじゃないわ。そのことは、もう前に考えてたのよ。だからいまは考える必要がないわ、なぜってその答えは自分にもわかっているし、その答えを変えられないし自分のほうも変えられないと知っているからよ、だって二度めにあなたに会ったとき、あたしそれまでに本では読んでたけど信じられなかったことが本当だと悟ったのよ――それはね、愛と苦しみが同じものだということ、そして愛の価値はそれに自分が支払う犠牲の総計だということよ、だから愛を安く手に入れることは、自分を安っぽくするだけともいえる。だからあたしは子供たちのことを考えなくていいのよ。そのことはずっと前に解決してるのよ。あたしの考えてたのはね、お金のこと。あたしの兄はクリスマスのたびに二十五ドル送ってくれてて、この五年間あたしはそれを貯めているわ。いつか夜、あなたに話したでしょ――あたし、なぜかわからないけど、お金を貯めてきたって。たぶんあたし、このためにしてきたのね、そうわかるとかえって滑稽さがはっきりしてくるわ、そうでしょ、だってあたし五年間も貯金してきて、それがたったの百二十五ドル、シカゴまで二人でゆくのもあやうい額なのよ。それにあなたは一文無しだし」彼女はベッドのかたわらにあるテーブルにうつむき、ゆっくりと実に用心深く煙草をもみ消し、立ちあがった。「けっきょく、これが現実ね。これですっかり終わりだわ」

「ちがう」と彼は言った。「そうじゃない！　これで終わりなもんか」

「このままつづけたいわけ？　あたしのまわりをうろついて、枝の青いリンゴみたいに熟さぬままぶらさがっているの?」彼女は椅子から彼のレインコートを取り、それを腕に投げかけ、立ったまま待った。

「君だけ先に行くほうがいいかな?」と彼は言った、「ぼくは三十分ぐらい待って、それから——」

「それからあなたはあのロビーを、その鞄を持ってひとりで通り抜けて、あの番頭や黒ん坊の笑いものになりたいわけ? だってそうでしょ——彼らはあたしがその前に、服を着るどころか脱ぐひまさえないぐらいの時間で立ち去るのを見てるわけなのよ」彼女はドアのまで行き、鍵に手を置いた。彼は鞄をさげてあとに従った。しかし彼女はすぐにはドアの錠をあけなかった。「あのね。もう一度あたしに、自分は一文無しだと言ってちょうだい。そう言ってほしいの。そうすればあたし、頭では理解できなくとも、耳では筋の通った理屈を聞けるからよ。頭ではお金が、お金だけが理由だとは信じられない、ほかのなにかでなくてお金だけが原因だなんて理解できない、でもそうだとしても、それがあたしたちの勝てない理屈だと受け入れるほかない——せめて、そういう強い理由を聞いて——さあ、言ってよ。言ってよ」

「ぼくは、一文無しだ」

「それでいいわ。筋が通るわ。それこそ理屈になるはずだわ。これからだって同じ理屈が通るはずだわ」彼女はふるえはじめた——おののきではなく、全身でふるえたのだ、まるで激しいおこり〔熱病、マラリア〕にかかった人間のように、骨自体が体のなかでこわばり、無言のうちにぶつかりあっているかのようだった。「これからも――」

「シャーロット」と彼は言った。彼は鞄をおろし、彼女のほうに動いた。「シャーロット――」

「あたしにさわらないで！」彼女は白熱した怒りに似た声でささやいた。「あたしにさわらないで！」にもかかわらず、一瞬間、彼はシャーロットが自分のほうへくるのだと信じた――彼女の体は前へ傾き、頭はベッドの方角にねじ曲げられたからであり、ベッドを見やる顔には狂気と絶望の表情が現われていた。それから鍵が音をたてた、ドアが開いた、そして彼女は部屋の外にでていった。

　彼が彼女のためにタクシーを見つけたあと、二人はすぐに別れたのだった。そのときの彼は自分もタクシーに入ろうとしかけた、いっしょに、彼女の車が駐車している下町まで乗ってゆこうとした。それから二人の生涯で二度だけ見たうちの最初の涙を、彼は彼女の眼にみとめた。彼女はそこに坐り、顔はきびしく歪んで野蛮にさえなり、そこに汗のような涙が湧き流れていた。「ああ、あんたって乞食、ほんとに情けない乞食で、それに見えすいたお馬鹿さん！　またお金がかかるのよ。もうあんたは姉さんに送るはずだった二ドルをホテルに払ったのよ、それも無駄に使ったのよ、それなのにあんたはまた、洗濯屋に払うつもりのお金をこのタクシーに使おうというのね、それもただあたしのこのろくでない体を運ぶだけの役にしかたたないし、その体だって最後になってあんたを拒否したし、これからも拒否しつづける——」彼女は運転手のいる前方へ体を傾け、「さあ、行ってよ！」と容赦ない口調で言った。「走ってよ！　下町よ！」

タクシーは勢いよく走った、それはほとんどすぐに見えなくなった——もっとも彼はその後を見送ってはいなかった。しばらくして彼は誰にともなく静かに、声にだして、つぶやいた、「まあ少なくとももう、煉瓦まで運んでゆく必要はないな」それで彼は屑《くず》入れの罐が立っている歩道のふちまで歩いていった、そして通行人たちがもの珍しげにふりかえったり、ふりかえりもせずに行くなかで、彼は鞄をあけ、タオルから煉瓦をほどいて、屑罐のなかに落とした。そのなかには読み捨ての新聞の束や果物の皮、そのほかこの十二時間に誰ともわからぬ人々の落とした何ともわからぬものが、飛びすぎる渡り鳥の落とした糞《ふん》のように、たまっていた。二個の煉瓦はそのかたまりへ音もたてずに落ちこんだ——予告するような音は全くなかった、かさっともいわずに新聞紙の端が傾いただけだが、するとその間から、まるで魔術のように、そしてスーパーで釣銭を入れた金属の筒が送り管から飛びだすときのように、革の財布がひょっこり現われたのだ。それにはシカゴの競馬場で使われた馬券の半片が五枚、全国共通のガソリン購入加入者カード、エルクス慈善クラブのテキサス州ロングヴュー支部会員証、そして紙幣で千二百七十八ドルの現金が入っていた。

ただしこの正確な金額は、彼が病院についたあとで知ったのであり、彼が最初に考えたことはただ、一ドルだけは報酬にもらってもいいな——そう思いながら郵便局へ向かって歩いたのであり、それから（その郵便局は六ブロックも離れているうえに、彼の病院の真向かいにあった）、ここからタクシー代を引いても、落とし主は文句を言わないだろうな。タクシーに乗りたいわけじゃないさ、つなぎの時間がほしいんだ、少し心の仕度がしたいんだ、そうすればいまから六時までの間にぼくはまた白衣を着こんで、それに隠れてなにもなかったみたいに仕事をはじめられる、ちょうど黒ん坊が寝るときにすっぽり布団をかむるみたいに、自分をかくせるんだ。それから彼は土曜の午後で錠のおりた郵便局の前に立っていて、すでに前に思ったことは忘れていて、財布を尻のポケットに入れてボタンをかけながら、考えたのは今朝眼を覚ましたときに今日の日付がカレンダーからくっきりと眼に浮かんだこと、それが童謡の文句やカレンダーについた諺《ことわざ》ではなかったことなどであり、歩きつづけ、あの軽い鞄を持っていまは役にも立たぬ遠まわりの十二ブロックの道を歩きながら、考えつづけ、どうやら間をもたせることもできそうだ、ひまをもて余すはずの四十五分を節約したことになるんだからな。

寮には人っ気がなかった。彼は鞄をしまいこみ、あちこち捜して平たいボール箱を見つけた——それにはヒイラギの小枝が描かれていて、去年のクリスマスに彼の姉が自分で刺《し》繡《しゅう》したハンカチを入れて送ってくれたものだ——それから鋏《はさみ》と糊の箱を見つけ、外科医の器用さを見せて財布を小包みに作りあげると、次には証明書のひとつから名前と住所を、きっちり明瞭に書き移して、その小包みを引出しのなかの衣類の下に注意深くしまいこんだ、そしてこの件も片がついたというわけだった。たぶん本を読めるかもしれないなと彼は思った。それからこう考えて口裏でののしった――そうか、いま本を読むなんて、逆立ちするのと同じだ。いまのぼくみたいな人間――ドウとかローとかウイルボーンとかスミスなんていう、男か女であって性《セックス》の力もない人間を、創ったり読みとったりするのは本のほうなんだ、本のなかの人物たちなんだ。

彼は六時に勤務についた。七時には長い休憩があって夕食をとりに行った。彼が食べている間に、見習看護婦のひとりが顔をのぞかせ、あなたに電話よと言った。長距離電話だな、と彼は思った、姉からだろう。彼は五週間前に最後の二ドルの為替を送ったきり手紙も書いていなかった、それでいま彼女は自分の二ドルを使って、かけてきたのだ、それも彼を叱る気でなくて（彼女の言う通りだ、と彼は思った、彼女とは姉のことではなかった。まったく喜劇だ。喜劇以上だ。笑いで客が通路にころげだすほどさ。ぼくは自分の愛する相手を満足させるのに失敗したばかりか、ぼくを愛する相手にも失敗の姿をさらけだしたんだ）元気かどうか聞くためなのだ。それで電話口での声が「ウイルボーンか？」と言ったとき、彼はそれが姉の夫のものだと思ったが、次の声でそれがリトンメーヤーだと知った。「シャーロットが君と話したいそうだ」

「ハリー?」と彼女は言った。その声は早いが落ち着いていた、「今日のことをラットに話したのよ、そしてあれはご破算だともね。彼が正しかったわけ。だから今度は彼を認める番だわ。彼はあたしに自由にやる機会をくれたのに、あたしはそれを生かせなかった。だから今度は彼の言うとおりにしたって、それは公平にするというだけのことよ。それに結果がどうなったかをあなたに話すのも、単に礼儀からのことよ、ただしあなたとあたしの間で礼儀なんて言葉を使うのは、くだらな――」

「シャーロット」と彼は言った。「いいかい、シャーロット――」

「だからさよならなのよ、ハリー元気でね、それから――」

「おい、シャーロット、聞いてるかい?」

「ええ?　なに?　なんだと言うの?」

「よく聞いてくれ。おかしな話だけどね、ぼくは君からの電話をずっと待っていたんだ、ただそれに気がつかなくて、たったいまそれがわかったんだ。それからもうひとつ、いまになってわかったことがあるんだ、それは今日が土曜日だと自分では前からよく知ってたってこと――それも郵便局へ歩いてゆくときだってそうだった――シャーロット、聞いているかい?」

「ええ?　それで?」

「シャーロット、ぼくは千二百七十八ドル、手に入れたんだ」

夜明けの午前四時に、人っ気のない実験室で彼はあの財布と証明書をカミソリの刃で細かく切り刻んだ、そしてその細ぎれの革と紙を燃やし、その灰を便所で流しさった。次の日の正午、シカゴ行きの切符二枚と千二百七十八ドルの残りをボタンかけしたポケットに入れ、一個だけの鞄を自分の席に置き、彼は窓から外をのぞいていた。その列車は速度をゆるめてキャロルトン・アヴェニューの駅に入ろうとしていた。彼らは——夫と妻は——二人ともそこにいて、夫は目立たずに気取る人間の着る地味で黒っぽい服、大学四年生じみたその顔はなんの表情もみせず、自分の妻をその恋人に引き渡すという矛盾した行為にたいして、それが非の打ちどころもなく、形式上も正式なものだという様子をとりつくろっていて、まるでそれは教会での結婚式で花嫁とその父親が演ずる古くさい儀式そっくりだった、そして彼のかたわらにいる彼女は、オープン・コートの下に黒っぽい服を着ていて、速度を落とした車の窓の列を真剣に、しかし疑惑や不安はなしに見守っていて、だから彼はここでまたも思いふけったのだ——たとえ初心《うぶ》で未経験な女でも持っている同棲生活へのあの本能的な知恵について思いふけったのだ——それは彼女たちが自分の恋の成りゆきにたいして持つ無心の信頼感、小鳥が自分の翼を信じるのに似た自信だ——それは現在の自分の幸福にたいする落ち着きはらった不動の信念であり、その自信があるからこそ彼女たちは世間並みの立派な生活を平気で捨てて、陸地も見えない未知の不安な空間へ羽ばたき飛び立って(それは罪を犯すことではない、と彼は思った。ぼくは罪なんて信じない。それはただタイミングを踏みはずすだけのことなんだ。人は生まれたときから自分の時間と限りない未知の時代の組み合わせを背負っている――そういう無数の無名の集団のひとりとして生まれるんだ。ひとたびその組み合わせのひとつを踏みはずして、よろければ、そこで踏み殺されるというだけなんだ）そして飛ぶのにも恐怖やおじけはなく、だからそれを勇気や大胆さと名づける必要さえない――ただそれは軽くてもろくて試したこともない翼への全幅の信頼感なのであり、その翼の軽さともろさは愛の象徴でもあって、それがすでに一度は彼女たちを裏切っているのだ、というのは世間の同意や承認のもとに彼女たちはその愛の儀式そのものを抱きしめたからだが、ひとたび飛び立つとなれば、彼女たちはそれを放棄してしまうのだ。二人は滑るように過ぎ去り、その消え去る瞬間に夫が身をかがめて鞄をとるのがウィルボーンの眼に映じた。ブレーキをかける空気のしゅっという音が聞こえ、彼は坐ったまま考えていた――彼は彼女といっしょにやってくるな、彼はそうするしかないんだ、彼もそうしたくはないし、その点ではぼくが（そして彼女も？）彼にそうさせたくないのと同じ気持だろうけど、それでも彼はそうするほかないんだ、ちょうど彼が着たくもないのにあの地味な服を着こんでいるのと同じにだ、それからあの最初の晩のパーティで彼がほかの連中と同じくらい飲みながら、一度も床に坐りこんで膝の上に妻君を（彼の妻か誰か別の人の妻君を）寝かせたりしなかったのと同じなんだ。

そして彼がやがて眼をあげてみると、彼らは二人とも彼の席のかたわらに立っていた。

彼もまた立ちあがり、それでいま三人が立っていて通路をふさぎ、それで他の乗客たちは彼らをさけて通ったり、立ち止まって彼らの動くのを待ったりしていた。リトンメーヤーは鞄を持っていて——ふだんの彼は赤帽や一等車用の給仕がいるのに自分で鞄を運んだりはしないのだ、それは彼が食堂で自分から立って水入りのコップを持ってきたりしないのと同じなのだが——いまその男の一点も汚れのないワイシャツやネクタイの上にある凍りついたような清潔きわまる顔を見ていて、ウイルボーンは一種の驚きに打たれた——おや、彼は苦しんでるんだ、彼はほんとに苦しんでるんだ。この男がどこで苦しむのかとも思い、たぶんそれは彼の心でではないんだ、普通の人が苦しむときのような感受性からでさえなくて、悲しみか虚栄心か自己欺瞞《ぎまん》からだ、それともただ自虐趣味からかもしれない。「さあ動いて」とリトンメーヤーは言った。「通路のじゃまになるぞ」彼の声はけわしくて、その手はほとんど荒っぽい動作で彼女を座席におしこみ、もう一方の席に鞄を置いた。「さあ、よく覚えとくんだ。もし君が毎月の十日までに連絡しないと、ぼくはすぐ私立探偵に捜査を頼むからね。それから嘘をつかぬこと、いいかい？　嘘はなしだよ」彼はふりかえった——といってもウイルボーンを見やりさえせず、頭を列車の後方に向けてぐいとふっただけだ。「君に話したいことがある」彼に煮えたぎるものを押し殺した声で言った。「来てくれ」二人がその客車の半ばまできたとき、列車は動きだして、ウイルボーンは相手が出口に向かって走りだすだろうと思い、またも考えた——彼はくやしがってるんだ、彼は自分の悲劇を苦い結末とか息たえるところまで演じたいのに、状況――つまらぬ列車の時刻表――が、じゃまをして、喜劇に変えられたんだからな。しかし相手はいそぎさえしなかった。彼は落ち着いた足どりで進み、やがて横にある喫煙室のカーテンを引きあけると、そこへウィルボーンが入るのを待った。彼はウィルボーンの顔に一時的な驚きのあるのを読みとった。「ぼくはハモンドまでの切符を持ってるんだ」と彼はとげとげした口調で言った、「ぼくのことは心配ご無用だ」それにたいする無言の質問が彼をかっとさせたらしく、声の高まりを抑えようと全身で格闘している彼の様子が、ウィルボーンには手にとるようにわかった。「君は自分のことを心配したらいいんだ。いいかい、君自身のことさ。それともあの――」いま彼は再び声をひかえたが、それは馬のくつわをぐっと引きながら、なおも無理に進もうとするのに似ていて、ポケットから財布をとりだしながら、「もしも君がだな――」と言った、「もし君があえて――」

彼は言えないんだ、とウィルボーンは思った。あれを口に出すことさえ我慢ならないんだ。「たとえぼくが彼女に良い男じゃなくとも、せめて優しくしてやれ。と、あんたはそう言いたいんでしょう？」

「それはいずれわかることさ」とリトンメーヤーは言った。「もしも毎月の十日までに彼女から手紙がこなかったら、ぼくは探偵に調べさせるからな。それに嘘をついてもだめだ、わかってるな？　わかってるだろ？」彼はふるえはじめていて、その鬘《かつら》に似た整った髪の下の実に整った顔は紅潮していた。「彼女は自分の百二十五ドルを持っているが、それ以上はとろうとしないんだ。しかしそんなこと、どうでもいい。どうせ彼女はこの金は使やしないさ。それにほんとにその金が必要になったときにはもう持っていないにきまってる。だからこうしてあるんだ」彼は財布から小切手をぬきだし、それをウイルボーンに与えた。それは三百ドルの支払人指定小切手であり、アメリカ・プルマン鉄道会社が指定されて、片隅には赤インクでこうあった——ルイジアナ州ニューオーリンズ市までの片道切符用。

「ぼくは自分の金でそうするつもりだった」とウイルボーンは言った。

「そんなこと、どうでもいい」と相手は言った。「それは切符用だぞ。もしそれが現金化されて使用ずみの小切手が銀行にもどってても切符が買われてなかったりしたら、ぼくは君を詐欺罪で逮捕させるぞ。わかったな？ ぼくをごまかせないぞ」

「それは、あんたが彼女にもどってほしい、という意味だね？ 彼女がもどったら受けとる、ということだね？」しかし彼は、相手の顔色を見るまでもなくて、いそいでつけ加えた、「すまない。いまの言葉は取り消すよ。あんな質問、誰にも我慢して答えられっこないからね」

「ちえっ」と相手は言った。「全く、ほんとなら君をぶん殴るところなんだ」それから彼は自分にもわからないといった驚きの調子で、つけ加えた、「どうして殴らないのかな？ 君は説明できるか？ 医者は、どんな医者だろうと、人間の感情分泌腺にはくわしいんじゃないのかい?」

それから突然ウィルボーンは、ひそかに驚き呆れた気持から喋っている自分の声を耳にしたのだった——彼にはいまや二人が、その全く女性的な原理を前にして、並び立ち戦いをいどんで敗北し、棒立ちになっているように思えたのだ。「どうも、その説明できないな。たぶん、殴れば君も気がすむだろうけどね」だがその瞬間は過ぎ去っていた。リトンメーヤーは彼に背を向けた、そして上衣から一本の煙草をとりだし、壁にとりつけられたマッチをまさぐった。ウィルボーンは彼を——そのきっちりした線をみせる背中を見守った、そしてひとつの質問が口から出かかった——あなたは列車がハモンドに着くまでぼくにここにいてほしいですか?　彼はその質問を抑えたが、しかしまたもリトンメーヤーは彼の心を読みとったらしかった。

「さあ、出てゆけよ」と彼は言った。「とっとと出てけったら。ぼくはひとりでいたいんだ」ウィルボーンは窓に向いて立っている彼を残してそこを離れた、そして自分の席に帰った。シャーロットは見上げもせず、火のついてない煙草を指の間にはさんだまま身動きもせずに坐り、窓の外を見やっていた。いま列車はかなり大きな湖の横を走っていて、まもなくモーアパス湖とポンチャトレイン湖（いずれもニューオーリンズ近くにある）の間にかかる鉄橋を渡るはずだ。やがて汽笛が後方へと流れ、列車は速度を落としてそのゆるんだ音の下に橋桁《はしげた》の作る空《うつ》ろな反響が聞こえた。いまや両側に水面が広がっていて、沼地にかこまれて地平線はなく、腐った桟橋の列には小さなヨットがいくつもつながれていた。「あたし水が好き」と彼女は言った。「死ぬのなら水のなかがいいわ。熱い土地の上の熱い空気のなかでなんてごめんだわ――そんなところで死ぬために幾時間も自分の血が冷えるのを待ったり、髪が成長を止めるまで幾週とかかかるなんて、たまらないわ。水、あの冷たいものは、人をすぐにひやしてくれて、だからすぐ永遠の眠りに入れるわ。それに頭脳のなかからも、眼からも、血のなかからも、すべて――自分が見たり思ったり感じたりほしがったり否定したりしたものを、すべて洗いさってくれるわ。彼は喫煙室にいるのね、そうでしょ？ あたしちょっと彼のところに行って、話してもいいかしら？」

「君は行くだけの――」

「ハモンドは次の駅だわ」

もちろん、彼はあんたの夫だものね、と彼は言いそうになり、自分を抑えた。「あそこは男用の部屋だからね」と彼は言った。「それよりぼくが行って――」しかし彼女はすでに立ちあがって彼を通りすぎていた。彼は思った。――もし彼女が立ち止まってぼくを見返るとしたら、それは彼女がこう考えてるという証拠だ――「あとになってあたし、彼にさよならも言わなかった、なんて思いだしたくないもの」とね、そしてたしかに彼女は立ち止まったのであり、二人は互いを見つめあい、それから彼女はまた歩きだした。いまや水面は滑り去り、鉄橋の音はやんで、再び汽笛が鳴り、列車は速力をとり戻した、と思う間もなくハモンド市の郊外らしい汚れた家々の間を走っていて、彼は窓から外を見ることを止めたが、その間に列車は止まり、停止したあとで再び動きだした。彼がほとんど立ちあがる暇もない間に、彼女はその前を過ぎて席に坐りこんだ。「やっぱり戻ってきたね」と彼は言った。

「あたしが戻るとは思わなかったのね。あたしもそうだったわ」

「しかし君は戻ったよ」

「ただし終わったわけじゃないわ。もしあの人がスライデル（ルイジアナ州の都市）までの切符を持って列車にまた乗ったりしたら――」彼女は身をまわした――ふれはしなかったが彼を見つめていて、「まだ終わってないのよ。切りはなすほかないのよ」

「切りはなす？」

「『もし汝《なんじ》の眼おのれを躓《つまず》かさば、抜出《ぬきいだ》して之《これ》を棄てよ、そして若者よ、健《すこ》やかになれかし』それなのよ。健やかになるのよ。すっかり忘れ去る――なにかをね。あたしはそれを切り捨てたいのよ。あっちの後部の特別室があいてたわ。車掌を見つけてジャクスン（ミシシピイ州中央部の都市）まで借りきってよ」

「特別室を？　だけどそれは高い料金――」

「馬鹿ね、あなたって！」と彼女は言った。**彼女はもうぼくを愛していないんだ**と彼は思った。**彼女は何ひとつ愛していないんだ。**彼女はこぶしで彼の膝を叩きながら、緊張したささやき声で言った、「あなたって馬鹿ね！」彼女は立ち上がった。「待った」と彼は言いながら彼女の手首をつかんだ。「ぼくがやるよ」彼はその客車の端のデッキで車掌を見つけた。長くはかからずに彼は戻ってきた。「いいよ」と彼は言った。彼女はすぐに立ち上がり、鞄とコートをとりあげた。「給仕がくるだろうから――」と彼は言ったが、彼女は立ち止まらなかった。「ぼくが持つよ」と彼は言い、まず彼女の鞄をとってから自分の鞄をもちあげ、彼女の後につづいて通路を歩きだした。後になって彼はこの限りなくつづいた行進を想い起こすことになるのだが、通路の左右に坐った人々はみななにもすることがないのか二人の通るのを入念に見つめ、その様子はまるで、客車じゅうの乗客が二人の過去を知っているにちがいない、というのも二人は不道徳と災厄を臭気のようにふりまいているからだ、と彼には思えた。彼らは特別室に入った。

「錠をおろして」と彼女は言った。彼は鞄をおろして錠をおろした。いままで一度も特別室に入ったことのない彼は、錠をかけるのにかなり手間どった。彼がふり向いたときには彼女はもう服を脱いでいた――服は彼女の足もとに落ちてまるく積み重なり、そして彼女は一九三七年の簡素女性用下着のまま、両手で顔をおおって立っていた。それから彼女はその両手を離した、そして彼はそれが羞恥でもつつましさでもなかったと知った――それはもとから予期していなかった――そして彼はそれが涙のためでもないと知った。それから彼女は服から踏みだした、そして近よると彼のネクタイをほどきはじめた――彼自身の、突然不器用にこわばった指を払いのけながら。

いつもより遅い暁が光を流しはじめたころ、二人の囚人は他の二十人にまざって、トラックのなかにいた。その運転席では模範囚が運転し、となりには武装した二人の看守が坐っていた。屋根なしの家畜小屋めいた高い荷台には囚人たちが立っていて、その詰めこまれた様子は立てたマッチ箱のなかのマッチ棒、あるいは砲弾のなかに並んだ火薬筒の列を思わせ、彼らの足首は一本の鉄鎖でつながれ、それは動かぬ足や揺れる脛《すね》の群をぬったり、音をたてる鶴はしやシャベルの間をうねっていて、両端はトラックの鋼鉄の車体に固定されていた。

それからなんの前ぶれもなしに、あの太った囚人がこの二週間以上も読みきかせて彼らが耳をすませていたあの洪水を眼にした。道路は南に向かっていた。道路の走っているのは盛りあげた土手の上で、それはこの地方では土盛り《ダンプ》と呼ばれている——まわりの平たい土地からは八フィートほど高まっていて、両側にはこの土手を作るのに土を掘りだした溝がずっとつづいている。この溝には前の日に降った雨の水ばかりか秋の長雨の水も冬じゅう溜まっているのだが、しかしいま彼らの眼には道路の両側ともその溝は消えうせていた、そしてその代わりには平たい茶色の静かな水が溝をこえて畑にまでひろがっていて、鋤《すき》返された土の凹《へこ》みにも細長い動かぬ筋となって流れこみ、灰色の光のなかで、倒れた巨大な鉄格子のようにかすかに光っていた。それから（トラックはかなりの速力で走っていた）囚人たちが黙って見守る間に（以前から彼らはろくに喋っていなかったが、いまはすっかり黙りこんでしかめ面となり、動いたり首をのばしたりして、まるで皆の顔がひとつになったように一斉に道路の両側を見やっていた）畦《あぜ》の頭も水をかむって消えてしまい、いまや彼らの見るのは一枚の、完全に平たくて動かぬ鋼鉄色の水面となり、そこには電柱や畑の区画を示すまっすぐな生垣がまるでコンクリートに固められたかのように凝然と硬直して立っていた。

それは全く動きのない、全く平たい水だった。それは無邪気とは言えないが、温和な表情だった。ほとんどとりすましているとも言えた。またその上を人が歩けそうな感じでもあった。実に静かに見えたから、それが動きを秘めていることは、彼らが橋の上にきてはじめて気がついたのだった。その橋の下には谷がありそこに小さな川が流れていたのだが、いまはその谷も流れも見分けられず、ただ水路を示す糸杉と茨の列だけが残っていた。ここで彼らは動きを見たし耳に聞きもした――こわばった張りかたともいえる平たい水面にはいま東へ、上流へとゆっくり深い流れが動き（「逆に流れてやがるぜ」と囚人のひとりが言った）その下からは地底の轟きのような深くてかすかな音が聞こえ、それは（車上の囚人たちの誰も比較はできなかったが）比べれば街路のはるか下を地下鉄電車が走っていて、その響きが電車の凄まじいひそかな速力を暗示しているのと似ていた。実際その水は、すっかり分離して三つの層をなしているかのようだったのだ――穏やかで静かな表面の層は泡だつ浮きかすや小形の流木めいた小枝を浮かべていて、悪辣《あくらつ》な計算のもとにその下の、洪水そのものの勢いづいた奔流を隠そうとするかのようだし、この洪水の水を第二層とすればその下にはさらにもとからの谷川の水があるのだが、それはごく細いもので、ささやきながら反対方向に流れていて、それは自分に定められたコースをためらわず無心にたどっている――いわば小人《こびと》は小人なりの目的を果たしているというふうで、ちょうど一列の蟻がレールの間を進行しているとその上を急行列車が通過するのに似ていて、彼らは（蟻たちは）列車の力も凄まじさも土星をめぐる旋風であるかのように気づかないのと似ていた。

いまや道路の両側に水があり、その水はいまや彼らにその動きを見つかった以上、自分の欺瞞《ぎまん》と隠蔽《いんぺい》の術を投げ捨てたといったふうで、それは土手の腹を上に這いあがるほどの勢いだと見えたし、木々は、数マイルほど前には水上にその幹を高く示していたのに、ここでは下枝を水面すれすれに張りだしていて、その様子は刈りこんだ芝生にある観賞用の灌木《かんぼく》のようだった。トラックは一軒の黒人の小屋を過ぎた。水はその窓のふちまできていた。ひとりの女が二人の子供をかかえて屋根の棟木にしゃがんでおり、ひとりの男と成人前の年ごろの若者は腰まで水につかりながら、かん高く鳴く豚を納屋の傾斜した屋根に押しあげようとしていて、そこにはすでに一列に並んだ鶏たちと一羽の七面鳥がとまっていた。納屋の近くの乾草の山には一頭の牝牛がいて、中心の棒につながれたまままたえず鳴いており、ひとりの黒人少年が鞍のない騾馬《らば》にまたがり、たえずわめきながらそれに鞭をあてていて、両足はしっかり騾馬の腹をはさみつけているものの、上体は後の二頭めの騾馬につないだ綱に引かれてのけぞっていて、いま彼らは水しぶきをあげてもがきながら乾草の山に近づいていた。屋根にいた女はトラックに向かって叫びはじめた――その声は茶色の水面をわたってかすかに、歌のように伝わってきたが、トラックが行き過ぎて走ってゆくにつれてさらにかすかとなり、やがて聞こえなくなったが、それは距離が離れたためか女が叫びやめたためか、囚人たちにはわからなかった。

それからその道路も消えた。道路は、気づくほどの傾斜もないまま、だしぬけに茶色の水にすべりこんだのであり、薄刃のメスが器用な手で斜めに肉のなかへ刺しこまれたときのように、明確な境界もなければさざ波もたてぬまま水のなかに入りこみ、静かに消えこんでいて、その様子は幾年も前からそのようであり、はじめからそのように作られたといった感じだった。トラックは停止した。模範囚が運転席からおりて後部にまわり、四人たちの足の間から二本のシャベルを引きだした――その刃が彼らの足首をつないで這いまわる鎖にあたって音をたてた。「なんだ、いったい?」とひとりが言った。「なにをやろうってんだ?」模範囚は返事をしなかった。彼が運転席までもどったときには、すでに看守のひとりが、銃を持たずに、下におりたっていた。看守と模範囚は腰までの長靴姿で各自にシャベルを持ち、水のなかを進みはじめた——シャベルの柄で用心深く自分の前をさぐりながら進んだ。前と同じ囚人が再び言った。彼は乱れたごま塩の髪とちょっと気狂いじみた表情をもつ中年男だった。「やつら、なにをしようってんだ?」と彼は言った。再び皆は答えなかった。看守と模範囚の背後からトラックは動き、水のなかに入りこみ、その前方にチョコレート色のねっとりねばつくような水を押しのけはじめた。それからごま塩頭の囚人が叫びだした。「おい鎖をはずせ!」彼はもがきはじめ、拳を振りまわしてまわりの連中を殴りつけながら動き、運転席の屋根までたどりつくと、それを両手の拳固《げんこ》でたたきながら叫んだ。「おれたちの鎖をはずせ! こん畜生ども! 鎖をはずせ! はずすんだ!」彼は誰に向けてでもなしに、また叫んだ。「やつらはおれたちを溺れ死させる気だぞ! この鎖をはずせ!」しかし彼がなにかの返事を得るにしても、彼の声のとどく半径の男たちは、死人と同然の連中なのだった。トラックは這い進みつづけ、看守と模範囚はさかさに持ったシャベルでその前の道路をさぐってゆき、二番めの看守が運転席でハンドルを握っていて、荷台には鰯《いわし》の罐詰のように詰まった二十二人の囚人たちがいて、その足首はいずれもトラックの車体と結びつけられていた。彼らは二つめの橋を渡った——二本の細っこい、それゆえ鉄と呼ぶのが皮肉にも聞こえる鉄製の欄干が水面から斜めにあがり、やがて少しの距離を平行して伸び、それから傾いて水に没しているのだが、その消え方は悪夢ではないが夢のなかのなにかのようで、ひどく意味ありげだが明らかに無意味な、大仰な様子を示していた。トラックは這いつづけた。

正午ちかくに彼らは、ひとつの町に着いた――彼らの目的地である。街路は舗装されていて、いまはトラックの車輪は絹を裂くような音をたてた。看守と模範囚を再び運転席に乗せて、トラックはいまや前より速く走っており、歯がみをして吐きだすように水を押しのけ、その波はトラックの前部から沈んだ歩道にひろがり、それにつながる芝生をわたって家々の上り段やベランダにあたったが、そこでは人々が積みあげた家具類のなかに突っ立っていた。トラックが商店街を通ってゆくと、ひとつの店からは腰まである防水ズボンを着た男が膝まである水を分けてでてきたが、彼は平底の小舟を引いており、それには一個の鋼鉄の金庫がのっていた。

ついに彼らは鉄道線路に達した。線路は街路と直角に交差し、町を二つに分断していた。その線路もまた、町自体より八フィートか十フィート高い土盛り、あの土手の上を走っていて、通りはそれにぶつかると右に曲がったが、そこには綿花圧搾場があり、また貨車の入口と同じ高さにある橋の桁組の上に貨車用のホームがあり、カーキ色の軍用テントがはられ、軍の歩哨がひとり、弾薬帯をつけた制服姿でライフル銃を持って立っていた。

トラックは曲がってから水を這いだし、綿花を運ぶ荷車が使う傾斜道を登ったが、それはいま家財道具を満積したトラックや自家用車がきて貨車ホームに荷をおろすのに使われていた。四人たちはトラックの中で鎖をはずされた、そして二人ずつ足首と足首をつながれたまま貨車ホームにのぼり、さらに進んだがあたりには見わけもつかぬほど雑然とベッドやトランク、ガスや電気ストーブ、ラジオとテーブルと椅子と額ぶち入りの絵などが散らばり、それらを一群の黒人たちがひとつずつ圧搾場に運びこんでいて、泥だらけのコール天服に腰までの長靴ばきの不精髭の白人がそれを見張っていた。圧搾場の入口には別の州兵がライフル銃を持って立っていて、彼らは（四人たちは）ここで止まらずに散弾銃を持つ二人の看守に追いたてられて薄暗くて洞穴じみた建物に入っていったが、そこでは雑多な家具類の間から綿花の梱《こり》のふちの金具や化粧台とか食器棚についた鏡が、申し合わせたように黙した鈍い弱々しい光をぼんやり反射していた。

彼らはそこを通りぬけ、軍用テントと最初の歩哨のいた貨車ホームに行った。彼らはここで待機した。誰ひとり、なんのために、なぜ、ここにいるかを彼らに説明しなかった。二人の看守がテントの入口の歩哨と喋っている間、四人たちは貨車ホームの端に一列に、垣根にとまった禿鷹《はげたか》のように並んで腰かけ、彼らの鎖つきの両脚がぶらさがる下には一面の動かぬ洪水の茶色の水を——そこからは鉄道の土手だけが、とりすました無傷な姿で盛りあがり、自分だけは変化しないし、そんな予兆も感じぬといった様子をみせていた——

喋ってもいず、ただ静かに見やっていて、線路ごしに彼らの見やる彼方には切断された町の半分が漂うように浮かび、家々や藪や木々などが、厚い灰色の雲の下の限りない水の平原の上で、行列の整然さと不動さをみせていた。

しばらくすると同じ刑務所農場からさらに四台のトラックが到着した。その四台は一団となり、前車の尾燈《テールランプ》に後車のラジエターがつくほどかたまってきて、それぞれ特有の絹を裂くようなタイヤの音をさせ、圧搾場の向こうに消えた。やがて貨車ホームにいる囚人たちの耳には足音、ひそかな足鎖の音が聞こえ、第一のトラックに積まれてきた連中が圧搾場から現われた、それから第二組、三組とつづき、いまや縞模様の作業衣にジャンパーを着た一団は百人を越え、それにライフルや散弾銃を持つ護衛は十五人あるいは二十人になった。最初の一団が立ちあがった、そして音を響かせる臍《へそ》の緒に双生児となった彼らは、入りまじったり分かれたりした。それから雨が降りはじめたが、それは五月の雨らしくなくて、十一月のじとじとつづく灰色の霧雨に似ていた。それでも誰ひとり圧搾場の入口へ動こうとはしなかった。それればかりか彼らはその方向に、希望をもってにせよもたずにせよ、眼を向けようとさえしなかった。もしそのことで彼らがなにか考えたとすれば、彼らはこの圧搾場が家財の置場として必要なのだと知っただろう——たとえまだ満員でなくて彼らの入る余地があったとしても、その余地は彼らのためではないとさえ知っただろう、そしてさらに、彼らが濡れたままで置かれるのも、看守たちが意地悪にしたのではなくて、ただ彼らを雨から守ってやろうとは全く考えなかったせいだ、とも知っただろう。それで彼らはただ喋るのをやめただけで、ジャンパーの襟を立て、野外訓練のときの猟犬のように足鎖をつけたまま突っ立っていて、動きもせず、我慢強く、ほとんど瞑想にふけるかのようで、雨に背を向けたその姿は羊や牛がする姿勢に似ていた。

さらにしばらくすると、彼らは兵士たちの数が十二人かそれ以上も増えたと気づくようになった——いずれもゴム引きのレインコートを着て暖かく乾いた様子であり、そこにはまたベルトに拳銃をつけた将校もいた、そして彼らはその方向に全く動きさえせずに、食物のにおいをかぎはじめたのであり、そしてふり向いてみると、圧搾場の入口からすぐ内側のところに、軍隊の野戦用炊事場が設けられているのを見つけた。しかし彼らは動こうとしなかった、そして追いたてられるのを待って一列に並び、雨のなかで頭をさげて我慢強く一歩ずつ進んでゆき、そして各自に一椀のシチューと一杯のコーヒー、ふたきれのパンを受けとった。彼らはこれを雨のなかで食べた。貨車ホームは濡れていたから、彼らは坐りこまずに、田舎の農夫がするようにしゃがみ、身をかがめてお椀やコップをかばったが、それでも雨はそれが小さな池であるかのように遠慮なく降りこみ、また眼に見えず音もせぬまま、パンのなかにしみこんだ。

囚人たちが三時間も貨車ホームに立ったころ、彼らを運ぶ列車がきた。ホームの端にいた連中がそれを認め、見守った——見たところでは一台きりの客車が自力で走ってくるかのようで、かくれた煙突からでる煙の雲を後ろに引くが、その雲は上にあがらず、左右の水の表面になびいて、いかにも軽くて同時にふぬけにもなった様子だった。それは到着して停まったが、両端の開いた旧式の木造車で、それよりもずっと小型の機関車を後部に連結していた。彼らはそこに追いこまれ、車内を前方へ進むと、そこには小型のダルマ・ストーブがあった。それには火が燃えていなかったが、それでも彼らはまわりに集まった——冷えて音もたてないストーブは噛み煙草の唾で汚れていて、そのまわりにはピーナッツやバナナや幼児の汚れた下着などが散っていて、それらはメンフィスやムアヘッドへの数知れぬ日曜の日帰り旅行の名残り、その亡霊たちと言えたが——そこに集まり、なんとかそばに寄ろうと押しあった。「おい、動くんだ」と看守のひとりがどなった。「さあ、坐るんだ」しまいには三人の看守が、銃を横に置き、彼らの間に割りこみ、その群を散らして後ろに、座席にと追いたてた。

座席は全員にわたらなかった。通路に両脚を踏んばって立ったままの者もいたが、彼ら囚人たちはブレーキをゆるめるときに洩れる空気の音を聞いた、それから機関車の汽笛が四つ鳴り、客車はがくんと揺れて動きだした——貨車ホームや圧搾場が急激に消え去るのを見ると、どうやら客車はあの無能な静止状態から全速力へと転じたが、それでもなお最初に現われたときの、あの非現実的な性質はそのままらしく思われた——ただし最初にきたときは機関車を後部につけて前に進んだのだが、今度は機関車を前につけて後ろ向きに進んでいるのだ。

今度は線路が水の下に浸っていたが、囚人たちはそれを知りさえしなかった。彼らの感じるのは、ときたま汽車が停まることだけで、聞くのは機関車の長い汽笛であり、それは荒れて淋しい水面をこだまもなしに遠くまで伝わっていったが、彼らは好奇心も持たず、雨粒の流れる窓の内側に坐ったり立ったりしていて、その間に汽車は再び這うように動きはじめ、あのトラックがしたように自分の道をさぐりながら進んだが、すると茶色の水は小車輪の間や駆動車輪の輻《スポーク》の間に渦巻き、火に満ちた機関部の低い腹にうちよせて蒸気と化したりした。再び四度も汽笛が鳴ったが、その短い苛烈な音は荒々しい勝利と挑戦の響きを帯び、さらに自暴自棄《すてばち》の勇気と訣別の響きさえ加わっていて、まるでその組み立てられた鋼鉄自体がもはやとどまるどころか戻ることもできぬと悟っているかのようであった。二時間後の夕暮れの光のなかで、水の流れる窓ごしに、彼らは農園の大きな邸宅が燃えているのを見た。それは並び建つものも近所の家々もなく屹立《きつりつ》していて、くっきりと着実に火葬に似た炎はきびしくそれ自身の反映を拒否し、薄暮れの荒涼とした水の上で、大仰かつ不可思議な、どこか矛盾した様子で燃えつづけていた。

夜がおりてからしばらくして、汽車は停まった。囚人たちは自分がどこにいるのか知らなかった。それを聞いてみようともしなかった。なんのためになぜここに来たかを聞く気がないと同様、ここがどこかを尋ねることなど思いもつかなかったのだろう。彼らは見ることさえできなかった、というのも客車には明りがなかったし、窓は外側からは雨で、内側からは詰まった男たちのだす熱気で、すっかりくもっていたからだ。ただ眼につくのはどこかで薄淡くちらつく懐中電燈の光だけだった。彼らにはどなり声や命令の声が聞こえて、やがてそれから車内の看守たちもどなりだし、彼らは立ちあがり、足首の鎖を鳴らしながら出口のほうに追いたてられた。噴出する蒸気のなかを下へおり、それが客車の横腹を散りながら流れるなかを抜けた。その客車のそばに横づけになって、それ自体の形が客車に似た発動機船がずんぐりした姿を見せていて、そこからでた綱にはボートや平底船がいくつもつながれていた。そこには前よりも多くの兵隊がいて、懐中電燈の光は銃身や弾薬帯の止め金にひらめいたし、また囚人たちの足首にある鉄鎖の上にも光ったり輝いたりして、そのなかを囚人たちは膝まである水にこわごわ踏みこみ、ボートに乗りこんだ。そのとき、乗務員たちが機関車の釜から残り火を水に放り捨てたので、その蒸気に機関車も客車も全く見えなくなった。

さらに一時間後、彼らは前方に点々と光を見出しはじめた——地平線に沿ってピンであけた穴のような赤い灯がゆらめき伸びて、一見すると空に低く吊りさがっているかのようだ。しかしそこへ行き着くのにさらに一時間かかったのであり、その間も囚人たちは小舟のなかにしゃがみ、濡れしょぼくれてかがまり（彼らはもはや雨を個々の粒としては感じなくなっていた）それらの明りが次第に近く、近くなってくるのを見守っていたのであり、するとしまいに堤防の頭自体が見えてきたのだった。いまやその堤防の上に軍用テントが一列に並んでいるのも見分けられるようになり、さらに焚火のまわりに坐った人々や焚火のゆらめく反映も見え、その反映のなかで、水面一帯に、高くて黒い堤防ぞいに他のいくつもの小舟のかたまりも現われてくるのだった。そのつながれた小舟たちのあるあたりから、懐中電燈が光ったりまたたいたりして、発動機船はいま、エンジンを止め、ただようように近づいていた。

堤防の頭まででると、彼らにはカーキ色のテントの長い列が見えた。その間にいくつもの焚火があり、まわりでは人々が——男、女と子供、黒人と白人たちが——形のくずれた衣類の梱《こり》の間にうずくまったり立ったりしていて、彼らは頭をまわして、焚火の火に眼玉を光らせながら、縞の囚人服と鉄鎖を静かに見やるのだった。それから堤防の先へゆくと、やはりいっしょにかたまって（ただし綱でつながれずに）騾馬の群と二、三頭の牛がいた。それからあの背の高い囚人は別の音を意識するようになった。彼はそれをいまはじめて聞きつけたのではないのだが、いま突然、自分は前からこの音を耳にしていたと気がついたのである——というのもその音は彼の経験や吸収力をはるかに越えていたために、いままではそれがなにかと考えたことが全くなかったのであり、たとえばそれは蟻や虱《しらみ》が自分ののっている雪崩《なだれ》の崩れ落ちる音に気づかないようなものだった。彼はすでに昼近くから水の上を運ばれてきていたし、その点ではこの七年間もいま彼が立つ堤防の影の下で耕したり植えたりもしてきたのだが、しかしその堤防の向こう側からくる深いささやきに似た音には気づかずにいたのだ。彼は立ち止まった。彼の背後につながった囚人たちは、貨車がぶつかりあうように、足の鎖でそれに似た音をたてながら、彼にぶつかった。「動くんだ！」とひとりの看守がどなった。

「ありゃなんだ？」とその囚人は言った。そばの焚火にしゃがんでいた黒人の男が彼に答えた――

「ありゃね、なにさ、――ありゃあ爺《ザ・オールド・マン》さんさ（俗称ではミシシピイ河をオールド・マンと呼ぶ）」

「爺《ザ・オールド・マン》さんだと？」と囚人は言った。

「ゆくんだ！　止まるんじゃない！」と看守が叫んだ。彼らは進みつづけた、そして別の騾馬の群を通ると、そこでも馬たちの眼玉は動き、長くて間抜けた顔が焚火のなかに現われたり消えたりした。そこを過ぎると、彼らはあいたテントの並ぶところに着いた――軍隊が野戦用に使う小型の二人用のテントだ。看守は二人ずつ足鎖につながれた囚人たち三組をひとつのテントに追いこんだ。

　彼らは狭い犬小屋に入る犬のように、四つん這いになって入りこみ、そしてそれぞれに落ち着いた。まもなくテントは彼らの体の熱で暖かくなった。それから彼らは静かになり、するとそこにいる誰の耳にもあれが聞こえたのだった――彼らは横たわったまま、深くて強くて力にあふれた低いささやきに耳をすませた。「あれが爺《ザ・オールド・マン》さんか？」と列車強盗だった囚人が言った。

「そうさ」と相手が言った。「あんなに、威張りくさらなくたってわかるのによ」

夜明けに看守たちは外に突きでた靴の底を蹴りたてて彼らを起こした。泥だらけの荷揚げ場と小舟たちの群の反対側に野戦用の炊事場が設けられていて、すでに彼らはコーヒーの香りをかぐことができた。しかし少なくとも背の高い囚人は、昨日は一度しか、それも雨の中で昼に食っただけなのに、すぐ食事の方には動こうとしなかった。そうする代わりにそしていまはじめて彼は、自分がその影で七年の人生を過ごしながら一度も見たことのないその大河に眼を向けたのだった――静かだが思いがけない驚きをみせて立ちつくし、波立たずにかすかのうねりを見せるだけの固い鋼鉄色の水面を見やったのだ。それは彼の立っている提防から向こうへ、眼のとどく限り延びていた――ゆったりと重々しくチョコレートの濁りをみせて広がり、それが一マイルも先で細い線にさえぎられているが、その細くて脆《もろ》そうな様子は一本の髪の毛を思わせ、少しして彼はそれがなにかに気づく――あれは向こう岸の堤防なんだと彼は静かに思う。あっちから見ると、こっちもあんなに見えるんだな。おれの立ってるところも、あすこからはあんなに見えるんだ。彼は背後から突っつかれ、看守の声が前方に走った、「さあ行くんだ！　動け！　それはいま眺めなくたって、これからいくらでも見れるんだ！」

彼らは前の日と同じシチューとコーヒーとパンを受けとった、昨日と同じように（といってもまだ雨は降りはじめなかったが）椀やコップを持ってしゃがみこんだ。夜のうちに大きな木造の納屋がそのままの形で流れてきて、それが流れに押されて堤防にへばりつき、いま黒人たちがそれに群がり寄り、棟木や板を引きはがしては堤の上に運びあげていた。落ち着いていそがずに食べながら、背の高い囚人はその納屋が、まるで群がる蟻たちの熱心な作業で死んだ蠅が消えさるのとそっくりに、水面そのものの低さまで解体されてゆくのを見やっていた。

囚人たちは食べ終わった。それから、まるで信号のように、またも雨が降りはじめ、そのなかで彼らは立ったり坐ったりしていたが、着ている服は夜の間に乾きあがりもせず、ただ外気よりも少し暖かくなっただけだった。やがて彼らは集合し、二つの組に分かれるように命じられた、そしてそのひと組は近くにあった泥だらけのシャベルと鶴はしの束をとりあげると、堤防の向こうへ行進していった。少ししてあの発動機船が小舟をいくつも後ろに引いてやってきたが、その船の横切ってくる水面はたぶん、船底から十五フィート下が棉畑だったろう、そしてそれに引かれる小舟にはいずれも舟端《ふなばた》までいっぱいに黒人たちが（それに少しの白人もまじって）、膝に包みなどを置いて乗っていた。エンジンが止まると、ギターをひとかきするかすかな音が水を渡ってきた。小舟はみな引き綱にひかれて近づき、人や荷物があげられた《キ》——《ル》囚《ト》人たちの見守るなかで、男や女や子供たちが泥ですべる土手を、重い麻袋や、掛け布団にくるんだ包みを運びながら、登ってきた。あのギターの音はまだつづいていて、いま囚人たちはその本人を見た——若くて細い腰つきの黒人であり、その首からは木綿の犂綱《すきづな》に吊るされたギターをさげていた。それを爪弾きながら、彼は堤防をあがった。彼はほかになにも——食物も着替えも、上衣さえも、持っていなかった。

背の高い囚人はこの光景に気を奪われていたので、看守がすぐ横にきて彼の名を呼ぶまでその声が聞こえなかった。「眼を覚ませ！」と看守はどなった。「お前、ボートを漕《こ》げるか？」

「ボートを漕ぐっ？　どこで？」と背の高い囚人は言った。

「水の上でだ」と看守が言った。「ほかにどこでやろうって気だ？」

「あっちへゆくんならどんなボートをどう漕ごうとごめんだよ」と背の高い囚人は言いながら、背後の見えない河のほうに頭をぐいと振った。

「そうじゃない。こっち側だ」と看守は言った。彼はすばやく身をかがめ、この背の高い囚人と太って髪の薄い囚人をつなぐ鎖をはずした。「この道路を少し下ったところだ」彼は立ちあがった。二人の囚人は彼の後をボートの群までついていった。「あそこに並ぶ電柱の列にそってゆくんだ、するとガソリンスタンドに着く。すぐわかるんだ、屋根はまだ水の上にあるからな。そのあたりは沼地《バイユー》なんだ。沼地だってことは木の枝が突きでてるからわかる。それにそってゆくと水につかった糸杉に女がつかまってる。それを拾ってから、まっすぐ西に戻ると、棉倉庫があって、その屋根のてっぺんに男が坐ってるからな――」彼はふりかえって二人の囚人を見やったが、二人は身動きもせずに突っ立ったままで、はじめは小舟を、次には水面を、生真面目にじっと見やっている。「おい、なにを待ってるんだ？」

「おれはボートを漕げねえんだ」と太った囚人は言った。

「じゃあ、練習するにはいい機会だ」と看守は言った。「さあ乗れ」

背の高い囚人は相手を前に押した。「乗れよ」と彼は言った。「あの水は別に悪さをしねえよ。誰もあんたに水浴びなんてさせやしねえよ」

太ったほうが舳《へさき》に、もう一方が艫《とも》に乗って堤防を離れたとき、二人には他の二人組たちが鎖をはずされて他のボートに乗りこむのが見えた。「あの連中も、たいていはこんな水を生まれてはじめて見たんだぜ」と背の高い囚人は言った。相手は返事をしなかった。彼は小舟の底に膝をつき、時おりこわごわと櫂《かい》で水をこすっていた。その厚くて柔らかな背中の様子そのものが、いやいやながらも緊張している表情をそっくり現わしているかのようだった。

真夜中を少しすぎたころ、一隻の救助船が家なしの男や女や子供の群を手すりからあふれるほどに乗せて、ヴィクスバーグ（ミシシピイ州の西にある中都市）に到着した。それは吃水《きっすい》の浅い発動機船で、一日じゅう沼地では糸杉やゴムの流木の群を押しのけたり、棉畑の上ではときには浮き進むというより泥をかきわけて進んだりして、家や納屋や木の枝からさえ哀れな避難者たちを拾い集めていたのだが、いまようやく孤独と絶望の人々でふくれた都会の岸につながれたのであり、そこでは石油ランプの光が霧雨に煙り、急いで張りわたした電球の列が州兵の銃剣や、医者と看護婦と炊事係の赤十字腕章を照らしだしていた。その上の丘はほとんどテントで埋まっていたが、それでもなお収容すべき人間たちが溢れていた――ひとりきりの者や、かたまった一家族が、雨をよけられる場所ならどこでも、そしてときには雨のなかでも、坐ったり横になったりしていて、その様子は深い疲労からちょっと死の群を思わせ、また、医者や看護婦や兵隊たちは彼らの上やまわりや間をまたいで歩いていた。

最初に上陸した群のなかに刑務所の所員《デピュティ》のひとりがおり、そのすぐ後から太った囚人と別の白人がつづいた――その白人は小柄な男で、その顔はやせて不精髭だらけで疲れきっており、いまだに信じがたいという怒りの表情を帯びていた。刑務所の所員は自分がどこにゆくつもりかよく心得ているらしかった。二人を自分のすぐ後に従えて、彼は足早に積み重なった家具や眠った人々の間を縫ってゆき、やがて仮事務所に立った――それは電気だけ痛いほど明るい急造の小屋で、いわば軍隊の野戦司令部といった役割をしており、そこには刑務所長が少佐の徽章をつけた二人の陸軍将校といっしょに坐っていた。刑務所員は前置きもなしに口をきいた。「ひとり、失《なく》しました」と彼は言った。彼はあの背の高い囚人の名を口にした。

「ひとり失したと？」と刑務所長は言った。

「ええ。溺死です」頭をまわしもせずに、彼は太った囚人に話しかけた。「あの人に話をしろ」と彼は言った。

「あいつは、自分からボートを漕げると言ったんでさあ」と太った囚人は言った。「おれはだめだ――自分でもそう話したけど」――彼はぐいと頭を動かして刑務所員を指し――「おれは漕げなかった。それで二人で沼地までいったときに――」

「なんだね、こりゃ一体？」と刑務所長は言った。

「発動機船で聞いたんですが」と刑務所員は言った。「沼地で糸杉の流木に女がいて、それからこの人が――」――彼は三人目の男を指した、そして所長と二人の将校はこの三人目の男を見やった――「棉倉庫の上にいたんです。ところが発動機船のほうでは二人を拾う余地もなかったんです。さあ、つづけろ」

「で、おれたち、沼のあったあたりに来た」と太った囚人はつづけたが、その声は全く平板で、抑揚といえるものはどこにもなかった。「それからボートがあいつの手に負えなくなった。どうしてだか、おれにはわからない。急な流れなんか見えなかった。ただだしぬけにボートがぐるぐるまわりだして、それから列車につながれたみたいに後戻りをはじめ、それからまたぐるぐるまわりして、そのときおれがふっと眼をあげたら、頭のすぐ上に大きな枝があったんで、それを引っつかんだら、そのとたんにボートがおれの下から引っさらわれた、ちょうど靴下を誰かが引っぱがすみたいにね、それから一度だけボートを見たけど、引っくり返っていて、漕ぐことはうまいと言ってたあいつが片手でボートにつかまって、もう一方の手にはまだ櫂を持ってた――」彼は話をやめた。声の調子を落として終わったのでなく、ただ話しやめたのであり、その囚人は立ったまま、テーブルに置かれたウイスキーの半クオートは残った壜を静かに見つめていた。

「彼が溺死したとは、どうしてわかるんだね？」と刑務所長は所員に言った。「そいつはこれが逃げる好機会だと知って、その機会をつかんだんじゃないのか？」

「逃げるって、どこへです？」と相手は言った。「三角州《デルタ》〔ミシシピイ州北西部、メンフィスとヴィクスバーグの間のミシシピイ河とヤズー河に挟まれた地域〕がすっかり水にひたってるんですよ。五十マイルの土地に十五フィートの水がかむってるんですよ、ずっと山地《やまち》のところまでね。それにボートは引っくり返ったんです」

「あの野郎は溺れ死にましたよ」と太った囚人は言った。「あいつのことは気にしないでいいですぜ。あいつは特赦状をもらったんでさあ、それも誰の署名もいらねえやつをね」

「で、ほかに誰も彼を見た者はいないんだな？」と所長は言った。「それから流木にいた女の人はどうした？」

「わからんです」と所員は言った。「まだ見つからんのです。たぶん他の船が彼女を拾ったんでしょう。しかし棉倉庫の上にはこの人がいたんです」

再び刑務所長と二人の将校は三人目の男を見やった――その骨張って不精髭だらけの荒《すさ》んだ顔にはまだ前日の恐怖、恐れと無能さと怒りが混ざって残っていた。「囚人はあんたのところへ行かなかったかね？」と刑務所長は言った。「あんたはその男を見なかったかね？」

「誰ひとり、わたしのとこにはこなかったんだ」とその避難民は答えた。はじめ彼はかなり静かに話したが、すぐに身をふるわせはじめた。「わたしはね、あのいまいましい棉倉庫の上に坐ってて、いまにもあれが押し流されるとばかり思ってた。あのでかい船やボートもいくつか来たけんど、どれも満員で乗せてくれねえんだ。黒ん坊どもがいっぱいで、そこに坐ってるやつの内にはギターをひいてる野郎もいたけど、それでもあたしを入れる場所はないんだ。ギターなんぞ！」と彼は泣いた――いま彼は甲高い悲鳴をあげはじめ、身をふるわせ、口もとは泡をふき、顔をゆがめ引きつらせて――「黒ん坊とギターは乗せてもわたしを乗せねえなんて――」

「まあ落ち着いて」と刑務所長は言った。「まあ落ち着きなさい」

「彼に一杯飲ましたらどうです」と将校のひとりが言った。所長はグラスに注いだ。所員がそれを避難民に手渡すと、彼はそのグラスをふるえる両手に受け取り、口まで持ちあげようとした。彼らはその様子を二十秒ほど見守っていたが、それから所員が彼からグラスを取り、それを彼の唇にあてがうと、彼はごくりと飲みだしたが、そのときでさえ細い滴《したた》りがその口の両端から顎の不精髭のなかに流れおちた。

「それでおれたちが彼とそして」──刑務所員はいま太った囚人の名を呼び──「二人を拾いあげたんです、暗くなる少し前でしたがね。しかしもう一人の囚人は消えちまったわけです」

「そうか」と刑務所長は言った。「わたしのところではこの十年間、一人の囚人も失わんできたのだがね、いまはこの始末だ──明日、お前を刑務所農場に送りかえすぞ。あの囚人の家族には通知して、すぐに彼の釈放書類をつくるようにしたまえ」

「わかりました」と所員は言った。「それからですね、所長。あいつは悪いたちの男じゃないですから、あのボートでなにかたくらんだりはしなかったはずです。ただ自分では漕げると言ったですがね。それでですね、彼の釈放書にはこう書いたらどうでしょう──一九二七年の大洪水において、人命を救わんとして溺死したり、とね、そしてそれを知事に送って署名してもらうんです。そうすれば彼の家族には慰めになると思うんです、壁になんか掛けとけば。近所の連中なんかが来たときに見せられるし。それに州のほうでは彼の家族に見舞金をだすかもしれんですよ──なんてたって州が彼を送りこんだのは棉つみ仕事のためで、洪水どきにボートをいじくらせるためじゃなかったんですから」

「よろしい、わかった」と所長は言った。「その点は私も考えておく。肝心なことはだな、彼の名を死亡として帳簿から消しておくことだ──放っておくと政治家どもが彼の食費分を分捕りたがるぞ」

「わかりました」と所員は言った。彼は身をまわし、あとの二人も外に出した。再び霧雨の闇のなかで、彼は太った囚人に言った、「さてと、お前は仲間に先を越されたってわけだ。やつはもう自由だ。立派に刑期を果たしたってわけだが、お前のほうはまだ先がたっぷりあるなあ」

「そうとも」と太った囚人は言った。「自由さ。あいつはもう好きなだけ自由でいられるのさ」

野生の棕櫚

シカゴのホテルで二日目の朝、ウィルボーンは眼を覚ますと、シャーロットが着替えてでていったのを知った――帽子もコートもハンドバッグも持ってでたのであり、彼あてに紙片が残されていて、それには、ふと見ると男を連想させるがすぐにあとでまさに女性的と悟る大きな、のたくった自己流の文字で――**昼にもどるわ。C、**それからその大文字の下に、**もう少し遅くなるかもしれない。**彼女は昼前に戻ってきたが、彼はまた眠っていた。彼女は彼のベッドの端に坐り、その手を彼の髪にさしこみ、頭をゆすって起こしにかかった――まだオープン・コートを着て帽子も少し後ろにずらしてかぶったままで、あの着実で深い黄色をたたえた眼を彼の上にそそいでいたのであり、そして彼のほうはいままさにあの女性特有の有能さ、同棲生活の仕組みや家庭作りの能力について思いふけっていた。それは倹約とか、やりくり上手ではなく、それをはるかに越えたなにかであって、それは女が（いわば女族のすべてが）、相手の男の型《タイプ》や性質や状況に親和する能力なのだ――それは誤ることのない直観力であり、全く頭など使わぬ親和力であって、その点では冷酷無惨な吝嗇《けち》さで名高いヴァーモント州の農家の妻君だろうと、無茶に濫費《らんぴ》するブロードウェイのレヴュー・ガールだろうと同じで、女とは自分が倹約したり濫費したりする金の本質的価値など全く頭にないのだ、そして彼女たちが買ったり買えなかったりする安ぴか物にも、それ自体の値打など気にもせず、宝石や当座預金のある無しにかかわらず、ただ将棋の駒のように使うだけなのだ、そしてその勝負《ゲーム》の目的は生活の安定などでなく、自分の暮らす生活圏で自分たちも人並みに尊敬されたいだけなのだ、たとえ薔薇《ばら》の花の下で営む愛の巣だって、この規則《ルール》と様式《パターン》に従うのだ――彼は思った、女が心を惹かれるのは不道徳な恋のロマンスじゃあないんだ――二人の恋人が世間や神や取り返せぬ過ちに打たれて永遠に呪われ孤立してさまよう情熱の恋なんて、男の心は惹くが、女には用がないんだ、彼女たちには不義の恋とは克服したくて気をそそられる対象にすぎない。なぜって彼女たちはこの世間はずれの恋を、世間並みの体裁のいいものにしたいからだ、そうしたいという欲望がすごく強くて（そしてそうできるという不動の自信もあるのだ、ちょうど彼女たちが誰もみな、自分は下宿屋をうまく経営できると信じてるのと同じだ）たとえば女蕩し《ロザーリオ》〔十七―八世紀イギリス人の劇作家ニコラス・ロウ作品の登場人物名〕をつかまえ、自分を罠におとしたそのしようのない独身男の巻毛を刈りこんで、それを月曜の家庭料理や郊外電車と同じ世間並みの体裁《もの》に仕立てようとするんだ。「あたし見つけたわ」と彼女は言った。

「見つけたって、なにを？」

「部屋よ。アトリエ。あたしも働けるところをね」

「君も？」彼女はまたも彼の頭を、あの我を忘れた手荒さでゆすったのであり、今度は実際に少し痛いと感じながら、彼はまたも思った——彼女のなかには誰も、なにも愛さない部分があるんだ——と、それから、深くて音にならぬ稲妻——白い閃光——推理か直観かわからぬものが彼のなかに閃いて、そうだ、彼女はひとりぼっちなんだ。淋しいのでなく、ひとりぼっちなのだ。彼女は父親とその父にそっくりの四人兄弟を持っているし、自分も、その四人兄弟とそっくりの男と結婚した、だから彼女はこれまで一度だって自分だけの部屋を持たなかったんだろうし、だからいままでは全く孤立した生活をしていてそのことにさえ気づかなかったんだ、ちょうどケーキを食べたことのない子がケーキの味を知らないように。

「そうよ。あたしもよ。あの千二百ドルがいつまでつづくと思うの？　あなたは罪のなかで生きているのよ、罪を頼りに生きたりはできないのよ」

「それは知ってるよ。あの晩千二百ドル手に入れたと君に電話する前に、ぼくもそのことは考えたよ。でもね、いまは新婚旅行《ハネムーン》なんだ。後になったらぼくも——」

「その点もわかってるのよ」彼女は再び彼の髪をつかみ、またも彼は痛みを感じたが、今度は彼女が知っていてそうしているのだ、と彼にはわかった。「あのね。すべての日を新婚旅行にするのよ——いつもずっと。永遠に、二人のどちらかが死ぬまでいつまでも。ほかの状態はだめなのよ。天国か、それとも地獄のどちらかよ――その中間の浄罪界なんかにぬくぬくと居坐って、善良な行為や忍耐や屈辱や悔い改めがくるのを待ってなんかいられないのよ、あたしたちはね」

「すると、君が信じているのは、信頼してるのは、ぼくじゃないんだね、愛なんだね」彼女は彼を見やった、「ぼくばかりじゃない、どんな男も信じないわけだ」

「ええ。愛なのよ。愛は二人の男女の間で死にたえるものだなんて言うけど、あれは間違いだわ。愛は死なないのよ。ただ立ち去るだけ――もしその人間がそれに価しないときは消え去るだけだわ。愛は死なないのよ、死ぬのは人間のほうよ、愛は大きな海みたいなものよ――、もし人間がそれに価しなくて、くさい臭いをだしはじめると、どこかの岸に吐きだして死ぬままにさせるのよ。人は誰だって死ぬわ、でもあたしは大きな海のなかで溺れ死にたいわ、人っ気もない浜に打ち上げられて陽乾《ひぼ》しにされて汚いしみになって、墓碑銘は名もなしに、これであったとだけで終わるなんていや！　起きるのよ。向こうの人には、今日引っ越すと言ったのよ」

彼らは一時間もせぬうちに、鞄を持って、ホテルからタクシーで立ち去った。彼らはいくつもの階段を昇った。彼女はすでに鍵さえ持っていて、それでドアを開けると、彼を先に入らせた。彼は相手が部屋ではなく自分を見やっているのに気づいた。「どう？」と彼女は言った。「気にいった？」

それは細長い部屋で北側の壁には明りとりの窓があったが、その手作りの様子からすると、たぶん死ぬか破産するかした写真家か、それとも前にいた彫刻家や画家のとりつけたものらしかったし、ほかには台所と浴室用の小部屋がふたつあるきりだった。彼女は明りとりの窓があるんでここを借りたんだ、と彼は自分に静かに言い聞かせ、普通の女性はバスルームのあるなしでたいてい借りるかどうかきめる、とも考えた。ここに寝たり料理したりする場所があるのは、つけ足しみたいなものなんだ。彼女はぼくら二人をでなくて愛を入れる場所を選んだんだ——彼女はただ単にひとりの男から別の男に走ったわけじゃない——単に自分が作る胸像用の粘土の塊を別の粘土の塊に取り替えただけじゃないんだからな——いま彼は動いた。そしてさらに思った、たぶんぼくは彼女を抱擁してるんじゃなくて、彼女にすがりついてるんだ、というのもぼくのなかのどこかで自分は泳げないし泳げるとは思えぬと感じてるからだ。「いいところだよ」と彼は言った。「とてもいい。これでもうなにものにも負けやしないな」

次の六日間彼は病院まわりをして、専属の医師や医局長に面接した（あるいは向こうから面接をうけた）。どれも短な面接だった。彼は特別の要求をしたわけでないし、資格も普通に備えていた——評判のよい大学での学位と、よく知られた病院での二十カ月の実習経験《インターン》である、ところが最初の三、四分がすぎると、いつもきまってなにかが起こりはじめた。それがなんであるか、彼は知っていたが、しかし彼は自分に別の言い方をした

（たとえば五度目の面接が終わったあと、公園で浮浪者や公共事業促進局の雇う庭園係や乳母や子供たちにまざって坐りながら）――失敗するのも自分に熱意が足りないからなんだ、就職する必要を本当には実感してないからだ、というのもぼくは、彼女の言う愛の観念を全面的に受けいれたからなんだ、――ぼくはいま愛を無限の信頼感とともに崇めていて、愛が衣も食も与えてくれると思ってるんだ、ちょうどルイジアナやミシシピイの田舎者が、先週の野外伝道集会で信者になってから宗教を崇めるのと同じありさまなんだ、ただしそれが失敗の原因でない、本当は実習二十四カ月のうち二十カ月しかしなかった点だと知っており、ぼくは数字にこづきまわされてるんだと考え、自分などは世間並みの配慮から下劣な人間に救われるよりも、愛の甘い香りのなかで死ぬほうが似つかわしいと思ったりした。

しまいに彼は仕事を見つけた。たいしたものではなかった――黒人の長屋が多い地区にある慈善病院の検査室での仕事であり、この病院にはアル中患者、ピストルやナイフの負傷者などがそれもたいていは警察の手で運びこまれ、彼の仕事は定期的な梅毒菌検査だった。「頭微鏡やワッセルマン反応紙もいらないほどなのさ」と彼はその夜、彼女に話した。「電燈が明るくて、相手がどんな人種に属するかを見れれば、それで充分ってわけさ」すでに彼女は明りとりの窓の下に、自分では仕事机と呼ぶものを据えていた――それは二つの脚立の上に板をのせただけのもので、いまではそこで日に幾時間か、十セントストアから買ってきた焼石膏をこねくりまわしていたが、彼は彼女のしていることにろくに注意を向けなかった。いま彼女はこの仕事机に紙をひろげ、鉛筆をもってかがみこみ、そして彼は彼女の短くてしなやかな手が数字を、大きくのたくる字体で素早く書いてゆくのを見守って いた。

「あんたはひと月にこれだけ稼ぐわけね」と彼女は言った。「それからひと月にかかる私たちの生計費はこれだけ。すると足りない分を埋め合わすのに、これだけ引きだすわけよ」その数字は冷酷で容赦ないものであり、それを現わす鉛筆の字体そのものも、人を嘲《あざけ》る無情な表情をみせていた。ついでに彼女は毎週彼が姉に送るべき金額とさらにニューオーリンズで六週間も送金せずに昼食や無駄なホテル代に使った額まで、出費予算につけ加えた。それから彼女は最後の数字のあとに日付を書いた――それはどうやら九月の初旬になるらしかった。「この日になったら、あたしたちは無一文になるのよ」

それから彼はその日に公園のベンチで考えたことの一部を繰り返した。「それでも大丈夫と思うな。ただぼくが愛ってものに慣れればいいだけさ。ぼくはいままで愛に慣れようとしたことがないんだ、わかるだろう? ぼくは自分の年よりも十年は遅れてるわけだ。しかしじきにぼくは追いつくさ」

「そうね」と彼女は言った、それから紙をまるめて投げ捨て、向き直った。「でもそれは大切なことじゃないわ。だってそれはステーキかハンバーグかの問題だけですもの。それに飢えはここにないのよ――」彼女は彼の腹を平手で打った。「そこはただあなたのお腹が鳴るところ。ほんとの飢えはここよ」彼女は彼の胸にふれた。「そのことをいつも忘れないこと」

「忘れないよ。いまはね」

「でもいつか忘れるわ。あなたは長いことこのお腹をすかせてきたのよ、だからそれがこわいのよ。人間は誰でも、自分の我慢してきたものには少し恐怖を抱くものだわ。逆にね、あなたは恋した経験がまったくなかったから、あの午後も恐れずに列車に乗りこんだわけよ、そうでしょ?」

「ああ」と彼は言った、「そうだな。その通りだ」

「だから、飢えとは腹のなかのことではないということを、頭で覚えこむだけでは足りないのよ。腹のなかから、腹部自体が、その通りだと信じねばいけないのよ。あんた、それができる?」

「できるさ」と彼は言った。でも彼女は信用しないんだ、と彼は思った、というのも三日後になって病院から帰ってきた彼は、仕事台の上に針金のよじれた切れはしやニスとニカワのびん、木の繊維、数本の絵具チューブ、薄紙の塊を水に浸した鍋などを見いだしたからであり、それらはさらに二日後には小さな人形の群と化したのだった――鹿や猟犬や馬、男や女、いずれもやせこけて性の別もさだかでなく、洒落《しゃれ》ていて同時に不気味な上に、どこか幻想的でひねくれた味のあるものだった。次の日の午後に彼が戻ってくると、彼女も人形たちも部屋にはいなかった。一時間後に彼女は戻ってきたが、その黄色い眼は闇のなかの猫の眼みたいに光っていた——といっても勝利や高揚の感情からでなくて、むしろ自分の行為を激しく肯定しようとする気持であり、そして手には新しい十ドル札を持っていた。

「彼はみんな取ってくれたわ」と彼女は言い、そのデパートの主任の名を口にした。「それからあたしにショーウインドウの飾りつけもやらせてくれたわ。それに百ドルの注文もとった——シカゴ市とか西部のこの地方の歴史人物を作るのよ。たとえばね、——オリアリー夫人（一八七一年のシカゴ大火の原因となったといわれる牛の飼主）は暴君ネロみたいな顔にして、ウクレレを持つ牝牛をつれているのとか、キット・カースン（西部の有名な開拓者）はニジンスキー（ロシア出身の舞踊家）みたいな脚をして顔は大きなおでこと両眼しかないもの、めすの野牛《バッファロー》はアラビア馬みたいにすんなりした頭や腹を持つのよ。それにミシガン通りの他の店のもみんな作るわ。さあ、これを取って」

彼は断わった。「それは君のものだ。君が稼いだんだからね」彼女は彼を見やった——それはまたたかぬ黄色の凝視であり、それに包まれた彼は懐中電燈の光芒を浴びた蛾か兎《うさぎ》のように、うろたえ戸惑う様子だった——彼を包みこむ視線は嘘や感傷の滓《かす》をすべて分解させる液体か化学的沈殿剤に似ていたのだ。「ぼくは別に——」

「あなたは女に生活を援助されたくない、と考えてるのね、そうでしょ？　ねえ。あなたは私たちがいましているような生活、気に入らないの？」

「いやじゃないのは知ってるだろう」

「それなら、そのためにどんな犠牲を払ったって、どんな方法を使ったって、問題じゃないでしょ？　あたしたちが持つお金は、あなたが盗んだものよ、そして必要なら、また盗むでしょ、どう？　いまのためには、そうする価値があるからだわ、たとえ次の日には崩壊して、あとの一生涯をその利息払いで過ごしたとしてもね」

「そうさ。ただ問題は、明日には崩壊しない点さ。来月にもね。来年だって——」

「そうよ。あたしたち二人にそれだけの値打があるかぎりはね。それだけの立派さや強さがあるかぎりはね。この生活を保つことが許されるだけの資格があればね。まともにやって自分の願いが満たされるなら、この生活を守るべきだわ。守るのよ」彼女は近寄り、両腕を彼にまきつけた、烈《はげ》しく、彼の身に烈しく全身でぶつかったのであり、それは抱擁というよりも、彼の髪をつかんで眠りから覚ましたときとそっくりのものであった。「そういう生き方をしたいのよ。少なくとも試みてゆきたい。あたし男とするのが好きよ、それに自分の手でなにかを作ることもね。このふたつぐらい好きだって——好きでつづけてゆくことぐらい、許されると思うわ、生きてゆくのにね」

　いまや彼女は夜も働いて、あの百ドルを稼いだのだった、それも彼がベッドに入ったあと、ときには彼が眠りこんだあとも働いたのであり、次の五週間にはさらに二十八ドルを稼ぎ、五十ドルにあたる注文をとった。それから注文が止まり、彼女はもう稼げなかった。それでも彼女は働きつづけた、それもいまは夜ばかりだった、というのは昼間は見本を、できあがった人形たちを、持って出歩いたからであり、そして夜の仕事にはいまや見物人も加わっていた、というのもいま彼らの部屋は一種の夜間社交クラブとなっていたからである。最初のひとりはマコードという新聞記者で、彼はニューオーリンズの新聞社にいたことがあり、そこでは彼女の末弟も（まあ物好きの大学生くさい見習い程度だったろう、とウィルボーンは推測したが）短期間だけ働いたことがあった。彼女はこの男と街で出会った、そしてある夜、彼は食事にきて、次には彼が二人を外の食事に誘った、そして三日すぎた夜には三人の男と二人の女とウイスキー四本をもって彼らのアパートに現われたのであり、それからはウィルボーンが家に帰りつくとかならず誰か客がいたのであり、シャーロットはそのくつろいだ相手が誰であろうと、それに売れない期間が幾週かつづいてひと月になり夏が訪れようとするのもかまわず、ペンキ屋のように汚れた安物の上っ張りを着て働きつづけたのであり、仕事机にはよじれた針金やニカワと絵具と石膏のびんの間に水割りウイスキーのコップも置かれて、そうした材料からは疲れを知らぬ器用な手が、着実に果てしなく洒落ていて奇怪で、幻想的で異常な小像の群を作りだしていた。それ

それから彼女は最後の販売、それも小額の販売をすると、それで終わりとなった。それ

ははじまったときと同様に突然の、わけのわからぬ終わり方だった。売り込み先の話によると、夏の季節がきて、観光客ばかりか町の人々も暑さを避けるために町をはなれたからとのことだ。「ただしそれは言い訳なのよ」と彼女は言った。「いわば飽和点に達したわけね」と彼女は彼に、そして他の連中にも説明したが、それは夜になってのことで、彼女は断わられた人形たちの入ったボール箱をもって遅くに帰ってきたのであり、すでにそこにはいく人かの訪問客が集まっていた。「でもね、いつかはこうなると思ってたわ。だってこれ、どうせ一時の慰みものだもの」彼女は箱から人形の群をとりだして仕事机の上に並べた。「こういう物はね、ろくに空気も通わない闇でだけ生きられる代物なのね、たとえば銀行の金庫とか汚れきった沼のなかとかね、とてもオークパークやエヴァンストン（いずれも近郊の広い土地）の野菜を食べたお腹から出る正常で栄養たっぷりの空気では生きられないものなのよ。その通りだし、それだけのこと。もうこれであたし芸術家じゃないし、くたびれてるし、腹ぺこだわ、だからこれからはなにかいい本とパン屑とでのんびり暮らすわ。あんたたちは仕事机までいって、好きなのを今日の記念とお土産に選んだらいいわ、そして選んだらでてってちょうだい」

「ぼくらはまだパン屑を食べられるからね」と彼は彼女を慰めた。**それに彼女はまだまいっていないんだ、**と彼は思った。**まだ諦めていない。彼女はけっして諦めない性質なんだ、**そして再び前に考えたことを思いだした——彼女のなかには彼もリトンメーヤーもふれえなかったものがあり、それは愛を愛しさえしないなにかなのだということだった。ひと月もせぬうちに彼はその点での証拠を得たと信じた、すなわち彼が帰宅すると彼女が再びあの仕事机の前に坐っていたのだ、それも彼がいままで見たこともない深い興奮をみせていた——それも喜びに湧きたつものでなく、固くて容赦ない凄まじい力に駆りたてられた興奮であり、そんな調子で彼女は事情を語ったのだった。それはマコードが連れてきた連中のひとりで、写真家であった。彼女が人形、操り人形を作り、そして彼がそれを撮影して雑誌の表紙や宣伝用として売るというのだ、たぶんあとになったら、その実際の人形たちを使って小芝居や活人画《タブロー》の興行もできる——貸ホールとか賃貸しの厩《うまや》とか、なんでもどこでもいい。「あたしのお金を使ってするのよ」と彼女は彼に説明した、「あなたが絶対に受け取ろうとしないあの百二十五ドルでするのよ」

彼女は緊張と集中のみなぎる凄まじさで働いた。彼が眠りこむときもまだ仕事机にいて、夜中の二時三時に彼が目覚めても、まだ強烈な明りが仕事机の上にかがやいていた。いまや彼は戻ってくると（それも最初は病院からだったが、やがて職場を首になった後は公園のベンチからで、彼女に悟られぬように通常の時間に出ては一日を公園で過ごして戻ってくるのだ）、部屋には小さな子供と同じほどの人形たちを見いだす——たとえばやせて狂気めいた夢想を帯びた顔のドン・キホーテ、梅毒病みの床屋みたいにやつれた顔と巨大なぶよついた体をしたフォルスタッフ（シェイクスピアの劇に出る大肥満漢）（たしかに一個の人形なのだが、彼にはそれがふたつの人物に見えた――その男と巨大な肉の塊はまるで大熊とその肺病病みのひよわな飼育係に見えたのだ。実際彼の眼にはその男が自分の張りだした腹と格闘しているとしか見えず、それは飼育係がその熊ともみ合っている様子そのままなのだ、それも熊を負かすのでなく、その横をすりぬけ、逃げようとするのであり、それは人がうなされた夢で退化動物からのがれようとするのに似ていた）、またロクサーヌ〔フランスの劇『シラノ・ド・ベルジュラック』の主人公の恋人〕はつけ巻毛と胸にゴムの詰め物をして、まるで十セントストアで楽譜を売る実演歌手みたいだったし、シラノは寄席演芸にでるユダヤ人の喜劇役の顔付をし、そりあがる大鼻の穴は凄まじい開放状態で軟体動物に化する寸前という様であり、片手にはチーズの一片、もう一方の手には小切手帳を持っているのだ――これらが部屋じゅう積み重なり、床や壁の隙間をすべて満たした、それも信じられぬほどの速度で、ひよわな意固地さとうるささをもってのさばっていた。彼女の息もつかぬ猛烈な仕事ぶりではじめられ継続し完了していった――その幾日とつづく仕事の時間帯も昼と夜で区切られるのでなく、ただ食事と睡眠のときにだけ中断されたのだ。

　それから彼女は最後のひとつを仕上げた、そしていまや昼間ばかりか夜も半分は外にでかけるようになり、彼は午後に帰宅すると、紙きれや新聞紙の端や、ときには電話帳にさえ、走り書きの文字を見つける――私を待たないで。外で食べて。そして彼はその通りにして戻ってきてベッドに入り、ときには眠りこみもすると、しまいに彼女がベッドへ裸で

（彼女は寝間着を着たことがなかった、持ってさえいないと彼に話したこともあった）すべりこんで彼の眼を覚ますばかりか、取っ組むような動きで彼をゆすって話を聞かせようとするのであり、固い両腕で彼を抱きしめ、いちずで静かで早い口調で話しだすが、話すことは金銭のことやその不足のことでなく、またその日の撮影の進み具合などでもなくて、彼らの現在の生活と境遇についてであり、まるで二人の現在は過去も未来もない完全な円であり、そのなかの個々の彼ら自身も、金の必要性も、彼女の作った人形たちも、活人画《タブロー》やはめ絵《パズル》の一部分のように大切な要素で、いずれもその重要さに変わりないといった話しぶりなのだった。彼女に抱かれながら闇のなかでひっそりくつろいで横たわり、自分の眼が開いているか閉じているかを気にしさえせぬまま、彼は二人の共同生活を脆弱《ぜいじゃく》な玉として思い描いていた——ひとつの泡の玉、そしてそれを彼女はサーカスのあざらしがするように、危うく、破らずに、崩壊の寸前で保っているのだ。**ぼくよりも彼女のほうが苦闘してるんだ。彼女は希望を持つとはどんなことかさえ知らずにいるんだ**、と彼は思った。

　それから操り人形の仕事も終わった——あのウィンドウの飾りつけと同じように突然にはっきり終了したのだ。ある晩、彼が戻ってくると、彼女は家にいて本を読んでいた。彼女が幾週間も着こんでいた（いまは八月になっていた）あの汚れた上っ張りはなかったし、それから気がつくと、仕事机は散らかった針金や絵具が片づけられて、部屋の中央に引きだされ、更紗木綿をかけたテーブルとなっていたのだ、そしてその上には、以前は床やあいた椅子などにあった雑誌や本が積まれ、さらに驚いたことに花を生けた深鉢が置かれていた。「買いだしてきたわ」と彼女は言った。「ときには家で食事するのもいいでしょ」

彼女は厚切りの肉などを買っていて、台所仕事にはエプロンをしたが、それは奇妙なほど気取ったもので、それにテーブルにかけた更紗と同じく新しいものであり、そして彼は思った――失敗すると男は一種の厳しい謙虚さを持つものだが彼女も同じように反応したらしいな、しかし彼女の場合はそれでかえって女らしさ、いやもっと深い女性的資質が引きだされたのだ、いままで自分が彼女に見たこともなかった素質がでてきたのだ。二人は食べ、それから彼女がテーブルを片づけた。彼は手伝おうと言ったが、彼女は断わった。それで彼はスタンドのかたわらに本を持って坐り、台所からは彼女の動く物音がしばらく聞こえていたが、それから彼女が現われて寝室に入った。やがて寝室から出てきたが彼にはそれがわからなかった、というのは彼女の裸足《はだし》の足が音をたてなかったからであり、彼はふと眼をあげて、かたわらに彼女が立っているのを知った――簡潔な引き締まった線をみせる肉体と、まじめな強い黄色の視線を見た。彼女は彼から本をとりあげ、それを模様替えしたテーブルに置いた。「着てるものを脱ぐのよ」と彼女は言った。「そんなもの捨てるのよ。あたしはまだやれるのよ」

しかし彼は自分の首になったことをさらに二週間も彼女に話さなかった。話せば彼女の製作の集中力を乱すと恐れたからではない――以前はその恐れがあったにしろ、現在はその根拠もなくなっているのだ、また別の理由として、彼女に知られる前に別の仕事口が見つかるという可能性があったからでもない——それさえもいまでは根拠がなくなっていたのだ、というのも彼は仕事を見つけるのに失敗してきたからだ、といって彼が話さなかったのも彼が明日にたいしてミコーバ流（ディケンズの小説『デヴィッド・カパーフィールド』に出る楽天的人物）の信念を持っていたからでもなくて、実際の理由は、たぶんひとつには、遅れても充分に間に合うと知っていたからだし、さらに主としては（彼は自分をごまかそうとは試みなかった）彼が彼女を深く信じていたからなのだった。**神は彼女を飢えさせたりしないんだ**、と彼は思った。**彼女は貴重な存在すぎるからだ。神は彼女をとても念入りに作ったのだ。すべてを創った神でさえ、とくに念入りに作ったものは保存しておきたいはずだ。**それで毎日彼はきまった時間にアパートをでて、公園の彼のベンチに坐り、時間がくると帰るのだった。そして一日に一度だけ財布を取りだし、だんだん減ってゆく金を記録した紙片をだすのだが、それはまるでその金額が変わっていてくれと期待するかのようであり、または前の日にはその額を自分が読み違えたのだと思いたい様子だった、しかしそのたびに金額は変わっていず、彼の読み違えもなかった——きっちりした字体で、百八十二ドルから五ドルとか十ドルを引いた数字が日付けとともに並んでいて、三ヵ月分の家賃を払う九月一日には、それを払うだけのものは残りそうもなかった。それからの彼はときおり別の紙片を取りだすこともあった——「三百ドル也」と打ち抜かれた支払い人指定の桃色の小切手である。その仕草にはほとんど儀式めいたものがあって、いわば阿片《あへん》中毒患者が自分の阿片パイプを丹念に仕度するのに似ていた、そしてその次には彼は阿片患者と同様に全く現実を拒否し、しばらくは小切手を使うさまざまの空想にふける――その金額とそれで買える品とを、あれこれ、まるではめ絵遊びのように組み合わせるのだが、心ではそれが自慰行為だと知っていて（**ぼくは金銭についてはまだ思春期の少年程度だし、たぶんこれからもずっとそうだろ**う、と考え）、かりにこの小切手が本当に現金に替えられて使えるものだったとしたら、自分はあんな考えを弄《もてあそ》びさえしないだろう、とも知っているのだった。

　それから、ある日の午後、彼が家に帰ってくると、彼女は再び仕事机に向かっていた。その机は、あの食卓用のままで、まだ、部屋の中央にあった。彼女はただ更紗を裏返しにして、雑誌や本を片隅に寄せただけだった、そしてあの上っ張りでなくてエプロンをつけ、暇つぶしにトランプをする人のように、のんびり物思いにふけるような態度で仕事をしていた。その人形は三インチの高さもなかった――ちょっと古風でぶよついた男であり、顔は愚かで締りがなく、いわばおとなしくて阿呆な道化師面《づら》をしていた。「名前は〈悪臭《バッド・スメル》〉なのよ」と彼女は言った。それから彼は了解した。「それだけのもの――くさいにおいがするだけの存在。門の前の狼じゃなくてね。狼たちは〈もの〉だわ。鋭敏で残酷。卑怯だとしても、強いわ。だけどこれはただの悪臭、だって飢えはここになくて――」再び彼女は彼の腹を手の甲で叩いた。「飢えは上のほうだわ。それにこんな様子のものじゃないわ。

飢えはね、流星花火か筒花火みたいに勇ましいものよ、それとも少なくとも子供の遊ぶ線香花火みたいなもので、死ぬことも恐れずにぱっと輝いて消えてゆくものよ。でもこれは違うわ」彼女は彼を見あげた。それから彼は、あれがくるぞ、と知った。「あたしたち、いくら残っているの？」

「百四十八ドルさ。でも大丈夫なんだ。ぼくが――」

「あら、それじゃあもう、次の三カ月分の家賃を払ってしまったわけね？」そして彼は打ち明けたのだが、いまではそれは手遅れだった。ぼくという人間は、真実でも嘘でも、ひとに打ち明けようとするたびに、まずその考えを自分に信じこまそうとする性質《たち》なんだなあ。「正直に言ってよ。そうすると、あなたはもう二カ月も病院には通ってないわけなのね？」

「あの私立探偵だったのさ。君が忙しかったころさ、あの月には君はニューオーリンズに手紙するのを忘れたわけさ。彼はぼくに意地悪を――首にする気なんかなかった。ただ君から手紙がこないんで心配しただけなんだ。君が無事かどうか確かめようとしたのさ。ぼくの秘密を洩らしたのは彼じゃないよ、あの探偵さ。それで病院はぼくを解雇したんだ。おかしな話だったな。あの仕事はぼくの不道徳な生き方のおかげで存在してたのに、その不道徳という理由でとりあげられたんだからね。しかしもちろん実際には違うんだ。あの仕事は終わりかかっていて、いずれはぼくも――」

「わかったわ」と彼女は言った。「ところで家《うち》にはまるでお酒がなかったわね。お店にいってひとびん買ってきてよ、その間あたしは――ちょっと待って。いっしょに出て食事して、お酒も飲むことにするわ。どうせ犬を見つけなくちゃならないし」

「犬を？」彼の立っている所からは、彼女が台所の冷蔵庫から二人の夕食用の肉二枚をとりだして紙に包むのが見えた。

「もちろんその通りよ」と彼女は言った。「さあ帽子をとるのよ」

それは夜、それも暑い八月の夜であり、ネオンがまたたいたりぎらついたりして、街の人々や歩いてゆく彼らの顔を死人のように蒼くしたり、地獄のように赤く照らしたりしていた。彼女はなおも肉屋の厚くてすべっこくべとつく包み紙に包んだ肉を持っていた。一丁もゆかぬうちに彼らはマコードと出会った。「あたしたち、失業したのよ」と彼女は言った。「だから犬をさがしてるの」

やがてウイルボーンには、見えない犬が実際に彼らの間にいるかのように思えはじめた。いま彼らはバーにいたが、そこは彼らのゆきつけの所で、週に二度ほどは、マコードが彼らの生活に連れこんだ連中と約束したり偶然に出会ったりしていた。いまそこにはそんな仲間の四人がいて（「おれたちは失業したんだ」とマコードは彼らに言った、「それでいまみんなで犬に会うのを待ってるところさ」）、彼ら七人は八人用のテーブルのまわりに坐っていた――ひとつのあいた椅子、その前のひとつの空隙《すきま》には二個の肉がいまは包みから出て皿の上におかれ、その横には生《き》のウイスキー入りのグラスが一個、ほかのハイボールのグラスの間に立っていた。彼らはまだ食べていなかった、そしてウイルボーンは二度ほど彼女のほうに身をかしげた、「ぼくら、なにか食べたほうがよくないかな——大丈夫なんだ、ぼくが——」

「ええ、大丈夫よ。すてきだわ」彼女は彼に話しかけていなかった。「あたしたち四十八ドルあまってるのよ、すごいでしょ。アーマー家（シカゴの罐詰業者で富豪）だって四十八ドルも余計に持ってないわ。いざや汝ら武装せる息子《アーマラス・サンズ》たち、飲みほせ。あの犬に遅れをとるなかれ」

「そうさ」とマコードは言った。「汝ら武装せる息子たちよ、ヘミング波《ウエーブ》（ヘミングウェイの男性的文学への皮肉）の海へ乗りだせだ」

ネオンはまたたき、ぎらついた、交通信号は青から赤に、また青にと変わってゆき、その下では騒がしいタクシーや霊柩車のようなリムジンが走った。彼らはまだ食べてもいなかったが、すでに仲間の二人は姿を消していて、いまは六人がタクシーに詰まって互いの膝に坐ったりしていて、シャーロットはまだあの肉を持っており（いま彼らはその包み紙をなくしていた）、そしてマコードはあの見えない犬をかかえていた——それはいまでは「モアーオーヴァー」と名づけられていた。聖書の貧しき者の食卓の故事（ルカ伝十六章二十一節）からとられた名である。「だけど、いいかい」とマコードは言った。「ちょっと聞けよ。それはドックとギレスピーとぼくが持ってるんだ。いまはギレスピーが住んでるけどね、九月一日には町に戻ることになってて、そこがあくんだ。君たちはその百ドルでもって——」

「現実離れしたこと言わないで」とシャーロットはいった。「権利金がほしいわけでしょ。なんて強欲な人なの？——ハリー、いまあたしたち、いくら持ってるの？」

彼はメーターを見やった。「百二十二ドルだよ」

「だけど、いいかい」とマコードは言った。

「わかったわ」と彼女は言った。「でもいまは相談するときじゃないわ。あんたは眠りこみそうな様子よ、いっそ横になって、毛布でも頭からかむることにしたら」彼らはいまエヴァンストンに来ていたが、その前に彼らはドラッグストアに寄って、懐中電燈を買いこんでいた、そしてタクシーが郊外の広い道路をゆっくり走っている間、シャーロットはマコードごしに身を乗りだして、懐中電燈を夜中の家々の前の芝生に向けていた。「あそこにあるわ」と彼女は言った。

「わからないな」とマコードが言った。

「あの柵を見てよ。鉄柵の仕切りごとにスミレの飾りがしてある家って、かならず内側に鉄製の犬が置いてあるのよ。それにそういう家は屋根が二重勾配にもなってるのよ」

「家なんて見えないね」とマコードが言った。

「あたしにも見えないわ。でもあの柵を見てよ」

タクシーは停まり、彼らは外に出た。懐中電燈の光は鉄柵を——そのとがった先端と渦巻き形と棒とコンクリートで固められた根本を、照らしだした。それには小さな渦巻形の門の横に、黒人少年の姿をした馬のつなぎ柱さえついていた。「君の言う通りだ」とマコードは言った。「ここにはありそうだな」もう彼らは懐中電燈を使わなかったが、かすかな星の光でさえ、彼らの眼にはそれが明らかに見てとれた――鋳鉄製のセント・バーナード犬であり、その顔はフランツ・ヨーゼフ皇帝（オーストリアの皇帝。一九一六年没。いかめしさの代表）と一八五九年のメーン州の銀行家（いやしいすばしこさの代表）を合成したような表情だ。シャーロットはその鉄の両脚の間の鉄の台座に肉の塊を置いた。彼らはタクシーに戻った。「まあ聞いてくれよ」とマコードは言った。「すっかり揃ってるんだよ――三部屋と台所、寝具と炊事用具、それに薪になる森もうんとあるし、したければ水浴びもできるんだ。それに九月一日をすぎれば他の別荘はみんなからっぽになるから、うるさい連中もいないし、湖水はすぐそばだから、これから少しの間は釣もできる、それに君の百ドルを食費にすれば、寒さは十月までこない、いや十一月もいいかな、だから君たちはクリスマスまでいられるし、もし寒ささえかまわなければそれ以上も長く――」

マコードは土曜日に、すなわち九月の第一月曜日《レーバー・デイ》の前にその湖水へ彼らを連れていったが、車の後ろには百ドル分の食料――罐詰類、豆と米とコーヒーと塩と砂糖と粉――を積みこんでいた。ウイルボーンは自分たちの最後の金が食料に代わった様子を眺めて思いふけるように言った、「金は自由な可変性を持つということは、なにか品物に変えちまったあとになって、はじめて実感することだなあ」と彼は言った。「たぶんこれが経済学者の言う正常なる収益逓減則《ていげんそく》というやつかな」

「可変性じゃないさ」とマコードは言った。「融通性のほうさ。議会が流動通貨と言うときもその意味さ。この食料を屋根の下にいれぬ先に雨に降られでもしたら、よくわかるさ。こういう生の食い物が濡れたら、君たちはたちまち乾上《ひあ》がっちまうぜ、密造酒の桶に三本もマッチをほうりこんだときみたいにね」彼らは一本のウイスキーを持っていて、運転の間、二人は代わるがわるに飲んだが、シャーロットは眠りつづけていた。夜が明けるとすぐに彼らは別荘に着いた――百エーカーほどの水面を二番生えの樅《もみ》の林がかこんでおり、そこが四ヵ所だけ切りひらかれて一軒ずつ小屋が立ち、(その一軒からは煙が立ちのぼっていた。「あれはブラドレーだ」とマコードは言った。「彼、もう立ち去ったと思ってたよ」)どの水辺にも短な桟橋《さんばし》がついていた。指のように細長く延びたひとつの浜には一頭の牡鹿が立っていて、日曜の朝陽に桃色に染まり、頭をあげて一瞬だけ彼らを見やったかと思うと、身をひるがえし、白く短い尾で大きく弧を描いて跳ねてゆき、その間にシャーロットは車から飛びだし、眠けでふくらんだ顔のまま甲高い声をあげて浜へ走っていった。

「あれを作りたかったのよ！」と彼女は叫んだ。「動物を、じゃないわ、犬や鹿や馬じゃないわ。あの動き、あのスピードを、よ」

「そうとも」とマコードは言った。「さあ、なにか食べよう」彼らは車から荷をおろし、家に運びこみ、台所の料理ストーブに火をつけた、そしてシャーロットが朝食を作る間、ウイルボーンとマコードはびんを持って浜におりてゆき、しゃがみこんだ。二人は互いに乾杯しながらびんから飲んだ。最後のひと飲みが残った。「シャーロットの分だ」とマコードは言った。「彼女の好きなだけ飲ますさ。これから長い禁酒期がくるんだ」

「ぼくはいま幸福だよ」とウイルボーンは言った。「自分がどんな道をゆくか、はっきり知ってるからね。まっすぐな道なんだ、両側を五十ドルずつの値の罐詰と寝床にはさまれた道さ。家や人間たちでいっぱいの道路じゃない。ここは閑寂《かんじゃく》という世界さ。それからあの水もそうだ、こうして横になって眺めてる間も静寂そのものがゆっくり揺れてるみたいだ」しゃがんで片手にはなおびんを持ったまま、彼はもう一方の手を水にひたした——水はホテルの部屋にある人工の冷却水の温度を持ち、静かに暁の霊気に息づき、さざ波は彼の手首から扇状にひろがっていった。マコードは彼を見つめた。「そしてやがて秋がくる、最初の寒さがね、そして最初に紅葉した落葉が落ちてくると、それは二重の落葉なんだ、落ちてくるのと水に映った葉とが合わさろうとするからね、そして両方がふれあうと、ちょっともみ合い、それからぴったり重なる。すると人は思い出にひたりたければ、ちょっと眼を開いて、自分のかたわらの胸にその揺れる葉の影を見つめたりするんだ」

「まさにショーペンハウエル調だな」とマコードは言った。「それとも九流のティーズデール（アメリカの女流詩人、一九三三年没）ってとこかな？　君はまだ飢えの修養をはじめてさえいないんだぜ。

貧窮の見習い期間も果たしてやしないんだ。これからもその調子だと、君のその甘ったれを聞いた奴が本気にして、ピストルを渡すかもしれんぜ、さあお使いなさいってね。自分のことなんか考えずに、しばらくはシャーロットのことを考えるんだな」

「ぼくの考えてるのは彼女のことさ。しかしとにかく、ぼくはそんなピストルを使ったりしないよ。なにしろぼくはこんな人生をやっとはじめたばかりなんだ。ぼくはまだ愛を信じてるんだ」それから彼はマコードにあの銀行小切手のことを話した。「もし愛を信じなかったら、ぼくは君にあの小切手を渡して、今夜にも君といっしょに彼女を送り返すだろうね」

「もし君が口で言うほどそれを信じているんだとしたら、君はとっくの昔にその小切手を破りすててるはずだぜ」

「ぼくがこれを破り捨てたら、誰も現金を手にできないことになる。彼が銀行から回収することさえできなくなるんだ」

「彼なんか——君は彼に何ひとつ義理はないんだ。君は彼のためにあの妻君を引き離してやったんじゃないのか？　君ってのはたいした男だよ。自分の性《セックス》の魅力もなしでやっつけたんだからな、そうだろ？」マコードは立ちあがった。「ゆこう。コーヒーのにおいがするぞ」

ウィルボーンはまだ片手を水につけたまま動かなかった。「ぼくは彼女を傷つけなかったよ」と彼は言った。「いや、傷つけたな。もしぼくがいままで彼女になんの跡もつけなかったとしたら、ぼくはきっと――」

「なんだい?」

「愛を信じまいとしただろうね」

しばらくの間マコードは突っ立ったまま、片手に酒びん、片手の手首を水につけた相手を見おろしていた。「あきれたぜ!」と彼は言った。それからシャーロットが戸口から彼らを呼んだ。ウイルボーンは立ちあがった。

「ぼくはピストルを使わないね」と彼は言った。「まだ現在の生活のほうをとるね」

シャーロットは酒を飲まなかった。そうせずに酒びんを暖炉の上に置いた。「こうしておいて、髪がうんと延びたときに、失った文明を思いだすたよりにするわ」と彼女は言った。みなは食事をした。二つの寝室にはそれぞれ二個の簡易ベッドがあり、まだ網戸でかこった露台《ポーチ》にもさらに二つあった。ウイルボーンが皿を洗っている間に、シャーロットとマコードは戸棚からだした寝具でベランダのベッドをととのえた。ウイルボーンがでてくると、マコードはすでに靴をぬぎ、簡易ベッドに横たわって煙草をふかしていた。「君もこうしろよ」と彼は言った。「シャーロットはもう眠くないと言ってたぜ」その瞬間に彼女はでてきた――スケッチ帳と、錫《すず》製のコップ、新しい漆《うるし》ぬりの絵具箱を持っていた。「あのウイスキーを買っても、まだ一ドル半あったのよ」と彼女は言った。「たぶんあの鹿は戻ってくるわね」

「少し塩を持ってて、やつの尻にふりかけてごらん」とマコードは言った。「じっと立って、君のためにポーズをとってくれるかもしれないよ」

「彼にポーズなんかとってもらいたくないわ。それこそお断わりのことなのよ。鹿がただ立ってるのを写したってしようがないわ。そんなこと誰にだってできるわ」彼女は網戸をばたんと鳴らしてでていった。ウィルボーンは彼女のあとを眼で追わなかった。彼も横になり、両手を胸に置き、煙草をふかしていた。

「なあ、君」とマコードは言った。「君たちにはうんと食料があるんだ、そして寒くなっても薪やふとんもたっぷりある、それに町がすこし活気づいてきたら、たぶんぼくは彼女の作るがらくたを売ってやれる、注文を取って――」

「ぼくは心配してないのさ。さっき言ったように、ぼくは幸福なんだ。誰も、なにも、ぼくがいま手に入れたものを奪えやしないんだからね」

「へえー、そいつはたしかに素晴らしいや。じゃあ、いっそのことあの小切手をぼくに渡して彼女も送り返したらどうだい――そうすれば君は百ドル分をゆっくり食えて、その次は森に入って蟻でも食ったり樹にあがって聖アントニィ（三―四世紀頃の隠者）の真似をして、クリスマスには貽貝《いがい》〔ムール貝〕の貝殻をとって自分を牡蠣《かき》に仕立ててお祝いするんだ。さてもう眠るよ」彼は寝返りを打ち、すぐに眠りこんだらしかったし、間もなくウィルボーンも眠った。彼は一度だけ眼を覚まし、陽の高さでもう昼近いことと、彼女がまだ戻っていないことを知った。しかし彼は気にしなかった——ほんのしばらく目覚めて横になっていたが、彼の見つめたのはむなしい二十七の歳月ではなかった、それに彼女も遠くに行きはしないはずで、罐詰や食料袋の並ぶ二本の五十ドルの線の間で、道は真直ぐに静かにむなしくつづくのであり、彼女は彼を待っているはずだった。もしもそういう道だとしたら、彼女は待つだろう、と彼は思った。二人で横たわるとすれば、それはゆらめく静寂のなかでのことだろう、やたらに通俗物を読んでるらしいマックが九流のティーズデールだと言おうと、二人は衰えゆく年の紅葉の流れの下にいて、繰り返し落葉が互いに口づけするのを、いつまでも見つめているのだ。

陽が林の上にかかりはじめたころ、彼女は戻ってきた。絵具は使われていたが、スケッチ帳の最初の一枚は白いままだった。「そんなに悪い代物だったのかい?」とマコードは言った。彼はせわしげに料理用ストーブで豆と米と乾アンズを煮ていた——それは独身者なら誰でも考案する秘密の料理あるいは特製の料理であり、ときには本当にうまいものを作る者もあるが、マコードの場合は、ひと目みて、そうではないとわかった。

「たぶん小鳥が彼女に教えたのさ、君がぼくらの五十セント分の食料でなにかをでっちあげてるとね、それで彼女、走って戻ってきたのさ」そのごった煮はやがてできあがった。そんなにまずくない、とウィルボーンは認めた。「ただしだよ、これが毒なのか栄養になるものなのかわからないね——ぼくの味わってるのはこの料理というより、これに使った四十セントか五十セントそのもの、という感じさ、それもぼくの舌や胃袋が節約に敏感な腺を持っていないとしてのことだがね」彼とシャーロットが皿を洗い、マコードは外にでていって、やがて腕いっぱいに薪をかかえてきて、火を起こした。「今夜はそんなにいらないんじゃないか」とウイルボーンは言った。

「林があるかぎり、これはみんなただで手に入るんだぜ」とマコードは言った。「しかもその林はここからカナダ境まで続いてるんだ。その気になれば北部ウィスコンシンをすっかりこの煙突で燃やすことだってできるのさ」それから彼らは火の前に坐り、煙草をふかし、あまり喋らずにいてマコードが立ち去る時間まで過ごした。彼は明日が休日であろうとなかろうと、ここに泊まろうとはしなかった。ウイルボーンは彼とともに車までゆき、そして彼は車に入って振り返ると、ドアロで火を背にして黒く浮かぶシャーロットの姿を見やった。「たしかに」と彼は言った、「君は心配する必要がなさそうだな——彼女、まるで警官かボーイスカウトにつきそわれて道路を渡るお婆さんみたいなものさ。なぜって酔いどれがでたらめ運転の車できたって、ぶっ飛ばされるのは警官かボーイスカウトだろうからな。自分のほうに気をつけるんだな」

「自分に気をつける？」

「そうさ。なにも苦労せずにいたら、いつも心配することだってできやしないからな」

ウィルボーンは家に戻った。かなり遅かったが、彼女はまだ服を脱ぎはじめてもいなくて、彼はまた思いふけった、といっても環境への女性特有の適応性についてではなく、世にそむいた人間や犯罪者をさえも世間並みの気取った暮し方にはめこむ女性の適合能力についてである、というのも彼の見た彼女はいま、裸足で部屋のなかを歩きまわり、女性が一泊だけのホテルの部屋にさえするのと同じように、この仮の住居《すまい》の模様にちょっとした変化を加えていたからだ、たとえば彼には食料しかないと思えた箱のひとつから、彼女は品々をとりだしたのだが、それらはシカゴのアパートから持ってきたもので、いずれも彼女がまだ持っていたとは知らなかったり、家にあったのさえ忘れはてていた品物だった——二人で買いこんだ本ひと山、銅の鉢、仕事台にかけてあった更紗木綿さえあり、それから彼女が棺《ひつぎ》に似た小さな容れ物に変えた煙草の紙箱からは例の老人の小さな人形、〈悪《バッド・》臭《スメル》〉もでてきた。彼の見守るなかで彼女はそれを暖炉の上に置き、しばらく立ったまま見やり、物思いにふけったが、それから男二人が彼女にとっておいた酒入りのびんをとりあげ、なかのウイスキーを、まるで子供が儀式の遊びをするときの生真面目さをみせて、火《ひ》床《どこ》の上にそそいだ。「家を守る神々に《レアリーズ・アンド・ピナティーズ》」と彼女は言った。「あたしはラテン語を知らないけど、でもこの神様たちはあたしの心を知ってくれるわ」

二人はベランダの部屋の二個の簡易ベッドで眠ったが、夜明け前になって寒くなると、ひとつのベッドに寝た——彼女の裸足の足が床板を走り、尻と肘を彼にぶつけながらベーコンとバルサム香の匂いのする毛布にもぐりこんできて、彼は眼を覚ました。湖水には灰色の光がさしていて、そこからアビ鳥《どり》の声が聞こえたとき、彼はそれがなにかをはっきりと知った、いやそれがどんな様子かを知りさえしたのであり、そのしゃがれた阿呆くさい声に耳をすましながら、ふと考えこんだりもした――実際あらゆる生物のなかで人間だけが自分の生来の感覚を故意に萎縮《いしゅく》させているのだ、それも他の生物を犠牲にすることでだ、実際、四つ足の動物はみんな、かいだり見たり聞いたりすることですべての情報を入手して、他の方法は信じないのに、二つ足の生物はただ自分の読むものしか信じないのだ。

次の朝は暖炉の火が心地よかった。彼女が朝食の皿を洗っている間に、彼はもっと薪用の枝を切りに家の背後《うしろ》へ出ていった――陽差しは強くて、彼はセーターを脱いでいたが、しかしこの陽気にだまされはしなかった、それでこの緯度の土地では夏との別れ目は――夏の最後の長い溜息が秋や寒さに転じる節目は、秋分の日でなくて労働祭休日（九月の第一月曜日）なのだと思ったりしていると、彼女が家のなかから彼を呼んだ。彼は入った。部屋の中央には肩に大きなボール箱をかついだ見知らぬ男が立っていた、彼と同じ年ごろであり、裸足で、色褪せたカーキのズボンと袖なしのシャツ、褐色に焼けた顔には青い眼と淡く陽焼けしたまつ毛、麦わら色の髪は中央から左右に盛りあがり――まさに完璧なる左右対称的髪形というやつだ――その姿で暖炉の上の人形を静かに見やっていた。彼の背後に開いた玄関の戸からは、浜につながれたボートがウイルボーンの眼にうつった。「こちらは――」

とシャーロットは言った。「あなた、なんという名でしたっけ？」

「ブラドリー」と見知らぬ男は言った。彼はウイルボーンを見やったが、その眼は彼の肌の色にまぎれて白っぽく見え、写真の陰画フィルムの感じだった。自分の肩にある荷の平衡をとりながら、彼は片方の手をさしだした。

「ウイルボーンよ」と彼女は言った。「ブラドリーは隣りの別荘の人よ。今日帰るんですって。残った食べ物を持ってきてくれたのよ」

「かついで帰ってもしょうがないんでね」とブラドリーは言った。「君の奥さんの話だと、君たちはしばらくここにいるらしいんで、それでぼくはこれを――」彼はウイルボーンの手を短く強く激しくぎゅっと無意味に握りしめた――東部の大学を二年前に出て株屋の応対係になった人間のやり方だ。

「それは親切にありがとう。喜んでいただくよ。さあぼくがそれを――」しかしすでに彼はその箱を床におろしはじめていた。なかにはいっぱい詰まっていた。シャーロットとウイルボーンはわざとそのなかを見ないようにした。

「どうもありがとう。家のなかに食料があるかぎりは、狼も簡単には押しこんでこないだろうからね」

「たとえ押し込んできても、あたしたちを追いだしにくいでしょうしね」とシャーロットは言った。ブラドリーは彼女を見やった。彼は笑ったが、それは歯でしたのだった。その眼は笑わなかった――それはなおも大学ダンスパーティの幹事役《リーダー》として人気のある学生にみるあの自惚れた強引な眼だった。

「悪くない冗談だな」と彼は言った。「あんたたちは――」

「ありがと」とシャーロットは言った。「コーヒーでもいかが？」

「ありがとう、しかし朝飯をすましたんでね。なにしろ夜明けに起きたから。今夜じゅうに町に戻るつもりなんでね」いま彼は暖炉にある人形を見やった。「いいですか？」と彼は言った。彼は暖炉に近づいた。「これは誰だったかなあ？　たしかこれは――」

「当たらないと思うわ」とシャーロットが言った。ブラドリーは彼女を見やった。

「まだ当ててほしくない、と彼女は言ったんだ」とウイルボーンは言った。しかしブラドリーはなおもシャーロットを見つめつづけた――口は笑うがあの強引な眼は笑わず、その上の薄い眉を品よくたずねる形にそりあげ――

「それは〈悪臭〉という名よ」とシャーロットは言った。

「ああ。なるほど」彼は人形を見やった。「あんたが作ったんだね。あんたが昨日スケッチしてるのを見ましたよ。入江ごしにね」

「見てるのを知ってたわ」

「まいった」と彼は言った。「おわびできますか？　盗み見をしてたわけじゃなかったんです」

「あたしも隠れてなんかいなかったわ」ブラドリーは彼女を見やった、そしてここではじめてウイルボーンはあの眉と口が同調して動くのを見たのだった——それはいぶかしさと冷嘲と冷酷さをみせ、この男全体がいま鈍感で傲慢《ごうまん》な自信めいたものを発散していた。

「ほんと？」と彼は言った。

「もちろんよ」とシャーロットは言った。彼女は暖炉にゆき、あの人形をとりあげた。「あなたの出発前に奥さんにお礼の挨拶ができないなんて、とても残念だわ。そのかわりにこれを、あなたの鑑識力の記念に受け取っていただきたいわ」

「いや、ほんとに、ぼくは——」

「さあ、どうぞ」とシャーロットは愛想よく言った。「これ、あたしたちより、あなたのほうがもっと必要だと思うのよ」

「じゃあ、ありがとう」彼はその小さな像を取った。「ありがとう。ぼくらは今夜町に戻らなきゃならない、しかし帰り道でちょっとお寄りできるかもしれない。ぼくの妻はきっと——」

「どうぞそうして」とシャーロットは言った。

「ありがとう」と彼は言った。彼はドアに向かった。「もう一度ありがとう」

「こちらこそ、ありがとう」とシャーロットは言った。彼は出ていった、そしてウイルボーンは彼がボートを押し、なかへ乗りうつるのを見守った。それからウイルボーンはその箱に近づき、かがみこんだ。

「なにをするつもりなの？」とシャーロットが言った。

「これを運んでいって、あいつの玄関に投げこんでやるんだ」

「まあ、しようのないお馬鹿さん」と彼女は言った。彼女は彼の前にきた。「さあ立つのよ。あたしたちこれを食べるんですからね。男らしくちゃんと立って」彼が立ちあがると、彼女はその筋ばった両腕をまわして、抑制した激烈な苛だちをこめて彼を強く抱いた。「やんちゃなボーイスカウトさん、なぜもっと大人になれないの？　あたしたちって結婚した夫婦とは見えないことが、まだわからないの？　それもよ、あんなぼんくら男たちにさえ見ぬかれるほどなのよ！」彼女は彼を強く抱いたまま少しそり身になり、腰を彼に押しつけて少し揺れながら彼を見つめ、その黄色いまなざしは量《はか》りがたくて嘲笑的で、それに彼も知るようになったあの性質――容赦なくて耐えがたいほどの正直さを帯びていた。「男らしくなるのよ」強く、からかうように抱きつき、彼女の腰をこすりつけたが、それは必要なかったのだ。**彼女はぼくにさわる必要さえないんだ、**と彼は思った。**こんな声の調子や、においさえ要らない、スリッパひとつあればたくさんなんだ、床に投げ捨てられた性交《セックス》の名残りのかけらひとつあれば充分なのさ。**「さあ。そうよ。その調子。それでいいのよ」彼女は片手を離して彼のワイシャツのボタンをはずしはじめた。「ただし午前中にこんなこと、縁起が悪いって言われてるけど、どう？　そうかしら、ねえ？」

「ああ」と彼は言った。「そうだとも」彼女は彼のベルトをはずしはじめた。「それともこれは、あたしの受けた侮蔑をなだめるための間に合わせの方法ってわけ？それともあたしとベッドにゆくのもただ、誰かがあたしを女だとあなたに思いださせたからってわけ？」

「そうさ」と彼は言った。「そうとも」

その午前もかなり過ぎて、彼らはブラドリーの車が去ってゆく音を聞いた。うつ伏せに彼に半ばのしかかったまま(彼女は眠りこんだのだった、その身はぐんなりと重く、頭を彼のあごの下にのせ、寝息はゆるくてたっぷりしていた)彼女は身を起こした——片肘を彼の腹について身を起こし、毛布がその両肩から滑りおち、その間に車の音は遠ざかっていった。「さてと、アダムさん」と彼女は言った（ふたりがいまアダムとイヴだという意味）。しかし二人は前からいつも二人きりだった、と彼は説明した。

「あの最初の晩から、ずっとそうなのさ。あの絵の前に立ったときから。誰が立ち去ろうと、ぼくらはあのときのぼくら以上に、二人っきりにはなれやしないのさ」

「わかってるわ。ただね、これであたし泳ぎにゆけるというわけ」彼女は毛布の下から滑りでた。彼は見守った——そのゆったりとなにもつけぬ体はハリウッド肝油の広告の女より少し肉づきがよく、ややがっしりしていて、その裸足の足はいま荒削りの床板をこすって網戸に向かっていた。

「戸棚に水着があるよ」と彼は言った。彼女は返事をしなかった。網戸がばたんと閉まった。それから彼にはその姿が見えなくなった——いや、見ようとするには、頭をあげねばならなかったろう。

彼女は毎朝泳ぎにいったが、戸棚にある三着の水着は手をつけられぬままだった。彼は朝食から立ちあがると、ベランダに戻ってそこの簡易ベッドに横になる、すると、やがて彼女の裸足の足音が部屋をよこぎり、ベランダにでてくるのを聞く、それからたいてい彼は日ごとになめらかに褐色になってゆく彼女の体を見おくる。それからまたも眠りこむ（それもひと夜の熟睡から覚めて一時間もせぬうちのことであり、彼はこの癖を最初の六日の間につけてしまったのだった）そしてしばらくして眼を覚まして外を見やると、彼女が桟橋の上に腹這いになり、または仰向いて寝て両腕を組むか眼の上に重ねている姿を見つける——ときにはなおもそのままでいて、眠るのでもなければ考えごとさえせず、ただうとうとと胎児めいた存在となり、孤独の平和の子供のなかで不感無覚にちかいままでいると、そこ彼女が戻ってきたりする、それから彼女がベッドのそばにきて彼の唇がその腹部にふれるまで近づくと、その陽光を吸いこんだ腹にふれ、凝縮した陽光を味わうのだった。それからある日、なにかが彼に起こった。

九月は過ぎ去って、夜と朝には、はっきり冷えこんできた。彼女は水浴びを朝食後から昼食後に変えていたし、彼らは寝場所をベランダから暖炉のある部屋に変えようと話しあった。しかし日々自体は変わらなかった——夜明けから陽の入りまでは黄金色の昼間が悠然たる足どりで進むのであり、その長くて静かで一様な日々は、陽の熱い蜜に満ちた正午の純白で単調な一点に昇りつめるのであり、そうした日々を通して衰えゆく年は木々から離れた黄と赤の葉の群とともに、どこから来てどこへ行くともなく、漂い流れていった。毎日彼女は水浴びと日光浴のあとすぐに、スケッチブックに絵具を持って出ていった、そして残された彼は家のなかをうろついたが、家は空《うつ》ろであると同時に彼女の存在の切実さに鳴りどよめいてもいた——たとえば彼女の持つわずかの衣服、彼女の裸足が床をこするひそかな音——そうしたなかで、自分は心配していると彼は思いこんでいた、といっても食料のつきる日が必ずくるという点ではなくて、そのことを自分が気にもしないらしいという事実についてであって、この奇妙な状態は前にも一度だけ経験したことがあった——それはある年の夏に彼が投票を行使しなかったために、彼の姉の夫から責められたときのことだ。思いだすとそのときの彼は我を忘れるほどの憤慨《ふんがい》におちいりながら、義兄に自分の理由を説明しようとつとめたのだが、ますます早口に喋りながらも、しまいにはそれが義兄を説得するためでなくて自分の怒りを正当化するためなのだと悟りはじめたのだ、ちょうど短な夢のなかで自分のずり落ちかけたズボンをつかもうとする程度のもので、喋っている相手は義兄でなくて自分自身なのだ、と知ったのだった。

自分がそんな心配さえしないというその事実は彼にとりつく強迫観念となった。自分はちょっと狂ってきているぞ、と彼はごく平静に思う——狂うといっても、ひっそりと静かに品よくだが——。いまの彼は罐詰や食料袋の列の減少を、逆比例に増えてゆく過去の日々と対照させながらたえず頭に浮かべていたが、それでも食料戸棚にいってそれらを見たり数えたりしなかった。以前はそうでなかった、と彼はひとりごとを言ったりもした——以前の彼はそっと公園のベンチへゆき、財布のなかから紙片をとりだして、あれこれ引き算をしたものだが、いまはもっと簡単で、棚にある罐詰を数えれば、二人にあと幾日が残っているか正確にわかるだろうし、鉛筆で日数割りに戸棚にしるしをつければ、罐詰を数えることさえせずにすむだろう——棚をひと眼見れば、寒暖計を読むように、自分たちの位置が読みとれるのだ。しかし彼は食料戸棚をのぞき見ることさえしなかった。

こうした時間を過ごすときの自分は狂ってる、と彼は知っていて、ときにはそれに刃向かうこともあったし、その狂気を征服したと信じもした、なぜなら次につづく時間の間、それらの罐詰は（自分が気にもしないというあの悲劇的な確信を別にすれば）、まったく彼の心から消え去った、まるで存在しないも同様に消え去ったからであり、そして彼は自分のなじんだ環境を深い絶望に似た気持で見まわしたりするのだが、そのときの彼は自分が心配していると知ってさえいないのだ、あまりに心配が強すぎてそれを自覚さえしていなかったのである。彼はあきれたような驚きとともに陽光にみちた静寂の世界を見やったのであり、そこから彼女がいま一時的に歩み去っていたが、なおも香りににた幻は残っていて、やがて彼女が戻ってきてその幻のなかに入るのだ、まるで彼女が自分の残した衣装をまたすっぽり着直すかのようであり、そして彼女は簡易ベッドに長くなった彼を見いだすのだが、その彼はいま眠ってもいなければ、本を読んでさえいないのだ、すでにその習慣も昼寝の癖とともに失っていたのであり、ただそっと自分にこう言いきかせるだけなのだ――ぼくは退屈してる。消滅したいほど退屈なんだ。ここでは自分を必要とするものはなにもない。彼女にさえ不要なんだ。ぼくは薪さえクリスマスまでもつほど切ってしまってるし、ほかにすることはなにもないんだ。

ある日、彼は絵具とスケッチ帳を自分にも分けてくれと頼んだ。彼女はそうしたが、それから彼は自分が色盲であり、それを自分では知りさえしなかったのに気づいた。それからの毎日、彼は自分の見つけた小さな、陽のあたる空地で仰向けに寝ころぶのであり、あたりにバルサム樹の鋭いにおいのただようなかで、安物のパイプ煙草をふかすのだが（これはシカゴを立つ前に、食料と金を使いきったときに備えて買い込んだ唯一の仕度品だった）、彼の半分のスケッチ帖と鰯罐製の絵具入れはそのまま横に置かれっぱなしだった。それからある日、彼はカレンダーを作ろうと思いたった、その思いつきはカレンダーが欲しいと頭で考えたからでなく、筋肉をもてあました退屈さからでた気まぐれであり、それを実行に移したのも桃の種から籠を彫ったり針の頭に主の祈りを刻んだりする人と同様、ただ純粋で静かな五感の喜びからなのだった。まず彼はスケッチ帖に日数を分けながらきちんと線を引き、日曜と祭日には種々の適切な色をつけようと計画した。すぐに自分は日や曜日の見当がつかなくなってると気づいたが、これはただ期待の気持を高めただけで、仕事が長びけば楽しみもさらにこまやかになると感じた、ちょうど桃の種から二個の籠を彫ろうとか、主の祈りを暗号で刻もうと思うのと同じだった。そこで彼は自分とマコードが浜辺にしゃがんでいたあの最初の朝のことを思い返した。彼はあの日と曜日を覚えていたのであり、そこから夜明けと次の夜明けまでのおぼろな区画ごとに思い返し、辿りなおしていった――その区画はぴりっとした葡萄酒ととろりとした蜂蜜のまざった静寂であり、それが数珠《じゅず》のようにつながるなかから一個ずつ、あれは木曜日、あれは金曜日あれは日曜日とときほぐしていったが、すると突然にこんな日付などシャーロットの月経日とその間の日数で割りだせると気づいた――彼女の月経日さえ考えれば、個々の日が消えこんだ明るい無限の空虚のなかから数字的事実を確立するのも可能だと思ったのであり、そのときの彼の気持は、古代のシシリアで羊のさまよう丘に曲がった杖にすがって立つ老いた観察者が、生涯を夜毎《よごと》の観察に費してそれが間違いないと知りつつ方法も理由もわからずにいた天体の実相を、偶然にアレクサンドリア公式で解いたときの気持に似ていた。

　あのことが彼に起きたのはそのときだった。彼は坐ったまま自分の作ったカレンダーを眺めていて、それは喜びと驚きのまざった楽しい気分だった、というのも彼は神とか自然という非数学的で多産的で、本来が無秩序で非論理的かつ無法則な存在に代わって、とにかく自分の数学上の問題を解いたからで、その自分の巧みさに得意な気持を持ったとたんに彼は自分が十月を六週間で数えていたこと、そして今日という日が実際は十一月十二日なのだと気がついた。いま彼にはその実際の数字が、見失った混濁した日々の沼から離れ、変えようもなく孤立して眼に映じてくるように思えた——いわば数字の代わりに棚の罐詰の列が遠く半マイルも離れて見えるというふうなのだ。その力強くて魚雷めいた堅固な罐詰の群は、いままでは単にひとつずつ落ち去っていた、静かにそして手ごたえもなく澱んだ時間のなかへ落ち去っていて、その時間は進行せず、ただ自分の餌食である二人に食物を、まるで呼吸を与えるように与えてきたのだったが、いまでは「時」と罐詰が入れかわり、「時」が動き手となって、ゆっくりと容赦なく前進してくる——着実に進みながら、ちょうど動く雲の影が消すように、罐詰の列をひとつずつ消し去ってゆくように思えたのだ。そうだ、と彼は考えた、あの小春日和のせいだった。ぼくはおなじみの淫売女にたらしこまれて愚者の天国で暮らしてたんだ。歳月という老いしなびた魔女《リリス》〔夜、幼児を襲う〕につかまって首をしめられ、力と意志を吸いとられてきたんだ。

彼はカレンダーを燃やし捨て、山荘に戻った。彼女はまだ戻っていなかった。彼は戸棚にゆき、罐詰を数えた。まだ陽の沈むには二時間ほどあるころだが、彼が湖の方角を見やると、陽はなくて汚れた綿のような雲の塊が東から北西に動いていて、大気の肌ざわりとにおいもすでに変化していた。そうさ、と彼は思った、あれはあの淫売女だ。あの女はおれを罠にかけたんだが、いまはもう気取ってごまかす必要もないんだ。しまいに彼女が近づいてくるのを見た——衣類戸棚のなかに毛布とともに見つけた古セーターを着て、彼のズボンをはいた姿で、湖をまわって歩いてくる。彼は出迎えに出ていった。「まあ驚いた」と彼女は言った。「そんな幸福そうな顔をして、どうしたの？　絵が描きあがったってわけ？　それとも人間は芸術なんか生産する必要さえないとついに悟ったというわけ——」彼は自分の知る以上の早さで動いていた——両腕に彼女を抱いたときには、そのぶつかった勢いで彼女をよろけさせたのであり、身をそらした彼女は、大仰というよりも実際の驚きの色を浮かべて彼を見やったのだった。

「そうさ」と彼は言った。「どう、ここでちょっといちゃつくのは？」

「あら、もちろんいいわ」と彼女は即座に答えた。それから再び身をそらせて彼を見やった。「なによ、これは——なにがはじまったというの？」

「今夜、君はここにひとりでいるのは恐いかい？」いまや彼女は身を離そうともがきはじめた。

「離してよ。あなたの顔がよく見えないわ」彼は言う通りにしたが、しかしなんとか相手のまたたきせぬ黄色の視線に（彼が一度もまだ嘘をつきえなかった視線に）応じることはできた。「今夜って？」

「今日は十一月の十二日なんだ」

「いいわ。それでなんだというの?」彼女は彼を見やった。「さあ、家にかえって、ゆっくりその話を聞くわ」二人は家に戻った、再び彼女は立ち止まり、彼に向きあった。「さあ、聞かしてちょうだい」

「罐詰を数えたんだ。数えてみたら——」彼女はあの固いほとんど厳しい非人間的な表情で彼を見つめた。「ぼくらはあと六日だけ食べてゆけるだけなんだ」

「わかったわ。それでどうしたの?」

「いままではおだやかな季節だったよ。まるで時間が止まって、それとともにぼくらも止まったみたいでね、池に浮かぶ木ぎれ二本みたいにね。だからぼくは心配しようとは思わなかった、用心もね。しかしいまは村まで歩いてゆくつもりなんだ。わずか十二マイルだからね。明日の昼には戻ってこれるよ」彼女は彼を見つめた。「手紙さ。マックからのね。あそこにあるだろうからね」

「あそこにあるという夢をみたわけ? それとも食料を数えているときにコーヒーポットのなかに見つけたの?」

「あそこにあるはずさ」

「いいわ。でも行くのは明日まで待って。いまから行けば暗くなってしまうわ」二人は食事をし、ベッドにいった。このときの彼女はまっすぐ彼のベッドにもぐりこんだ、それも固くて痛い肘が彼をこづくのもかまわぬ勢いだった——立場が逆になれば彼女が痛いはずなのにそれも気にせず、その点では彼の髪をつかんで手荒くゆすぶるときには彼女の手も痛むのにそれを気にしないのと同じ勢いだった。「あきれた人。あんたほど夫になろうと懸命に努める人間なんて、生まれてはじめて会ったわ。いいこと、お馬鹿さん。もしあたしの欲しいのが夫とベッドと食物だったら、あたし、そんなものの揃ったあそこに戻らないで、なぜここにいると思うの？」

「人間は誰だって眠って食べなきゃならないからね」

「もちろんそうよ。でもだからってなぜ心配するの？　それはまるで、お風呂の水が切れるからというだけで、体を洗わなければって心配するのと同じよ」それから彼女は身を起こし、同じ突然の烈しさでベッドからとびだした。彼の見守るなかで彼女は表口まで歩いてゆき、そのドアを開け、外を見た。彼女が言う前に、彼は雪のにおいをかぐことができた。「雪が降ってるわ」

「知ってるよ。もう午後にはそう悟ってたんだ。あの女はもう遊びの時間じゃないと気づいたのさ」

「あの女？」彼女は表口のドアを閉めた。今度は別の簡易ベッドへゆき、なかに入った。

「すこし眠りなさい。雪が積もったら、明日は歩くのに骨がおれるわ」

「でも手紙はあそこにあるさ」

「そうね」と彼女は言った。彼に背を向け、あくびをした。「たぶんもう一、二週間前からあそこにあるわね、きっと」

彼は夜が明けると間もなく出発した。雪はやんでいて、寒さはかなりきつかった。彼は四時間後に村につき、そこでマコードからの手紙を見つけた。それには二十五ドルの小切手が入っていた――マコードは人形のひとつを売ったのであり、それに休暇シーズンにはシャーロットにデパートでの仕事を見つけると約束していた。彼が家に辿りついたのは夕闇がおりてからかなりしたころだった。「もうお鍋になんでもぶちこんで大丈夫さ」と彼は言った。「二十五ドル手に入ったんだ。それにマックは君の働き口も見つけたとさ。彼は土曜の晩にここへくるよ」

「土曜の晩?」

「電報したんだ。そして電報の返事を待っていたんだ、だからこんなに遅くなったのさ」

二人は食事をし、そして今度の彼女は彼の狭いベッドに静かに入りこんだばかりでなく、今度は彼のほうにぴったり寄りそったのであり、彼女がいつにしろなににたいしてにしろ、そんなふうにするのを彼はいままで一度も見たことはなかった。

「あたし、ここから立ち去りたくないわ」

「そうかい?」と彼は十世紀の墓にある石像のように両手を胸におき、仰向けに寝たまま、静かな平和な声で言った。「でもね、あそこに戻りさえすれば、たぶん嬉しい気になるさ。また会う人たちがいるしね、マコードとか君の好きな連中なんか。それにクリスマスやらなにやらあるし。君の髪だってまたさっぱり洗えるし、爪はマニキュアできるし――」このときの彼女は動かなかった――いつもの癖からすれば会話のためばかりか強調したいだけのときでさえ、あの冷たくて思いやりのない荒々しさで彼を攻め、ゆすったり突いたりするのだが、このときの彼女は完全に静まりかえり、息づかいさえみえなかった。その声は溜息というよりも驚きあきれた信じがたさに満ちていた。

「君はたぶん。君はこうだ。君はできる。ハリー、いったいどういう意味なの？」

「ぼくはマックに電報で、ここにきて君を連れてゆけと頼んだのさ。君には仕事があるだろうから、それでクリスマスまではしのげるだろうね。ぼくはあの二十五ドルの半分で、ここにとどまるつもりなんだ。その間にマックがぼくにもなにか仕事を見つけてくれるさ、たとえなにもなくとも失業対策局〔公共事業促進局〕の臨時仕事ぐらいはね。そしたらぼくも町に戻って、それから二人で――」

「だめ！」と彼女は叫んだ。「いや！　いやよ！　ぜったいだめ！　抱いて、ハリー、きつく抱いて！　すべてこのためなのよ、このためにしてきたのよ、犠牲を払ってきたのよ、ただ食べて排泄して暖かく眠って、そうすればまた食べて排泄して暖かく眠れるからじゃないのよ！　あたしを抱いて！　きつく抱いて！　きつくよ！」彼はそうした――その両腕はこわばり、顔は上を向いたままであり、唇はくいしばる歯からまくれあがっていた。

ああ、彼は思った。ぼくには力がない。神よ彼女を助けたまえ。

二人は雪の湖水を去った、ただしシカゴにつく前に、南下する小春日和の名残に追いついて、しばらくそれを楽しんだ。しかしそれも長くつづかず、いまはシカゴも冬だった――カナダからくる風はミシガン湖を凍りつかせ、近づいたクリスマスにヒイラギの小枝を飾った石のビルの谷間に吹きこみ、警官や店員や浮浪者や、サンタクロースに扮した赤十字と救世軍の人々などの顔は突っ張り、霜にこわばり、短な昼が衰えはててネオンの光が照らしだすのは、家畜や木材成金の妻君や娘たちの毛皮にかこまれた花びら形の顔、また政治家の愛人たちもいて、彼女たちはヨーロッパや避寒用牧場から戻ってきて、この凍った湖水とむやみに広がる都会の上に空を刻んで立つ豪華なアパートでクリスマス休日を過ごしてから、またフロリダに立ち去る連中だし、またそこにはロンドンの株仲買人や英国中部の靴鋲《くつびょう》成金や南アフリカの議員の息子たちの顔もある――彼らはオクスフォードやケンブリッジ大学でホイットマンとマスターズとサンドバーグ〔いずれもシカゴを詩にとり上げている詩人たち〕を読んだためにシカゴを見にきたのであり、この種族は探検の度胸もないのに手帳とカメラと防水洗面バッグで武装し、わざわざ聖なるキリストの祭日シーズンをこの野蛮人の群れる暗い荒廃したジャングルで過ごそうとしているのだ。

シャーロットの勤め先は彼女が最初に作った人形たちを最初に買ってくれた百貨店のひとつだった。仕事は飾り窓《ショーウィンドウ》や飾りケースにもおよんだので、ときおり彼女の行くのは夕方、店が閉まって店員たちが片づけをおえたあとのこともあった。それでウィルボーンは、そしてときにはマコードも加わって、角を曲がったところにある酒場で彼女を待ち、そこで早めの夕食をした。それからマコードは新聞社での昼夜さかさまの仕事につくために立ち去り、そしてシャーロットとウイルボーンは百貨店に戻ると、そこはいまや奇怪で地獄めいた裏返しの人生図といった様相を見せている——そのクローム・ガラスと人工大理石の洞穴は、それまでの八時間たえず毛皮姿の客の非情で貪欲なざわめきと、繻子《サテン》の制服でロボットめいて動く女店員の一様にこわばった笑顔とで満ちていたのだが、いまはその叫喚も消えうせ、輝いて静かで、洞穴の静寂さが反響し、すべてが縮小して、そこにいま満ちているのは厳しく緊迫した憤怒の気配といったものだ、ちょうど人気《ひとけ》ない深夜の診療所でひと握りの外科医や看護婦がひっそり慎重に、漠とした無名の生命を救おうと闘っているのに似ており、そういう雰囲気のなかに、二人が踏みいったとたんに、シャーロットも消えこむ（といっても見えなくなるのではない、彼は彼女がときおり、同僚のひとりが持つ品物についてパントマイムで相談したり、ウインドウに出入りするのを見かけたからだ）。彼はたいてい夕刊紙を持参していて、それからの二、三時間、彼はひ弱な椅子のひとつに坐ってそれを読むのだが、彼のまわりにはマネキン人形たちが突っ立っている——滑らかで内臓のない体と晴朗そのものといった顔をした関節もない人形たちが、長い緞子《どんす》と金ぴかの金属や輝く摸造ダイヤをつけて立っていて、そのあいだに掃除女たちが両膝を床につき、バケツを前に押しながら現われるが、それはあたかも彼女たちが別の種族であり、どこか大地の基盤につながるトンネルか空洞からモグラのように這いだしてきて、なにかわからぬ衛生原理に奉仕しているかのようだ、それもこの静まりかえった輝きのためにではない、そんなものに彼女たちは眼を向けさえせず、ひたすら、夜の明けぬうちに彼女たちが這い戻ってゆく地下の国のために奉仕しているという様子だ。それから十一時か十二時に、そしてクリスマスが近づくとさらに遅くなって、彼らは家に戻る――彼らのアパートにだが、いまの部屋は仕事台も天窓もなく、新しくてこぎれいであり、その建つ地区もこぎれいで公園に近く（その公園へ、子供たちが女中や乳母にせかされながら動いてゆくざわめきが聞こえてくるのは朝の十時ごろで、まだ彼はベッドにいて、二度目の眠りにおちようとするところだ）、部屋に戻るとシャーロットはベッドにゆき、彼は再びタイプライターの前に坐る、というのもすでに昼間のほとんどをその前で過ごしていたからだが、タイプライターははじめマコードから借り、次には代理店から賃借りし、それから質屋で撃鉄の欠けたピストルやギターや金歯の間から即金で買いだしたものだが、それを使って、彼は告白雑誌にストーリーを書いて売りこんでいたのだ――その書きだし文句は、『私って女の肉体と欲情を持っていましたが、世間並みの知識と経験となると、まだほんの子供でした』とか、『もしも私に母の愛があってあの呪わしい日に私を守ってくれたら』といったものばかりで――こうしたストーリーを彼は最初の一字から最後のピリオドまで、息もつかず狂いもがいて突っ走る勢いで書きあげたのであり、その有様はフット・ボールで稼いで学校を終えようとするフル・バックの選手に似ていて、そんな学生はボールをつかむや（そのボールこそ彼の「信天翁《あほうどり》」であり「海の老人」なのだ（「信天翁」はコウルリッジの詩。「海の老人」はアラビアン・ナイト。いずれも人にとりついて離れぬ存在）。彼の誓って打倒すべき敵はこのボールであり、対戦チームではないし、白痴の夢のように無意味きわまる無表情な不動の白線でもない）、ゲームの終わるまで走りまくる——倒されようとゴールにとびこもうと、どっちでもかまいはしないのだ——それから彼もベッドにゆくのだが、ときおりは寒い寝室用小部屋の開けた窓に夜明けの光がさすこともあり、ベッドのシャーロットの横に入ると彼女は覚めもせぬまま彼のほうに向き、なにか聞きとれぬうるんだ声の寝言をつぶやくのだが、その彼女を抱いて横になった彼は、またもあの湖畔の小屋での最後の夜のようにすっかり眼を覚まし、注意深く静かに身をこわばらせていて、眠る気がないと知りつつ、阿呆くさいストーリーのなごりの臭気や反響が自分の体内から発散してゆくのを待っているのだった。

　このように彼は彼女の眠っている間ほとんど起きているか、その逆かであった。彼女は起きあがると窓を閉め、服を着てからコーヒーを作り（朝食は、まだ彼らが貧乏でポットに入れる次の一杯分のコーヒーがどこからくるかわからないころには、二人いっしょに仕度をして食べたし、その皿類も二人並んで流しに立って洗ったりふいたりした）そして外にでてゆくが、彼はそれを知らずにいる。それから彼の番になって眼を覚まし、通ってゆく子供たちの声を聞きながら気のぬけたコーヒーを温め、それを飲んでからタイプライターの前に坐ると、努力も特別の後悔もなしに、単調なでっちあげの忘我の境へ入りこんだのだ。最初のうちは独りきりの昼食を儀式めいた几帳面さで作ったのであり、その仕度には前の晩に罐詰や肉切れなどを買いこんだのであり、それは西部風の服装をした少年がクラッカーなどを、森に見たてた掃除具置場に蓄えておくのに似ていた。しかし後になると現金でタイプライターを買ったので（というのもこれは素人の趣味仕事ではないと自分に言いきかせたからだ、これが遊び半分だと自分に偽ることさえ中止していたのだ）それで昼食代をそっくり節約し、食べるという面倒さえはぶいて、その代わりに着実に書きつづけたのであり、休むとすればただ指の動きが止まった間だけであった——坐ったまま、煙草が借物のテーブルの端を徐々に焦がす間、眼はいま書いている小学読本そこのけの愚劣な作り話、彼の性的チューインガムのうちで眼にはいる二、三行を、読むのではなくただ見つめている、それから煙草を思いだしてそれを取りあげ、新しい焦げ跡を空しくこすってみてから、また書きつづけるのだった。やがて時間がきて、『十六歳で私は未婚の母でした』にはじまる最新作を封筒に入れ、切手を貼って封をして自分の宛名も書き、ときにはそのインクが乾かぬうちにアパートをでてゆく、そして年の暮れのたえず日の短くなる午後のなかを、人のこむ通りを歩いて、シャーロットとマコードと会う酒場《バー》までゆくのである。

その酒場にもクリスマスがきていた——輝くグラス類がいくつもピラミッド形に積みあ

げられて列をなす間にヒイラギの枝やヤドリギが飾られ、それをすっかり鏡が反映していて、その鏡にはまた道化じみた上着を着たバーテンや、季節向きに温められて湯気をたてるラムとウイスキーの大鉢が映っていたが、客はその大鉢を眺めたり互いに飲めとすすめあうだけであり、自分は夏からずっと飲みなれた冷たいカクテルやハイボールのグラスを手から離さないのだった。それからマコードがいつものテーブルにいるのを見つける、それも彼が朝食と呼ぶもの——一クオート入りのビールと、ビスケットかバターピーナッツか、とにかくあり合わせのものを一クオートほども置いて坐っているのであり、そしてウイルボーンもシャーロットの来るまで、自分に許した一杯のウイスキーを飲む（「ぼくは節制できる身分になったというわけなんだ、禁酒もできるのさ」と彼はマコードに言った。「おごられれば、いくらでもおごり返せる身分になったから、断わる権利も自由に行使できるというわけさ」）。そして二人は一時間も待つとやがてその百貨店のガラス扉は閃きながら外側にひらき、柔らかで冷たいネオンの光のなかにヒイラギをピン止めした毛皮にかこまれた顔の群を吐きだし、華やいだ声が「よいクリスマスを」や「さよなら」を石造の谷間のこごった空気のなかに響かせる、そしてやがて従業員の出入口も黒繻子《サテン》の制服の群を吐きだすのだが、どの脚も長い時間を立ちつくしたためにふくれ、どの顔もこわばった微笑を作りつづけたためにうずいている。それからシャーロットが入ってくる、そして彼らは話をやめて彼女の近づくのを見守る間に、彼女はカウンターにとまった客の群や給仕やごたついたテーブルの間をまわったりすり抜けたりしてくるのだが、彼女の開いたコートの下からはきっちりした制服が見え、帽子は流行の「あみだかぶり」の形のものをさらに後ろに押しあげていて、まるで彼女が大昔から疲れた女性のする女性特有の仕草で前腕をつかってそれを後ろに押しやったかのようであり、そんな姿でテーブルに近寄ってくるが、彼女の顔も蒼ざめて、そして、疲れた表情なのだ、といっても彼女の動きは相変わらず強くて確固としており、気強そうな太い鼻頭と広くて血色の薄くて厚めの口の上にある眼も相変わらずユーモアのない不屈な頑固さを示している。「ラムよ、あたしは」と彼女は言い、それから二人のうちのひとりが引いた椅子に沈みこみながら、「さて、はじめましょ」それから彼らは食べるのだが、それは世間離れした時間、世間ではちょうど食物の配給をはじめようとする時間なのだ（「あたし、日曜日の午後に檻にいる三頭の熊みたいな感じだわ」と彼女は言った）。三人の誰ひとり欲しいと思っていない料理を食べ、それから散会する——マコードは新聞社へ、シャーロットとウイルボーンは百貨店へと。

クリスマスの二日前、酒場に入ってきた彼女は包みをかかえていた。それは彼女の子供たち、二人の娘へのクリスマスの贈り物だった。いまの彼らの部屋は仕事台も天窓もなかったから、彼女はその包みをあけてまた包み直すことをベッドの上でした——この太古以来の存在、われ知らずに子供を作りだす仕事台がいま子供に奉仕する祭壇となったわけだが、彼女はその端に坐り、ヒイラギを点々と印刷した包み紙や赤と緑の派手で弱い紐や糊つきのラベルでとりまかれ、自分の選んだ高い（ただし驚くほどではない）値の贈り物二つを、他の場合ならいつでも素早くためらわず動く両手にのせたまま、口惜しげな物思いに似た表情で見おろしていた。「店の人たち、品物の包み方さえ教えてくれずにいるのよ」と彼女は言った。「子供たち」と彼女は言った。「ほんとは子供たちのお祭りじゃあないのよ。大人たちのためよ、大人たちが子供に戻るために、週給ぜんぶを使うお祭りなのよ、それも自分では欲しくない物を、もらいたくもない者に与えて、感謝を要求するためにね。そして子供たちは大人と交替するのよ。彼らは幼児性を明け渡して、大人の捨てた役を受けいれるんだわ、それだって彼らが成長したいと特別に願っているからじゃなくって、子供特有の容赦ない略奪性からのことだわ――子供ってなにか取れるとなったらどんな手段でも――だまし、盗み、演技――なんでも使うものなのよ。取れるならなんでも、どんな安ピカ物でもいいのよ。贈り物が子供になにかの意味を持つものになるのは、それがどれぐらいの値打かわかる年頃になってからのことよ。だから女の子のほうが、男の子よりも贈り物に興味を持つのね。だから彼らが大人のくれるものをとるのは、なにももらえないよりましだからじゃなくて、なぜだか自分が同居してる愚かな母牛からは、この程度しか期待できないからなのよ――向こうでは、あたしにお店へ残れと言ってきたわ」

「ええ？」と彼は言った。彼は聞いていなかったのだった。耳には聞こえていたが意味をとってはいなくて、彼女の寸づまりの手が散らばった安ピカ物の間を動くのを見おろしながら考えていたのだ——いまこそ彼女に言うときなんだ、家に帰れって。明日の晩は彼らといっしょにいろって。「なんだって?」

「向こうではね、あたしを夏まで店に置いとくつもりらしいわ」

彼も今度は聞きとった——自分の作ったカレンダーで日と曜日を教えたときも同じ経験をしたのだが、いま彼は二人の生活のどこに間違いがあったかを知ったのだった。それまでの彼は、夜明けに身を固くしてそっと彼女のそばに横たわっていたのも、眠れない理由は自分の体内にある愚かな情欲のにおいが薄れるのを待っているためだと思いこんでいた、また自分がタイプライターにある書きかけ原稿の前に坐りつづけたのは、なにも考えなかったからだと信じ、考えたとすれば金のことだけだと思いこんでいた——それも二人の持つ金の額がいつもちぐはぐで、不運な人とアルコールとの関係に似て、多すぎるか少なすぎるかなのだ、などと考えていたのだ。自分がほんとに考えていたのは都会のことだったんだ、と彼は思った。都会と冬、この二つが重なると、まだぼくらには強烈すぎるんだ、まだしばらくはそうなんだ——冬にはどこの誰だって部屋に追いこまれるさ、しかし冬と都会が重なると、地下牢になるんだ——罪を犯すことさえ平凡な繰返しとなり、姦通でさえ免罪行為になるんだ。「だめだよ」と彼は言った、「なぜかと言うと、ぼくらはシカゴをでるんだからね」

「シカゴをでる?」

「そうさ。永久にね。君はもうお金だけのために働くのをやめるのさ。待ってくれ」と彼は急いで言った。「ぼくらはいま、まるで五年間も結婚してる夫婦みたいな暮し方をしてるけどね、しかしぼくは君にのしかかって、君を自分の言いなりに動かす気はないんだ。だからぼくは『妻には最上のものを持たせたい』と思うことはあっても、『おれの女が働きにでるのは承知できない』なんて言うつもりはないんだ。そんなことじゃあない。問題はね、ぼくらが働いてる目的の点なんだ——気がついたら働き蜂みたいになってて、それがなんのためかをほとんど忘れそうな状態だという点なんだ。君は覚えてるかい？　あの湖のところにいたころ、ぼくは君に言った——さっぱり抜けだせる間に、抜けだすほうがいいって。そしたら君はこう言ったよ、『あたしたちはそのためにここに来たのよ、そのためにこうして暮らしてるのよ、いっしょにいて、いっしょに食べて、いっしょに寝るためにね』ところがいまのぼくらはどうだ。いっしょにいるときといったら、酒場か電車か人ごみの街のなかだけだし、いっしょに食べるのは混んだ食堂のなかだよ、それも店がひまな間に君に許すわずかな時間でだ、店がそうするのも君に食わせて元気に働かせないと一週間分の給料を損するからなんだ。そして寝ることとなるといっしょにさえしてないじゃないか。ただお互いに眠ってる姿を見守ってるだけだよ。君にふれるときだって、ぼくは君が疲れすぎてると知っているし、たぶん君のほうは疲れすぎて、ぼくにふれる気さえないんだ」

三週間後、破いた新聞の端に走り書きした住所をチョッキのポケットに入れて、彼は下町の事務所用ビルに入っていった、そして二十階まであがってカラハン鉱業とあるくもりガラスのドアまでゆき、そこに入って、クローム鍍金《めっき》で仕上げたような様子の女秘書が据《すわ》る関所をどうにか通り抜けて、しまいにひとつのデスクの前に立ったが、そのデスクは平たくてむきだしであり、上には一台の電話とひとり占いにひろげたトランプがあるだけだ、そして彼はデスクごしに男と向きあったのだが、それは赤ら顔と冷たい眼の五十がらみの男で、頭の格好は強盗などによくみる弾丸型で、体つきは二百二十五ポンドの大学フットボール選手がさらに太ったというふうだ、そしてその体をつつむのは高価なツイード服だが、その男が着ていると、まるでそれは焼残り特売場からピストルで脅して奪ってきた代物に見えた。その男に向かってウィルボーンは自分の医師としての資格や経験をかいつまんで話そうと試みた。

「それはどうでもいいんだ」と相手はさえぎった。「君は坑内で働く連中の普通程度のけがを扱えるだろうな?」

「いまぼくが言っていたように――」

「聞いたよ。こっちは別のことも尋ねてたんだ。彼らを扱えるか、と言ったんだ」ウィルボーンは彼を見やった。

「どうもぼくにはよく――」と彼は言いはじめた。

「鉱山の世話をしてもらう、ということだ。あそこを持ってる人たちを守ることさ。あれに金を注《っ》ぎこんでて、君が働くかぎりは給料を払ってくれる人たちをさ。こっちは君がどれだけ外科や薬学を知ってようと知っていまいと、かまやしないんだ、いくつの学位をどこから取ったかも問題じゃないのさ。あそこの誰も気にしやせん、どうせ君に免許証を見せろなんて言う州の監督官は、あそこにはいやせんのだからね。こっちの知りたいのは、君が鉱山の、会社の、利益を守る側として信用できるかどうかなんだ。こっちに吹きだす火の粉にたいしてだ。訴訟が起きるときなんかだ、たとえばイタ公の採坑夫やハンガリー出のハッパ係やチャンコロ〔原語はchink。中国人への蔑称〕のトロッコ押しなんかがだな、片手か片足と交換に年金や、カントンかホンコンへの旅費をせしめようと思いつくときなんかだ」

「ああ」とウイルボーンは言った。「その点ですか。ええ。なんとかやれますよ」

「よしきた。鉱山までの旅費はすぐにだすことにしよう。給料は――」彼はその額を口にした。

「あまり多くないですね」とウイルボーンは言った。相手は肉にはまりこんだ冷たい眼で彼を見やった。ウイルボーンは彼を見つめ返した。「ぼくはいい大学の、評判のいい医学部の学位を取ってるんですよ。欠けているのはただ病院でのインターンで最後の数週間を終えなかったことだけで、その病院だって完備――」

「すると君はこの仕事を欲しくないんだな。これは君の資格に、そしてたぶん君の値打にも、ふさわしくない、というわけだな。さよなら」その冷たい眼は彼を見つめた——彼は動かなかった。「さよなら、と言ったんだよ」

「ぼくには妻の旅費も必要なんです」とウィルボーンは言った。

彼らの列車は二日後の午前三時に出るのだった。彼らはアパートでマコードを待ったが、彼らが二カ月を過ごしたその部屋にはいま、テーブルの焦げ跡のほか何ひとつ痕跡が残っていなかった。「愛し合った跡さえだ」と彼は言った。「激しくて甘い合奏もないし、薄明りにベッドへいそぐ裸足も、もどかしげにまくる上掛けもなしさ。あるのはただベッドのスプリングの軋《きし》む音だけで、前立腺がたるんで十年の夫婦生活が終わったあとの状態さ。ぼくらは忙しすぎたよ、まるでぼくらは部屋を借りて住んだ二個のロボットみたいだったものね」マコードが来た、そして彼らはニューオーリンズを出てから持ちまわる二個の鞄とタイプライターを階下に運んだ。管理人は三人すべてと握手し、相互の楽しき家庭的襟《きん》帯《たい》が解消することを残念がった。「ぼくら二人だけですよ」とウィルボーンは言った。「それにこの二人とも中性動物ではないしね」管理人は眼をまたたいた、ただし一度きりであった。

「ああ」と彼は言った。「では楽しいご旅行を。タクシーは呼びましたか?」彼らにはマコードの車があった。彼らはにぶい銀色の柔らかな明るさのなかを車までゆき、それから最後のネオンや変わるたびに音をたてる信号灯の点滅を通っていった。赤帽が二個の鞄とタイプライターを寝台車の給仕まで運んでいった。

「いっぱい飲む時間があるな」とマコードが言った。

「あんたとハリーで飲みなさい」とシャーロットは言った。「あたしは寝ることにするわ」

彼女はマコードに近寄り、顔をあげて、両腕を彼にまわした。「おやすみ、マック」それからマコードが動き、彼女にキッスした。彼女は一、二歩さがり、身をまわし、彼らは彼女が寝台車に入って消えさるのを見守った。それからウィルボーンもまた、マコードが二度と彼女に会わないと知っているのを悟った。

「さあ、いっぱいどうだい？」とマコードは言った。二人は駅の酒場に入り、あいているテーブルを見つけて坐ったが、それは幾度も午後にシャーロットを待って坐ったときと同じだった――同じような酒飲みの顔、同じ白の上衣を着た給仕やバーテン、同じに山積した輝くグラス類、ただ湯気をたてる大鉢とヒイラギの飾りだけは〔クリスマスとは、とマコードは言ったことがあった、ブルジョア階級の崇拝儀式さ、このときだけは天国と自然が共同して素敵な作り話を持ちだし、この世の亭主や親爺どもに命令し強制するんだ、このときだけは男は、金鍍金のかいば桶の形をした祭壇の前で、恥も外聞もなくそのお伽噺に身をまかせて野放図な感傷にひたることができるんだ、なにしろそのお伽噺《とぎばなし》は西欧世界を征服したものだからだ。そしてこの七日間は特赦によって金持がさらに豊かになり、貧乏人がさらに貧しくなるときであり、この規定の一週間が白ペンキで塗りたくられて元の白いページに戻ると、そこに再び書きこまれるのは新鮮な――そしてしばらくは馬みたいに『あの馬もいるんだぜ』とマコードは言ったものだ」、息使いの荒い――復讐と憎悪の記録というわけなのだ）いまは見当たらなくて、給仕がいつものように近寄ってきた――同じ白い上衣、実際にどんな顔か見てとれたことがない、漠とした無個性なあの顔つきだ――。「ビールだ」とマコードは言った。「君はなんにする？」

「ジンジャーエール」とウイルボーンは言った。

「なんだって？」

「ぼくは禁酒中」

「いつから？」

「昨日の晩からさ。もう飲める身分じゃないのさ」マコードは彼を見やった。

「ちえっ」とマコードは言った。「じゃあ、ぼくにライ・ウイスキーをダブルでくれないか」給仕は立ち去った。マコードはなおもウイルボーンを見つめた。「それが君の口に合うらしいね」と彼は残酷に言った。「いいかい。ぼくが聞くということは余計なお節介だとは知ってるよ。しかしそれでも事情は知りたいんだ。この都会で君はかなりの金を稼いでた、そしてシャーロットもいい仕事場を持ってたし、住む所もいい場所だった。ところがだしぬけに君はやめちまって、シャーロットにも仕事を放りださせ、二月だというのに鉱山の穴で暮らそうとしてるんだ、それもユタ州の、鉄道も電話もなければろくな便所さえない所で、しかも給料といえばわずか——」

「それが目当なのさ。それが理由なんだ。ぼくはすっかり——」彼は口をとめた。給仕がテーブルに飲物を置き、また立ち去った。ウイルボーンは自分のジンジャーエールを上にあげた。「自由のために」

「ぼくもそうしたいさ、できればね」とマコードは辛辣《しんらつ》に言った。「自由のかけらを見つけるまで、君はこれから幾度も乾杯することだろうよ。それもソーダ水じゃなくて、ただの水でな。それもここよりもっと狭苦しい場所でだ。なぜってあの野郎は毒薬なんだ。あいつのことは知ってるのさ。山師だよ。墓石にあいつの真相を書くとすれば、墓碑銘じゃなくて前科歴が刻まれるのさ」

「じゃあいい」とウイルボーンは言った。「それじゃあ、愛のために」その入口の上には時計があった——同調された、遍在する顔付、神話めいた忠告ぶりと無感動さをみせる表情だが、それによると時間はまだ二十分の余裕があった。しかし実際は、ぼくが二カ月かかって知ったことを、マックに話すには二分とかからないんだ、と彼は思った。「ぼくは亭主というものになっちまってたのさ」と彼は言った。「それだけのことさ。それも長いこと知らずにいて、彼女が百貨店でもっと働けることになったと聞かされたとき、はじめて気がついたんだ。最初のころのぼくは、『ぼくの妻』とか『ウイルボーン夫人』とか自然に言うには、練習したり気をくばったりしなきゃならなかった。それから気がついてみると、ぼくは幾カ月も、そう言うのを避けてきた自分に気がついたんだ。それに湖から戻ってから二度もぼくは、『ぼくの妻に最上のものを持たせたい』と考えてる自分に気がつきさえしたよ、まるでどこかの亭主そっくりにね——土曜には給料袋を持ち帰り、郊外の小住宅には妻の労働を軽くする新案の電気器具を詰めこんで、日曜の朝には水をまく小さな芝庭もあるけれど、そのすべては彼が次の十年間、首にならず車にもひかれずに働いてやっと自分のものになる——そういう亭主そっくりなのさ。かの呪われたる蛆虫《うじむし》さ、すべての情熱には盲目ですべての希望には無感覚でいてそれを自覚さえしていないし、すべての闇黒《あんこく》、すべての未知のもの、自分を吹きとばし嘲笑《あざわら》うものすべてのものに気のつかない存在さ。ぼくは自分がどんな金の稼ぎ方をしてるか、それがいかに恥ずかしいものかさえ考えなくなっていて、自分の書く告白小説にたいして、自己弁護することさえやめていたんだ、ちょうどそれは妻君に最上のものをと郊外住宅を月賦で買った市役所員が市役所の徽章、つまりトイレのつまったのを直すゴム棒を持ち歩くのを恥ずかしがらないのと同じ状態さ。実際、ぼくはね、金稼ぎのためばかりか、あれを書くのがほんとに好きになりだしたんだ、ちょうど氷を見たこともない子供が、ただ滑り方を学んだだけでスケートに夢中になるみたいにね。そのうえ、書いてるうちに、人間がこねだせる堕落がいかに泥深いものかを学んだよ、それはたえず興味ある——」

「楽しい、という意味だろ」とマコードは言った。

「そうだ。じゃあ、世間並みにみせるための体裁、と言い直そう。あの仕事もそのためだったのさ。少し前から気づいたことだがね、怠惰こそすべての美徳を生むもとなんだね――その美徳とは人間が長持ちできる性質のことだよ、たとえばゆったりした考え、平穏さ、不活発さ、他人のことはほっておく態度などだ、また精神と肉体の両方で消化のいい状態、肉体的楽しみにだけ気を向ける知恵――食べて排泄して性交をし、陽なたぼっこもするという知恵なんかもそうさ――これに比べうるものなんてなにもないんだ、この世にはこの生活態度以上のものなんて、ひとつを除けば、なにもありやしないよ。そのひとつとはこの世に息をしてるのが短な間だから、それをほんとに生きて、知ることだ。それしかない、彼女はそれを教えてくれたんだし、その跡さえぼくに刻みつけた――ほかになにもありやしないよ、そうさ。もっとも、最近になって明確に見えてきたこともあるんだ、節約前の点からの論理的に結論したことだけれど、いわゆる第一の美徳と言われるもの、節約とか勤勉とか自立心なんかこそ、すべての悪徳を産むもとなんだな――あの第一の美徳こそ狂信性とか浅はかな自己満足、他人へのお節介、恐怖、そしてなによりも世間への体裁というやつを生じさせるんだ。たとえば、ぼくらがそうだ。ぼくらははじめて自立できて、明日の食物がどこから来るか確かになったおかげで（それも金のせいさ、余計すぎる金のせいなんだ、だから夜には眠りもしないで横になり、その使い方なんか計画するんだ、春になるころには船旅の案内パンフレットをポケットに持ちあるくことになるんだ）、そのおかげで、ぼくは世間体や体裁に完全に縛りつけられたんだ、その奴隷になってしまってその点ではどの――」

「しかし彼女はならなかったぜ」とマコードは言った。

「そうだよ。しかし彼女はぼくよりしっかりしてるからだ。それは君自身も言ったよ――酒や阿片でやられるどんな男よりもってね。ぼくは『完全なる所帯持ち』になっちまってたのさ。ただ欠けているのは戸主としての法的証明だけさ、たとえば社会保障番号といった形がないだけさ。ぼくらの住むアパートも放浪芸術家の部屋でなくなったし、愛の隠《かくれ》家《が》でさえなかった、そのアパートの場所だって下町のただなかじゃなくて、市条令と建築条令に指定された地区、いわば年収五千ドルで結婚二年目あたりの連中が暮らすところだった。だから朝は町を通る子供たちの声で眼をさますし、春になって窓を開け放すようになれば、一日じゅう公園から甲高いスウェーデン人の乳母の声なんかを聞くことになるんだ、そして風の具合によっては、子供の小便や犬の糞のにおいをかぐことになるんだ。ぼくはあそこを家《ホーム》と呼んだし、その片隅をぼくら二人は書斎と呼んだよ。しまいにぼくはタイプライターを買いさえしたんだ――この二十八年間まるで持たずに過ごして、ろくに使い方も知らない物を、だよ、それに重いし厄介なものなんだ。ただ手放さなかったのもいわば――」

「君はまだ持ってるじゃないか、そうだろ」とマコードは言った。

「――いわば――そうだよ。どんな勇気でも、その中心にあるのは、偶然の幸運を信じない精神だと思うんだ。それがなければ勇気じゃないよ――絶対にね。だからぼくは自分の手足をタイプライターのリボンひもで縛りあげたばかりか、自分がまるで蜘蛛《くも》の巣にからまれたゴキブリみたいに身動きならなくなるのを毎日見守ってもいたんだ。毎朝、自分の妻が時間通り働きにでられるように、コーヒーポットと流しをきれいにしたし、一週間に二度は（同じ理由で）同じ肉屋から必要な食品や日曜に自分で料理するための肉なんかを買いこみもした。もうすこしあのままでいたら、ぼくらはお互いの見ている前でキモノを羽織ってから服を脱いだり着たりして、それから電気を消して愛撫しあうようになっただろうね。そうなんだ。ぼくらが職業を選ぶのは道楽や趣味からじゃなくて、世間体からなんだ、ぼくらを指圧師や店員やビラ張りや運転手や通俗作家にさせるのも、みんな世間並みになろうとする体裁からなんだよ」その酒場にも同時放送の拡声器が備わっていた。いまこの瞬間、うわついた空《うつ》ろな声がゆっくりととどろき、そこの一連の言葉のなかからときおり一語か二語が聞きとれた――「列車」それから他の言葉は一、二秒して都市の名だと気がつくのだが、それはいずれもこの大陸に遠く散らばった都市であり、人はその名を聞くというより眼に浮かべるという感じなのだ、まるで聞いている者は（それほどその声が巨大だった）自分が空に吊りあげられ、その下ではボールめいた地球がゆっくり回転して、とりかこむ雲や霧の間からちらっとその球体の見なれぬ一部分を剝きだし、眼と頭がその場所をはっきりつかまぬうちにまた霧や雲のなかにまわりこんでしまう感じに似ていた。彼はまた時計を見た——まだあと十四分残っていた。すでに五語で言ったことをまた十四分かけて説明しようというわけだ、と彼は思った。

「それに、いいかい、ぼくはあの生活が好きだったんだ。それは否定しない。好きだったのさ。自分で稼いだお金もだし、稼ぎだす手段も、自分のしたことさえ好きだった、君に話した通りね。だからある日ぼくが『妻には最上のものを与えたい』という考え方をやめたのも、この生活のせいじゃないんだ。理由はね、ある日ぼくは自分が恐れてると気づいたからなんだ。同時にぼくはこれから先もなにをしようと恐れつづけるだろう、彼女が生きるかぼくが生きるかぎりは、恐れつづけるだろうって知ったわけなんだ」

「君はいまも恐れてるのか?」

「そうさ。それもお金のことじゃない。金なんか。ぼくは二人に必要な金をみんな作れるんだ、だって女性の性の悩みというテーマなら幾らでもぼくにはこれねあげられそうだからね。そんな意味じゃないんだ、それにユタ州のことでもない。ぼくの言うのは二人のことさ。愛、と言うならそれでもいいよ。なぜなら愛はつづかないからなんだ。いまこの世界じゃあ、愛の生きる場所はないんだ、ユタ州でさえね。ぼくら人間が追放しちまったからだ。それには長い年月がかかったさ、しかし人間は発明にかけては豊富で無限の能力を持っている、だからついにぼくらはキリストを追放したと同じように愛も放りだしちまった。

いまでは神の声の代わりにラジオを持ってるし、幾月も幾年も情熱という通貨を蓄《た》めてそれを愛の一度の機会に使うことをする代わりに、いまのぼくらはその通貨を薄い小銭に叩きのばして、一丁に二軒はある新聞売場で安い刺激を買い求めるんだ、ちょうど近所の自動販売器からチューインガムやチョコレートを買うのと同じにね。もしキリストが現代に戻ってきたら、ぼくらは自衛のために急いで彼を十字架にかけるしかないだろうね、だって彼以後の二千年というもの、ぼくらは人間中心の文明を創り完成させようとして、怒りと無能と恐怖のなかで罵り叫びながら働き苦しみ死んできたんだから、この文明を正当化し維持するにはそうするよりほかないんだ。もし愛の女神《ヴィーナス》が戻ってきても、彼女は地下鉄の便所でフランス製のエロ写真をいっぱい手に握った汚れた男の姿にしかなれなくて――」マコードは椅子のなかで身をまわして手まねきした――一度だけの、自分を押さえた激しい身ぶりだった。給仕が現われると、マコードは自分のグラスを指さした。やがて給仕の手は二杯目のグラスをテーブルに置いて引っこんだ。

「わかったよ」と彼は言った。「それでなんだと言うんだ?」

「ぼくはいわば日食の影のなかにいたんだ。それがはじまったのはあの晩ニューオーリンズで、ぼくが千二百ドル持っていると彼女に言ったときからで、それは、彼女が店で雇い直してくれるようだとぼくに話した晩までつづいたんだ。ぼくは時計の外側にいたわけだよ。といってもぼくはなお時間につながれてたし、空間のなかで時間に支えられていたさ、その点では自分になる以前の非存在〔not-you〕があったときからそうだし、その非存在が終わって、それではじめて自分もかつて以前に在りえた存在だと知るときまで——それが不死なんだがね——誰とも同じようにずっと時間に支えられてきたさ、だけどそれだけのことだ、ただ時間の上にのっていただけで、非伝導体というやつなんだ、ちょうど雀がその固くて無感覚な両足で高圧電線から絶縁されてるみたいに、時の流れから絶縁されてて、時間は記憶のなかを走り、点で現実とつながるだけで存在するのだけれど、その現実とて（ぼくはそれも学びとったよ）ぼくらの知るのはわずかな部分で、あとのどこにも時間なんてものはないんだ。言いかえると、ぼくはいなかった。それからぼくはいる、と知って、そこに時間がはじまるが、逆行的に動いて、『いる』『いた』そして『いるだろう』となるんだ。と言うことはぼくはいたという過去がある以上、ぼくはいるという現在はなくて、だから時間は存在しなかったわけだ。束の間の童貞みたいなものさ、いや束の間の童貞そのものさ——その状態、その事実、それは自分がその童貞を失いつつあると知る束の間のほか実際には存在しないんだ。それがうんと長くつづいたのは、ぼくが年をとりすぎたからでね、ぼくは長く待ちすぎたんだ。ぼくは二十七まで待ってやっと体内から吐きだすものを吐きだしたけど、ほんとは十四か十五かそれよりもっと若いときにすべきことだったのさ——玄関口の階段の下とか午後の干草置場で未経験な二人が夢中でせわしなくまさぐり合うことなんかはね。誰もみんな覚えてるんだ、あの断崖をね、あの黒い断崖、ぼくらの前の人類がみんなそれを乗りこえて生きたし、ぼくらの後の者もみんなそうするだろうが、しかしその事実も助けにはならないんだ、だって誰ひとりあらかじめ、どうしたら生き残れるかを言えないし、警告もできないからだ。それがあの孤独さ、わかるだろ。人は孤独のまま断崖を乗りこえねばならないし、そんな孤独に耐えてなおも生きていられるのさ、電気みたいにね。ただ乗りこえる現在の一秒か二秒の間は、絶対にひとりきりなんだ――君が存在した過去や君が存在しない後の未来はそうじゃないさ、だってそのときの君はひとりきりじゃないからだよ、だってその両方の場合とも無数のもつれあった無名の存在といっしょで安心していられるんだ――前の場合は塵《ちり》から生じた塵という存在だし、後の場合はうごめく蛆虫の群から生じた蛆虫の群なんだ。しかしいまという現在では人はひとりきりになるはずで、それしかないんだよ、そうなるに違いないと知ってて、そうなれとも思うんだ――いまや自分が一生乗りつづけた動物、あの乗り馴《な》らした老いぼれ馬に鞭をくれて、あの断崖に向かって――」

「そら、あのくだらん馬がでた」とマコードは言った。「それを待っていたんだ。あと十分もすると、おれたちはくつわと拍車（たがいに反発しあうものの意）みたいな調子でやり合うぞ。お互いに話してるんじゃなくて、同じ田舎道を馬で旅する二人の巡回牧師みたいに、お互いを説教しあうようになるぞ」

「――たぶん君はずっと考えてたかもしれないね――もしあの瞬間がきたら手綱をぐっと

引ける、そしてなにかを救えるとね。しかしあの瞬間がくるとそうはできないって知るんだ、いや腹のなかではそうはできないと前から知ってたと悟るんだし、事実、できやしない。そのときの君は一個の自己放棄した肯定そのものなんだ、一個の流動体じみた『はい《イエス》』そのものなんだ、それは自分の意志も希望も、すべてをあきらめたあの恐怖から出ることとだ――そして出ればあの闇黒、あの堕落がくる、あの凄まじい孤独、衝動、死がくるがそれはあの瞬間でもあって、その瞬間には肉体という重い粘土で解体はしないにせよ、君は自分の全生命があの普遍瀰漫《びまん》する太古からの盲目の受容母体のなかに、噴出するのを感じるんだ、命そのものが、あの熱くて流動する盲目の基盤に――墳墓にして子宮、子宮にして墳墓、どっちでもいいがね――そのなかにほとばしり出るんだ。しかし君は引き返すのさ、たぶん君はそれを前から自覚してもいて、そこから引き返し、七十歳もそれ以上も生き長らえるかもしれんさ、しかし戻った後はいつも、自分があの命の一部を失ったと思い知らされることになるのさ、あの一秒か二秒の間は自分が時間のなかでなくて空間に存在していて、真の自分とは世間が許した七十の年月じゃあないと思い知って、いつかは差引勘定をすることになるのさ、言いかえると差し引く時間は六十九歳と三百六十四日二十三時間五十八分で――」

「あきれたもんだ」とマコードは言った。「手に負えないな。ぼくが不幸にも息子を持つことになったら、そいつの十歳の誕生日に小ざっぱりした淫売屋でも連れていってやることにするぜ」

「ぼくに起こった状況は、わかったろう」とウィルボーンは言った。「ぼくは長く待ちすぎたんだ。十四か十五のころなら二秒間ですむことでも、二十七歳になると八ヵ月かかったんだ。ぼくはいわば日食の影にいたわけで、そしてぼくらは雪にとじこめられたウィスコンシンの湖畔でどん底におち、わずか九ドル五十セント分の食料を分けあいながら飢えていた。ぼくはそれに打ち勝った——打ち勝ったと思った。どうやら間に合って眼を覚まし、愛が勝利をえたと信じた。そしてここに戻ってきたときには、これから素晴らしい生活をするんだと思ったんだ、ところがクリスマスの前の晩に、彼女が店でさらに働くとぼくに話したとき、ぼくは自分たちがどんな状態に落ちこんでたか、はっきり悟ったんだ——飢えの苦しみなんてごく軽いものだともわかったね、だって飢えは最後にはぼくらを殺すだけだものね、ところがいまの状態はそんな死よりも、あるいは仲を裂かれた状態よりさえ、悪質だったのさ、いわば愛が死に果てた古い墓場になってたんだ、それは死骸をのせた腐った臭いの霊柩台で、それをかついで歩くのは腐肉を求める不死非情の、それゆえ臭覚のない存在の化身なんだ」拡声器が再びしゃべりはじめた、彼らは同時に立ちあがろうとした、と同じ瞬間に給仕がどこからともなく現われ、マコードは彼に払った。「それでぼくは恐れてるんだ」とウィルボーンは言った。「前には恐れはなかったんだ、だってそのときのぼくは日食の影のなかにいたからね、しかしいまは眼が覚めていて、ありがたいことに恐れることができるんだ。なぜってこの西暦一九三八年という年には愛を容れる場所はどこにもないからさ。この世間は、ぼくが眠っている間は、ぼくを金でいじめつけた、なぜってぼくにはそこが弱点だったからさ。それからぼくは眼を覚まし、金の問題を解決したよ、そしてこれで『やつら』に打ち勝ったと思ったんだ、ところがあの晩になって彼らは世間的体裁というやつを使って向かってきた、そしてそれは金よりもさらに勝ちがたいものだと知ったんだ。だけどね、もう現在のぼくは金と世間的体裁の両方に負けなくなってるんだ、だから『向こう』ではなにか別のものを見つけるほかない、それを見つけたらまた、彼らはそれを使ってぼくらを、愛のないまま生きる現在の生活様式に順応させようと強制してくるだろうがね――順応しろ、さもなければ死ねと言ってね」彼らはくつ屋根のあるプラットホームに入った――そこは洞窟じみた薄暗さで、夜と昼の区別なくつきっぱなしの電燈が鉄色の冬の夜明けに向かって光っていて、蒸気の霧のなかでは、黒ずんだ寝台車の長い不動の列がコンクリートに膝まで埋めこまれて永久に立ちつくすといった様子だった。二人は煤で汚れた列車の、いびきに満ちた寝台車をいくつも過ぎて、開いている乗車口に向かっていた。「だからぼくは恐れてるんだ、だって『彼ら』は実に利口だからだ、抜け目ないからだ、そうなるほかにないとも言えるさ、だってもしも『彼ら』がぼくらに勝たせでもしたら、それは殺人や強盗を放任するのと同じことになるからだよ。もちろんぼくらは『彼ら』に勝てやしないさ、もちろんぼくらは負ける運命にあるんだ、だからこそぼくは恐れてるんだよ。それも自分のためにじゃないんだ――覚えてるかい、湖にいたあの晩、君はぼくに話しただろ、ぼくはひとりの老婆であってボーイスカウトか警官に導かれて道路を渡っている、するとそこへ酔っぱらい運転の車がくるが、ぶつかるのはその老婆じゃなくて、それは――」

「しかしだよ、それを打ち負かすのになぜ二月にユタ州くんだりまででかけるんだ？　それにもし負かせないんなら、なぜユタ州まででかけるんだ？」

「なぜってぼくは――」蒸気が、空気が、二人の背後で長い吐息をはきだした、列車給仕がさっきの給仕と同じように、どこからともなく現われた。

「さあ、みなさん」と彼は言った。「そろそろでますよ」

　ウイルボーンとマコードは握手した。「たぶんぼくは手紙を書くよ」とウイルボーンは言った。「とにかくシャーロットはそうするだろうと思う。それに彼女のほうがぼくよりも礼儀を知ってるからね《〔ベター・ジェントルマン〕》」彼は昇降口にあがった、そして振り向いた。彼の背後では列車給仕がドアの握りに手をかけて待っていた。彼とマコードは互いの眼を見やった――二つの文句がまだ二人の間では交わされずにいて、互いにそれが口にだされまいとも知っていた――その二つの文句とは**もう二度と君に会わないよ**、と、**そうだな、君は二度とぼくらに会わないだろうな。**「なぜユタにゆくかと言えばね、烏《からす》や雀は木から射ち落とされたり洪水に溺れたり台風や山火事で殺されたりするけど、鷹はそうじゃないからさ。それにたとえぼくが雀でしかないにしても、あるいはぼくも鷹の亭主《つれあい》にはなれるかもしれないからね」列車がいわば全身を縮めるような動きをした——最初の動きの開始であり、その動きが後部から一車輛ごとに前に伝わり、彼の足もとをすぎていった。「それにあの湖で、ぼくは自分に言ったことがあるんだ」と彼は言った。「ぼくのなかには彼女を愛人にでなくて母親にしてるものがあるとね。ぼくは一歩先に踏みだしたわけだよ」列車は動いた、彼は身をのりだし、マコードもまた彼に合わせて足をはやめた。「ぼくのなかには君と彼女で生みだしたなにかがあるとね、そして君は父親の役だったんだ。君からの祝福がほしいな」

「呪いをくれてやるよ」とマコードは言った。

背の低い囚人が証言したように、あの背の高い囚人は水の表面にまた浮きあがったとき、櫂《かい》をまだ手に握っていた。彼が櫂にすがりついていたというのも、自分が再びボートに戻ったときに必要だと直観していたからではない、なぜならそのときの彼は自分があのボートに、いやなににせよ自分を支えるものに、戻れるとは夢にも思わなかったからで、実際は彼にはその櫂を手放そうと考える暇がなかっただけだったのだ。彼にはすべてが急激に動きすぎたのである。何ひとつ予告のない不意打ちであり、最初は流れの勢いにぐいと引かれるのを感じ、舟が回転しはじめて、相棒が、聖書にあるイザヤの昇天そのまま、上へ消え去るのも眼にしたのだが、それから次には彼自身が水中にいたのだった、そして自分がまだ持っているのも知らぬままその櫂の動きに引っぱられ、そのたびにもがきながら水面に浮きでて、回転する小舟にしがみつこうとした。小舟は一瞬の間に十フィートも離れ去ったり、次には彼の頭をぶち割るほど近寄ったりしたが、しまいに彼はその艫《とも》をつかんだ、そして彼の体は引かれることで小舟の舵《かじ》の役目をして、彼らは、すなわち彼と小舟は、櫂をジャックナイフのように垂直に立てたまま、背の低い囚人の見ているうちに消えていったが、（その囚人のほうも、背の高い囚人の眼から同じように急速に、ただし直角の方向に消えていた）その消え方は活人画《タブロー》が舞台から外へそのまま、信じられないほど急速に引き去られるのに似ていた。

彼はいま沼地の支流、いちばん澱んだ支流のなかにいて、そこはたぶん太古の大地の変動がこの土地を創始して以来今日まで、一度たりと新しい流れを入りこませなかったところだったろう。しかしいまそこには勢いづいた流れがあり、小舟の艫に坐った彼は冷たくて黄色いうねりに押し流されていて、その彼の眼には、渦巻くような速度で過ぎ去る木々や空が、いたましげな驚きとともに自分を見下しているように思えた。もちろん木々や空は固定した堅固な存在なのだ、それは彼も思ったのであり、一瞬の間、絶望的な怒りにとらわれながら、自分の下にある大地を思い出しもしたのだ――自分の脚のとどかぬあたりには幾代もの労苦と汗が、がっしり固めてきた安定した大地があるのだ、と思ったのだが、たちまち、再びなんの予告もなしに小舟の艫は彼の鼻柱にしたたかな一撃をくらわしたのだった。さっきの彼は本能的な動作のなかで櫂を手放さなかったのだが、今度は両手で舟端をつかもうとする本能のために櫂を舟のなかに放りだしたのであり、そのときには小舟はまたも回転していた。いま、両手の自由になった彼は前方に這いだし、ぐったりうつぶせになったが、顔からは血と水が流れ落ち、口は疲労よりも恐怖の名残りの怒りで、あえいでいた。

　しかし彼はすぐに立ちあがらねばならなかった、なぜなら自分が命令された以上に早く（そしてずっと遠くまで）来てしまったと思ったからだ。彼がうつぶしたのは血のまざった水溜りのなかだったが、いま彼はそこから身を起こしたのであり、水は全身から流れ落ち、ずぶぬれの綿《めん》の作業衣は彼の手足に鉄のように重たくまとわり、黒い髪はべっとり頭にはりつき、血のまざった水が上衣にしたたり落ちるままに、彼は前腕で自分の鼻と口をそっと、そして急いで、こすってからその腕に眼をおとしたが、すぐと櫂を握りしめ、小舟の先を上流に向けようと漕ぎはじめた。自分の連れの囚人がどこにいるのかとか、過ぎ去った木々のうちのどの木にいるのか、といったことは、彼の頭に浮かばなかった。彼がそのことを考えもしなかったのは、あの相手が自分よりも上流にいると実に明確にわかっていたからだった、そしていままでの経験によって、上流という言葉は激烈な力と速度感に固く結ばれていたので、上流とはただ一直線のもの、一直線で向こうと結ばれるものとしか考えられず、そのほかの概念を彼の知性と理性は全く受けいれなかった――それはライフル銃の弾丸の幅が棉畑の幅もあるといわれたら、頭から否定するのと同じ単純さなのだ。

　舳先《へさき》が上流へとまわりはじめた。それはおとなしくまわった、しかし次には楽にまわりすぎると気がついたが、そのときには驚きあきれる間もなくまわりすぎていて、小舟は横腹に流れの波をうけたと思うと再びあの容赦ない回転をはじめていた。その間も彼は坐って、血のしたたる顔に歯をむきだし、疲れた両腕は無力な櫂を振って水を叩きつづけていたが、その水は少し前には彼を鉄の力と大蛇めいた柔軟な力で締めあげたのに、いまでは無害な媒体といった顔つきであり、そればかりか必死に忙しく突っ込む櫂にたいしても空気と同じほどの手応えしかなく、むしろ空気そのものと思われるほどなのだ。小舟そのものも、さっき彼を脅かしたばかりかついには実際に彼の顔を、騾馬《らば》の蹄《ひづめ》の凄まじい激しさで、殴りつけたくせに、いまではまるで薊《あざみ》の花のように水面に軽く浮いているかにみえ、風見鶏のようにゆっくりまわっているだけだった、そして彼はむなしく水を叩きつづけ、あの仲間のことを思い、彼が安全な木の上で、どうしようもなくただ待っているのんきな姿を眼に浮かべたり、身をもむような無力感と怒りにとらわれながら、気まぐれな人間関係に思いふけったりもしていた——実際、気まぐれな神様がひとりを安全な木の上に置き、もうひとりを手に負えぬわがままな小舟に置いたのも、小舟のほうの彼がきっと戻って彼の仲間を救おうとするだろうと、前もってよく知っていたためなのだ。

小舟は力を使いつくして、いまはまた流れに従っていた。またも静止状態から信じられぬほどの速度に転じていて、彼は自分がもうあの仲間と離れた地点から遠くにきてしまったのだと思った、しかし実際に小舟は、彼が水から舟に這いあがって以来、大きな円周を描いていただけで、だからいま小舟が衝突しかけているもの（すなわち流木やゴミの詰まった糸杉の木立）は、前に艫が彼の鼻を打ったときに小舟が傾きながら過ぎた、あの杉木立だったのだ。彼にはそれがわからなかった、というのも彼はあいかわらず小舟の舳先より上に眼をあげなかったからだ。上を見なくとも、彼には自分の舟がいまにも衝突するとだけはわかって、いまにも不感無覚の舟のただなかを熱烈で残忍で不屈な頑固なものが貫き通るかと思われた、そして彼はすでに無愛想で狡《ずる》い水に向かってこれが力の限度と思える勢いで櫂を振るいつづけてきたのだが、なおもどこかに窮極の絶対的な力を蓄えていたらしく、いまや彼は最後の耐久力を絞りだしたのだ、いわばそれは筋肉と神経だけでできた意志力といったものであり、その力で小舟が衝突する瞬間まで櫂を振るいつづけ、最後のひと打ち、ひと突きをして次に櫂を引きさえしたが、それは全く必死の反射的な運動神経からの行動であり、氷の上で足を滑らした人が反射的に帽子や財布を押さえるのと同じだったが、そのとたんに小舟はぶつかり、もう一度彼を舟の底に叩きつけた。

今度の彼はすぐに起きあがらなかった。うつぶせに倒れて、やや手足をひろげたその様子はほとんど平和といえそうな、そして卑しいことに思いふけるかのような様子だった。いずれは起きあがらねばならぬ、とは彼も知っていた――どんな人間の生活にしろ、誰もみな遅かれ早かれ起きあがらねばならず、そしてしばらく後はいやでも横にならねばならぬのと同じだ。それに彼は実際には疲れきっていなかったし、望みを全く失ったわけでもなかった、そして起きあがるのを特に恐れたわけでもなかった。ただ彼には、自分自身でなくて、時間と環境が凍りついた状況に、偶然に自分も巻きこまれてしまったような気持だったのだ——自分は、夕暮にもならぬのに薄れてゆく一日のなかで、どこに行くともしれぬ水の流れにもてあそばれているのだ、そしてこの遊びが終わったら、この流れは自分をまたあの場所——いまと比較すればまだしも安全な場所に吐きだしてくれるだろう、だからいましばらくは、自分がなにをしようとしまいと、どうでもよいことだ、という気がしていたのだ。それで彼はうつぶせに倒れたまま、なおしばらく舟底の板を水流が強く静かにこすってゆくのを感じるばかりか、耳に聞いてもいた。それから彼は頭をもたげた、そして今度は手の平でそっと自分の顔にさわり、もう一度その血を見やった、それから身を起こしてしゃがみこみ、舟端から身をのりだしてから鼻をおや指と人差指でつまみ、口から血のかたまりを吐きすてた、そしてその指をズボンで拭いかけたとき、自分の視線よりも少し上のあたりからひとつの声が静かにこう言った——「少し手間どったわね」そしてこの瞬間まで舳先から上を見上げる理由も余裕もなかった彼が眼をあげると、木の上に坐って彼を見やっている者がいるのを知った——ひとりの女だった。彼女は十フィートと離れていなかった。彼の舟は流木にのりあげていたが、その流木を止めた幾本かの木のひとつの、一番下の枝に、その女は坐っていた——木綿の上っ張りと兵隊用の上衣を着こみ、日除け帽子をかぶっていて、彼としても改めて見返したいような様子をした女ではなかった。なぜなら驚いて見上げた瞬間に彼は女の姿から、彼女の幾代にもわたる人生も背景も読みとれたからである——実際その女はもし彼に妹があったら妹にもなりえただろう、またもしも彼が、元来は早婚多産系の人間でありながら結婚するどころかその数年前の思春期に刑務所入りをしたりしなかったとしたら、彼の妻にさえなりえただろう——そんなひとりの女がいま、木の枝をつかんで坐っていたのであり、靴下をはかぬ両脚はひもなしの男用の生革靴をはいて、それを水面に一ヤードたらずのところにたらしていて、その様子からは彼女がたぶん誰かの妹だと察せられたし、さらに誰かの妻君なのは、それ以上に確かだった(いや、きっと妻君にちがいない)と彼は思ったのだが、しかそれとても、あまり若いうちに刑務所に入った彼には単なる理論上からの女性判断であったにすぎず、実際を知るのはこれから先のことなのだった。「あんた、もう戻ってこないのかしら、とちょっと思ったりしたわ」

「戻ってこない?」

「最初にきたあとのことよ。最初にあんたがこの藪の山にぶつかって、それからまたボートに這いあがって行っちまったときよ」彼はまた顔にそっと手をふれながら、周囲を見まわした——どうやらここは小舟が彼の顔にぶつかったときのあの場所と同じところと言えそうだった。

「そうかい」と彼は言った。「だけどちゃんと戻ってきたぜ」

「もう少しボートを近くに寄せられない? ここにのぼるとき、あたし、とても無理しちまったの。だから――」彼は聞いていなかった、すでに櫂がなくなっていると気がついていたからだ――今度は前に倒れたときに彼は櫂を舟の中でなくて舟の向こうに投げだしてしまったのだ。「それはあの薮の山の上にあるわ」とその女は言った。「手がとどくわ。さあ。これをつかんでよ」それは葡萄の蔓《つる》だった。それは木に這いあがっていた蔓で、根は洪水で抜けてしまったものだった。女はその蔓を上半身にひと巻きしていたのだが、それをほどき、彼がつかめるまで幾度かそれを投げた。彼は蔓の端をつかみ、小舟を流木の山ぞいに引きよせ、櫂を拾いあげると次には小舟を木の枝の下まで寄せてそこに留めた。いま彼は女の動きを見守った――いかにも重たげに身を起こし、用心深くおりてくるその重たげな動きは、痛々しいというよりも気の遠くなるほどの用心深さからくるのであり、それにはほとんど夢遊病に似た根深い不器用さがあったが、それは彼の最初の呆然自失した驚きになにもつけ加えたりしなかったのだ、というのも最初のあの驚きがすでに堅固きわまる夢想の墓所の土台を築いてしまっていたからであり、それ以後の彼はたとえ拘禁生活の間でさえあの三文雑誌の嘘だらけの作り話を読みつづけていたのだ――それらは刑務所での厳重な検問に劣らぬ用心深さで持ち込まれたのであり、それが彼の人生を転落させた犯人であるにもかかわらず、転落する以前のあの熱心さで読みふけってきたのだ、だから彼と彼の相棒が小舟で出発したときに、彼が古代のヘレンや現代のガルボに劣らぬ美女を奇巌の古城や竜の守る砦《とりで》から救いだそうと夢見なかったとは、誰も言えないであろう。彼は女を見守っていたが、小舟を頑固なほど力いっぱい安定させること以上には女の手助けをしようとせず、その間に女は枝から身をおろしはじめた――その全身、綿の服の下で腹部のふくれた不格好な姿が両腕で釣りさがって――彼は考えていた、それもこんなものにぶつかるなんて。いくらでもいる女のうちで、よりによってこんな相手といっしょに、手に負えねえボートに積みこまれるなんて。

「あの棉倉庫ってどこだい？」と彼は言った。

「棉倉庫？」

「あの男がのっかってるやつさ。もうひとりのほうさ」

「知らないわ。このへんには棉倉庫がとてもうんとあるもの。たぶんそのどれにも人がのってるわよ、きっと」彼女は相手をゆっくり眺めていた。「あんた、まるで豚みたいに血だらけだわ」と彼女は言った。「それに囚人みたいにみえるわ」

「そうさ」と彼は言い、歯をむきだして唸った。「おれはもう首をくくられちまったみたいな気分さ。とにかくおれは相棒を拾って、それからあの棉倉庫を見つけなきゃならねえんだ」彼は舟を解き放った。ということは、ただつかんでいた蔓を放しただけである。そうするだけで充分だったのだ、というのは、舳先が流木の山にのりあげて上を向いている間さえ、そしてその流木の山の向こうの比較的おだやかな水にある舟を蔓でとどめている間さえ、彼はたえずしっかりとあの囁《ささや》きを感じていたからだ――それは自分のしゃがんだ薄い舟底板の一インチ下で低い音をたてつづける強い水の流れであり、それはひとたび彼が蔓を離すと、たちまち舟を運び去ったが、ただし強引に引っさらうのではなく、一連の軽くてさぐるような、猫のじゃれるような押し方なのだった、そしてそのときになって彼は、重みが加わればこの小舟も少し御《ぎょ》しやすくなるという根もない希望を自分が抱いていたことに気がついた。最初のわずかな間、彼はその通りだという無謀な（そしてやはり根のない）希望にとりつかれもした——舳先を上流に向けることができたし、凄まじい努力によってその方向を維持できたからだ、そして小舟が姿勢はまっすぐだが後戻りしていると知ったあとさえなお、努力をつづけたし、さらには舳先が負けて斜めに頭をふりはじめた後でも、がんばっていたのだ——しかしこの頑固な動きには彼もすっかりなじんでいて、それが抵抗しがたいものとは知っていた、それで彼はまず舳先が下流にまわるにまかせてから小舟自体の惰性を利用して完全にひとまわりして、ふたたび舳先を上流に向けようとした、で小舟はまず横向きになり、次には舳先が下流に向かってからさらにまた横へ向いたが、その間も小舟は水路を斜めに横切って反対側の水中に立つ木々の壁へ向かっていた——と、恐ろしい速度で勝手に動きだしたのであり、彼らはいま渦のなかにいたのだが、それを知らなかった——彼には結論を引きだすどころか、疑問を持つ余裕さえなかった。彼は身をかがめ、血のこびりついてはれあがった顔に歯をむきだし、荒い息をつきながら水を叩きつづけたのであり、その間に木々はますます彼にのしかかるように近づいた。小舟はぶつかり、ぐるりとまわり、またぶつかった、舳先への途中あたりにいる女は両手で舟端をつかんでいて、その様子はまるで自分の妊娠した腹の背後にかくれようとするかのようだ。いま彼が櫂で叩いたのは水ではなくて生きた樹液をもつ木であり、いまの彼の願いはどこかに行くとかどこか目的地に向かうことでなく、ただひたすら小舟が木の幹にあたって砕け散らないように、ということだけだった。それからなにかが爆発した、今度は彼の後頭部だった、そしてのしかかる木々とめくるめく水、女の顔もなにもかもが、明るくて音もない閃光と輝きのなかで、一瞬のうちに消滅してしまった。

一時間後、小舟は古い材木切出し道に入りこんでいた、ということはあの沼地から、森林から、抜けでていたのであり、やがて棉畑のなかに（いや、その上に）入りこんだ——そこは奔流する水もなく、灰色に無限に荒涼と広がる水面であり、その単調さを破るのはただ、電柱の列、それが細い線になって、水をわたるムカデめいた様子をみせているだけだ。あの女がいまは櫂を使っていたが、それもあの夢遊病者じみた奇妙な用心深さで、ゆっくりと念入りに櫂を動かしており、一方の囚人は両膝の間に頭を入れてしゃがみこんだまま、鼻血が次々と無限と思えるほど流れだすのを、手にすくった水で止めようとしていた。女は櫂の手を止めた、そして小舟をゆっくり流れただようにまかせながら、あたりを見まわした。「やっとでたわね」と彼女は言った。

囚人も頭をもたげてあたりを見まわした。「でたって、どこへ？」

「どこかはあんたが知ってると思ったけど」

「おれは前にいた所もどこか知らねえんだ。北がどっちの方角かを知ったとしたって、そっちが自分の行きてえ方角かどうかわからねえほどさ」彼はまた片手に水をすくって顔に押しつけ、その手をおろして手の平ににじんだ紅色を見つめた——といってもその眼は落胆や気がかりでなくて、一種の皮肉で意固地な物思いといった表情を見せていた。女は彼の後頭部を見守っていた。

「あたしたち、どこかに着けなきゃならないわ」

「それぐらい心得てねえと思うかい？　まず棉倉庫の上の男さ。それから木の上にもうひとり。それにあんたの膝の上にもひとりいるし」

「まだ期日はきてなかったのよ。だけど昨日あんなにいそいで木に登ったでしょ、そして一晩じゅうあの上に坐ってたもんだから。あたし、できるだけ用心してるわ。でも、どこかに早く着いてくれるほうがいいのよ」

「そうとも」と囚人は言った。「おれだってどこかに着きたいと思ってたぜ、だけどもその点じゃあ、おれは運がなかったんだ。あんたが行きたい場所を考えて、そこへ行けるかどうか、あんたの運をためしてみようじゃねえか。その櫂を渡しな」女は彼に櫂を渡した。その小舟は両端が先になれる形だったから、彼はただ身をまわすだけですんだ。

「どっちの方向に行くつもりなの？」

「そんなこと気にするなよ。ただ舟につかまってりゃいいんだ」彼は棉畑の上を漕ぎはじめた。雨が降りはじめた——ただし最初は激しくなかった。「そうとも」と彼は言った。「行先はボートに聞いてくれってとこだ。なにしろおれは朝飯をくってからずっとこのなかにいるけど、まだ自分がどこに行く気なのか、どこへ行こうとしてるのか、一度もわからねえんだからな」

それは一時ごろのことなのだった。その午後も終わりかけたころに、小舟は（彼らはその前にまたも水路めいたものに入りこんでいて、そこでかなり長い間うろついていた——彼らは気づかぬうちにそこへ入りこんだのであり、戻る暇さえなかったのだ、ただし彼に戻りたいという理由があればのことであり、この四人にとってはそんな理由は全くなかったし、小舟の速力が増したという事実からすれば、水路にとどまるほうが利口だともいえた）水路から出てたくさんの残骸にみちた広い水面にとびでたのだった。四人はそこが河なのだと知った、その広さからみて、ヤズー河〔ミシシピイ河とデルタを形づくり、ヴィクスバーグで合流する〕だとも思った——この七年間の生活では、この一日のほか、この土地を知る機会もなかったのだが、それでもこれがヤズー河だと気づいたのだ。ただ彼もこの河がいまは逆流しているのだとは気づかなかった。それで流れが小舟を一定の方向に動かすのを見ると、彼はその方角が下流だと信じこんだ——その方向に町々がある、たとえばヤズー市があり、運が悪かったとしても最後にはヴィクスバーグ市にゆきつけるし、もしそこまで運が悪くなければ、彼の知らぬ名の町々のどれかにぶつかって、そこの人々か家やなにかに、この預りものを引き渡せるだろうし、そうなればこの女にたいして永久に背を向けて立ち去れるだろう――妊娠といった女っ気《け》にみちた存在から永久に手を切って、散弾銃と足枷の僧院めいた生活に戻って、やっと安心できることだろうと思ったのだ。人間の住居に近づき、彼女から解放されるときが迫ったいま、彼はこの女を憎みさえしなかった。眼の前にあるふくらんで手に負えぬ腹を見ていると、彼にはそれが全く女とは別ものであり、ぐったり動かぬが生きていて強要し脅迫する存在のように思われ、自分も女もその同じ犠牲者のような気がした、そしてこの幾時間に考えたと同じように、いまもあの考えが頭に浮かんだ――自分の手か眼がほんの一分間でも――いや、一秒でも――狂えば、それだけでこの女を水に落とすこむに十分だし、そうなれば女はあの苦悶を感じさえしない無感覚の重荷によって水底に引きこまれてしまうのだ――そう考えると、彼はもはや、その重荷の守護者としての女に復讐心を感じなくなり、かえって同情を感じた、それはちょうど、納屋のなかで害虫を除くために生木が焼かれるのを見たら彼が感じるのと同じ気持だった。

彼は櫂を動かしつづけた。流れにのって、着実に、力強く、体力の消耗を冷静に節約しながら、自分では下流だと信じ、町や人々や自分の立てる場所があると信じる方向に漕いでいったが、一方の女はその間ときおり身を起こして小舟に溜った雨水をすくいだしていた。いまや雨はたえまなく降っていた、しかしまだ激しくはなく、まだ熱意のこもった降り方でもなくて、空は、昼間の光を哀しみもなしに溶かして消し去ろうとしていた。小舟は雨雲のなかを動いていて、その灰色の紗《ガーゼ》の薄もやはほとんど境目もみせずに、濁って唾じみた泡や漂流物にみちた水面とまざりあっていた。いまや昼は、光は、明らかに終わろうとしていた、そして囚人は一、二度、前よりも勢いよく櫂をふるった、というのもふと、小舟の速度がよほど落ちたように思えたからである。実際はその通りだったのだが、その囚人にはそれがわからなかった。彼はただそれを薄闇の増したための現象ととったのだ、あるいはせいぜいが、長い一日を食べもせずに努力しつづけたばかりか、向こうから勝手に押しつけられたこの苦境にたいして自分が心をくだき無力さに腹をたてたりして神経の疲れが重なったせいだ、ぐらいに思ったのだ。それで彼はほんのひとかきふたかきだけピッチをあげた、それも驚きあわてたからでなくて、その反対の理由からだった、言いかえると、彼もまた、名を知った流れのあるだけであの安心感と心の高まりを抱いていたからで、実際、知られた河というものは、幾世代もその消しがたい名で親しまれ、人々は水辺の住まいに引きつけられる本性によって、その河のそばに住みつく所をいうのだ、いやさらに人が水や火に名称をつける以前にさえ、その生きた水は人を引き寄せたのであり、また人々の生涯の進路ばかりか、実際の顔立ちまでも厳しく規制し強制してきたのだ。だから彼は驚きあわてたのではなかった。なおも櫂で漕ぎつづけたが、自分が上流に向かっているとは知らなかったし、さらにまたこの流れがもう四十時間も提防の割れ目から流れこんで北へ向かっていたのだとは知らず、またその水が彼の前方のどこかで、再び下流へ押し戻されようとしているとは夢にも知らないのだった。

いまはすっかり暗くなっていた。すなわち、完全に夜になっていたのであり、灰色を溶かしたような空は消え去っていたが、しかしそれに逆比例するかのように水面はかえってくっきり浮かびあがって見えた——それはあたかも、午後の雨によって大気から洗い流された光が、雨自体のしたと同じように、水面に集まったかのようであり、それで彼の前にひろがる黄褐色の洪水は視力のきかなくなる瞬間まで、ほとんど燐光めいた性質を帯びつづけていた。闇の暗さ自体も利点をもっていた、というのは、もはや雨を眼にしないですんだからだ。彼の服は、いままで二十四時間以上も濡れつづけていたから、とっくに雨を感じなくなっていたのであり、それにいまや眼に見ることもなくなったから、雨はもう彼には存在しないも同様となっていた。それにまた、彼は同舟者の腹のふくらみを見まいと努力する必要もなかった。それで彼はしっかりと着実に櫂で漕ぎつづけたが、それはおびえや心配からではなく、ただ必死な気持からなのだった、なぜなら彼にはまだ雲に反映する光が見えないままだったからだ——その反映する光こそ彼が近づきつつあると信じるあの都会か他の都市のあり場所を示すものだ、と彼は思っていたのだが、実際にはその都市は彼の背後を幾マイルもいまは離れていたのだった。それから彼はひとつの音を聞いた。前には一度も耳にしなかった音であり、また人が一生に二度と聞きそうもない音だったから、彼にはそれがなんであるのか見当もつかなかった。そのときも彼は驚きあわてたりしなかったが、それはその暇がなかったからだ、なぜなら、音を聞いた次の瞬間に彼は生まれてはじめて見るものを眼にしたからである。視界は明瞭とはいえ遠くまでは届かなかったが、彼の見たのはこんな光景だった――燐光めいた明るさの水面に黒い闇の合わさる境目の鋭い線がいまや、ほんの少し前より十フィートも盛りあがったのである、そしてそれが巻きあがって進んでくる様はプディングを作るために練粉の皮が薄く押しのばされるときとそっくりだった。それはそりあがり、ぐっと前に傾いた、そしてその頭は疾駆する馬のたてがみのように渦巻き、そして燐光も発しながら、火炎のようにいらだち、ゆらめいた。そしてその間に女は舳先にうずくまったが、それはこの大波を知ってのことか知らずにしたことか、囚人にはわからなかった、彼は(囚人は)、そのふくれて血の流れる顔に信じられないという仰天した表情をみせたまま、なおも櫂をふるい、その大波に正面から向かっていた。ここでもまた彼は、催眠術にかかったような筋肉の自動的な動きを停止させる暇がなかった。それで彼は櫂をふるいつづけたのだが、小舟はもう動くことを全くやめてしまっていて、ただ空中にぶらさがっているかのようであり、そのなかで櫂は伸び、叩き、手もとにかえり、そしてまた伸ばされていた。いま、小舟は空間のかわりに、凄まじく流れる残骸の群にとりかこまれていた――板きれ、小さな家、溺れ死んだのに滑稽な表情の動物たち、根こそぎ抜かれてイルカのように跳ねあがり水にもぐる木――そうしたものの上を小舟はさまよい歩くかのようで、その軽くて頼りなくたゆたう様子は田園を飛びゆく鳥がどこにとまろうか、あるいはとまりたいのかどうかも決めかねているときに似ていた。そして囚人は舟のなかにしゃがみこみ、なおも櫂の動作をつづけながら、自分が叫び声をあげる機会のくるのを待ちうけていた。しかしその機会は全くなかったのだ。一瞬の間に小舟は艫を下にして突っ立つかに思えた、それから次には逆まく水の壁を猫のようにひっかきよじのぼり、その舌をひらめかす頂点の上にとびだした、そして今度は実際に空中高くに、木の枝々の間に支えられて吊りさがったのであり、その新しい葉をつけた大枝や小枝のなかから、囚人はまるで巣にいる小鳥の有様のまま、なおも叫ぶ機会を待ち、もはや櫂を持ってさえいないのに漕ぐ動作をつづけながら下を見やると、それは凄まじい動きに転じつつ彼を後方へと信じがたい勢いで押し戻す世界なのだった。

真夜中ごろ、砲兵隊の一斉射撃のような雷鳴と稲妻がとどろいたが、それはまるで四十時間も便秘していた自然が、大空そのものが、いま轟音と閃光の形でひと思いに荒狂う行動に身をまかせたかのようであり、そしてなおもその波間に死んだ牛や騾馬や便所や小屋や鶏用の箱を吐きだしているなかで、小舟はヴィクスバーグ市を通過したのだった、囚人はそれを知らなかった。彼は水面より上のほうを見ないでいたからで、なおしゃがみこんだまま、舟端をつかんで周囲の黄褐色にわきかえる水をにらんでいたが、その水面からは一本まるごとの木や鋭い軒を突きだした家、騾馬の長くて哀しげな頭などが現われて近寄りまた流れ去り――彼はその騾馬の頭を、自分ではいつか知らぬ間に拾いあげた板きれの端でぐいと押し流した（そしてその騾馬は唇をたらした呆然たる表情で、視力のない両眼には責めるような色をたたえて、彼をにらみかえすかのように思えた）――小舟はいまま っすぐに進んだかと思うと、次には横向きになり、さらに後向きになり、ときには水の中をゆくが次には家の屋根や木の上にのって数ヤードも進んだりしたし、ときには騾馬どもの背にものりあげたりしたのであり、まるでこの呪われた去勢種族は死んでもなお荷物運びの運命から逃れえないかのようだった。しかし彼はヴィクスバーグ市を見なかったのだ、かなりの速力で動いている小舟はわきたつ巨大な水路のなかにいて左右には高くそりあがる土手がありその上方には灯火の反映の輝きがあったのだが、しかし彼はそれを見なかった。彼が見たのは前方の漂流物が急に激しく分かれて重なりあい盛りあがった様子であり、小舟はそこに生じた間隙《かんげき》に急速度で吸いこまれたから、彼にはそこが鉄橋の下だとはわからなかった――と次の恐ろしい一瞬、汽船の腹がぬっと現われて、小舟はその前で不決断のためらいに静止したかに見えた――それをのりこえようかその下をもぐって進もうか迷うかのような静止状態――それから一陣の冷たい風が彼に吹きつけたのだ、それは湿って果てしのない荒涼のにおいと味と感覚をいっぱいに含んだ風であり、同時に小舟は一度だけ大きくそりあがって突進し、たちまち彼は河《ミシシピイ》の父の荒々しい胸に吐きだされた――それは彼の生まれた州が最後の発作とともに、この母なる大地の胸に彼を産みだしたときの勢いに似ていた。

こうしたことを彼は七週間あとになって、新品の縞木綿《しまもめん》の囚人服に頭を刈り直した姿となって、宿舎の寝棚の上で語りきかせたのだった。

雷と稲妻がその精力を使いはたしてからの三、四時間、小舟は漆《うるし》を流したような闇のなかで、うねる水の上を走っており、その水のひろがりは、たとえ彼の眼がきいたとしても、境界線を見てとれなかったであろう。そのうねりは、見えぬまま荒々しく、小舟のまわりや下で跳《おど》りあがり、盛りあがり、汚い螢光色の小波をあげていて、あたりにはそれが破壊した残骸をいっぱいに浮かべていた――それらは名もなく見えもせぬ数かぎりない物体の群であり、小舟にぶつかり、突きあげ、回転して流れていったのだ。彼はいま自分がミシシピイ河にいるとは知らなかった。たとえそれを知ったとしても、そうだと信じることを拒絶したことだろう。ほんの昨日は両側に一定間隔で並んだ木々の間にいて、自分が水路にいるのだと知っていたからであり、またいまは、たとえ明るい昼間でも両岸を見てとれなかったろうから、彼にはいま自分のいるのが河の上だとは夢にも思えなかったろう――たとえもし彼が自分の現在の居場所について考えたとしても、自分の下になにがあるかとなれば、まずそれは世界最大の棉畑であり、その上を眼もくらむ不可思議な勢いで流れているのだ、と思うのがせいぜいのことだったろう。たとえもし昨日の彼が自分のいる所を河だと知っていて、その事実を心から真剣に受けいれ、それから次にその河がだしぬけにまるで小道を走る狂い馬のように凄まじい迫力で彼を押し戻した様子を眼に見たとしても——もしも現在の彼が自分の居場所を河の上かと一瞬でも疑ったとしても、意識のほうは真っ向からそれを否定したことだろう。信じるかわりに、彼は気を失ったことだろう。

夜明け——冷たい驟雨《しゅうう》の間を雲が疾駆し、灰色のざわめきに満ちた夜明け——そして彼はまた見えるようになり、たちまち自分が棉畑の上などにいるのではないと悟った。小舟が揺れつつ走るこの荒々しい水の下は、騾馬のふん張って動く尻のあとから人間たちが耕したおとなしい土地でないのだと知ったのだ。そのときふと彼の頭に浮かんだのは、現在の状態が一世代にわたる現象ではないということだった——この現象はその長い世代の間にはさまる年に起こるものであり、その時は人間の作った不器用で脆弱《ぜいじゃく》な道具類は穏やかで眠たげな土の上によりかからせたままにしておくのだ、そしてこれが古来からの正常《きまり》であり、河はいま自分のしたいことをやっているのだし、そうするために十年間も我慢づよく待ちうけていたのだ、ちょうど騾馬が飼い主を一度だけ蹴りあげる機会のために十年間も働くのと同じことだ。彼はまた恐怖についても新しいことを学んだのだった、それは彼が本当に恐ろしかったあの別の機会にも知りそこなったことなのだ——若かった彼があの晩に、あの仰天した郵便局員のピストルの、自分のものより二倍も光る銃口を見おろしながら、彼の（四人の）ピストルは弾がでないと知らす前のあの三、四秒間にさえ味わえなかったことなのだ——すなわち、もし人が長く恐怖のなかで持ちこたえれば、やがてそれは全く苦しみでなくなり、たんにひどいかゆみに似た感じとなる、ちょうどひどく火傷《やけど》をしたあとのような、あの手におえぬむずがゆさだけになる、ということをである。

彼はいま漕ぐ必要もなくて、ただ舵をとっていて（また彼はこの二十四時間何ひとつ口にせず、また五十時間の間これといった眠りもとっていなかった）その間に小舟はあの湧きたつ荒涼とした水面を滑っており、その上にいる彼は、もはやずっと以前から、自分のいる所がたぶんあれだと承知しかけながら、なおそれを信じまいとだけは試みつづけていて、することといえばただ小舟をたて直して、まわりの家や木々や死んだ動物の群の（いわばひとつの町そのもの、商店や住宅や公園や農場が彼のまわりで魚のように跳びはねている）なかでなんとか浮いていようとするだけであり、どこかに到着する気持はなくて、ただ小舟が沈まぬように努めることに熱中していた。彼はごくわずかしか望まなかった。自分のためには何ひとつ望まなかった。ただ願っていたのはあの女、あの腹を、片づけることであり、それも自分のためでなく、女のためになる方法でやろうと努めていたのだ。さもなければ彼はいつでも女を別の木の上に置きざりにしたであろう――

「じゃなかったら、お前《めえ》がボートからとびでて女とボートを沈めちまう手もあらあ」と太った囚人が言った。「そうすりゃあ、お前は脱走での十年加算のうえに、人殺しで首くくりにもなり、ボート代はお前の家族に請求がゆく、ということになったろうに」

「そうさ」と背の高い囚人は言った。――しかし彼はそれをしなかったのだった。もっとまともな方法でやりたかったのであり、誰か、女を引き渡せる誰か、を見つけるとか、女をおろせる堅固な場所を見つけるかして、あとは相手が望むならまた河にひとりで戻る気でいたのだ。それだけが彼の望むすべてだった――なにかに、なんでもいいがなにかに出会うこと。それは過大な願望とは思えなかった。それなのに彼にはそれもできなかったのだ。彼は小舟がいかに走りつづけたかを語った――

「お前、誰とも出会わなかったのか？」太った囚人は言った。「蒸気船にも、なんにもか？」

「わからねえ」と背の高い囚人は言った――彼が小舟を浮かすことにだけ夢中になっていると、くら闇がしまいに薄れて、あがって、見えてきたのは――

「くら闇だと？」と太った囚人は言った。「お前、さっきはもう昼間だと言ったんじゃなかったか？」

「ああ」と背の高い囚人は言った。彼は煙草を巻こうとして、新しい煙草袋から折目をつけた紙に注意ぶかく煙草の粉をこぼしこんでいた。「これは別の晩さ。おれが舟にいるあいだに幾度か闇がきたからな」――そのときもまだ小舟は、水に浸った木々が両側にある曲がりくねった水路を早く動いていて、囚人はそれが河であり、それがまたも二日前には上流であった方向に流れていると知ったのだった。ただしこの河が、二日前のものと同様に、逆流しているのだ、と直観で感知したわけではなかった。いまの彼が自分はあの同じ河にいると信じこむほど単純だったとは言えない――ただし彼は自分がそう信じこんだとしても、信じた自分をあまり不思議がらなかったろう、なにしろそのときの彼はそれ以前の彼と同様いつ果てるとも知れぬ時間の流れのなかにいて、いわば彼は意地悪くて変幻自在な地形の上で翻弄される玩具か駒の状態だったからである。とにかく彼は地表の、たとえなじみはないにせよ理解できる一部分から推測して、自分はまたも河に入りこんでいるとだけは知ったのだ。それでいまの彼は、ただ漕ぎすすむだけでいいのだと思いこんだ、そうすればたとえ乾いてはいないにせよ水より上の平たいなにかにぶつかるだろう、もしかするとそれが人間の住む所でさえあるかもしれぬし、もし早く漕げば、あれにも間に合うかもしれないのだ、だから彼がもうひとつだけ実行する大切なことといえば、あの女から眼をそむけつづけることだ――彼がそう信じこんだのも、夜が明けるとともに、この女が――この同舟者の厳然として避けえざる存在が――ふたたび眼前に浮きあがり、もはやそれは一個の人間であることをやめて、むしろ（そんな幻覚を持つのも、最初の二十四時間と最初の五十時間に、さらに二十四時間が加わったからと言ってもよい。その間に口にしたのは一羽の死んだ牝鳥《めんどり》で、それは昨日、小舟のわきに偶然に寄りついた屋根の軒に片羽だけはさまれてさがっていたのであり、彼はその一部分を生《なま》のまま食べたが、女はそうしようとしなかった）そのかわりに一個の、ぐんにゃりと醜怪だが息づく子宮になっていたのであり、もし彼がそれから視線をそむけつづければそれは消え去るかもしれぬし、それが占めている席に視線を向けずにいれば、消えたまま戻ってこないかもしれぬ、といまの彼は思いこんでいたのだ。今度は彼がこうして眼をそむけ漕ぎつづけていたとき、あの波がくるのを見つけたのだった。

それがどのように巻き返してくるのを見つけたのか、彼には覚えがなかった。それは音をたてず、感じられず、眼にも見えなかった。小舟が澱んだ水面にいたことさえ、その前触れを察知する足しにはならなかった——すなわち、それまでの流れの動き方は、善悪はとにかく、水平であったのだが、それがいまその動きをやめて、垂直にそそり立ったのだ。しかしそれでも彼はまだ信じようとさえしなかった。それというのも多分、彼がこの水の気まぐれと底意地の悪さに、もう腹の底から諦めて、身をまかせていたからであろう。どうやら永久に、自分の運命が投げこまれたらしい水という物質にたいして、突然に彼は恐怖や驚きを超越した確信を抱いたのだ——この相手がなにをする気でいようとも、それにたいしていまの機転で応じるほかには手がないのだ、と。それで彼は小舟をまわした——走っていた馬にするように尻からぐるりとまわったのだが、逆方向に向いてみると、いままで自分の進んできた水路そのものさえ見分けられなかった。それが自分には見えないだけなのか、それとも自分の知らぬ間にそれが消え失せてしまったのかも、わからなかった——その河が一衣帯水の世界のなかに消え失せたのか、世界のほうがこの無際限の河に溺れこんだのかわからなかったのだ。それでいまの彼には自分がその波のすぐ前を走っているのか、それとも寄せる波を斜めに突き進んでいるかの判断もつかず、ただ自分の背後に急速に盛りあがる獰猛《どうもう》な力を感じ、それに合わせて自分の消耗していまは麻痺《まひ》した腕の振るえるかぎり早く櫂を使ったのであり、同時にまた女を見まいともしつづけた——無理にも女から視線をもぎはなしたままでいて、しまいに水の上にある平たいものにぶつかったのだ。そのようにやつれ、空ろな眼をして、その両眼がまるで子供の玩具《おもちゃ》鉄砲から射ださされたゴム吸盤つきの矢であるかのように、女から無理に視線をもぎはなしたまま、そして彼の消耗した筋肉は、単なる疲労を越えて萎縮しながらも催眠状態的に、止めるよりも動きつづけるほうが容易だといった有様のまま、彼はもう一度、突きぬけられないなにものかに向かって小舟を全力でぶつけたのであり、それで、またもや彼は激しく前方に投げだされて四つん這いとなり、そのままその荒れてふくれた顔をあげて上をにらむと、そこに散弾銃を持った男がいた、そして彼は（囚人は）ひびわれた、しゃがれた声で言った。

「ヴィクスバーグは？　ヴィクスバーグはどこだ？」

彼がこのときのことを話そうとしたのは七週間後だったし、そのときの彼は安全保証つきなばかりか、脱走を企てた罪で十年を加算されて二重に保証され釘づけにされていたのだが、それでも彼の顔と声と話しぶりには、あのときの仰天した、信じがたい怒りと惨めさの名残りが現われていた。彼は相手の船に乗りこもうとさえしなかったのだ。彼の話によると、彼はただ舷側《ふなばた》の板にしがみついていて（それは汚くてペンキも塗らぬ小屋付き船でブリキの煙突が酔ったような傾き方をしていた。小舟がぶつかったときこの船は動いていたばかりか、どうやら進路を変えさえしなかったらしいが、しかしそれでいて、その間ずっと船の上の三人は彼を見守っていたにちがいない――その三人のうちの二人目の男は裸足で、もじゃつく髪と髭をして、舵の長い棒を握っていた、そしてそれから女が――彼にはいつからそこにいるかわからなかったが――汚れた男物の服をとり合わせて着こんだ姿で、ドアに寄りかかっていて、あの同じ冷たい計量するような眼で彼を見守っていた)、激しく引きずられながら、彼はなんとか自分の単純で（少なくとも彼には）筋の通っている願いと必要を述べ、説明しようとしていた――それをいま彼は語り、あるいは語ろうとしていて、再びあの忘れがたい屈辱感を、まるでそれが全身痙攣《けいれん》であるかのように感じたのであり、彼の震える両手の間からは空しく煙草の粉がぱらぱらとこぼれつづけ、次には紙自体も小さな乾いた音をたてて破れたが、それを彼はただじっと見つめつづけたのだ。

「おれの服を焼けって？」と囚人は叫んだ。「焼いちまえと？」

「広告ビラみてえに目立つ物を着てて、逃げきれるとでも思ってるのか？」と散弾銃を持った男が言った。彼は（囚人は）それを語ろうとした、それもあのときは船の三人に向かってだけでなくて周囲全体に――すさんだ水面と淋しげな木々や空に――向かって説明しようとしたのだが、いまも同じように説明しようとしていた、というのも自己弁護のためではなかった、なぜなら彼は自己弁護を必要としなかったし、彼の聞き手たち、他の囚人たちも彼から弁解を求めていないと知っていたからであり、彼が必死に説明しようとしたのも、むしろ、疲労の極点にいて窒息寸前の、あの夢見心地に似た解放感からだったといえようか。彼は銃を持った男に、自分と相棒がボートを与えられたこと、男と女を救えと言われたこと、相棒を失って男のほうも救いそこなったことを語った、そしていま願っているのはこの女を渡せる平たい所だけであり、その後では自分が警官を、保安官を見つけだす気だとも語った。彼も故郷のことを考えはしたのだ――自分がほとんど子供時分から暮らして互いに相手の癖ややり方を知って幾年にもなる友達のこと、自分がうまくこなせて好きにもなっていた馴染ぶかい畑、ある人たちを知って尊敬するのと同じように自分がよく知って敬意をはらってやった個性的な騾馬たちを思った、また彼は夜の刑務所宿舎を思いもした――夏には虫よけの網戸があり、冬には暖かなストーブ、そして誰かが燃料ばかりか食物も運んでくれる所、そして日曜には野球や映画――彼には野球のほかはみんな初めてのもの――がある所だ。しかしそれらすべてよりも、最も彼の考えたのは彼自身の人格だ（二年前に刑務所では彼を模範囚にしようと言った。そうなれば彼は畑作や家畜の面倒をみずによくて、ただ実弾入り銃を持った連中のするようにしていればよいのだったが、しかし彼は断わった、「おれは畑仕事をやってゆくことにするよ」と彼は言った。それも全く本気で糞真面目に言ったのだ、「おれは、一度だけだが銃を使おうとして、その味をたっぷり知っちまったからね」）。また彼の評判のよい名前、彼の責任――それも自分に応じてくれる者たちへばかりでなく、自分自身にたいしての責任、そして頼まれたことを実行することで彼自身が抱く名誉、それを実行できることへの彼の誇り、たとえなんであれ、そういうことを彼は最も強く思っていたのだ。このことを思い、銃を持つ男が脱走についてしゃべるのを聞いていると、まるで彼には、そこに取りすがって激しく引きずられている自分がいまにも（ここで彼は言ったのだが、彼ははじめて木々から垂れる山羊のあごひげのようなサルオガセモドキを見かけたのだった、ただしそれらは彼の知らぬ間にもう数日間も前から、そこにあったのかもしれない。ただ彼はいまになって、はじめてそれに気がついたのである）破裂してこなごなになるかのような気がしたのだった。

「おれは脱走なんか考えてねえんだよ、それがどうしてわかってもらえねえんだ？」と彼は叫んだ。「あんた、そこで銃を持っておれを見張っててもいいさ、言う通りにするさ。ただおれが頼んでるのは、この女をどこかに――」

「さっき言ったろ、女は乗ってもいいんだ」と銃を持つ男は平板な声で言った、「しかしおれのこの船にゃあ、保安官をさがしてる奴なんか容れる場所はねえのさ、まして刑務所の服なんか着てる奴はな」

「奴が船に足をかけたら、その銃で頭をぶちのめしてやれや」と舵を持つ男が言った。

「酔っぱらってやがるのさ」

「奴は乗ろうと思ってねえよ」と銃の男は言った。「狂ってやがるのさ」

それからあの女が言った。女は二人の男と同じに褪せてつぎだらけの汚れた作業衣を着こみ、まだドアロによりかかったまま動かなかった。「なにか食い物をやって、いっちまえと言ったらいいんだ」彼女は動いた、甲板を横切ってきて、囚人の同舟者をその冷たい不機嫌な眼で見おろした。「あんた、あとどれぐらいなんだい？」

「来月まで時期じゃなかったんだけど」と小舟のなかの女は言った。「でもあたし——」

作業衣の女は銃を持つ男のほうに向いた。

「なにか食い物をやりなよ」と女は言った。しかし銃を持つ男はなおも小舟のなかの女を見おろしていた。

「さあ、おい」と彼は囚人に言った。「女を乗せな、それからいっちまうんだ」

「そしたらあんたが困るんだよ」と作業衣の女は言った、「彼女を警察に渡すときにね。保安官をこの船に呼べば、保安官はあんたが誰だって聞くんだからね」。それでも銃を持つ男は女の方に向きかえりもしなかった。彼は腕にかかえていた銃をほとんど動かしさえせずに、もう一方の手の甲で女の顔を殴りつけた——激しく。「こんちくしょうめ」と彼女は言った。

「どうだ？」と彼は囚人に言った。銃を持つ男はなおも女を見やりさえしなかった。

「おれにはそれができねえんだ、それがあんたにはわからねえのか？」と囚人は叫んだ。

「それがわかってもらえねえのか？」

そのときにおれは諦めたのさ、と彼は話した。彼はそういう運命だったのだ。言いかえると、彼はあの最初のときからすでにこの女とは離れられぬ運命をしょわされているのだ、といまや悟ったわけなのであり、その知り方は彼を小舟に送りこんだ連中がこの男なら任務を捨てまいと知っていたのと同じような確信だった——だから作業衣の女が小舟に投げこんだ罐詰のひとつがコンデンス・ミルクだと気づいたときには、それが予兆だと信じたのだ、これは自分が平たい安定した場所を見つけさえしないうちに女が赤子を産んでしまうという予告だと、それがまるで電線を伝わってくる強引で取り消しえぬ死亡通知であるかのように信じこんだのだ。それから彼の語るところだと、第二の大波が彼の下から最初の手探りじみた動きでゆする間、彼はボロ船ぞいに小舟を押さえつけていて、一方の作業衣の女は船中の部屋と舷側《ふなばた》とを往復しては、食料を投げこんでいた——塩漬け肉のかたまり、破れて汚れた上掛け、そして焦げた焼き方でいまは冷たくなったパンは残飯みたいに大きな洗い桶から小舟にぶちまけられた——その間も彼は、舷側にとりすがって、波が盛りあがって小舟を引き去るのをふせいでいたが、その第二の波のことをその瞬間の彼は忘れさっていた、というのも彼はなおも単純きわまる願いと必要を伝えようとしていたからであり、しまいに銃を持つ男が（三人のうちで彼だけが靴をはいていた）彼の両手を踏みつけはじめ、彼は（囚人は）重い靴に踏まれまいと片手を離しては別の手で舷側をつかみつづけると、ついには銃を持った男は彼の顔を蹴ったのであり、その靴を避けようとして身をよじったとたんに彼の手は舷側からもぎはなされ、彼の体重が小舟を斜めに押しやって勢いをました流れに乗せた、それで小舟はボロ船を背後に残して離れはじめ、いまやまたも彼は漕ぎはじめていた――これが運命とついに悟った人間がその断崖に向かって突き進むときの猛烈さで漕ぎはじめたのであり、もうひとつの船を振り返るとそこには不愛想な嘲笑いを浮かべた三つの顔があり、それが遠ざかる水面ごしにどんどん小さくなり、するとついに彼はあの我慢ならぬ事実に息がつまるほどになり、気持を爆発させたのだ――それも彼が拒絶されたことにではなく、拒絶されたことの小ささにたいしてなのだ、それほど彼は小さな願いしか持たず、ごくわずかしか頼まなかったのに、向こうからはなにょりも大きな代償を要求されたのであり（それは彼らも知っていたにちがいない）、もしそれが彼に払えるのだったら、自分がこんな状態におちたりあんなことを頼んだりしなかったことなのだ、それを思って櫂を振りあげ、振りまわして彼らに罵り言葉を叫びつづけ、散弾銃が光って弾丸が小舟の片方の水面をかすめすぎた後でもなお、罵りつづけた。

で、彼の話すところだと、そうやって櫂を振りあげて怒鳴っているうちに、とつぜん彼は二番目の波を思いだした、それが第二の大きな水壁となって家や死んだ家畜の群をひとかたまりに押しあげながら背後から迫ってくるのを見たのだ。それで彼は怒鳴るのをやめて、漕ぐことに戻った。その波に漕ぎ勝つ気はなかった。すでに経験からその波に追いつかれたとき、自分がどこへゆきたかろうと、その波と同じ方向にゆくしかないと知っていたのであり、そして実際に追いつかれたときには、小舟はただ押し流されるだけで、女をあのときに間に合っておろせる場所があろうとなかろうと問題でなくなることも知っていた。時間——、それがいまの彼の心をかきみだす問題だった、そして彼に残された望みといえば、できるだけ長く大波よりも前にとどまり、追いつかれる前にどこかへ辿りつくことだけだ。そこで彼は漕ぎつづけたのだが、彼の筋肉はもはや疲れが長くつづきすぎて疲れを感じなくなっていた、それは人があまり長いこと悪運にあいすぎると、それを運としてばかりでなく、悪運としてさえ思えなくなるのと似ている。だから漕ぎつづける彼は、ものを食べたときでさえ——食べたのは焦げたパンの塊で、ボロ船の女に投げ込まれて舟底にあったあとでさえなお野球の球の大きさと、ローソク炭の重みや耐久性を持っていて、鉄のようで、鉛のように重たい物質であり、あの船の料理に使った錆だらけのフライパンから外にでたあとは、誰ひとりそれをパンとは呼ばぬような代物だ——それを片手に持ったまま、もう一方の手は時間を惜しんで漕ぎつづけたのだ。

彼は次のことも語ろうとした——その日の小舟はひげのようにサルオガセモドキを垂らした木々の間を走っていて、その間も背後の大きなうねりからはときおり静かで小さな波が延びてきて、触手で物珍しげにさぐるかのように小舟を軽くゆすった、それからかすかな溜息、ほとんどくすくす笑いに似た音をたてて行きすぎ、小舟はなおも、木々と水と静寂のほかなにも見えぬなかを進んでいったが、しばらくするともはや彼には、自分の行動が、背後の空間や距離をひろげるのでも、前方の空間や距離を縮めるのでもないように思えはじめた、いまや、彼と波は純粋な時間のなかで同時的に存在し、進行もせず宙吊りとなっていて、その夢じみた荒涼たる世界の上で彼はなにかに達する希望さえ全くなしに漕いでおり、自分はただこの小舟の長さが提供する自分と女の距離——自分の眼の前でぐんなりと逃れえない存在となった女という肉の塊と自分との距離——をなんとか保とうとするだけに思えた。それから夜がきて、小舟はなおも突進していた、というのも見えないし分からないものの上ではどんな速力でも早すぎるものだからで、彼は前方になにもなくて、背後からは大きく動く水が牙のような波頭を泡だててうねり迫ってくるという恐ろしい想念にとりつかれていた、そしてそれから再び夜明けがきた（昼から闇そして再び昼にというあの夢幻めいた幾度もの交替のひとこまであり、それには芝居の場面が明るく現われたり消えたりするときの、時間を胴切りにしたようなあの非現実な感じがいつもつきまとっていた）そして小舟はいまやあの女とともに姿を現わしたが、いまの彼女は濡れて縮んだ兵隊上衣の下にぐんなり横たわってはいず、ぐっと背を立てて坐っていて両手は舟ばたをつかみ、眼を閉じて下唇をかたく噛んでいた、そして彼は折れた板きれで狂ったように水を叩きながら、その不眠でふくれた荒《すさ》んだ顔で女をにらみつけ、しゃがれ声で叫んでいて——「しんぼうしろ！　頼むからしんぼうするんだ！」

「その気でいるのよ」と女は言った、「でも急いで！　急いでよ」彼はそれを語ったのだった、その信じがたい話を語った――急げ、早くしろとはまさに、崖から落ちてゆく男が、なにかにつかまって身を救え、と言われたのと同じで、そう言うこと自体、怪しくて滑稽で馬鹿くさく、喜劇的で気狂いじみており、それは落ちゆく人間の耐えがたい忘却の悪寒《おかん》のなかでは、舞台の照明の奥で演じられるどんな作り話よりももっと非現実なたわごととひびくだろう――

彼はいま盆地《ベイスン》に入りこんでいた――「盥《ベイスン》（たらい）だと？」と太った囚人が言った。「そりゃあ人間が体を洗うものじゃねえか」

「そうとも」と背の高い囚人は、あげた両手の上で荒っぽく言った。「おれもそうしたんだ」ひどく懸命な様子で彼は両手のふるえを押さえつけてから、やがてその持つ煙草の巻紙二枚を手放した、そしてそれらが彼の両脚の間の床に軽くゆらめいて落ちてゆくのを見守ったし、その間もなおしばらく両手をじっと動かすまいとしていた――盆地《ベイスン》、ひろびろと穏やかで黄褐色の水郷、それはいままでと違って奇妙に整った姿を見せていて、そのときの彼にさえ、そこは完全に水没していなくとも水とよくなじんだ土地だ、という印象を与えたのだった。彼はその土地の名前さえ覚えていた――二、三週間後に誰かから教えられたのだ――アチャファラヤ（ルイジアナ州南部の河、洪水のときにはミシシピイ河から流れこむ）――

「ルイジアナ州のか？」と太った囚人は言った。「するとお前、ミシシピイ州からおんでちまってたのか？　あきれたもんだ」彼は背の高い囚人を見つめた。「そりゃあお前、ヴィクスバーグの向こう岸どころじゃねえぜ」

「おれのいたところの向こう岸はヴィクスバーグなんて名じゃあなかった」と背の高い囚人は言った。「たしかバトン・ルージュ〔ミシシピイ河ぞいのルイジアナ州の州都でニューオーリンズに次ぐ都会〕という名さ」そしていま彼はひとつの町のことを話しはじめた。それは小ぢんまりして白くて画《カンバス》にありそうな町で、大きな濃緑の木々の間におさまっており、それは彼の話のなかに突然に現われたのだが、たぶん実際にもそんな現われ方をしたのだろう——彼の前方にだしぬけに、気取って、蜃気楼めいて、実に晴朗な様子をみせ、その前には貨車の列がドア口まで水につかって立っており、そのあたりにはいくつものボートがつながれてもいた。そしていま彼は次のことも語ろうとした——彼は腰まで水につかっていて一瞬の間、振り返って小舟を見やったが、そのなかでは女が半ば身を横たえ、両眼はまだ閉じたままであり、両手は舟べりを固くつかんでいて嚙みしめた唇からあごにかけて細い血の筋がつたわっており、そして彼は凄まじい絶望に似た気持でその様子を見やっていた。

「あたし、どれくらい歩くことになるの?」と彼女は言った。

「そんなこと、わかるもんか!」と彼は叫んだ。「とにかく向こうのどこかに陸があるんだ! 陸なんだ、家も」

「あたし、動こうとでもしたら、この舟をおりないうちに産んでしまいそうだわ」と彼女は言った。「もっと近くに寄せてくれないとだめだわ」

「そうか」と彼は荒んだ、必死の、信じられぬといった叫び声をあげた。「待ってろ。おれがいって自首しよう。そうすれば向こうではきっと――」彼は言い終わらなかった、言い終わるのを待たなかった、彼はその次のことも語った――水をはねあげ、つまずきながら走ろうとし、泣きながら、喘《あえ》ぎながら、いま彼は見たのだった――ここにも黄褐色の水の上に貨車用の積込みプラットフォームがあり、その上には前のと同じようにカーキ色の軍服の連中がいた、そっくりで、同じ連中だ――彼の言うところだと、その瞬間たちまちあの暢気《のんき》に出発した朝以来の日々が縮まり、まるで最初からなかったかのように消え失せて、あの朝といまが二つの連続して継起する出来事（継起する？　同時的なのだ）に思われ、そして彼はその空《あ》いた空間を越えたのではなく、ただ自分の足跡を辿って戻ってゆくのであり、水にとびこみ、はねあげ、両腕をあげたまま荒々しく怒鳴っていた。彼は意外な叫びを聞いた。「あそこにやつらのひとりがいるぞ！」命令、武器のぶつかる音、警戒する叫び声――「あそこへゆくぞ！　あそこだ！」

「そうなんだ！」と彼はなお走り、水を押しわけながら叫んだ。「おれはここにいるぞ！　ここだ！　ここだ！」なおも走ってゆくと最初の一斉射撃の散るなかにとびこみ、弾丸の間に止まって、両腕を振りながら絶叫した、「おれは自首したいんだ！　自首したいんだ！」恐怖ではなくて意外すぎる耐えがたい憤怒のなかで見つめているうちに、カーキ服のしゃがんだ一団が左右に分かれて、機関銃が現われた、それが太い不気味な銃口を傾け、下に向けて彼に焦点を合わせはじめ、しかも彼はなおしわがれた、烏《からす》のような声で叫んでいた、「おれは自首したいんだ！　聞こえねえのかよう！」身をひるがえしたときさえ叫びつづけていて、それから水をかきのけ、はねとばし、もぐり、すっかり身をかくすと上の水面を弾丸のシュ・シュ・シュとかすめる音を聞いた、そして彼はなお水底を這いながらなおも叫ぼうとしていて、まだ立ち上がりもせず、浮き沈みする尻のほかは全身を水にひたしたままの怒り狂った叫びは、彼の口や顔のまわりから泡となって舞いあがったが、このように彼が怒り狂ったのも彼はただ自首したいだけだったからなのだ。それから彼は、わずかの間だが、どうやら射程の外にでたらしかった。つまり彼は（どこでどうしてだかは語らなかったが）立ち止まって休む瞬間をえたのであり、そこでひと息ついてから再び走りだした。まだ背後には怒鳴り声や、ときおりは銃声も聞こえたが、小舟まではしばらく見通しがきいて、彼は喘ぎ、泣きながら進み、片手にはいつどうして受けたかわからぬ大きな裂き傷を負い、貴重なはずの息をついやしていまは誰にともなく話しかけていたが、それは死ぬ寸前の兎《うさぎ》の叫びと似ていた——そんな叫びは生きたものの耳に向けられるというよりも、すべての生物への告発であり、それだけが不滅と思える気まぐれと苦悩、気まぐれの遊びと苦痛を無限に受けいれる現実への告発の叫びに似ていて——「おれはただ自首したいだけなのに、——それだけなのに」

彼は小舟に戻ってなかに入り、割れた板きれを取りあげた。そしていま彼がこれを語ったとき、最高潮《クライマックス》に達した物質の暴威にもかかわらず、それは（その語り方は）ごく単純になった――いまは煙草の紙を二つ折にしたが、その指さえ全くふるえていず、袋から煙草をおとしこむときもひとかけらさえ外にこぼさなかったのであり、それは彼が機関銃の弾幕を抜けきって、なんの意外な驚きもない地域に入ったことを思わせるかのようだった、それで彼の物語の次の部分は、聞き手たちに、やや曇っているがまだ透けているガラスごしの話のように受けとられた――いくつもの影、輪郭はないが明瞭であり、滑らかに流れて、筋道が立って平静で音をたてず、聞こえはしないがよく見えるなにかのように受けとられたのだった。彼らの乗った小舟は広くて平坦な沼の中央にあり、周囲には陸地も見えぬのにその見えぬ境界に向かって、またもこの小さな孤舟《こしゅう》は流れの逆らいがたい力のままに走ったのであり、彼にはどこへ行くあてもなかった――もはやあの小ぢんまりと樫《かし》の林に納まった町は近よりがたくて、蜃気楼めいて、茫漠たる不変の水平線から浮きあがってみえる存在だった。彼はそんなものをもう信じなかった、どうでもよかった、彼は呪われた運命のもとにあったのだ、あんな町々などは煙か妄想の作ったものにすぎなかったのだ、そして彼はいま行く先も希望もなしに絶えず櫂を動かしつづけ、ときおりは女を見やったが、彼女は両膝を引いて抱きかかえて坐っており、その全身は恐ろしく固い塊と化していて、その間も血まじりの唾の筋が食いしばった下唇から伝いおりていた。彼はどこへゆく当てもなく、なにから逃げようとするでもなく、ただ漕ぎつづけていた、というのもあまり長く漕ぎつづけたいまは、もし止めたら自分の筋肉が苦悶の叫びをあげるだろうからだ。だから彼は次のことが起こったときも驚かなかったのだ。彼は耳になじんだ音を聞いた（実際には、それまでに一度しか聞いていなかったのだが、しかし誰であろうと一度聞けば十分な音だった）、そしてまたそれをずっと予期してもいたのだ。なおも櫂を動かしながら振り向くと、音の正体が見えたのだが、それは木々や残骸や死んだ動物たちをまるで麦わらのように浮かべて泡立ち盛りあがり逆巻いていて、彼はそれを肩ごしに一分間もにらみつけていたが、それは激怒の状態をはるかに越えた虚脱状態からのことであり、もはや苦しみさえ――これ以上の屈辱に耐える能力さえ――消えうせていて、いまはなげやりの不屈な好奇心だけで、こんどはなにが自分の麻痺した神経をしごくことになるのか、こんどは向こうはどんな手で自分をためそうとするのかと、他人ごとのように眺めていると、しまいにその大波は実際に恐ろしい轟音とともに彼の頭上に迫ったのだった。彼の漕ぐリズムは変化しなかった――遅くもならず、増しもしなかった――なおもあの催眠状態に似た着実さで櫂を振るっているうちに、彼は泳いでいる鹿を見たのだ。彼にはそれがなんであるかわからず、また自分が小舟の方向を鹿の行先のほうに変えたことも、意識せず、ただ自分の前をゆく鹿の頭を見守っていた、するとあの波が大きくくずれてきて小舟はまるごと浮きあがった――それはうねりに出没する木々や家や橋や垣根と同じ浮きあがりかたであり、彼の振るう櫂はただ空気だけ叩くまでになったが、なおも彼は漕ぎやめずにいて、次には彼と鹿とが手のとどく近さで並んで突進したときも漕ぎやめぬまま、鹿を見つめていると、その鹿が水のなかから体ごとぬけだしはじめたのであり、しまいには水の表面を実際に走りだしていて、次にはさらにあがって、水から完全に跳びだし、水をはねる音や小枝を折る音が次第に高まるなかで、上の方に姿を消したのだ——その濡れた短な尾がちらっと上にひらめくと、その動物全体が煙の消えうせるように、上に消えこんだのだ。そしていま小舟は停まり、傾いていて、彼もそこから跳びだした、跳びだして倒れて四つん這いになり、もがきながら膝までの水のなかに立ちあがり、あの消えた鹿のあとをにらみつけた。「土地だ！」と彼はしゃがれ声で叫んだ。「土地だ！　我慢しろよ！　あと少し我慢しろ！」彼は女の両脇に腕をさしこみ、小舟から引きずりだして抱きあげると、喘ぎながら水をはねのけて消えた鹿のあとを追った。いまや大地が実際に現われた——なめらかにぐっとそりあがる斜面だ、堅固そうだがほとんど信じかねる、不気味な存在だ——古いインデアンの塚だ、そして彼は泥の斜面を突き進み、滑ってよろめくと女は彼の泥だらけの両手のなかで身をもがいた。

「おろして！」と彼女は叫んだ。「おろしてよ！」だが彼は喘ぎ、泣きながら女を離さず、またも泥の斜面を突き進んだ。いまや激しく動いて手においかねる重荷を抱いて、彼が平たい岸にほとんど達しかけたとき、彼の足の下で棒に思えたものが痙攣《けいれん》にた速さでぐっと縮まった。蛇だったな、と彼は衝動的に足をそらしながら思った、それから彼は疑いもなく最後の一滴となった力をふり絞って、女を岸の上へ半ば投げだすようにしておろすと、とたんにまず脚が滑り、次には顔まで水のなかにのめりこんだ——水、それは、その上で彼が覚えきれぬいくつもの昼と夜を過ごしたものであり、それから手を切ることは彼自身いままで一度もできなかったものだ、その点ではあの重荷を振りきれなかったのと同じであり、彼自身の肉体を消耗しつくしてまで頑強に意志をつらぬこうとし、どんな犠牲でも、溺死でさえいとわぬ気持だったが駄目だったのであり、それは彼にとって、知らずに背負いこんだ呪われた運命だったのだ。だから後になって感じたのだが、水に倒れ伏したときの彼は、自分の背中に、赤子の最初のか細い産声《うぶごえ》を背負ったまま水に沈んでいったようなものだったのだ。

鉱山の監督もその妻も二人を出迎えなかった——この夫婦はシャーロットとウイルボーンより年下だったが、顔つきは二人よりもずっときびしかった。名前はバックナーと言い、互いにバック、ビルと呼びあっていた。「ただし、本名はビリーよ」バックナーの妻は耳ざわりな西部なまりの声で言った。「わたしコロレイドの出なの」（彼女はコロラドの「ラ」を「レイ」と発音した）。「バックはワイオミング州の出よ」

「娼婦にぴったりの名前だわね」とシャーロットは楽しそうに言った。

「ちょっと、それどういう意味？」

「別に。悪気で言ったんじゃないわ。その名の女はきっと素敵な娼婦になる、と思っただけよ。わたしもそうなりたいわ」

バックナーの妻は彼女を見やった。（このやりとりの間、バックナーとウイルボーンは鉱山の売店にいて、毛布、羊皮のコート、それに毛の下着と靴下をとりおろしていた）

「あんたとあのひと、結婚してないんでしょう？」

「どうしてそう思うの？」

「理由はないわ。ただ、勘でわかるのよ」

「そうよ、結婚していないわ。でも、気にしないでほしいわ、これから同じ屋根の下に住むことになるんだから」

「気にするわけないでしょ。あたしとバックも、しばらく同棲してたのよ。でも、いまはちゃんとしてるわ」彼女の声は勝ち誇ったものというわけではなく、ただ自己満足にみちていた。「それに、あれもちゃんとしまってあるわ。バックさえどこにあるか知らないのよ。もちろん隠したって特別のこともないのよ、だってバックはまともな人間だもの。でもね、大事をとるのは、女にとって悪いことじゃないでしょ」

「しまってあるって、なにを？」

「書類。結婚許可証よ」のちになって（その時は彼女は夕飯のしたくをしていて、ウイルボーンとバックナーはまだ谷の向こうの鉱山にいた）彼女はこう言った。「結婚にふみきらせなさいよ」

「たぶん、そうさせるわ」とシャーロットは言った。

「そうさせるのよ。そうした方がいいわ。ことにおなかが大きくなったらね」

「できたの？」

「ええ。ひと月ぐらい」

実のところ、二人の乗った鉱石運搬列車が——列車といっても、どっちが頭か後かわからない凸形の機関車に車輛が三台、それにストーブでほとんど占領された狭苦しい車掌車がついてるだけだが——雪に埋もれた終点に着いたとき、駅にはうす汚れた大男がひとりいる他は誰の姿も見えず、またこの大男が二人に出会ったのも、どうやら全く不意のことのようだったが、大男は羊皮の裏のついたあかに汚れたコートを着ていて、その生気のない眼は、最近あまり眠ってないように見えたし、あかと塵に汚れた顔は、明らかにここしばらくの間、ひげも剃らず、洗ってもいなかった——ポーランド人であり、おそろしく誇り高くて荒っぽく、そして少し異常に興奮していて、英語はしゃべらず、わけのわからぬ言葉をわめきながら谷の向こう側の斜面に向かって激しい身振りをしていたが、その斜面には、ほとんど鉄板で作られた五、六戸の家が、吹き寄せられた雪にまで埋まって、へばりついていた。この谷は幅が広くなく、水路か溝といったところで、下から上へ、あるいは上から下へ急降下するように伸びており、純白の雪の中には、坑道の入口と鉱石屑の山とわずかばかりの建物が、傷跡のように、そして雪のなかでは実際より小さく見えたし、谷の稜線の向こうには、実際に人の踏みいらぬ峰々がそびえており、その汚れた空には、なにかとてつもない風に吹かれた雲が渦巻いていた。「春はきれいでしょうね」とシャーロットは言った。

「冬がこんなだからね」とウイルボーンが言った。

そうだわ」

「きっとそうよ。いまもきれいだわ。とにかく、どこかに入りましょうよ。いまにも凍え

ふたたびウィルボーンはポーランド人を試してみた。「現場監督《マネージャー》。どの家？」

「うん。親方《ボス》か」とポーランド人は言った。彼はまたも谷の向こう斜面に手を振りあげたが、その身振りがその大きな図体に似合わぬ大変な素早さだったので、シャーロットは一瞬びっくりして後ずさりをしかけた。大男は、くるぶしまで雪に埋まった彼女の薄い室内靴を指し、それからそのあかじみた両手で彼女のコートの両襟をつかむと、ほとんど女性のような優しさで、喉もとと顔にその襟を寄せ合わせた。男の青白い眼は彼女を上からのぞきこみ、その表情は猛烈で粗野であると同時に優しくもあった。男は彼女の背中を軽く叩いたが、それは実際には尻をしたたかに叩いたのであり、そして彼女を前へ押しやった。

「走る」男は言った。「走る」

それから二人には狭い谷間を横切っている道が見え、そこへ踏みこんだ。道といっても、それは除雪もしていず、足で踏み固められてもいず、ただ雪が低く積もっていて、人がひとり通れる幅があるだけであり、両側が雪の土手になっているので、いくらか風あたりが弱かった。「たぶん現場監督は鉱山のなかで暮らしていて、週末だけ家に帰るのね」とシャーロットが言った。

「しかし彼には妻君がいるという話だったよ。すると妻君は退屈で困ってるわけか？」

「たぶん、鉱石運搬列車も週に一度だけくるのよ」

「そう言うのも、君が列車の機関士をどんな醜男《ぶおとこ》か、まだ知らずにいるせいさ」

「でも現場監督の妻にも、まだ会ってないのよ」それから、彼女はうんざりした声で言った。「つまらない冗談だったわね、ごめんなさい、ウィルボーン」

「かまわないよ」

「ごめんなさい、お山さん、ごめんなさい、雪さん。凍え死にそう」

「とにかく、妻君は今朝、出迎えていなかったよ」とウィルボーンは言った。監督も鉱山にいなかった。二人は一軒に見当をつけたが、でたらめに選んだわけでもないし、一番大きな家だったからでもなく——それは一番大きな家でなかった——まして戸口の脇に寒暖計があったからでさえなくて（寒暖計は氷点下十度を指していた）、ただそれが二人のたどりついた最初の家だったからである。その頃には二人とも生まれて初めて寒さが体の芯まで深くしみこみ、最初の性体験や人殺しの経験のように、魂と記憶のどこかに、ぬぐい去れない、忘られぬ跡を残していた。ウィルボーンは片手でこの戸口を一度ノックした。彼の手にはドアの木の感触さえ伝わってこず、返事も待たずに扉を開け、ひと部屋だけの家のなかへシャーロットを先に押しこんでから入ると、家のなかには男と女が毛のシャツ、ジーンズ、毛のソックスに靴なしという同じかっこうで、二つの釘樽の上にわたした厚板の両端に坐っており、板の上にはなにかゲームをしているらしく、ヘリの折れたトランプがひろげられていたが、男と女は驚いて二人を見上げた。

「あいつがあんたをここによこしたっていうのかい？　あのカラハン自身が？」とバックナーは言った。

「そうさ」とウイルボーンは言った。彼はシャーロットとバックナーの妻が話しているのが耳に入った。シャーロットは十フィートほど離れたストーブの上に身をかがめていて、（ストーブの燃料はガソリンだった。マッチで火をつけると、といってもストーブは夜も昼も四六時中燃えていたから火をつけるのは、タンクに燃料を補給するため消したあとだけだったが、火をつけるとボーンと音をたてて着火して焔が上がるので、ウイルボーンですらしばらくの間は、心臓がとびだしそうになってあわてて口をとじたものだった）妻がしゃべっていた、「あんたたちが持ってきた衣類はそれだけ？　凍え死ぬわよ。バックに売店まで行ってきてもらわなくちゃ」――ウイルボーンは男の質問に答えた。「そうさ。どうしてそんなこと聞くんだね？　ほかに誰かぼくを送りつける者がいるのかい？」

「あんたは――そのう――なにも持ってこなかったのかい？　紹介状とか？」

「いいや。向こうの話だとそんなものは――」

「ああ、わかった。あんた自腹を切ったんだな。汽車賃は」

「いいや、払ってくれたよ」

「へー、驚いたね」とバックナーは言うと、妻の方を振り向いた。「ビル、いまの話を聞いたかい？」

「なんだい？」とウイルボーンは言った。「それは変だというのか？」

「いや、気にしないでいいんだ」とバックナーは言った。「売店まで行こう。寝具や、そんな服よりもっと暖かい衣類を手に入れるのさ。やつは、ローバックの羊皮のコートを二着買えという忠告すらしなかったようだな？」

「そうさ」とウイルボーンは言った。「そんなことより、とにかく暖まらせてくれ」

「ここではね、ぜったい暖かくはならんのさ」とバックナーは言った。「もしストーブの前に坐りこんで暖まろうとでもしたら、待ってるうちに動けなくなっちまうんだ。飢え死にするのが落ちさ——ストーブが燃えつきても、タンクに給油しようと立ちあがる気力さえなくなっちまうんだ。肝心なのは、たとえベッドにもぐりこんでても少し寒いんだと腹をきめて、用事をどんどん片づけることだ。そうすりゃあ、しばらくすれば慣れて、寒いのも忘れちまうし、体が冷えているのにも気付かなくなる。つまり、暖かいというのはどういうふうだったか忘れちまうからだ。だからさ、さあでかけよう。おれのコートを着てゆけよ」

「君はどうするんだ？」

「遠くないし、セーターもある。荷物を運べばいくらか暖まるだろう」

売店も鉄板造りの一部屋だけの建物で、鉄の冷たさに満ち、ひとつだけの窓の向こうからは穏やかな鉄の輝きに似た雪明りが室内を照らしていた。なかの寒さは、死の冷たさだった。その冷たさは、ゼリー状というか、ほとんど固形に近く、ためらう体にそのなかを通り抜けろと要求するのは無理な話で、呼吸し、生きているのがせいぜいといった感じだった。部屋の両側に木の棚が上まで並んでいて、下の棚をのぞけば薄暗くがらんとしていたから、まるで部屋自体が目盛のついた寒暖計のようで、それも寒さを測るのではなく、瀕死度を測るものであり、死の不変さを示す摂氏そのもの（あの「悪臭《バッド・スメル》」を持ってくるべきだった、とウイルボーンはすでに考えていた）、見かけの華やかさすらない縮んだにせの水銀柱のようだった。二人は毛布、羊のコート、毛の衣類やオーバーシューズを引きずりおろした。どれも、氷や鉄のように、こちこちの手触りだった。それを運んで小屋までもどる途中、ウイルボーンの肺は（彼は標高が高いのを忘れていた）吸いこむと火のように感じる硬い空気を苦労して吸いこんでいた。

「じゃ、あんたは医者か」とバックナーは言った。

「ここの医者というわけさ」とウイルボーンは言った。二人はいま表にでていた。バックナーは再びドアに錠をかけた。ウイルボーンは谷の向こうの斜面を眺めたが、そこには坑道の入口と鉱石屑の山が、生命のない小さな傷跡のように見えていた。「いったい、ここはどうなってるんだ？」

「あとで教えてやるよ。あんたは医者かい？」

こんどはウイルボーンは彼を見た。「そうだといったじゃないか。いったいどういう気なんだ？」

「じゃあ、あんたはなにかそれを証明するものを持ってるだろうね。学位とかなんとかいうやつをさ」

ウイルボーンは彼を見た。「君はいったいなにを言いたいんだ？　ぼくは自分の能力に関して君に責任を負わなければならないのかね？　それとも給料を支払ってくれる男に対してかね？」

「給料だと？」バックナーは耳ざわりな声で笑った。それから笑いやめて言った。「どうやら、話のもってゆき方を間違えたらしいな。あんたの気分を逆なでするつもりは全くなかったんだ。たとえばおれの生まれた土地《ワイオミング》に男がやってきたとする、そしてそいつに仕事をやるときに、そいつが馬に乗れると言ったとすると、こっちは乗れる証拠をみせろと言うだろうし、こっちがそう要求したからって、そこの男は頭にこないだろうよ。それどころか、こっちは彼が乗れるかどうかを見るために、そいつに馬を貸しさえするかもしれんのさ。ただし、一番いい馬じゃないだろうね。それにたった一頭しか持ってなくて、それがいい馬だったら、そいつは貸さないだろう。そうなると、乗って証明させる馬はないし、だから本人に聞くほかなくなる。おれがいまやってるのはそういうことなのさ」彼はウイルボーンを見やった。生の赤身の牛肉のようなやせこけた顔から、はしばみ色の眼がまじめに、じっと見つめている。

「ああ。そういうことか」とウィルボーンは言った。「ぼくはかなり評判のいい医科大学の学位をもってるよ。それにある有名な病院でのインターンも、もう少しで終えるところだった。そうなっていたら、ぼくも少なくとも一人前の医者になっていただろうね。つまり、医者だったら誰でも知っていることを知っていて、いや、おそらく、ある種の医者たちよりはましな知識を持っていて、それを世間に認められてただろうね。少なくとも、ぼくは、そう思ってる。これで君は満足するかい？」

「ああ」とバックナーは言った。「それでけっこう」彼は向き直って、先に進んだ。「ここがどうなってるのか、あんた知りたがってたな。小屋にこの荷物を置いたら、竪坑《たてこう》まで行って、見せてやるよ」二人は毛布や毛の衣類を小屋に置くと、谷を横切っていった――その道ともいえぬ道は、鉱山の売店が売店ともいえぬものだったのと同じで、いわば謎めいた道標が道端に暗号で示されているのを辿るといった程度の小道だった。

「ぼくらが乗ってきた鉱石運搬列車、あれは谷を下るときにはなにを運んでったのかね？」とウィルボーンは言った。

「ああ、ちゃんと積荷はあったさ」とバックナーは言った。「下まではなにか積んでゆかなきゃならんのさ――とにかく、ここを出るときは積んでゆくのさ。おれがその面倒を見てるんだ。知らない間に喉をかっ切られるのはごめんだからね」

「なにを積んでるんだい？」

「ああ」とバックナーは言った。その鉱山《やま》は竪坑ではなく、坑道になっていて、岩盤のはらわたのなかへいきなりまっすぐ突っ込んでいた——坑道は曲射砲の砲口のように円筒形になっていて、木材の支柱に支えられ、先に進むにつれてあたりを満たしていた雪明りが薄れ、売店の中と同じゼリー状の死の冷たさに満ちていた。二本の狭軌のレールが延びていて、それに沿って入ってゆくと（二人はあわてて跳びのいてよけた、さもなければひかれていただろう）鉱石を満積したトロッコがやってきた。男が走りながらそれを押していて、ウィルボーンはこの男もポーランド人だとわかったが、例の大男より背が低く、小太りでずんぐりしていて——（彼にはあとになってわかったのだが、ポーランド人たちは誰ひとり見かけほどは大男でなく、彼が大きいと錯覚したのは、ポーランド人に共通している野性的な子供っぽい無邪気さと信じやすさからでる独特の雰囲気、あるいは発散物のせいだった）——青白い眼、ひげもそらないあかまみれの顔、その下の汚れた羊の裏のついたコート、いずれも例の大男と同じものだった。

「ぼくが思ったのは——」とウィルボーンは話しかけた。しかし彼はそのことを言わずにやめた。二人はさらに奥へ進んだ——雪明りの最後の光も消え、いまはなにかエイゼンシュタインがダンテを映画にしたような光景へ入っていった。坑道は小さな古代の円形劇場めいたものになり、手の平から伸びた広げた指のように、さらに小さないくつもの坑道に枝分かれしていて、まるで祭りのように、信じられないほど華やかに照明されていた——といってもそれは汚れた電球の群による華やかさであり、その数が多いだけ、かえってあの偽物の瀕死状態の雰囲気——ひどく大きな新しい文字で『売店』とはり紙をしてあの大きくてほとんど空《うつ》ろなあの建物と同じ雰囲気だった——その光のなかで、さらに多くの男のように見える汚れた男たちが、羊のコートを着こみ、近頃あまり眠っていない眼をして、つるはしとシャベルを使い、さっき鉱石を積んだトロッコを押して走っていった男と同じように、狂ったように作業をしていた。男たちのあげる叫び声や絶叫はウイルボーンにはわからない言葉であり、大学の野球チームの選手たちが互いにはげましあう叫び声とほとんどそっくりだったし、一方、二人がまだ入りこんでいない小さいほうの坑道には、粉塵のたちこめる氷のような冷気の中に、さらにたくさんの電球が光っていて、そこからも別の男たちの叫び声ともつかぬ、わけのわからぬ奇妙な声か木霊《こだま》かが響いてきて、それが、眼が見えずにせわしなく飛びまわる鳥のように、ずっしりとした空気のなかに満ちていた。「カラハンの話では中国人やイタリア人もいるといってたがね」とウイルボーンは言った。

「ああ」とバックナーは言った。「やつらはでてったよ。中国のやつらは十月にでてった。朝起きてみたら、いなかったね。ひとり残らずだ。たぶん、歩いてくだってったんだろうな。シャツのすそをしっぽみたいに外にたらして、例の藁《わら》ぞうりをはいてな。十月で、その頃はあまり雪がなかったからね。少なくとも、ふもとまでずっとは雪が積もってなかったからね。やつらは嗅ぎつけたのさ。イタ公たちは――」

「嗅ぎつけたって？」

「ここじゃあ九月からずっと給料がでてなかったのさ」

「そうか」とウィルボーンは言った。「それでわかった。なるほど。だから嗅ぎつけたというわけか。黒ん坊たちと同じだな」

「そうかね。ここじゃ黒いのを使ったことがないんだ。イタ公たちは少し騒ぎを起こしたぜ。ストライキをやらかしたよ、それも本格的なやつさ。つるはしとシャベルをほうりだして、坑道からでちまった。それから――なんといったっけ――代表団だ、そいつらがおれのところにやってきた。やたらにしゃべったね、それもでかい声でね、それに両手をやたら振りまわすし、女たちは外の雪のなかに立って、赤ん坊を持ち上げておれに見せたっけ。それでおれは売店を開けて、男にも女にも子供にも、みんなにひとり一着ずつ毛のシャツを分けた（あんたに見せたかったよ、がきが大人のシャツを着こんだりしたんだ、それもようやく歩けるくらいのちっちゃなのがだよ。オーバーみたいに、一番上にはおってたね）。それから豆の罐詰をひとり一個ずつやって、鉱石運搬列車に乗せて送りだした。そのときでもまだかなり手を、いやそのときは拳固《げんこ》だった、振りまわしていて、やつらの喚《わめ》き声は列車が見えなくなってからもかなり長いこと、聞こえてたね。下りの列車はホグベンが（鉱石列車の機関士さ。鉄道会社がやつの給料を払ってるんだ）ブレーキをかけるだけでおりてゆくからね、やかましい音はたてないんだ。少なくとも、あの連中の喚き声ほどにはやかましくなかったわけだ。ところが、ポーランドの連中はでていかなかった」

「どうして？　彼らは――」

「すべてご破算になったのを知らなかったのか、というのかい？　いや、連中にはうまくのみこめないだけさ。もちろん彼らも聞く耳は持ってたさ。だってイタ公たちとあの連中は話ができたんだ。イタ公のひとりがやつらのために通訳をやっていたからね。しかしとにかく奇妙な人種だよ、人をだますという行為がやつらにはのみこめないんだ。おそらく、イタ公たちがわからせようとしたときも、そんな理屈はない、と思ったんだろうな――払うつもりもなしに人を働かせつづけるなんて、人間のできることじゃない、というわけだ。それでいま、やつらは超過勤務をしてると思ってる。どの作業もみんなやってるんだ。もともと彼らはトロッコ押しや坑夫じゃない、ハッパ係なんだ。ポーランド人というのはダイナマイト好きなところがあるんだ。たぶんあの音のせいだろうな。しかしいまじゃやつらがなにもかもやってるよ。女たちまでここへ入れようとしたぜ。おれはしばらくしてそれを知って、やめさせたよ。そういうわけで、やつら、あまり眠らないんだ。明日にでも金が届いたら、一度にもらえると思ってるんだ。おそらく、いまのやつらは、あんたが金を持ってきたんで、土曜の夜にはみんなそれぞれ何千ドルかもらえると思ってるだろうね。

まったく子供みたいなやつらなんだ。なんだって信じこんじまう。だから、あんたがだましたとわかったら、殺されるぜ。それも、背中からナイフでなんていうんじゃない、ナイフさえ持たずに、ただあんたのところにやってきて、ダイナマイトを一本あんたのポケットにつっこんで、片手であんたを押さえつけ、もう一方の手でマッチをすって、導火線に火をつけるぜ」

「それで君はまだ彼らに話してないのか？」

「どうやって話すんだい？　話しようがないじゃないか。イタ公のひとりが通訳だったんだぜ。おまけに、カラハンとしてはあくまで鉱山が操業しているように見せなきゃならんし、おれの任務もそこにあるんだ。そうすれば、やつは鉱山の株を売りつづけることができるからね。そういうわけで、あんたは医者としてここにいるんだ。ここでは医師の免許証のことであんたを心配させる医療監督官はいないと彼が言ったとしたら、それは本当の話だったのさ。しかしこのあたりにも鉱山監督官はいるし、医師を置かなければならないという鉱山経営の法規もある。そういうわけで、彼はここまでのあんたと奥さんの旅費を払ったのさ。それにだね、給料だっていつかは届くかもしれないんだ。おれは今朝あんたを見たとき、あんたが金も持ってきたのかと思ったよ。さてと、これでよくわかったかね？」

「ああ」とウィルボーンは言った。二人は入口の方へ引き返したが、その途中でもう一度、あわててわきへとびのいて、鉱石を満載したトロッコを通した――あかだらけの狂ったようなポーランド人が走りながらそれを押していた。二人は純白の雪の息づいている寒気のなかに、夕暮のなかにでてきた。「信じられないな」とウィルボーンは言った。「その眼で見たじゃないか、ええ？」

「ぼくが言ってるのは、君がいまだにここにいる理由だよ。君は金をあてにしてなかったはずだしね」

「たぶんおれもこっそり逃げだす機会を待っているのかもしれんさ。ところがあいつらが夜も眠ろうとしないんで、こっちもその機会がないんだ――いや」と彼は言った。「それも嘘だ。おれがここにとどまったのは、いまは冬だし、売店に充分な食い物があり、暖かくしていられるかぎりは、ほかへ行くよりはここにいたほうがましだからさ。それに、彼が代わりの医者を送ってよこすか、それとも彼自身がやってきて、おれやあのなかにいる荒っぽい連中に、鉱山《やま》は閉鎖されたと言うかするだろうと、おれにはわかっていたからね」

「なるほど、それでぼくがここにいる」とウィルボーンは言った。「彼は別の医者を送るほうを選んだわけだ。君は医者になにをしてもらいたいんだ？」

長い間バックナーは彼を見つめていた――小さなきびしい眼、それはある種の、ある階級の、あるタイプの男たちを見きわめ、命令を下すのに熟達していたに違いない、だからこそ彼はいまの地位についているのだが、しかしそのきびしい眼も、おそらくいまだかつて一度も、医者だとしか言わない男を判定する必要に迫られたことはなかったろう、とウイルボーンは思った。「なあ、いいかい」と彼は言った。「九月からはずっと給料をもらってないけれど、とにかくおれはいい仕事にありついてたんだ。だから三百ドルほどためていて、それはここがほんとにパンクしたとき、ここから抜けだして、何か他の仕事が見つかるまで暮らすための金だ。ところでいま、ビルが妊娠一ヵ月だとわかったんだが、おれたちは子供を生むだけのゆとりがない。そこへあんたがきて医者だといい、おれもそうだと信じるわけだ。で、あれどうだろう？」

「だめだ」とウイルボーンは言った。

「責任も危険もおれのほうがとる。あんたには迷惑かけない」

「だめだ」とウイルボーンは言った。

「つまり、やり方を知らないと言うのかい？」

「知ってるさ。ごくかんたんなことさ。病院にいた医者のひとりがやったことがある——救急患者だったんだが——たぶん、決してやってはいけないということをぼくらに教えるためだったろう。ぼくはそんなこと教わらなくとも、やりゃしなかったがね」

「百ドルやるよ」

「百ドルならぼくも持ってる」とウイルボーンは言った。

「百五十ドル。あり金の半分だ。これ以上だせないのは君もわかるだろう」

「百五十ドルだってぼくは持ってる。百八十五ドル持ってるんだ。それに、たとえ十ドルしか持ってなくても――」

バックナーは顔をそむけた。「あんたは運のいいやつさ。戻って飯をくおう」

彼はシャーロットにそのことを話した。以前のようにベッドのなかでではなかった、というのも、四人が同じ部屋で寝たからだ――この小屋は一部屋しかなく、絶対にプライバシーを必要とする生理的要求のためには、小屋の外に差掛《さしか》けのかこいを持っていた――二人は建物の外で、いまではオーバーシューズをはいてはいるが、膝まで雪にはまりこんで話をしたのであり、谷の向こう側の斜面のその向こうには雲がからんだ鋸《のこぎり》の歯のような連峰が見え、それはシャーロットが二度も言ったように、『春には美しいだろう』と思わせる不屈の容貌でそびえていた。

「それで、あなたはだめだと言ったのね」と彼女は言った。「どうして？　百ドルにしかならないから？」

「馬鹿なことを言うなよ。ついでに言っとくと、百五十だ」

「落ちぶれたとはいえ、そこまで卑しくはない、というわけ？」

「いいや。そうじゃなくて、ぼくは――」

「こわかったの？」

「いいや。平気さ。ごく簡単なんだ。メスでちょっと触れて、空気を入れるだけだ。ただ、ぼくが断わったのは――」

「でも、実際にはそれで死ぬ女の人もいるわ」

「それは手術者がまるでだめだったときさ。たぶん一万人にひとりかな。もちろん、統計があるわけじゃないがね。ただ、ぼくとしては――」

「もういいわ。あなたが断わったのは値段が安すぎるわけでもないし、恐いからでもないのね。あたしが知りたかったのはそれだけ。あなたはやる必要ないわ。誰も無理強いできないことだわ。キスして。なかではキスもできないのよ、まして――」

四人は（シャーロットも他の三人同様、いまでは毛の下着を着たまま寝ていた）同じ部屋で、ベッドにではなく、床にマットレスを敷いて寝ていて（「そうした方が暖かいんだ」とバックナーは説明した。「寒さは下からやってくるんだ」）、ガソリンストーブは絶えず燃えていた。それぞれが部屋の両端を寝床にしたが、それでも二つのマットレスの間は十五フィートと離れておらず、ウイルボーンとシャーロットは話すことはおろか、囁くこともできなかった。とはいえバックナー夫婦にとってはそれはたいした問題でなかった。というのも、この夫婦は行為の前の会話や囁きはどうやらほとんど必要としないようだったからだが、ときにはランプが消えて五分とたたぬうちに、二人の耳には、向こう側の寝床から種馬のはねるような物音がだしぬけに聞こえてきて、その毛布に包まれた激しい動きの音はやがて、女の喘ぐようなうめき声に終わったり、ときには互いにころげまわってだす叫びがつづくこともあったが、シャーロットとウイルボーンにはそんなまねはできなかった。そしてある日、寒暖計が零下二十五度からさらに零下四十度へとさがると、四人は二つのマットレスをくっつけ、女性二人をまんなかにして、かたまって寝たが、それでもときおり、明りが消えたかと思うとすぐに（あるいは、そのために二人は眼を覚まされるのかもしれなかった）無言のままであの種馬じみた容赦ない接触が起こったのであり、まるでそれはこの眠りこんだ二人が、鋼と磁石のように、激しく強引に合体され衝突するかのようであり、猛烈な息づかい、ふるえ喘ぐ女のうめき声が聞こえ、しまいにシャーロットが「あんたたち、掛ぶとんをはねのけずにやれないの？」と言うのだったが、それでもそんな行為はウイルボーンとシャーロットにはできなかった。

二人がそこにきてからひと月たった、そしてもうじき三月になるのであり、シャーロットが待ちのぞんだ春もそれだけ近くなったある日の午後、ウイルボーンは鉱山から戻ってきた。鉱山では汚れた睡眠不足のポーランド人たちが、まだすっかりだまされたまま狂ったように猛烈に働いていて、盲目の鳥めいて理解しがたい言葉もあいかわらず、ほこりまみれのおびただしい数の電球の間をあちこち飛び交っていた。彼が小屋に入ると、シャーロットとバックナーの妻が戸口を見守っていた。そして、彼はこれからなにが起ころうとしているのかわかったし、どうやらすでにそれも終わったらしいとさえわかった。「ねえ、ハリー」彼女は言った。「この人たち、出てゆくことになったのよ。そうするほかないの。ここはもうすっかりお手上げだし、わずか三百ドルのお金で目的地にたどりつき、仕事が見つかるまで食べてゆかなければならない。だから、手遅れにならないうちに、なんとかしたい、というわけ」

「それはぼくたちだって同じさ」と彼は言った。「それにこっちは三百ドルも持ってないんだよ」

「そのかわり、赤ん坊もいないわ。そんな悪運には見舞われないでいるのよ。あなたはあれが簡単だと言ったわね。死ぬのは一万人にひとり、やり方はわかってるし、恐いこともないとね。それでこの人たち、思いきってやってみたがってるの」

「君はそんなに百ドルがほしいのかい?」

「いままであたし、ほしがったことあった? あなたがどうしても受け取らなかったあたしのあの百二十五ドルを別にすれば、あたし、お金のことを口にしたことがあった? そんなこととわかってるはずよ。あなたがこの人たちのお金を受け取らないとあたしにはよくわかってるのと同じくらいにね」

「すまない。そんな意味じゃなかったんだ。ただ、ぼくにとってはそれが——」

「このひとたちにとっては、困ったことなのよ。私たちが同じ立場だったら、と考えてあげてよ。もちろん、あなたは引き受ければ大切なものを投げ捨てることになるわ。それは知ってるのよ。でもいままでも私たち、たくさん捨ててきたのよ、愛のために捨ててきて、それを悔んでないはずだわ」

「そうさ」と彼は言った。「後悔してないさ。ぜったいに」

「このことも愛のためなのよ。私たちの愛のためじゃないかもしれないけど、でも、愛のためなのよ」彼女は二人の私物が置いてある棚のところへ行き、医療器具の入ったみすぼらしい箱をおろした。それはウィルボーンがシカゴを発つ前に、二枚の鉄道の切符といっしょに与えられたものだった。「できればカラハンにこのことを知らせてやりたいわね、だって、この器具を使う唯一の機会が、彼の現場監督を鉱山から切り離すためなんですものね。なにかほかに必要なものがある?」

バックナーがウィルボーンのそばにやってきた。「いいだろう?」と彼は言った。「おれは心配してないし、こいつもそうだ。あんたがちゃんとした男だからさ。おれはこのひと月、むだにあんたを眺めてたわけじゃないぜ。たぶん、あんたが初めて会ったあの日に、すぐにその場で引き受けたら、おれはあんたにまかせなかったね。こっちが恐くなったろうからね。だがいまはちがうんだ。責任はすべておれがとるし、約束も忘れない。あんたに迷惑がかからないようにする。それに、礼金が百じゃなくて、百五十なのも変わりないんだ」

彼はいやだと言おうとした、なんとか言おうとした。彼は静かに考えた。そうだ、たしかにぼくはたくさんのものを捨ててきた、だが、これだけはまだ捨てていない――金銭や、生命の安全や、学位にたいして正直であることは――それからふと恐ろしい考えが頭に浮かんだ。たぶん、ぼくは愛だって最初に捨ててしまえる人間だったのかな。しかし彼はこの考えを押しとどめた。彼は言った。「たとえ君が誰だろうと、充分な金をもってないのは確かなんだ。ぼくが君から受け取るのは危険と責任だけにするよ」

三日後、出迎えてもらわなかった二人が、バックナー夫婦といっしょに谷を横切り、待っている鉱石運搬列車まで送っていった。ウイルボーンは百ドルさえ断わりつづけたのであり、結局そのかわりに、バックナーの未払い賃金の百ドル分を譲りうけたが、これはけっして支払われないものだと互いに知っていた、それで売店から同額の食料を買うことになり、バックナーは売店の鍵を彼に渡したのだった。「これはおよそ馬鹿げた取引きだけどな」とバックナーは言った。「とにかく、売店はあんたのものだ」

「それで帳尻は合うさ」とウイルボーンは言った。四人は道ともいえぬ道をたどり、どちらが頭だかわからぬ機関車に三台の鉱石用車輛と玩具《おもちゃ》じみた車掌車のついた運搬列車についた。バックナーは鉱山を、ぽっかりと口をあけた抗口や、純白の雪のなかに傷跡のような鉱石屑の山を見あげた。いまは晴れていて、信じられないほど青い空には鋸の歯となって連なるばら色の連峰、その上には太陽が低く淡くかかっていた。「君がいなくなったとわかったら、やつらはどう思うだろうな？」

「おそらく、おれが自分で金を取りに行ったと思うだろうさ。あんたのためにも、そう思ってほしいよ」それから、彼は言った。「やつらはここにいた方が楽に暮らせるんだ。家賃なんかの心配はないし、酔っぱらってはまたしらふにもどれるし、春までみんなで食ってゆくだけの食料もある。それに、やつらにはやる仕事があるから、昼間は暇つぶしになるし、夜は寝床で横になって超過勤務時間の計算もやれる。人間って、手に入ると思っているものをたよりに、そうとうのところまでやってゆけるもんだよ、それに、カラハンのやつがいくらか金を送ってよこすかもしれないしね」

「君はそう信じてるのかい？」

「いいや」とバックナーは言った。「あんたも信じてやしないだろう」

「どうやらぼくはいままで一度も信じなかったね」とウイルボーンは言った。「彼の事務所に行ったあの日でさえもだ。あるいはあのときが一番信じてなかったかもしれんな」二人は女たちから少し離れて立っていた。「いいかい、ここからでていったら、機会があり次第、奥さんを医者に診《み》せるんだ。ちゃんとした医者にだぞ。本当のことを医者に言うんだ」

「どうして？」とバックナーは言った。

「君にそうしてもらいたいんだ。そうすればぼくの気がずっと楽になるんだ」

「そんなこと」と相手は言った。「あいつは心配ないさ。あんたが心配ない人だからね。

それを承知でなかったら、あんたにあんなことやらせたと思うかい?」時間がきた。機関車が屋台の焼芋屋めいた警笛の甲高い音を響かせると、バックナー夫婦は車掌車に乗り込み、列車は動きだした。シャーロットとウイルボーンはほんの一瞬それを見送っただけであり、それからシャーロットは背を向けると同時にすでに駆けだしていた。太陽はほぼ沈んでいて、峰々はいうにいわれぬ優しさをたたえ、空は琥珀《こはく》色と淡青色だった。ほんの一瞬、ウイルボーンの耳には鉱山からの声が聞こえた――かすかだが荒々しくて理解できぬあの声や叫びだ。

「ねえ、ああ」とシャーロットは言った。「今夜は食事も抜きにしましょう。急いで。走るのよ」彼女は駆けつづけ、それから立ち止まり、振り返った――ぶかついたコートの羊毛の襟からでた、平たい頑丈な顔が夕焼けの色を映じてばら色となり、それとともに両眼はいま緑色に見えた。「そうだわ」と彼女は言った。「あなたが先になって駆けてよ。そうすれば、あたしたち二人とも雪のなかで服を脱げるのよ。さあ、駆けて」しかし彼は先にたたず、走りさえせずに、そのまま歩いていった、というのも彼女の姿が道ともいえぬ道をたどって前方を次第に小さくなってゆき、そして向かいの斜面を小屋へ登ってゆくのを眺めたかったからだが、実際、彼女の姿は、ドレスを着るときと同じにあっさりと無頓着にズボンをはくという事実を除けば、けっしてズボンなどはくべきではなかったのであり、彼が小屋のなかに入ったときには、彼女はすでに毛の下着まで脱ぎ捨てていた。「急いでよ」と彼女は言った。「急いで。どうやるか、もう少しで忘れるところだったわ。ちがうわ」と彼女は言った。「あたし、あれを忘れるはずないわ。そうよ、人間ってあれを忘れることなんてないわ。優しい神様がいるんだもの」

二人は起きて夕飯のしたくをせず、食べることもしなかった。やがて二人は眠りこんだ。ウイルボーンはきびしい夜のなかで眼を覚ましたが、ストーブは消えて部屋は凍りつく寒さだった。彼はシャーロットの下着のことに気づき、床のどのあたりに放りだしたろうと思った——彼女は下着が必要だろう、もう下着を着たほうがいい。しかし、下着も鉄のように凍っているだろうから、起きていって下着をとり、ベッドのなかに持ちこんでやろう、体の下に敷いてとかして彼女が着れるようになるまで暖めてやろう——しばらく彼はそんなことを思い、ようやく動こうという意志の力が働いたとたん、彼女がしがみついた。「どこへ行くの?」彼は説明した。彼女はかたく抱きついてきた。「あたしが冷えたら、あなたがいつでも暖めてくれればいいのよ」

毎日、彼は鉱山を訪れたが、そこでは作業が狂ったように、おとろえもみせずにつづいていた。最初に彼が訪れたとき、男たちは好奇心や意外そうな顔でなく、ただ不審げな顔で彼を見つめ、明らかにバックナーの姿をさがし求めた。しかしそれ以上はなにも起こらなかったし、どうやら彼らは彼が鉱山の専任医師にすぎないことも知らないのだ、と彼は気がついた——どうやら彼らはウイルボーンをもうひとりのアメリカ人と(彼はもう少しでもうひとりの白人というところだった）見なしていて、ということは男たちが彼をも盲目的に信仰と信頼を寄せているあのはるか彼方の犯すべからざる黄金の「権力」の代理人と、あるいはそのひとりと見なしていることなのだ。彼とシャーロットは彼らに真実を話すべきか、その努力をすべきかどうか議論しはじめた。「しかしそんなことをしても、なんの役に立つんだい？」と彼は言った。「バックナーの言った通りさ。彼らはどこに行けるというんだい、そして行った先でなにをして働くんだい？　ここには彼らが冬を越せる食料がたっぷりあるんだ。おそらく彼らには金の貯えなんてないだろうね（たとえ賃金をもらったとしても、それで売店の勘定を払ったら貯金などないはずなんだ）、それにバックナーの言ったように、人間とは、幻想にすがってかなり長く幸福にやってゆけるものさ。あるいはそういう状態こそ、なによりも幸福なときかもしれないんだ。ただしそれは彼らみたいに、地下五百フィートのところで、ダイナマイトの導火線に火をつけるのだけがとりえ、といった連中の場合だよ。それにもうひとつある。ぼくたちはまだ譲りうけた百ドル分の食い物を四分の三も残しているんだ、それでもし全員がここを立ち去ったら、誰かがそのことを聞きつけて、人をよこして残りの四分の三の罐詰を手に入れちまうかもしれない」

「それに、ほかにもあるわよ」とシャーロットは言った。

「あの人たち、いまはでてゆけないわ。この雪のなかを歩いてゆけないもの。まだ気づいてなかったの?」

「気づくって、なにを?」

「あの玩具《おもちゃ》じみたちっぽけな列車、あればバックナー夫婦を乗せてったきり、引き返してこないのよ。あれはもう二週間も前だったわ」

彼はそのことに気づいてなかったし、また戻ってくるかどうかもわからなかった、そして二人は、こんど列車が現われたら、これ以上待たずに、鉱山の男たちに説明する（あるいは説明するよう努める）ことに同意した。それから二週間後、列車はほんとに戻ってきたのだった。二人は谷を横切って着いてみると、すでに荒っぽい汚れた男たちが、わけのわからない言葉を喋りながら車輛に積込みをしていた。「さて、どうする?」とウイルボーンは言った。「話すにも通じないんだからね」

「いいえ、通じるわ。なんとかなるわ。あの連中、いまはあなたを親方だと思ってるし、自分の親方だと思っている人の言うことは、だれでも呑みこむものよ。まずあの人たちを、売店まで行かせることだわ」

ウイルボーンは前に動いた――すでに一台めのトロッコが鉱石をがらがら積込み用のシュートに落としこんでいる前までゆき、片手をあげた。「待て」と彼は大声で言った。男たちは手を休め、やせこけて生気のない眼をした顔つきを彼に向けた。「売店」と彼は叫んだ。「店だ!」向こう側の谷の斜面へ腕を振りあげたが、とたんに彼はあの最初の男、あの日にシャーロットのコートの襟をたててくれた男の使った言葉を思いだした。「走る」と彼は言った。「走る」男たちはなおもちょっと彼を見つめつづけた——獣じみて凄まじく弧を描く青白い眉毛の下の眼を丸くし、その表情には熱心さと戸惑いと荒っぽさをみせて、黙って彼を見つめた。それから彼らは互いに顔を見合わせ、ひとかたまりに集まり、例の耳ざわりな不分明な言葉を喋りあった。それから彼らは一団となって、彼の方へ進んできた。「ちがう、ちがうんだ」と彼は言った。「みんなだ」彼は坑道の方を身振りで示した。「君たちみんなだ」今度は誰かがすぐに理解し、ほとんど同時にその一団から男が飛びだした——それは彼が初めて坑道に入ったときに疾走してくる鉱石のトロッコを押しているのを見かけたあの背の低い男で、彼はその短いが強くて太いピストンのような脚で雪の斜面を登り、坑口のなかへと消えたが、再び姿を現わすと、その後からは、いつはてるともしれぬ勤務についていた残りの者たちがでてきた。その連中も身振り手振りをまじえて理解不能な言葉を喋りながら、最初の一団にまじった。それから彼らはみな喋りやめ、従順におとなしくウイルボーンを見やった。「彼らの顔を見ろよ」と彼は言った。「やれやれ、こんなつらい仕事をするなんて、全くたまらないな。これもバックナーのやつのせいだ」

「さあ」とシャーロットは言った。「すませてしまいましょうよ」二人は谷を横切ってゆき、後からは、雪を背景に信じられないほど汚れた坑夫たちが——その顔は白人の楽団員が黒人に扮して粗末にぬりたくったときの様子に似ていた――売店までついてきた。ウィルボーンはドアの錠をはずした。そのとき、集団の後に女が五人いるのが眼に入った。彼もシャーロットもその女たちをいままで一度も見かけなかったのであり、まるで女たちは、ショールに包まれて雪そのものから発生したもののように思えた。そのうち二人は幼児を抱いていて、しかもそのひとりは生後一ヵ月にも満たないらしかった。

「なんてこった」とウィルボーンは言った。「連中はぼくが医者だってことさえ知らないんだ。自分たちのために医者がいるはずで、法律もそう要求してることさえ知らないんだ」彼とシャーロットはなかへ入った。雪の輝きから薄闇のなかに入ると、彼らの顔は消え、眼だけが、おとなしく、しんぼう強く、従順に、信頼してはいるが荒々しく、ただ光って彼を見つめていた。「さて、どうするんだい？」と彼はまた言った。それから彼はシャーロットを見守りはじめ、彼らもみな彼女を見つめていて、五人の女たちも見そこなうまいと群をかきわけ前にでてきた。シャーロットはどこからか取りだした四本の鋲で、ひとつきりの窓から光のさしこんでいる棚の端に、一枚の包み紙を貼りつけた、そしてシカゴから持ってきた木炭《チャーコール》のかけらで手早く絵を描きはじめた――それは横から見た壁の断面図で、格子つきの窓があり、それが給料支払いの窓口だとは誰の眼にも明らかだったし、それが閉まっていて、その窓口のこちら側にいるのが大勢の坑夫たちであるのも、誰の眼にも明らかだった（彼女は赤ん坊を抱いた女までも描き加えていた）。窓口の向こう側には巨大な男がいて（彼女はカラハンに会ったことはなかったし、どんな男かウイルボーンが口で説明しただけだったが、その男はいかにもカラハンだった）きらきら光る硬貨の山積しているテーブルの向こうに坐っており、その金を、ピンポンボールほどの大きさのダイヤをはめた大きな手で袋のなかにすくいとっている。そこまで描くと彼女はわきへのいた。それにつづく一瞬間は、全くの沈黙だった。それから表現しえぬひとつの叫びが起こった——凄まじいが大きくはなく、むしろ囁きにちかくて、ただ女たちの甲高い声だけがそれを越えて、むせぶように響き、そして彼らはいっせいにウイルボーンへ向き直り、青白くて野蛮な狂ったような眼が、疑いに満ちた凶暴さと深い非難とをこめて、彼をにらみつけていた。

「待って！」とシャーロットが叫んだ。「待って！」彼らはためらった。彼女が木炭を動かすのを再び見つめた。今度は飛ぶように動いてゆく木炭の先から彼の顔が現われた——閉じた支払窓口の外で待つ群集の後尾に、いま彼は自分の顔が現われるのを見たのであり、それは誰にも彼だとわかるような絵だったし、事実彼らにはすぐにわかった。ざわめきがやみ、彼らはウイルボーンを見やり、それからとまどって互いに顔を見合わせ、つぎに、再びシャーロットを見やった。彼女は壁から紙をはぎ取り、新しい紙を貼りはじめ、こんどは、彼らのひとりが進みでて手を貸した、そしてウイルボーンも再び飛ぶように動く木炭を見守った。今度は彼自身の姿、間違いなく彼自身の姿であり、また確かに医者でもあり、誰にでもそうだとわかっただろう——角ぶちのめがね、病院用の白衣、それはどんな貧しい患者にもわかる姿であり、飛んできた岩や鋼、ダイナマイトの早すぎた爆発で腹をやられて会社の救急室にきたことのあるポーランド人なら、誰にもわかる姿で、片手には間違いようのない薬びんを持ち、そのびんからスプーン一杯分をひとりの男にさしだしているのだが、その男というのは彼ら全員を、大地のはらわたのなかで働いたことのあるすべての男たちをまぜ合わせたような男だった——彼らと同じに荒っぽくてひげも剃らない顔、羊皮の襟もちゃんと描いてある、そして医者の背後からは大きなダイヤモンドをつけた例の大きな手が、紙のように薄い財布を医者のポケットから抜きとろうとしている。再び人々の眼がウイルボーンに向けられたが、いまは非難の色は消えていて、狂暴さだけが残っていたが、それも彼に向けたものではなかった。彼は品物の残っている棚の方を身振りで示した。しばらくして、彼は、大混乱のなかをかきわけてシャーロットのところにたどりつき、彼女の腕をとった。

「さて」と彼は言った。「ここからでてもいいらしいね」しばらく後になって（その前に彼は鉱石運搬列車へ戻っていった、するとそこではただひとりの乗務員であるホグベンが、掃除道具置場よりさほど広くもない車掌室にいて、赤くなったストーブにかがみこんで坐っていた。「すると君はあと三十日したら戻ってくるんだね」とウイルボーンは言った。

「そうさ。営業免許を取り消されないためには、三十日に一度は走らせなきゃならんからね」とホグベンは言った。「あんた、奥さんを連れていまのうちにでてったほうがいいぜ」

「ぼくたちは待つことにするよ」とウィルボーンは言った。それから彼は小屋へ戻り、彼とシャーロットは、戸口に立って、売店から坑夫たちの群が貧しい略奪品をかかえてでてくるのを見守った——彼らはやがて谷を渡り、鉱石列車につくと、三台の無蓋貨車いっぱいに乗りこむのだった。列車が動きだした。もはや気温は零下四十度までは下らず、といって零下十度まで戻ってもいなかった。二人の眼にはいくつものちっちゃな顔が坑道の入口や鉱石屑の山を振りかえるのが見てとれたが、それらの顔にはあきれたような戸惑い、うけた打撃を信じきれない悲しみが浮かんでいた。列車が動きだすにつれて、一斉にわめく声が谷の向こうから二人のところまで聞こえてきたが、距離がはなれているのでそれはかすかに、わびしく、嘆きにみち、荒々しかった）彼はシャーロットに言った。「ぼくらの食い物を先に取っておいてよかったよ」

「たぶん、わたしたちのものじゃなかったのよ」と彼女はまじめな顔で言った。

「じゃあバックナーのものだとしよう。彼も給料をもらってなかったからね」

「でも彼は逃げだしたのよ。あの人たちは違うわ」

そのころは春にさらに近づいていた。鉱石列車が次にまた祭礼執行めいた様子で空《から》のままやってくる頃までには、おそらく山の春がはじまっているだろう——二人はそれをはじめて見るのだが、この山の春を見たことのない彼らには、それが彼らの経験では初夏にあたる時季になるまでこないものだとは知らなかった。二人はいまでは夜になるとその春のことを話したが、寒暖計はときには零下四十度まで戻ることもあった。しかし、いまの二人は少なくともベッドの中で、闇の中で話をすることができたのであり、また闇のなかで毛布の下のシャーロットは身をもがいたりもちあげたりして毛の下着をぬぎ（これも祭礼執行的行為だった）そして以前のように裸になって眠れもした。彼女は下着を毛布の下から外へ放りだしたりせず、体の下や上やまわりに詰め物のように置いて眠ったから、それらは朝になると暖まっていた。ある晩、彼女は言った。「まだバックナーはなにも言ってこないわね。でも、それもあたりまえね、手紙の受けとりようがないんですもの」「そうだよ」と彼は言い、急にまじめな顔になった。「だけど、あの結果は知りたいね。ここからでたらすぐ妻君を医者に連れてゆけと言っといたんだ。しかし彼はたぶん――彼は手紙をよこすと約束したんだ」「あたしも結果を知りたいわ」「鉱石運搬列車がぼくらのために戻ってくるときに、手紙をもってくるかもしれないな」「もし戻ってくれれば、の話よ」だがそのときの彼は全く疑念を抱かなかったのだ――あとになってみると、どうしてあのときの自分があのときは疑念も抱かなかったのかと不思議に思えたのだが、とにかくこの時点では、疑うべき根拠などどこにもないように思えたのだ。とにかく彼は疑念を抱かなかったのだ。やがて、鉱石運搬列車のくる予定の日から一週間ほど前のある日、ノックがして、彼がドアを開けると、ひとりの男がいた——山男らしい顔つきで、包みと、ひもでつるしたかんじきを背負っていた。

「あんた、ウイルボーンかね？」と男は言った。「手紙をあずかってるよ」男は手紙をとりだした——鉛筆書きの封筒で、手あかに汚れ、三週間前のものだった。

「ありがとう」とウイルボーンは言った。「入って食事してゆかないか」

しかし相手はことわった。「例のでっかい飛行機がクリスマスのちょっと前に、あっちの奥のどこかにおっこちたんだ。そのころに、なにか見たり聞いたりしなかったかい？」

「そのころはここにいなかったな」とウイルボーンは言った。「まず食べたらどうだい」

「賞金がかかってるんだ。のんびりしておれんというところさ」

手紙はバックナーからだった。それには　すべてOK　バック　とあった。シャーロットは彼から手紙を取ると、立ったまま見ていた。「あなたの言った通りね。あなたは簡単だって言ったわね。さあ、これであのことは安心ね」

「ああ」とウイルボーンは言った。「ほっとしたよ」

シャーロットは、OとKを二語と数えても、全部で四語しかない手紙を見やった。「失敗はわずか一万人にひとり。肝心なことは適度に用心するだけのことね、そうでしょ？器具を煮沸消毒するとか。あなたは誰にあれをしても、相手のことは問題にならないわけね？」

「もちろん、相手が女性なら——」そこで彼は口をつぐんだ。彼は彼女を見つめ、すばやく考えて、ぼくにはなにかが起ころうとしているぞ。待て。待つんだ。「あれをする?」彼女は手紙を見やった。「馬鹿な心配をしたものね。あたし、どうやら近親相姦と混同してたみたい」いまや彼の身にはほんとうになにかが起こっていた。彼はふるえだした——彼女の肩口をつかんで自分の方へ向かせる前から、すでにふるえだしたのだ。

「あれをするだって?」

彼女は、なお太く鉛筆で書かれた罫線入りの安っぽい紙を握ったまま、彼を見やった——そのゆるがぬ強い視線には、雪の照り返しからくる緑色がかった色が加わっていた。彼女は短い容赦ない文句を口にしたが、それは小学生が読本を読むときの口調だった。「あの晩。あの最初の晩だけ。夕ご飯の仕度をするのも待てなかった晩よ」

「そしてそれからはいつも、君は使わずに——」

「あたしが馬鹿だったわ。いつも気楽に考えてたの。気楽にとりすぎていたわ。そういえば誰かにこんなこと聞いたのを思い出すわ——若いころに聞いた話だけど、熱烈に、ほんとに互いに愛し合ってると、子供はできないって。どうやら、あたしそれを信じてたらしいわ。信じたかったのよ。あるいは、そう願っていたのね。とにかく、できてしまったのよ」

「いつから?」彼女の体をゆさぶり、自身はふるえながら彼は言った。「いつからないいんだ？　確かなのか？」

「ないのは確かかっていうの？　そう。十六日になるわ」

「しかし君には確かかかどうかわからないんだ」と彼は自分自身に言い聞かせるだけなのを承知で、早口で言った。「まだ確かだとはわからないはずだ。ときにはただないだけのこともあるんだ、どんな女性でもそうさ。間違いないと言えるのには、二――」

「ほんとにそう思ってるの？」と彼女は静かに言った。「それは子供がほしいときの話よ。ところが、わたしもあなたも、ほしがってないわ。だってその余裕がないのよ。わたしもあなたも、飢え死にしたってかまわないけど、赤ん坊はそうはいかないわ。だから、やらざるをえないのよ、ハリー」

「だめだ！」と彼はどなった。「だめだ！」

「あなたは簡単だと言ったじゃないの。その証拠も持ってるのよ、あれがまるで肉に食いこんだ足の爪を切る程度のことだという証拠もあるのよ。あたしもあの奥さんに負けないくらい丈夫で健康よ。それはあなたも信じるでしょ？」

「そうか」と彼は叫んだ。「すると君はまず彼女で試してみたんだ。そうなんだ。彼女が死ぬかどうかを知りたかったんだ。だからこそ、ぼくがすでにことわったのに、あんなに熱心にぼくを説得したんだ――」

「いいえ、あれはあの二人がでていった晩に起きたことなのよ、ハリー。でも、あなたの言う通り、まずあの女《ひと》からの手紙を待ったのは本当よ。でも、あたしの方が先にやってたら、彼女も同じようにしたでしょうね。あたし自身、彼女にそうしてもらいたいと思ったにちがいないわ。自分が生きようと死のうと、彼女には死なないでほしいと思ったでしょうし、それはちょうど、彼女が自分は生きようと死のうと、あたしには死なないでほしいと思うのと同じことだわ、あたしが生きたいと願っているのと同じに」

「それはそうだ」と彼は言った。「わかってる。そういうつもりで言ったんじゃないんだ。ただ君が──君が──」

「だから問題はないのよ。簡単なことなのよ。それはあなたにもよくわかってるはずだわ」

「だめだ！　いやだ！」

「わかったわ」と彼女は静かに言った。「来週ここをでたら、たぶん、やってくれるお医者を見つけられるわね」

「だめだ！」彼は叫んだ、彼女の肩口をつかんで、ゆさぶりながら怒鳴った。「聞こえてるのか？」

「というと、誰にもやらせないし、あなた自身もやらないっていうの？」

「そうだ！　そのつもりだ！　ぼくの言うのは、まさにそのとおりだ！」

「あなた、そんなに恐がってるの？」

「そうだ！」彼は言った。「そうだとも！」

次の週がすぎていった。彼は散歩をするようになって、腰までの雪だまりの中を重い足どりでもがくように歩くのだが、それは、**彼女と顔を合わすまいとするためではなく、小屋のなかでは息がつまりそうだからだ**、と彼はひとりごとを言ったのであり、一度は鉱山《やま》にさえ登ってみたが、いまや人気《ひとけ》ない坑道は暗くて、おびただしい数の無用となった電球がぶらさがってはいたが、いまでもなお坑夫たちの声が聞こえるかのように思えた——盲目の鳥たちのように飛び交い木霊するあの狂ったような理解不能な言葉が、こうもりのように、死にたえた坑道のあちこちに逆さにぶらさがって残っていて、それらが、いまや彼が入ってきたことで驚いて飛び立つかのようだった。しかし彼は遅かれ早かれ寒さに——あるいはなにかに——追いたてられて小屋に戻るのだったが、二人は喧嘩はしなかった、というのも彼女が喧嘩にひきこまれるのを拒否したからであり、またも彼はこう思った——**彼女はいまのぼくより人間としても紳士《〔ジェントルマン〕》としてもすぐれているだけでなく、あらゆる点でこの先も追い越せそうにない人間なんだ。**二人はともに食事し、毎日きまりきった生活をくりかえし、凍えないようにいっしょに寝た。ときおり彼は彼女を抱き（そして彼女は彼を受け入れた）、犠牲《いけにえ》のあの絶望感めいたものにとらわれて叫んだものだ。「いまだけはあれを気にしなくていいんだ。とにかく、君は寒いのに起きあがったりしなくていいんだ」そしてまた昼間になると、彼は燃えつきたストーブのタンクに燃料を補給し、食べ終えた食料の空罐を外へだして雪のなかにほうりだし、それが終わると他になんの仕事もなく、この世で彼のすることは何ひとつないのだった。それで彼は散歩をして（小屋にはかんじきが一足あったが、彼は一度もそれを使おうとしなかった）、雪の吹きだまりの間を歩くのだが、たいていは吹きだまりのなかに入りこんでしまう、というのも彼はまだそれを事前に見分けて避けることができないからで、だから転んだり埋もれたりしながら、考えたり、大声でひとりごとを言い、数しれぬ解決策にあれこれ思い悩むのだ——売薬はどうかな、と彼は、この正規の教育をうけた医者は考えた——娼婦たちは売薬を使っているし、効目があるとされているんだ、あるに違いない、なにかが効くに違いない。あれはこんなに悩むほどのことじゃないはずなんだ、こんなに高い代償を払うことじゃないはずだ、そして彼はそんなことは信ぜず、また自分にそれを信じこませられぬとも知っていて、さらに考えていた——そしてこれが二十六年間の代償なんだ。そのうちの四年間では二千ドルの金を四年分に引きのばして使い、そうするために煙草もすわねば、童貞なんて無意味になるほど長いこと女にも手を出さずにいたんだ、そしてそこには姉さんがなけなしの一ドルか二ドルを一週間かひと月に一度ずつ送ってくれた金もはいっているんだ。そうさ、ぼくはあのとき、あらゆる希望を——薬だの論文だのから得られるあらゆるごまかしを——自分の心から放棄するべきだったんだ。ところがいまはもう希望のほかに何ひとつ全く残っていないんだ。「だからあとはひとつのことしか残っていないわけだ」と彼は声にだして言ったが、心は一種の静けさ、吐き気の原因になったものを胃袋から吐きだした後の気持に似たものを感じていた。「残された方法はひとつだけだ。暖かい土地に行くんだ。そういう土地なら生活費もたいしてかからないし、ぼくの仕事も見つかるだろう、そして赤ん坊を育ててゆくこともできる。それに、もし仕事がなかったら、慈善病院か孤児院、どこかの戸口に捨て子したって——いや、だめだ、孤児院も捨て子もだめだ。ぼくたちにはやれるんだ、やらなければならんのだ、ぼくはなにかの道を、なんでもいいなにかを見つけるさ——そうとも！」彼はそう考え、純白の荒涼とした雪景色の中に、にがにがしいひどく冷笑的な気分で、大声で叫んだ。「ぼくはプロの堕胎屋《おろし》になってやるんだ」それから彼は小屋へ戻るのだったが、あいかわらず二人は喧嘩はしなかった。というのもただ彼女が応じなかったからであり、彼女が実際にせよ真似にせよ忍耐強かったためではなく、また彼女がおびえて従順になったからでもなく、ただ単に（これは彼にもわかっていることで、そのことでは雪の中で自分をひどく責めもした）、二人のうちどちらかがある程度の冷静さを保たねばならぬのであれば、それは彼にはそれができないとあらかじめ知っていたからにすぎなかった。

それからあの鉱石運搬列車がやってきた。彼はすでに、理屈の上ではバックナーの百ドルに相当する食料品の残りを箱につめ終わっていた。二人はこの箱と、ほぼ一年前にニューオーリンズを出たときに持っていた二個の鞄と、それに自分たちの体を、玩具のような車掌車につめ込んだ。本線との接続駅に着くと、豆や鮭やラードの罐詰、袋詰の砂糖やコーヒーや小麦粉を、小さな店の主人に二十一ドルで売った。二人は一日とふた晩、普通客車に乗り続けて雪をあとにし、それから今度は運賃の安いバスに乗り換えた。彼女は頭をのけぞらすようにして工場づくりの安掛布にもたせかけていて、その横顔の向こうでは、宵闇の雪のない田園地帯の風景が、小さな淋しい町が、ネオンが、安食堂がいくつも飛び去っていった。そんな安食堂には肉づきのいい丈夫そうな西部娘がいて、その姿はハリウッド雑誌からいま出てきたかのようであり（ハリウッドもいまではハリウッドにあるのではなく、アメリカの大地の表面を端から端まで十億フィートの燃える色つきネオンの光で彩られていたなかにあるのだ）、どの娘もジョーン・クロフォード（当時の有名な女優）に似ていた。彼女の横顔は眠っているのかどうか、ウイルボーンにはわからなかった。

　二人は百五十二ドルと数セントの金を持って、テキサス州のサン・アントニオに着いた。そこは暖かく、ニューオーリンズとほとんど同じだった。胡椒木《こしょうのき》は冬の間もずっと緑だったし、夾竹桃とクチナシとランタナはすでに花を咲かせ、キャベツ椰子（若芽は食べられるのでキャベツ椰子と呼ばれるもの）はルイジアナ州と同じ温暖な空気のなかで、みすぼらしい若芽を一斉に吹き出していた。二人はみすぼらしい木造の家の、外のバルコニーからじかに通じる、おんぼろのガスコンロのついた一部屋を借りた。そしていまになって二人はまさしく喧嘩したのだった。「わからないの？」と彼女は言った。「わたしの月経の予定日はじきにくるのよ、明日にもくるのよ。やるならいまだわ、簡単にやれるのはいまなのよ。あんたがあのひと——なんて名だったっけ？　あの娼婦みたいな名前？　ビル、そうビリーだわ——彼女にやったみたいにね。あなたがあれをやって、あたしがこんなに簡単なのかと知った以上、ちゃんと時機をみてあなたにしつこくせがむのもしかたないでしょ、そうじゃない？」

「君は、ぼくのしたことを見なくても、前から知ってたんだろ」と彼は言ったが、なんとか自分を抑えようとしていたし、自分をひどく責めてもいた——**お前はなんというやつだ。困っているのは彼女の方だ。お前じゃないんだぞ。**「ぼくはもう腹をきめたんだ。だめだと言ったはずだよ。言いだしたのは君で——」今度の彼はなんとか言葉を押しとどめ、自分を引きもどした。「いいかい。ある種の丸薬があるんだ。月の予定日になったら、それを飲むんだ。なんとかして少し手に入れてみる」

「なんとかって、どこで？」

「どこで手に入れると思う？　そういうものを必要とするのは一体どんな連中だと思う？　売春宿さ。ああ、シャーロット！　シャーロット！」

「わかってるのよ」と彼女は言った。「でもね、しかたのないことだわ。いまのあたしたちは二人だけじゃなくなってる。だからあれをしたいのよ、わからないの？　また、あたしたち二人だけになりたいのよ、すぐに、すぐにも。あたしたちには長い人生なんてないわ。二十年もしたら、もうあたし、できなくなってしまうし、五十年もしたら、二人とも死んでるわ。だから、急ぐのよ。急ぐのよ」

彼は生まれてから一度も売春宿に行ったことがなかったし、捜し求めたことすらなかった。したがっていまになって、そういう経験のある人が多いことや、売春宿を見つけることがいかにむずかしいか、はじめて知ったのだ。同じアパートに十年暮らしていてようやく、隣の部屋のご婦人たちが夜勤の電話交換手でないとわかったりするのと似ていた。ようやく彼が思いついたのは、どんな田舎者でもどうやら生まれつき本能的にさずかっているらしいやり方だったのであり、彼はタクシーの運転手にきき、やがて彼の住んでる家とたいして変わらない家の前で降ろされた。呼び鈴を押すと、音は返ってこなかったが、やがて戸口のわきの細い窓にあるカーテンが、誰か自分をのぞいていたなと気づいた瞬間、もう下に降りていた。それからドアが開き、黒人の女中が彼を薄暗い廊下から部屋まで案内した。部屋にはテーブルクロスのかけてないベニア張りのテーブルがあって、それには模造のカットグラスのパンチボールがのっており、その鉢の湿った底のまわりには白い輪のしみがあった。ほかには硬貨の投入口《スロット》のついた自動ピアノ、四方の壁に沿って軍人墓地の墓石のように整然とならんだ十二脚の椅子。そんな部屋に女中は彼を残して出てゆき、彼はすわって、セントバーナード犬が雪のなかから子供を救い出している石版画や、ルーズベルト大統領の石版画を眺めていると、やがて四十は越えているがとくに何歳かはわからない女が入ってきた——二重あごの、髪を金髪に漂白し、あまり清潔とはいえない薄紫色のしゅすのガウンを着た女だ。「こんばんは」と女は言った。「この町は初めて？」

「そう」と彼は女に言った。「タクシーの運転手にきいたんですよ。その男が——」

「言いわけしなくていいのよ」彼女は言った。「ここじゃ、運転手たちはみんなあたしのお友だちなの」

　彼は運転手が別れぎわに言ったことを思い出した、「最初に出てきた白人にビールをおごってやりな。そうすりゃあ、うまく運ぶんだ」——「ビールを飲みませんか？」と彼は言った。

「そうね、それもいいわね」と女は言った。「気分がさっぱりするかもね」すぐに（ウイルボーンには女が呼び鈴を鳴らしたのは見えなかった）さっきの女中が入ってきた。「ルイーザ、ビールを二つ」と女は言った。女中は出ていった。女は腰をおろした。「するとあんた、サン・トーンは初めてなのね。でも、ひと晩でとても親しいお友だち同士になることもあるわ、それから一時間前まで互いに顔を会わせたこともなかった二人が、一度おつきあいしただけでそうなったこともあるのよ。うちにはね、アメリカの女《こ》やスペインの女《こ》がいるし（よそから来た人はスペインの女《こ》が好きね、とにかく、一度はね。映画の影響だよって、あたし、いつも言うんだけど）、それと、かわいいイタリアの女《こ》がひとりいて、ちょうど——」女中が取っ手とふたのついた大コップに入ったビールを二つ持って入ってきた。紫のガウンの女はウイルボーンの見たかぎり呼び鈴を鳴らさなかったのだから、女中はどこに立っていたにせよ、この女からあまり離れていない所にいたらしかった。女中は出ていった。

「そうじゃないんです」と彼は言った。「ぼくは別にその——ここに来たのは——その——」女は彼を見つめ、大コップを持ち上げかけていた。しかしいま女は相手を見まもったまま、その大コップをテーブルにもどした。「ぼくは困ってるんでね」と彼は静かに言った。「助けてもらえるかと思って」

女はいまは大コップから手もひっこめさえしていて、その眼は、胸の大きなダイヤモンドに劣らずくすんではいるが、またそれに劣らぬ冷たさをたたえているのが彼にはわかった。「あんたがどう困っているのかわからないけど、だからってあたしが助けられるとか、助けてやるとか、どうしてそう思ったのさ？　あの運転手がそれも教えてくれたのかい？　どんな顔した男だった？　車のナンバーを書きとってある？」

「いや」とウイルボーンは言った。「ぼくは——」

「いまはそんなことどうでもいいわ。あんた、いったいなんで困ってるの？」彼は簡単に冷静に説明し、女はその間彼を見つめていた。「へえー、すると」と彼女は言った。「よそ者のあんたが、そんな悩みを聞いてくれる運転手をたちまち見つけだして、そいつが医者の世話までさせようと、あんたをあたしのところまで連れてきた、というんだね。やれやれ」女は今度は実際に呼び鈴を、乱暴にではないが、強く鳴らした。

「いや、いや違うんだ――」彼女はこの家に医者も置いてるんだなと彼は思った。「そうじゃなくて――」

「どうやら」と女は言った。「なにもかも間違いらしいね。あんた、ホテルなりどこなり、早くお帰り。そうすりゃ、あんたのかみさんの腹が大きいどころか、かみさんがいることさえ、みんな夢だったとわかるさ」

「夢であってほしいさ」とウィルボーンは言った。「しかしぼくは――」ドアが開いて、男が入ってきた。大柄な男で、かなり若く、服がややはちきれぎみにふくれていて、髪は少年のするようにまっすぐに分けており、その下では肉に埋まった熱っぽい茶色の眼が、熱くて、抱きしめるような、ほとんど恋人をみるような視線をウィルボーンに送っていた、そしてその視線はそのままずっと彼を見つめつづけた。男の首筋はまるく剃ってあった。「こいつかい？」と男は肩ごしに紫をまとった女に言った。その声は、若すぎる頃からウイスキーを飲み続けたためにしゃがれていたが、にもかかわらず、いかにも快活で満ち足りて、嬉しそうでさえあった。男は返事も待たなかった、ただまっすぐウイルボーンまでくると、相手が動く間もないうちに、豚のもも肉のような片手で彼を椅子からつかみあげた。「こんにゃろう、いってえどういうつもりだ？　ちゃんとした堅気の家へ入ってきて、ふざけたまねしやがって。ええ、おい？」男は嬉しそうにウイルボーンをにらみつけた。

「表ですかい？」と男は言った。

「そうよ」と紫をまとった女は言った。「それから、さっきのタクシーの運転手をさがしとくれ」ウイルボーンはもがきはじめた。すぐに、若い男は恋人めいた嬉しさをみせ、にんまり笑いながら、彼を押さえにかかった。「ここじゃ、だめよ」と女は鋭く言った。「表。そう言ったじゃないか、間抜け」

「自分で出てくよ」とウイルボーンは言った。「放してくれ」

「ああ、そうしてやるとも、こん畜生」と若い男は言った。「ちょっと手を借してやるだけさ。ここに入るのにも手を借りたんだろ。こっちだ」再び廊下へ出ると、そこには別の男がいた——黒ずんだズボンにノーネクタイの青シャツを着て、小柄でほっそりして黒い髪、浅黒い顔の男、たぶんメキシコ人の召使いだろう。三人は戸口のところまで行ったが、ウイルボーンの上衣のうしろは若い男の大きな手がぎゅっとつかんでいた。若い男がドアを開けた。こいつは一発ぼくをなぐらなければおさまらないだろう、とウイルボーンは思った。さもないと、この男、破裂するんだ、息がつまって。とにかく、いいさ。いいんだ。

「たぶん、あんたなら教えてくれると思うんだ」と彼は言った。「ぼくの知りたいのはただ——」

「ああ、そうだとも」と若い男は言った。

「どうやら、ピート、こいつには一発くらわせたほうがよさそうだな、どう思う?」

「やっちまいな」とメキシコ人は言った。

彼には拳固の感触すらなかった。ただ自分の背中が玄関の低い石段にぶつかるのを感じ、次にはすでに露にしめっている芝生を感じ、それからようやく顔に痛みを覚えはじめた。「たぶん君なら教えてくれると思うんだ――」と彼は言った。

「ああ。いいとも」と若い男はしゃがれた愉快そうな声で言った。「いくらでもききな」ドアがバタンと閉まった。しばらくしてウィルボーンは起き上がった。いまでは片方の眼、顔の片側全体、それから顔全体に痛みを感じ、血がゆっくりとした痛みとともに脈打っていた、しかししばらくして薬局の鏡に映してみたときには（薬局は彼が最初に行きあたった町かどにあり、彼はなかに入った――これはまさに、本来は十九歳以前に知るはずのことを、いまになっていちどに勉強中というありさまだった）まだ顔はあざにはなっていなかった。しかしどうやら殴られた跡がはっきりみてとれたらしい、なぜならその証拠に店員が言ったからだ。

「その顔、どうしたんです、だんな？」

「喧嘩だよ」と彼は言った。「女をはらませちまった。なにか効くものないかね？」

しばらく店員はじっと彼を見つめていた。それから言った。「五ドルかかりますよ」

「効くと保証するかい？」

「そうは言えませんよ」

「いいさ。もらっておこう」

それは小さなブリキ箱で、文字は書かれてなかった。その中にはコーヒー豆ともとれるような粒が五個入っていた。「店員の話だと、ウイスキーを飲むと、もっと効くそうだよ。それから動きまわることもね。今夜二粒飲んで、どこかダンスをしにゆけとさ」彼女は五粒とも飲み、二人は外出し、ウイスキーを二パイント買い、それからようやくダンスホールを見つけたが、そこは、安っぽい色つきの電球に、カーキ色の軍服姿やダンスのパートナーを商売にする女やホステスたちでいっぱいだった。

「あなたも少し飲んだら」と彼女は言った。「顔はまだひどく痛むの?」

「痛まない」と彼は言った。「飲むんだ。できるだけ飲むんだ」

「これからが大変」と彼女は言った。「あなたは踊れなかったわね?」

「そうなんだ」と彼は言った。「いや、踊れる。踊れるさ」二人はぶつかり、押され、ぶつかり、押しのけられながら、夢遊病者のように、ときたまステップを踏んで、短いヒステリックな曲のたびに、フロアを動きまわった。十一時頃には彼女はひとびんの半分近くを飲んでいたが、吐き気がしてきただけだった。彼が待っていると、ようやく彼女は洗面所から出てきたが、顔はパテのように青白く、眼は負けぬ気に溢れ、黄ばんでいた。「丸薬も一緒に吐いちゃったろう」と彼は言った。

「二粒。その心配があったから流しに吐いてから洗い流して、また飲みこんだわ。ウイスキーのびんはどこ?」

彼女がウイスキーを飲むには、二人は外に出なければならなかった。その後でまた引き返した。十二時には、彼女は最初のひとびんをほとんどからにしていた。そして電灯が消え、回転する色ガラスの球にスポットライトの光がきらめくだけになって、踊っている者たちは、色つきの微塵《みじん》がきらきら光って回転する中で、まるで海中の悪夢に現われる死人のような顔で動いていた。メガホンを持った男がいて、それはダンスコンテストだったのだが、二人はそれすら気づかなかった。やがて演奏が凄まじい響きとともに鳴りやみ、電灯がぱっとともると、メガホンのわめきたてる声があたりを満たし、そして優勝した男女一組が前へ進みでた。「また吐き気がするわ」と彼女は言った。再び彼は彼女を待った——パテのような青白い顔、負けまいとする眼。「また洗い流したわ」と彼女は言った。「でも、もうウイスキーは飲めない。さあでましょう。ここは一時で閉店よ」

おそらくあれはコーヒー豆だったのだろう、というのは三日たってもなにも起こらなかったし、五日後には彼でさえも、効くべき時期が過ぎたことを認めた。いまやまた二人は喧嘩をした、そしてそのことで自分を責めながら彼はいつもの公園のベンチに坐って、ごみ捨てから掘りだした新聞の求人欄を読み、そうしている間に眼のまわりの黒いあざが消えてまともな職場に応募できるときのくるのを待っていたが、たえず自分を罵っていた、というのも彼女がいままで長く耐えてきたのを知っていたからであり、それにもし彼が彼女を疲れ果てさせなければ、この先も彼女は耐えてゆくし、耐えてもゆけるだろうが、そのすべての責任は自分にあるのだと思うからであり、なんとか自分を変えよう、喧嘩はやめようと心に誓うのだった。しかし部屋に戻ると（彼女はいまではずっとやせていて、その眼にはなにかが宿っていた。丸薬とウィスキーが彼女に与えた効目は、それまではなかったなにかを彼女の眼に宿らせたことだけだった）種々と心に誓ったことが嘘だったかのように、彼女は彼を罵り、堅いこぶしで彼に打ちかかり、それから我にかえって彼にしがみつき、泣き叫んだ。「ああ、ハリー、あたしがこんなことしないようにしてよ！　なんとか落ち着かせてよ！　この固い気持をぶちこわして！」それから、いまでは服を着たまま二人は抱き合い、しばらくは一種の安らぎに満ちて横になるのだった。

「なんとかなるよ」と彼は言った。「このごろは、そうせざるをえない人が大勢いるんだ。慈善病院も悪くないよ。それから赤ん坊を引き取ってくれる人を見つけるさ、ぼくたちがなんとかなるまで――」

「だめ。それはだめよ、ハリー。そんなことはだめ」

「最初はひどいことに思えるさ。慈善だなんてね。しかし慈善といっても――」

「慈善がどうのといってないわ。いままでだってあたし、お金がどこからこようが、どこでどうやって暮らそうが、気にしたことあって？　そういうことじゃないの。子供というもの自体が苦痛なのよ」

「それも承知してるよ。しかし女というのは、ずっと子供を産んできたんだし――君自身、二人も産んでるじゃないか――」

「あたし、すぐにできるくせに、お産のときは苦しむたちなの。とてもね。でもそれは気にしないわ。慣れるものだもの。ただね、あたしにとって、子供は苦しすぎるものなのよ。苦痛すぎるのよ」それから彼は悟ったのだ、彼女がなにを言いたいのかわかったのだ――以前にもそうしたように、彼はいま、静かに考えていた――彼女はまだぼくという人間をろくに知らぬうちでさえ、大切なものを捨てたんだ、男には放棄しようにもそれを持ちえないものを、すでに放棄してたんだ、そして彼の思いだしたのは古来から実証ずみの確固たる真実の言葉、**わが骨の骨、わが血と肉と記憶より生ぜる血と肉とそして記憶ですらあるもの**〔旧約聖書創世記より、アダムが自分のあばら骨からつくられたイヴと対面した際の発言をもじった言葉。母体とその子たちを暗示する〕これには誰も勝てないんだと彼は自分に言いきかせた。そう簡単には勝てないんだ。彼はこう言いかけた――「しかし今度はぼくたちの子だよ」その瞬間、彼ははっと悟った――そうさ、だから問題なんだ、だからこそ彼女には耐えられないんだ。

　しかしなお彼は承知したとは言えなかった、「わかったよ」とは言えなかった。公園のベンチに坐ってのひとりごとならそう言えたし、手をのばしても、その手がふるえたりしなかったが、しかし彼女に向かってその言葉を口にはできなかった――ならんで横になって、眠っている彼女を抱きしめていると、彼の勇気や男らしさの最後のかけらが自分から去ってゆくのを見守るばかりだった。「それがいいんだ」と彼は自分に囁《ささや》くのだった。「引き延ばす。引き延ばすんだ。まもなく四ヵ月目に入るし、そうなれば、危険をおかすには遅すぎると、ぼく自身に言いきかせることもできるんだ。そうなれば、彼女のほうも信じるほかなくなるんだ」それから彼女が眼を覚ますと、また初めからの繰返しになる——理屈が述べたてられるものの結論に達せぬまままたも喧嘩になり、次には罵り合いになり、しまいに彼女が我にかえって彼にしがみつき、絶望に狂って泣き叫ぶ。「ハリー！　ハリー！　あたしたちはどうなるというの？　あたしたち、あたしたち、この二人！　あたしを静まらせて！　殴ってもいいわ！　気絶させてもいいから！」こんな繰返しの最後のときに、彼が相手の落ち着くまで抱きしめていると、彼女が言った。「ハリー、あたしと約束してくれる？」

「いいよ」と彼は疲れた口調で言った。「なんでも」

「約束よ。そして期限が切れるまでは、二度と妊娠のことをもちださないわ」彼女はその日付を告げたが、それは次の月経予定日にあたる日で、十三日先であった。「その日が一番いいの。それをすぎると、四ヵ月目になって、危険をおかすには遅すぎるわ。だからいまからその日まで、お互いにあのことを口にださないことにするのよ。あたしもできるだけ気持よくやってゆくように努力するわ、そしてあなたは仕事をさがすのよ、あたしたち三人をやしなってゆけるいい仕事を——」

「だめだ」と彼は言った。「だめだ！　だめだ！」

「待って」と彼女は言った。「あなた約束したのよ――それで、もしそのときまでに仕事が見つからなかったら、あれをするの、あたしからあれを取り除くのよ」

「だめだ！」彼は叫んだ。「ぼくはやらない！　絶対に！」

「でも、あなたは約束したのよ」と彼女は言った――静かに、穏やかに、ゆっくりと、まるで彼が英語を習いはじめた子供ででもあるかのように。「他にどうしようもないのよ、わからないの？」

「約束はした。そうさ。しかしぼくはそんなつもりじゃ――」

「前に一度あなたに話したことがあるけど、死に果てるのは愛そのものでなく、男と女、男と女のなかにあるなにかなのよ、それが死んでしまうと、男と女はもはや愛する機会を得るにあたいしないものになるのよ。いまのあたしたちを見てごらんなさい。子供を持てない、それだけのゆとりもないと二人とも承知しているのに、子供ができるのよ。それに子供というのはあまりに痛々しすぎるものなのよ、ハリー。苦痛そのものなのよ。あたし、あなたに約束を守らせるつもりよ、ハリー。だから、いまからその日がくるまでは、あのことを口にする必要もないし、二度と考えなくていいの。キスして」瞬間のためらいのあと、彼はかがみ、顔をよせた。他のどこにも触れず、兄妹のように、二人はキスした。

いまや再びシカゴのときと同じようになった――シカゴでのあの最初の一週間、彼は病院から病院へとまわって面接をしたが、それが見込みないものと思い、いつもきまった瞬間になると、静かにしぼみ、しおれてゆくのだったが、彼もすでにそうなるのを、予知し予期していたので、いつも慎ましく面接の葬儀に立ち会ったのだった。だが、いまは違う、今度はそうでなかった。シカゴでの彼は、たぶんうまくゆかないだろうな、と自分でも思い、事実うまくゆかなかったのだが、今度の場合は、うまくゆかないだろうとわかっていても、そう思うのを拒否した。だめだという相手の返事に納得しようとせず、ついにはほとんど暴力沙汰になりかけることもあった。彼は病院だけでなく、誰にでも、なんにでもあたってみた。彼は嘘もついた、どんな嘘もついた。彼は狂ったように冷たい狂気じみた決意をして、面接にいったのであり、そういう決意自体が否定的な結果になる原因だった、すなわち彼は会う相手ごとに自分はなんでもできる、なんでもすると約束したのだ。ある午後など、街を歩いていて全く偶然に見上げると医者の看板が眼に入り、入ってゆくと、自分はどんな堕胎手術でもする、報酬は山分けでいいからと本気で申し出て、自分の経験を述べたてたのであり（あとで、やや平静にもどったときに気づいたのだが）、無理やり放りだされなかったら、自分の能力の証明として、バックナーの手紙も見せるところだったのだ。

そしてある日、午後の半ばごろに彼は家に戻った。彼は自分の部屋の戸口の外に長い間立っていたが、ようやくドアを開けた。そうしたあとでさえ彼はなかには入らず、入口に突っ立っていて、頭には前びさしのある安っぽい、ふいご型の白い帽子をかぶっており、それには一本の黄色のすじが入っていた――それだけが失業対策局〔公共事業促進局〕に雇われて学童横断補導員になった唯一のしるしだった――そして彼の心は冷えて静かであり、あまりの哀しみと絶望に平安さをもたたえていた。「週に十ドルもらえるんだよ」と彼は言った。

「ああ、猿まわし！」と彼女は言った、それから彼はシャーロットの泣くのを見たが、それは彼にとって彼女がみせた最後の涙になったものだ。「ろくでなし！　ああ、なんてろくでなしなの！　そんな格好をして、土曜の午後の公園で女の子に暴行でもする気なの！」彼女は近よると彼の頭から帽子をひったくり、暖炉のなかへほうりこみ（こわれた火格子が片側だけでひっかかり、なかに以前は赤か紫色だったがもう色あせたひだ飾りつきの紙がつめこんであった）そして激しく泣きながら彼にしがみつき、苛烈な涙があふれ、流れた。「ろくでなし、ろくでなし、ほんとにあんたって、情けない男よ！　ろくでなしで、能なしで――」

　彼女は自分で湯をわかした、そしてシカゴで支給されてから一度しか使ったことがない粗末な医療器具をひっぱりだした、それからベッドに横になると、彼を見上げた。「大丈夫、簡単よ。あなたはやり方を知ってるわ。前にやったことがあるのよ」

「そうさ」と彼は言った。「簡単だ。空気を入れるだけでいいのさ。することといえばただ空気を入れるだけ――」それから彼は今度もまたふるえはじめた。「シャーロット。シャーロット」

「それだけのこと。ちょっと触るだけよ。そうすれば空気が入って、明日になればすべてかたがつくのよ、あたしも元通りになって、また二人はいつまでも、ずっと、二人だけになれるのよ」

「そうさ。いつまでもずっとさ。でもしばらく待たせてくれ、ぼくの手が——ほら。どうしても止まらないんだ。ぼくには止められないんだ」

「いいわ。しばらく待つわ。でも簡単なのよ。面白いとも言えるわ。つまり初体験ということ。あたしたち、いろんなやり方をしてきたけど、ナイフでやるのは初めてだわ。ほら、あなたの手のふるえ、止まったわ」

「シャーロット」彼は言った。「シャーロット」

「大丈夫よ。方法はちゃんとわかってるのよ。いつかあなたが話してくれた黒人女のせりふ、どうだったかしら——そうよ、ハリー、あたしを乗りつぶして」

そしていま、彼はオーデュボン公園のベンチに坐っていて、周囲の木々が明るく輝いているのはまだ六月にもなっていないのにこのルイジアナ州では夏が完全に到来しているからだ、そしてシカゴのアパートにいた頃と同じように、あたりには子供たちの叫び声や乳母車の車輪の音がみちていて、彼はまぶたの裏に浮かぶ光景を見守っていた。——タクシーが(待っているように言われたにちがいない)こぎれいで目立たぬが非の打ち所のない玄関の前に止まって、彼女がタクシーからおりてくるが、その着ている服は昨年の春から鞄に入れて一年以上も三千マイル以上も持ち歩いた黒っぽいドレスであり、玄関のステップをのぼってゆく。それから呼び鈴、おそらく以前と同じ黒人の女中が「まあ、奥さま——」それ以上なにも言わないのは、誰が給金を払ってくれているのか思いだしたからだ、しかし同じ女中ではないかもしれない、というのも、通常、黒人は人が死ぬとか不和があったりすると、その家の勤めをやめてしまうからだ。それからいまはあの部屋のなかだ、そこは彼が初めて見たのと同じ部屋で、あそこで彼女は言った——「ハリー——みんなはあなたをハリーと呼ぶんでしょ？——さああたしたち、なにをしようかしら？」（**とにかく、ぼくはそのなにかをやったんだ、**と彼は考えた。**それは彼女も認めざるをえないだろうな**）彼は彼らの、彼ら二人の姿を眼に浮かべることができた——リトンメーヤーはダブルのスーツを着ている（いまはフランネル服かもしれないが、そうだとしたら黒っぽいフランネル服で、目立たない仕立てで値段が何気なしに目立ってくるものだ）、彼らは全部で四人、シャーロットがこちら側にいて、他の三人が向こう、あまり目立たない二人の子供は娘たちで、ひとりは母親と同じ色の髪のところだけ似ており、年下の娘はどこも似ていなくて、たぶんこの年下の娘は父親のひざに腰かけており、年上の方は父親によりかかっているだろう——三つの顔、そのひとつは整った非情さを見せ、他の二つは堅忍不抜で打ちとけるのを拒否しており、その片方の顔は冷たくてまばたきをせず、もう一方はただまばたきをしないだけだ。彼にはそんな彼らの姿を眼に浮かべることができ、彼らの声を聞くことができた。

「さあ、シャーロットお母さんのところにいって話をしなさい。アンも連れておゆき」

「いやよ」

「さあ。アンの手をひいて」彼には彼らの声が聞こえ、彼らの姿が眼に浮かんだ——リトンメーヤーが小さい方を床におろし、その手を年上の娘がとって、二人は近づいてゆく。いま、彼女が小さい方をひざに乗せるが、その子は幼児特有のあの全く無表情な超然とした態度で、依然として彼女を見つめていて、年上の方は従順だが冷やかに彼女に寄りそい、抱かれるのを無理に我慢するが、まだキスの終わらないうちに身をひき、父親のところへ戻る。次の瞬間、シャーロットの眼に、彼女が妹に向かって激しくこっそりと身振りで呼び寄せているのが見える。それでシャーロットは小さい方を再び床におろしてやると、その子は父親のところへ戻り、くるっと向き直ったと思うとすでに、子供たちがよくやるように、父親のひざの方に片方の尻をつきだしていて、好奇心すらないあの超然とした態度で、あいかわらずシャーロットを見つめている。

「子供たちは行かせたらどうかしら」とシャーロットが言う。

「子供たちを向こうにやりたいと言うのかね?」

「そうよ。行きたがってるわ」子供たちはでてゆく。そしていまの彼は彼女の声を聞く

――それはいつものシャーロットの声ではなく、そのことは彼にはわかるが、リトンメーヤーには決してわからないだろう。「やはりあなたが、子供たちにああするように教えこんだわけね」

「ぼくが？　子供たちに教えた？　ぼくはなにも教えこんだりしないよ！」と彼は叫ぶ。

「何ひとつだ！　そもそもぼくではなくて――」

「わかってるわ。ごめんなさい。そんなつもりじゃなかったの。あたしはこのごろ――子供たち元気にしてたの？」

「ああ。手紙に書いたとおりにね。そう言えば君は思いだすだろうけれど、この何カ月もの間、君の住所はわからなかった。それで手紙は戻ってきた。君が読みたければいつでも見せてやるよ。君はからだの具合がよくないみたいだね。それでひと休みするために家へ帰ってきたのかい？　それとも、ほんとにこの家に帰ってきたのかい？」

「子供たちに会うためよ。それと、これをあなたに渡すため」そして彼女は例の小切手を取りだす。作り変えられないように二重にサインがしてあり、ミシン目が入っている紙切れだ。一年以上もたったので皺がよっているが、破れてはいず、すこしすり切れているだけだ。

「すると君は、あの男の金で帰ってきたわけだね。それなら、それはあの男のものだよ」

「いいえ。あなたのよ」

「受け取るのはことわるね」

「あのひともそうなのよ」

「じゃあ、燃したまえ。破棄すればいい」

「なぜ？　どうして自分を傷つけたがるの？　どうして苦しみたがるの？　けりをつけねばならない苦しみがこんなにたくさんあるのに。子供たちにあげてちょうだい。遺産ということにして。あたしからでまずければ、ラルフからということにして。彼はいまでも子供たちにとっておじさんよ、あの人はあなたを傷つけてないし」

「遺産だって！」と彼は言う。そこで彼女は彼に話す。ああ、そうとも、とウイルボーンは思った、彼女はあの男に話すだろう。彼はその情景を眼に浮かべ、耳に聞くことができた――あの二人、かつては愛に似たなにかが二人の間にあったにちがいない二人だ、少なくとも二人は肉体的に求め合ったし、肉体だってそうすることで、愛について知り得るわずかなことをとらえることができるんだ。そうとも、ああ、彼女は彼に話すだろうな。彼女が小切手をテーブルの手近なところに置き、彼に話すのだ。そんな彼女が彼の眼に浮かび、耳に伝わってくる。

「ひと月前のことだったわ。うまくいったんだけれど、ただずっと出血がつづいて、かなりひどくなったのよ。それが急に二日前、出血がとまって、ということはなにか悪いものに、なにかもっとたちの悪いものになったのかもしれない――なんていったかしら？　毒血症、敗血症？　それはどうでもいいわ——とにかくあたしたち、様子を見てるの。待ってるところなのよ」

彼の坐っているベンチの前を通りすぎる男たちは、麻服を着ていた、そして気がつくと、誰もが公園からでてゆくところだった——糊のごわつく青い仕事服を着てさえ、どこか不思議な魅力をにじませる黒人の子守り女たち、風に散る花びらのように、明るくばらばらに細い叫び声をあげて芝生を横切ってゆく子供たち。もう昼に近かったのだ。シャーロットが家に入ってから、もう三十分以上になるだろう。なにしろそれだけの時間はかかることなんだ、と彼は思いながら、彼らの姿や声を心に浮かべた。あの男は、すぐに病院に行け、最高の、最上の医者のところへ行けと、彼女を説得しようとする。責任はすべて彼が負う、ありとあらゆる嘘をついてやると。あの男は熱心に説く、ぜんぜん強圧的ではないが、しかし拒みえないような冷静さで説くのだ。

「けっこうよ。ハリー——彼の知ってる所があるの。ミシシピイ州の海辺。そこへ行くことになってるわ。必要ならそこで医者にかかるわ」

「ミシシピイ州の海辺だって？　いったいなんだってミシシピイの海辺などに？　小さなさびれたミシシピイの小エビとりの村の田舎医者なんぞ——ニューオーリンズに最高の、一流の医者がいるというのに——」

「結局は医者の必要はないかもしれないのよ。それに、あそこなら、どうだか結果がわかるまで、安く暮らせるし」

「じゃあ、海辺でのんびりすごすだけの金はあるんだね」

「お金は持ってるわ」いまちょうど正午だった。風はぱたりとやんで、点々とした影が彼のひざの上と手にした六枚の紙幣、二十ドル二枚、五ドル一枚、一ドル三枚の上におちて動かず、二人の声が聞こえ、二人の姿が浮かんでくる。

「その小切手はまたおさめときなさい。ぼくのじゃないんだから」

「あたしのでもないわ。フランシス、あたしの考えるようにさせて。一年前、あなたは選ぶのを許してくれて、あたしは選んだのよ。それに忠実でいるつもり。あなたにも前言を取り消してもらいたくないわ、ちゃんと約束したことは破ってもらいたくないわ。ただ、ひとつだけ、あなたに頼みたいことがあるの」

「ぼくに？　頼みごと？」

「あなたさえよければのことよ。約束してと言うんじゃないわ。あたしが言おうとしてるのは、たぶん、願望にすぎないわ。希望ではなくて、願望なのよ。もしあたしの身になにか起きた場合」

「もし、きみの身になにか起きたら。ぼくにどうしてほしいんだ？」

「なにもしないで」

「なにもしないだって？」

「そう。彼にたいしてね。あたし、彼のために頼んでるんじゃないし、あたしのためでもないのよ。こうやって頼んでいるわけは——それはね——あら、自分がなにを言いたいのかさえわからなくなったわ。つまりすべての男と女のためによ。自分たちが最善と思ってしたのに失敗した人たち、過去からいままでのすべての男と女のため、そして将来、最善と思ってするのに失敗してしまう、すべての人たちのためなの。たぶんあなたのためにでもあるのよ、だって、あなたの人生もやはり苦しみなんですもの——もちろん苦しみなど存在しないというなら話はべつよ、誰ひとり苦しんだりしないならね、そして愛し苦しむに値するほど強くも善良にも生まれついていないというのなら話はべつだけど。たぶん、あたしが言おうとしているのは公平な裁きということなんだわ」

「公平な裁きだって？」そしていまの彼の耳にはリトンメーヤーの笑っているのが聞こえたのだが、それまでのリトンメーヤーはけっして笑ったことのない男なのだ、というのも彼にとって笑いとは、昨日のままのわずかな不精ひげや、さまざまな感情のあいまにまとう寝巻だからだ。「裁きだって？　これが、ぼくにたいして？　公平な裁きだというのか？」いま彼女は立ち上がる。あの男も。二人は向かい合う。

「あたし、約束してと言ったんじゃないわ」と彼女は言う。「そんなこと、とても頼めることではないわ」

「ぼくにたいしてはね」

「誰にたいしてもよ。どんな男にも女にも。あなたにかぎらず」

「だけど約束しないのはぼくだよ。いいかい。覚えとくんだ。帰りたくなったら戻ってきてもいい、ぼくは君を引き取る——少なくともこの家には引き取る。しかしその上そんなことまで期待できると思うかい？　相手がどんな男にしろだよ——答えてくれ。君はさっき公平な裁きという言葉を口にしたんだ。さあ答えてくれ」

「あたしは期待していないわ。さっきも言ったとおり、たぶんあたしが言おうとしてたことはただの希望だったのよ」いま彼女は背を向けて戸口に向かっているだろう、と彼は自分に言った、そして二人は顔を見合わせて立っているのだ、たぶんあの晩のシカゴ駅でマコードとぼくがしたように、あの去——彼は中断した。彼はもう少しで「去年」というところだったのだ、そして彼は想像をとめてじっと坐りこんだまま、静かな驚きの念にうたれて声にだして言った。「あの晩からまだ五カ月とはたってないんだな」そして二人とも互いに二度と会うことがないと悟っているが、どちらもそれは口にしないだろう。「さようなら、ラット」と彼女は言う。そしてあの男はそれに答えないだろう、と彼は思った。そうだ、あの男は答えないだろう、この最後通告の好きな男、彼にはこれから死ぬまで、毎年のように、前もって守れぬとわかっている布告をだす必要が生じてくるだろうし、彼女が頼みもしなかった約束を拒否しておいて、実際にはそれを実行するだろう、そして彼女はそのことをよく承知している、承知しすぎるほど知っているのだ——あの整って堅固非情な顔を、部屋中の明りが明るく照らしだすかのように見えるだろう、まるでそれは、彼の行ないの正しさでなく正確さを肯定し、終始一貫非のうちどころなく正しかったと祝福するかのようにだ、そして同時にそれは悲劇的でもあるのだ、つまり、正しいということ自体には、なんの慰めも心の安らぎもないのだから。

もうそろそろ時間だった。彼はベンチから立ち上がると夾竹桃やオーベニウツギ、クチナシやボケやオレンジの花が群がり咲いているあいだの、白いかき殻を敷いた曲がった道を通って、出口の方へ、そして真昼の光のあたる通りへでていった。タクシーが近づいてきて、歩道の端に寄ってきて停まった。運転手がドアを開けた。「駅に」とウイルボーンは言った。

「ユニオン・ステーションですか？」

「いいや、モービールへ、海岸へゆく列車の駅」彼は乗り込んだ。ドアが閉まり、タクシーは走ってゆき、幹に古い葉の落ちた跡の目立つ棕櫚の並木が、飛ぶように流れはじめた。

「子供は二人とも元気だったかい？」と彼は言った。

「ねえ、いいこと」と彼女は言った。「もしものことになったら？」

「もしもだって？」

「あなたには前もってわかるわね？」

「もしものことになんぞ、なりっこないさ。ぼくは君を離しゃしない。いままでもそうしてきたんだ、そうだろう！」

「いまは馬鹿なこと言わないで。もうそんな時間はないわ。あたしに見込みないとわかったら、かならず逃げだすこと、わかった？」

「逃げだす？」

「約束して。ここでは彼らがあなたをどんな目にあわすか、あなたでもわかるでしょ？あなたって誰にたいしても、たとえその気になっても、嘘のつけない人だもの。それにあなたは、あたしにできるだけのことをするはずでしょ。それでも、もし駄目なら、前もってあなたは知るはずだわ。そしたらただ救急車か警察かどこかに電話して、それからラットに電報を打って、あとは大急ぎで逃げるのよ。約束して」

「ぼくは君から離れやしないよ」と彼は言った。「そのことなら約束するよ。二人とも元気だったかい？」

「ええ」彼女は言った。古い葉の落ちた跡の目立つ棕櫚の幹がたえず後ろへ飛び去っていった。「子供たち、元気だったわ」

彼はぐっしょりぬれて湯気のたつ服を着て突っ立っていた――その囚人服のせいで、四日前に堤防をでてから人間と出会った二度だけの機会にいつも銃を向けられたのであり、二度目には機関銃で撃たれもしたのだが、いまその服を着て立っている彼に、女がナイフを持っているかと聞いたのであり、囚人はまたもあの走る小舟のなかで女に「急いでくれ」と言われたときとそっくり同じ気持を味わったのだ。彼が感じたのは純粋に精神的性質を帯びた不当な侮辱、すなわちどうにも答えようがないという口惜しい無力感であった、それで、息のつまるほど疲れて頭もぼやけた状態で、女の前にまる一分間も突っ立ったままでいて、ようやく女の叫んでいる言葉を理解したのだ――「あの罐！　ボートにあるあの空罐！」彼には女が空罐でなにをするのか予測できなかった、いやそのことを考えたり女に尋ねたりもしなかった。彼は走りはじめた、するとたちまち太い棒のようなものが足の下で、驚きでなくただ素早くあのごつい反応をみせて縮まり、彼は、**こいつも毒蛇《モカシン》だな**、と思った、そして自分の走る足がその平たい頭から一ヤードもせぬ所を踏むと知りながら、その大股の足どりを変えさえしなかった。小舟は波に押されてその舳先《へさき》を岸に乗りあげていた、そしてまた別の蛇が艫《とも》を越えて小舟のなかに這いこもうとしていた。彼は水汲み罐へと身をかがめたとき、この盛り塚に向かって泳いでくる別のものを認めたが、さざ波のV字形の上に浮かぶものが頭か顔か、どんな動物かわからなかった。彼は空罐をひったくるように取った、そしてそれを水にまっすぐ沈めて水を満たすと、もう走りはじめた。彼はまたあの鹿を見た、いや別の一頭かもしれない。とにかく、彼は一頭の鹿を見た――横眼にちらっと見えたのだが、その薄い煙色の幻影は杉木立のなかに動き、消え去り、彼はそれを眼で追うために立ち止まりもせず女のもとに駆けもどり、ひざまずいてその罐を女の唇にあてると、しまいに女は前よりも気分がよくなったと言った。

それはもとは一パイントの豆かトマトの罐詰だったが、その密封したふたは斧の刃の背で四度ぶち叩かれあけられ、ブリキのふたはそり返って、ぎざぎざのふちは剃刀《かみそり》の鋭さだった。女は彼にその使い方を話し、彼はこれをナイフ代わりに使って、自分の靴から抜きとった靴紐をその鋭いふたで二本に切った。それから女は湯をほしがった――「ほんの少し熱いお湯があればいいんだけど」と彼女は特別の熱意もない弱々しい落ち着いた声で言った。ただしそう言われた彼がマッチのことを考え、さっき、女にナイフはあるかと聞かれたときとそっくりな気持になって立ちすくんでいると、しまいに彼女が縮んだ兵隊上衣のポケットをまさぐった（その上衣には片方の袖口に、布地よりも濃く二個のV字の跡、肩口にも年功章や師団記章をむしりとった黒ずんだ跡が残っていたが、そんなことは彼にとってどうでもよかった）。そして散弾銃の薬莢《やっきょう》を二つはめ合わせたマッチ入れ（ハンターがよく使うもので、水気を完全にふせぐ）をとりだしたのだ。それで、彼は女を水辺から少し奥に連れてゆき、そして燃えそうな枯枝をさがしにでかけたが、こんど彼の考えたことは、**たかが一匹や二匹の蛇なんだ、平気さ、**ただし彼があとで言うところだと、そのときの彼は、**たかが一万匹の蛇だ、**と考えるべきだったという。そしていま彼はあの鹿も同じ鹿でなかったのを知った、というのは、同時に三頭も見たからである。ただし牝鹿《めじか》か牡鹿《おじか》かはわからなかった、なにしろ五月にはどちらの鹿も枝角をもたなかったうえに、彼はクリスマス・カードでのほか、実物を一度も見たことがなかったからだ。それから次には兎を見つけた――溺れたのか、とにかく死んでいて、すでに腹を引き裂かれ、その上には鳥が、鷹がいた――ぐっと立てた頭、意固地で残忍で貴族的な口先、冷酷で貪欲《どんよく》そうな黄色の眼だ――そして彼は鷹を蹴りあげたが、その勢いは鷹をゆらめかせたばかりか、翼をひろげたまま実際に空まで蹴りあげたかに見えた。

彼が薪《たきぎ》と死んだ兎を持って戻ってきたときには、赤子が兵隊用上衣にくるまれて二本の糸杉の股の間に置かれていた、そして女は見当たらなかったが、しばらく彼が泥にひざまずいて、とぼしい火種を吹いたりいたわったりしていると、女が水辺の方角からゆっくり弱々しげに歩いてきた。それからついに火が燃えたつと、彼女が持ちだしたのは粗い麻布でも絹でもない四角の織物だったが、彼にはそれがどこから持ちだされたのか見当もつかなかったし、たぶん女もまたその必要が起こるまでは知らなかったのかもしれない、しかし女だったら誰ひとり、こんな手品を不思議がりはしないのだ――彼はしゃがみこみ、自分の濡れた服が火の前で湯気をたてるまま、女が赤子に産湯《うぶゆ》をつかわせるのを見守っていたが、その気持はむきだしの好奇心と興味であり、やがてそれがあきれた信じがたさにまで高まった、それでしまいに彼は二人の上に突っ立って、その何物にも似ない小さな、地面色の生きものを見おろしていて、そしてこう思った、結局これっきりのものなんだな。こんなもののためにおれは自分のなじみの所から、離れたくもないのに無理に引き離され、生まれつき恐がっていた水の上に投げだされたうえに、最後は見たこともなければどこともわからない場所にこうして放りだされてるわけなんだ。

それから彼は水辺に戻って、水汲み用の罐に水をみたした。この日がいつはじまったか彼には思いだせなかったが、とにかくいまは日の入りどきで（あるいは空一面にかぶさる雲がなければ日没が見えたろうという時刻で）、彼は糸杉の薄暗い木立の間にみえる焚火《たきび》を目当に戻ってきたのだが、このわずかの留守の間にも夕暮がはっきり濃くなっていた――さっきまでは闇さえもこの小さな島に避難してきたかのようだった、この「創世記」の箱舟めいた小さな盛り土、どの方角にあってどこからどれほど離れているか彼には今日の日付と同様に見当もつかぬこの薄暗く湿って糸杉の密林と生物に充満した荒れ地に、さっきまでは闇さえ避難してきたのに、その闇がいまは日の没するとともに、再び這いだして水面へいっぱいに拡がるかのようなのだった。彼は切り分けた兎を煮たが、その間に焚火は闇のなかでますます赤さを増し、その闇のなかには小動物たちのおじけた野性の眼が——一度は皿ほどもある鹿の柔和な眼が高い位置から見つめていた——光ったと思うと消え、また光ったりし、兎汁は四日目の食事だったから熱くて甘そうであり、彼は女が罐から最初のひと口をすするのを見ていて、自分の口中でつばの吹きだす音が聞こえるかに思えた。それから彼も飲んだし、二人はまた柳の枝に刺されて焦げている肉を食べた——いまはすっかり夜だった。「あんたと彼はボートのなかで寝な」と囚人は言った。「おれたちは明日の朝はやく出発するんだからな」彼は小舟の舳先を岸から押しだして舟を水平にし、葡萄蔓《ぶどうづる》のもやい綱を長くしてから焚火に戻った、そして葡萄蔓の端を手首に巻きつけると、横になった。彼の寝たのは泥の上だった、しかしそれは固いもの、大地であり、揺れ動かぬものだった——たしかにその上に落ちたりすればときにはその不可変の受容体の上で骨を折ることもあろう、しかしそれは、水のように君を手応えもなく受けいれて包みこみ、窒息させながら下へ下へと引きこみはしないのだ、それはときには鋤《すき》を打ち込めぬほど固くて、君をくたばらせ、うんざりさせ、その長い昼間の飽くこともない手応えを罵りながら夕方に小屋へ戻ることもあるが、しかしそれはだしぬけに君をなじんだ世界から奪い去って幾日も帰るあてのない漂流に連れ去ることはないのだ。**おれは自分がどこにいる**

かわからないし、自分の行きたい方角へゆく道も知らないんだ、と彼は思った。しかしボートは少なくとも停まってるんだから、どの方角にだって向けられる機会は持っているというもんだ。

彼は夜明けに眼を覚ました。光は淡く、空は薄黄色だった――よい天気になりそうだった。すでに焚火は燃えつきていて、その冷たい灰の向こう側には三匹の蛇がアンダーラインのように並んで、じっと動かずにいた、そして明るさが急速に増すなかで、他の蛇たちも無から生じるように現われてきた――少し前まではただの地面だった地面がとぐろ巻きや輪の形に分裂し、一瞬前までただの枝だった枝が実は動かぬ蛇の花づな飾りだったりした、それも囚人が突っ立って考えているわずかの間のことであり、そのときの彼は、食べよう、出発の前になにか熱いものを食おうと考えていたのだ。しかし彼はこれを否定し、そんな程度の時間もむだにできないと判断した、というのも小舟にはまだあのボロ船の女が投げ込んだ岩みたいなパンがかなり残っていたからだし、そのうえ（こうも考えたのだが）たとえいかに素早く上手に狩りをしたとしても、二人が目ざす所へ辿りつくまで使う食料など、とてもためこめそうにないと。それで彼は葡萄蔓のもやい綱をたぐりながら小舟まで戻っていったが、岸から向こうの水面には霧が低く、打ち延ばした綿のように濃く（ただし見たところ厚くも深くもなく）漂っていて、小舟の艫のほうはもう霧にのまれかかり、岸に接するほど水辺に近づいた舳先だけが、まだ霧から外にでていた。女は眼を覚まし、身動きした。「もうでかける仕度なの？」と女は言った。「ああ」と囚人は言った。「あんた、今朝もまた別のを産む気じゃないだろ、ええ！」彼は乗りこみ、小舟を岸から突きはなすと、岸はたちまち霧にとけこみはじめた。「櫂をくれ」と彼は肩ごしに、まだ振り返りもせずに言った。

「櫂？」

彼は頭をまわした。「櫂さ。あんたが尻にしいてるやつさ」しかし彼女は下に敷いていなかった、そしてそれからの一瞬間、島が霧のなかにゆっくり薄れはじめて、小舟もまた、ふわりと手応えのない羊毛に貴重で脆《もろ》い玩具か宝石がくるまるように、霧に包みこまれてゆく間、囚人は狼狽《ろうばい》よりもあきれ驚いた怒りにとらわれてしゃがみこんでいたのであり、その気持はいわば、落ちてきた金庫を危うく逃れた直後に、金庫の上の二オンスの文鎮《ぶんちん》にがんとやられた人に似ていたのだ。これはさらに耐えがたいことだった、なぜなら彼にはその怒りに身をまかす余裕などないとよくわかっていたからだ。彼はためらわなかった。葡萄蔓をつかむと水にとび込んだのであり、もがきあがる激しい動きをつづけながら水に没し、また頭をだしたがなおもがきあがろうとし、そして（彼は泳ぎを全く知らなかったのだ）水中をもぐったり暴れたりしながら前方の、いまにも消えかけた岸に向かって突き進んだ、そして次には昨日の鹿がしたように岸につくとそのぬかるむ斜面を這いあがり、そして倒れ伏すと激しく喘ぎつづけたが、そのときもなお葡萄蔓の端をつかんだままだった。

さて彼が第一にしたのは最も手ごろと思える木を選ぶことだった（そのせつな、我ながら気狂いじみていると気づきながらも、彼はこの木を水汲み罐のふちで切り倒そうかと考えたりした）、そしてその幹の根本を燃やすために、焚火をはじめた。それから彼は食料さがしにでかけた。彼はそれを六日間つづけたのであり、その間に木は燃えきれて倒れたし、彼はさらに適当な長さに焼ききり、それからその丸太の腹に焚火の細くゆらめく炎をあてまわしてついに櫂の形にまで焼きあげたのだが、そのためには夜なべもしたのであり、そんな毎日、女と赤子は（赤子はいまや乳を飲みだしていて、女が色あせた上衣の胸をひらくたびに、彼は背を向けて仕事にはげみ、ときには森へ戻ってゆきさえした）小舟のなかで眠るのだった。彼は鷹の舞いおりるのを見守る方法を覚え、それで前よりも多くの兎を見つけたし、二度は袋ねずみも見つけた。彼らは死んだ魚を食ったが、それは二人にジンマシンと、次には激しい下痢を起こした、また一匹の蛇も食ったが、女はそれを亀だと思ったのであり、食べた二人とも異常はなかった、そしてある夜は雨が降り、彼は起きあがると、またも以前の「自分は不死身なのだ」という気分にかえりながら雑木や枝を引きずってきた、ただしまずそこから蛇どもを振り落としたのであり（彼はもはや、**たかが毒蛇《モカシン》じゃないか**、とは考えず、向こうでも余裕があって脇へ身を縮めるときには、自分もただ避けて通るのだった）、そして雨除け小屋を造った、そして雨がじきにやんで、再び降りはじめそうもないとなると、女は小舟に戻っていった。
それからある晩——腹の立つほどゆっくり焦げて細ってきた丸太もようやく櫂の形になりかけた——ある晩、そして彼はベッドにいたが、それは四人宿舎のあのベッドであり、寒くもあったから彼は上掛けを引き上げようとした、ところが彼の騾馬《らば》がそうはさせず、彼をこづいたりどしんと当たったりして自分もその狭いベッドに入ろうとしていた、そしていまやベッドは冷たいばかりか濡れてもいたから、彼はそこからでようとしたが今度も騾馬がそうはさせず、歯で彼のベルトをくわえて、彼をその冷たい濡れたベッドにぐいと引きずりこんだばかりか、のしかかってその冷たくしなやかで厚ぼったい舌をつかって彼の顔をずっとなめあげた、そして眼を覚ますとそこには焚火もなければ、ほぼ完成した櫂をくすぶるままにしていたおき火もなくて、なにか別のものがいた——なにか別の冷たくて長くてしなやかなものが自分の体をすばやく横切ったのであり、彼自身は深さ四インチの水中にいるのだった。そしてあの小舟の舳先《はな》は葡萄蔓で彼の腰につながれたまま彼を引っぱり、次にはぶつかって彼を再び水中に押しかえしたりした。それからまた別のなにかがやってきて彼の踵《かかと》をこづきはじめたが（あの丸太、あの櫂、そうだったのだ）そのときさえ彼は狂ったように小舟へ向かって手さぐりですすみ、耳には舟のなかでかさかさ動く音を聞きつけており、次には女が暴れだして悲鳴をあげるのを聞いた。「ねずみだわ！」と彼女は叫んだ。「いっぱいいる！」

「静かにしろ！」と彼は叫んだ。「ただの蛇なんだ。そんなに動いたりしたら、おれには舟が見つからねえぞ」それから彼は小舟を見つけた、そして未完成の櫂を持ったまま乗りこんだ、とまたもこりっとした筋肉体のものが彼の足の下で痙攣した。それは噛みつかなかった、彼は噛みつかれても構えなかったろう、ただ艫のほう、わずかになにか見える方角をにらみすえていた。そこには外にひらけた水の面《おもて》がかすかな光をはなっていて、彼は櫂を水中に突きさしながらそのほうに進んだ——彼は蛇のたれさがる枝々を払いのけ、小舟の底はねばる泥で小さなぷつりという音をたて、その間も女はたえず悲鳴をあげていた。それから小舟は木々から、この島から抜けだした、そしてはじめて彼は自分の踵あたりにうごめく生きものを感じとり、それらが舟端を越えてゆくかすれた音を聞くことができた。彼は櫂の棒を水からだして、それで舟の底を手前から向こうへぐっと押してゆき、さらに上へ外へ突きだした——薄青い水面を背にして、さらに三匹の蛇が激しくくねり動き、それから水中に消えてゆくのが彼の眼にうつった。「黙れったら！」と彼は叫んだ。「静かにしろ！　おれだって、蛇になって逃げちまいたいくらいなんだ！」

またもや早朝の太陽が薄白くて熱のない薄煎餅《ウエファー》じみた円盤となって小舟を見おろしていて（小舟が動いているのかどうか、囚人にはわからなかった）あたりはみごとに打ち延ばした綿のような光輪にかこわれていたが、そのときに囚人はすでに二度も耳にして忘れえぬものとなったあの音をまたも聞きつけた——慎重に悠然と強力に水をかき乱すあの音だ。

しかし今度はそれがどの方向からくるのか、彼にはわからなかった。いたる所から湧きだし、また薄れさるかに思え、霧の背後の亡霊のように、ある瞬間には幾マイルも向こうに去ったかと思うと、次の瞬間には、一、二秒のうちに小舟へのしかかってきそうにも思え、次のせつなには小舟がそれにまともに突っ込みそうだと思いこみ（彼の疲れきった全身がとびあがり悲鳴をあげかけた）、そしてあの未完成の櫂で——その色と肌合いはすすけた煉瓦《れんが》そっくり、海狸《ビーバー》が古煙突からかじりとって、重さも二十ポンドはあるなにかに似た櫂で——狂ったように小舟を回転させるが、するとあの音は前方のどこかで消えはてているとと気づくのだった。それからなにかが彼の頭上で恐ろしく咆《ほ》えたてた、そして彼の聞いたのは人間の声、鐘の鳴る音、そしてあの音響がやんで、霧がまるで霜のついたガラスを手で拭ったときのように消えてゆくと、いま小舟は陽の輝く茶色の水の上で、三十ヤードほど離れたものと、並んで浮かんでいた——それは一隻の汽船だった。その甲板は男や女や子供たちでぎっしりいっぱいだった。彼らは急いで積み込まれた家具類の乱雑な山のそばや間に立ったり坐ったりして、小舟のほうをもの哀しげに黙って見おろしていたが、その間に囚人と、操舵室にいたメガフォンを持つ男とは互いに小さく聞こえるわめき声や怒鳴り声で交互に話しあっていて、二人の背後では逆回転するエンジンの音が鳴り響いていた。

「お前、いったいなにをしようっていうんだ？　自殺したいのか？」

「ヴィクスバーグはどっちの方角だ？」

「ヴィクスバーグ? ヴィクスバーグだと? 舟を横につけて、あがってこい」

「ボートもいっしょにあげてくれるか?」

「ボート? ボートだと?」いまやそのメガフォンは罵った——その咆えたてる冒瀆《ぼうとく》の言葉とそれを発するらしい生物とはとても空ろでからっぽで実体がなく、いわば水が、空気が、霧が喋ったかのようであり、言葉をわめくが次にはその言葉を自分のなかに吸収してしまい、そして悪意は伝わらず、どこにも傷や侮蔑を残さないのだ。「お前たち沼ねずみの言う通り、ぷかぷか浮いてる鰯《いわし》の罐詰《かんづめ》をみんな拾いあげてみろ、水先案内の居場所だってなくなっちまうんだ。あがってこい! お前、こっちが地獄の凍りつくまで艫のエンジンをふかして停まってるとでも思ってるのか?」

「おれはボートなしじゃあ、ゆかれねえよ」と囚人は言った。すると別の声が話しかけたが、それはあまり静かでやさしく物わかりのよい声だったから、かえってメガフォンの咆えたてる実体のない冒瀆の声よりも異様に、場ちがいに響いた——

「君が行こうとしているのは、どこのことかね?」

「行こうとしてるんじゃねえよ」と囚人は言った。「行くところなんだ。パーチマンにな」

二番目の人は振り返った、そして操舵室にいる三番目の者となにか話し合っているらしくみえた。それから彼はまた小舟を見おろした。

「カーナヴォン(ニューオーリンズより南にある町)かね?」

「なんだって?」と囚人は言った。「パーチマンだろ?」

「いいとも。この船もその方向にゆく。君が家に帰りつけるあたりで降ろそう。あがってきたまえ」

「ボートもか?」

「うん、そうとも。あがりたまえ。君と話してるので石炭をむだに燃やしてるんだから」それで囚人はやがて汽船の腹まで寄り、そして彼らの手で女と赤子が手摺りごしに助けあげられるのを見守り、それから彼自身も乗船したが、次に小舟がボイラーのある甲板につりあげられても、まだその葡萄蔓の端を握りしめていた。「どうも驚いたね」とその男、やさしいほうの男が言った。「君はあれを櫂のかわりに使っていたのかね?」

「ああ」と、囚人は言った。「板っきれをなくしちまったんでね」

「板っきれかね」とそのやさしい男(囚人はその人物がその言葉をまるで囁《ささや》くように口にしたと説明したものだ)「板っきれか。さてと。いっしょにきて、なにか食べなさい。君のボートはもう大丈夫だよ」

「おれはここで待つことにするよ」と囚人は言った。なぜなら、彼が仲間たちに語ったところだと、そのときはじめて他の人間たちに気づきはじめたからで、甲板に群がっているこの避難民たちは、すでに二人のまわりに静かな輪となって集まっており、彼と女は裏返しになったボートの上に坐っていて彼の手首には葡萄蔓のもやい綱が幾巻かに巻かれて手に握られており、そんな姿の彼と女を、避難民たちは奇妙に熱っぽい、哀しげな熱心さで見つめていたが——彼らはみんな白人ではなかったのだ——

「というと、黒んぼなのか?」と太った囚人が言った。

「いいや。アメリカ人じゃないんだ」

「アメリカ人じゃないと? じゃあお前はアメリカからさえおんでちまってたのか?」と

「わからねえ」と背の高い囚人は言った。「なんでもアチャファラヤ(ミシシピイ河と並んで流れる河の名)と言ってたな」なぜならしばらく後で彼が「なんだって?」と言うと、相手のその男はまたゴブル・ゴブル・ゴブルと繰り返したからだ——

「ゴブル・ゴブル?」と太った囚人が言った。

「そんなふうに連中は喋ったんだ」と背の高い囚人は言った。「ゴブル・ゴブル、ワァング、カウ・カウ・トウ・トウ」そして彼は坐ったまま、連中が互いにゴブル・ゴブルと喋くりまた彼を見つめるのを眺めていると、それから彼らがわきにどいてあのやさしい男が(彼は赤十字の腕章をつけていた)入ってきて、その後には食物の盆を持った給仕がついてきた。やさしい男はウイスキーの入ったグラスを二個持っていた。

「これを飲みなさい」とやさしい男は言った。「温かくなるから」女は自分のグラスをとり、飲みほした、しかし囚人は自分のグラスを見やり、そしてこう考えたと後になって話したものだ——おれはウイスキーを七年間も口にしなかったなあ。さらにその前だって彼はウイスキーを一度しか飲んだことがなかったのだ――それも松林の窪地にあった密造所だったのであり、当時十七歳だった彼は四人の仲間とともにでかけたが、四人のうちの二人は大人で、ひとりは二十二か三、もうひとりは四十ぐらいだった。彼はそれを覚えていた、言いかえると、彼はあの晩の三分の一ほどを覚えていたのだ――地獄の色めいて燃える焚火の光のなかでの猛烈な喧嘩、自分の頭にくった拳固《げんこ》の衝撃《ショック》、また衝撃《ショック》（と同時に彼自身の拳固が他人の固い骨に加えた衝撃《ショック》）それからまぶしくて頭の張りさけるような陽に眼を覚ますと、そこは見知らぬ牛小屋であり、あとでわかったのだが、そこは彼の家からは二十マイルも離れている所だった。彼はこのことを思いだし、自分を見守っている顔の群を眺めやってから、こう言ったと語る――

「やめとくよ」

「さあさあ」とやさしい男が言った。「飲みなさい」

「ほしくねえんだよ」

「そんな馬鹿な」とやさしい男は言った。「わたしは医者なんだから。さあ。これを飲んだら食欲もでるよ」それで彼はグラスを取ったが、それからでさえ彼は再びためらった、それで、またもやさしい男は言った、「さあ、ぐっと飲みほしなさい。君はいまもわたしたちを待たしてるんだよ」その声はなおも静かでものわかりのよいものだったが、しかし少し鋭くもあった――その声は自分が反発されつけず、反発されないかぎり平静で愛想のいい調子を保てる人物の声だった——そして彼はウイスキーを飲んだ、とそれが腹のなかで甘い熱い火となって次にはあれが起こりはじめるわずかな瞬間にさえ彼は「さっき言おうとしたろ！　話そうとしたろ！」と言おうとしていた。しかしそれもこの十日間ほの白い太陽のなかで恐怖と失望と絶望と無力さと怒りと憤激にさいなまれた現在では、もう手遅れだったのであり、そこにいるのは彼自身とあの騾馬だった——彼の騾馬（みなが彼につけさせてくれた名では——ジョン・ヘンリー）、それは誰にも任せず彼だけがこの五年間を畑で使ったものであり、そのやり方や癖をよく知り、尊敬もした相手であり、向こうも彼のやり方や癖をよくのみこんでいて、だから互いに相手のあらゆる動きや意図を予期できる仲だった——その騾馬と彼自身と、それから彼らの前を飛び交う小さないくつもの喋りちらす顔、彼の拳固に感じるあの固い頭の骨への手応え、彼の声が叫んでいる、「さあゆけ、ジョン・ヘンリー！　やつらを鋤きこめ！　飲みこんじまえ！」その間さえ輝く熱い赤い波が巻きかえしてその声をとらえ、楽しげに、幸福そうに、高く持ちあげて、ふと停止し、それから空中に誇り高くわめきながら放りなげたのであり、それからまたも彼の後頭部にあの激烈な一撃——彼は甲板に仰向けに倒れていて、両手両脚は押さえられて、また冷たい正気になっていた、またも鼻からは血が吹きだし、あのやさしい男がかがみこんでいて、縁なし眼鏡の向こうには、囚人がこれまで見たうちでも最も冷たい両眼があった——囚人が言うには、その眼は彼をではなくて吹きだす血を、他になんの感情もまじえぬ全く非情な興味とともに、見つめているのだった。

「りっぱなものだ」とやさしい男は言った。「この死骸みたいな体で、まだたっぷり生命力を持っている、それも強くて赤い血をたっぷりとね。誰かが君に、君は血友症《ヒーマフィリック》だと言ったことはあるかね？」（「なんだと？」と太った囚人が言ったものだ。「ヒーマフィリックだと？　そりゃどういう意味だか、お前、知ってるか？」背の高い囚人はもう煙草に火をつけていて、寝棚の上段と下段の間の狭い空間に坐って体を二つに折り曲げ、やせて、こざっぱりして、動きもせず、そのひげを剃った顔は鷲《わし》のように細くて浅黒く、その顔を青い煙が横切って流れた。「そりゃあな、雄牛のくせに雌牛でもある仔牛のことだぞ」

（ヒーマフィリック（血友症）をハーマフロダイト（半陰陽）とまちがえての言葉）

「そうじゃねえさ」と三人目の囚人が言った。「そりゃあ、仔牛か仔馬かで、そのどっちでもねえもののことさ」

「でたらめ言うな」と太った囚人が言った。「こいつは溺れ死ななかったんだから、そのどっちかのはずなんだ」彼は寝棚にいる背の高い囚人から眼を一度も離さずにいた、そしていまふたたび彼に言いかけた、「お前、その男にあんなこと言われて、黙ってたのか？」）背の高い囚人はそうしたのだった。彼は医者にまったく答えなかった（ここから以後、彼はこの相手をやさしい男と考えるのを中止したのだ）。彼は気分がよく、この十日間のどの日よりいい感じだったが、体は動けなかった。それで彼らが助けて彼を立たせ、支えてから、腹をみせた小舟の、女の坐っているとなりにそっとおろすと、彼はそこに前かがみに坐りこんだ――両膝に両肘《ひじ》を置いた昔かわらぬ姿勢であり、そのまま自分の鮮紅色の血が泥だらけの甲板におちるのを見守っていると、しまいに医者の清潔で爪をよく切った手が薬びんとともに彼の鼻の下に現われた。

「かぎなさい」と医者は言った。「深く」四人は息を吸いこんだ、鋭いアンモニアの刺戟が彼の鼻腔とのどにひろがった。「もう一度」と医者は言った。四人は従順に吸いこんだ。今度は息をつまらせ、血のかたまりを吐きだした。いまや彼の鼻は足の爪のように感覚がなく、ただ感じるのはそれが十インチのサイズのシャベルのようで、しかも冷たくもあるということだけだった。

「すまねえことをしちゃって」と彼は言った。「自分でも知らぬうち――」

「なぜ？」と医者は言った。「君は四十人か五十人を相手にして、わたしが見たこともないほどみごとにやり合ったんだよ。君はまずたっぷり二秒間はもったね。さて君はなにか食べられるね。それとも、なにか口に入れるとまた大乱闘をやらかすかね？」

彼らは二人とも食べた――小舟の上に坐っていて、いまはゴブル言葉を喋る顔の群も二人を見守ってはいず、四人は厚いサンドイッチをゆっくりと熱心に噛んでいて、背をまるめた彼が、顔をかしげてかぶりつく様子は、地面にあるものを食うときの犬の様子に似ていた。汽船は進んでいった。正午には熱いスープの深鉢とパンと、さらにコーヒーがでた。

彼らはこれも食べた——小舟の上に並んで坐っており、四人の手首にはまだ葡萄蔓が巻きつけられていた。赤子が眼を覚まし、乳を飲み、また眠りこんだ、そして二人は静かに話した——

「あの人、あたしたちをパーチマンに連れてゆくと言ったのかしらね？」

「おれが行きたいと彼に言ったのは、たしかにその場所さ」

「でもあたしにはパーチマンとは聞こえなかったわ。なんか別の所の名みたいに聞こえたわ」四人もそのことはすでに考えていた。乗船して以来ずっと彼はその点を、かなりまじめに考えてきたし、さらに他の乗船者たちの特徴に気づいて以来はとくにそうだった。なにしろこの男や女たちは明らかに彼より少し小柄だったし、眼の玉はときに青や灰色もあったが、皮膚の色はどんな陽焼けとも少し違った浅黒さであり、彼らの互いに喋る言葉は彼の聞いたことがないものだし、向こうもたしかに彼の言葉がわからなかった、またこんな人間たちをパーチマンでも他の所でも見かけたことはなかったから、彼らがパーチマンやその向こうに行くだろうとはとても信じられなかった。しかし彼は田舎育ち人間のくせで、あえて尋ねようとしなかった。なにしろ彼の育った土地では、なにか聞くことは相手の好意にすがることであり、人は見知らぬ他人に好意を求めないものだったからだ、もし相手に好意を差しだせば、たぶん彼らはそれを受けとり、くどいほどのお礼を述べるだろうが、しかし自分から聞いたり尋ねたりしないのである。それで彼は前にしてきたように、ただ気を配り、待ちうけ、そして自分が最上と判断することを、自分の能力をつくしてする、あるいはそうしようとしていたのだ。

それで彼は待ったのだった、そして午後も半ばすぎたころ、汽船は柳のびっしり生えた狭い水路を喘ぐように突き進んでそこを通りぬけた、そしていま囚人はそこが『あの河』なのを知った。今度はそれが信じられた――見はるかすほど広い水面が午後の陽差しに眠たげに黄褐色に広がり――（「なんたって凄くでかいんだ」と囚人は落ち着いて仲間たちに語った、「世界のどんな洪水にあったって、あれはほんの少し水量《みずかさ》をますだけで、しらみがどこをくったかと見かえして、ちょっと引っかくぐらいしかしねえんだ。ちっちゃなやつら、小便みたいな川だけが、ある日は逆さまに流れたり次の日は前にいったりして、それから死んだ騾馬や鶏の囲い箱を、人間にぶつけてきやがるのさ」）――そして汽船はいまこの上を上に動いていて（皿の上を横切ってる蟻みたいだ、と囚人は思った。彼は裏返しにした小舟の上に坐っていたが、となりに坐った女も、赤子に乳を飲ましながら、どうやら水面の向こうを見やっているらしかった――左右の水は一マイルほどのび広がり、両岸の堤防は並んで細く浮く二本の糸に似ていた）、そしてそれから陽の沈むころになると彼は人の声を聞きつけ、気がつくとそれは医者の声と、最初メガフォンで彼に怒鳴った男がいまも頭上の操舵室から怒鳴っている声なのだった。

「停《と》めろ？　停めろだと？　おれは市電を走らせてるってわけか？」

「それでは珍しい客のために停めてやるというのはどうかね？」と医者の人あたりのよい声が言った。「君は向こうまでもう幾度も航海したろうし、君の言う沼ねずみたちを数知れず拾いあげただろうがね。しかし君はこの航海ではじめて、自分の行きたい場所の名を知るばかりか、実際にそこへ行こうとしてる人間たちを二人——いや三人か——乗せているんだよ」それで囚人は待ったのだが、その間に陽はますます傾いてゆき、その空虚で巨大な皿はますます銅色に染まり、汽船蟻はなおもその上を這いすすんでいった。しかし彼は尋ねようとせず、ただ待っていた。**彼の言ったのはキャロルトン**（パーチマンの南東四十マイルの町）**かもしれねえな、**と彼は思った。**Cではじまってたものな。**しかし彼はそれも信じなかった。自分がどこにいるかはわからなかったが、しかしここが自分の思いだせるキャロルトンのあたりでないことだけはよくわかっていた——彼の思いだせるのは七年前の記憶で、そのときの彼は保安官の手首と自分の手首を手錠でつながれたまま、汽車でこの町を通ったのだった——二本の鉄道の交わるあのあたりでは列車の車輪がゆっくりとがたごと鳴ったし、夏のことで緑の濃い丘の木々の間には白い家があちこちに静かに散らばり、神様の手の指とかいう尖った塔もひとつ見えた。しかしあそこには河なんぞなかった。**もしあそこに河がありゃあ誰でも気がつくはずなんだ、**と彼は思った。**誰であろうと、どんな所で暮らしてきた人間だろうとな。**それから汽船の頭が河を横切ってまわりはじめ、その影も船体がまわる以前にぐっと延びてまわってゆき、その向こうには人っ気ひとつなくて柳だけが空《うつ》ろに盛りあがった陸地があった。ほかに何ひとつなくて、囚人にはその向こうに地面も水も見えなかったから、まるで汽船はその薄くて脆《もろ》い柳の障壁を突き破り、その奥の空間に停泊しようとするかに思えた、あるいはその空間もなければ、汽船は徐行し後退して停止し、彼を空間におろす気なのかもしれない、ただしそれは船がいま彼を下船させる気でいて、ここがパーチマンの近くでないし、Cではじまるにせよキャロルトンでもないとしてのことだ。それから彼は頭をまわして、医者が女のほうにかがみこんでいるのを見やった。医者は人差し指で赤子の瞼を押しあげ、眼をのぞきこんでいた。

「この子が生まれるとき、ほかに誰がいたのかね?」と医者は言った。

「誰もいなかった」と囚人は言った。

「ひとりですっかりした、というのかね?」

「そうさ」と囚人は言った。いま、医者は立ちあがり、囚人を見やった。

「ここがカーナヴォンだよ」と彼は言った。

「カーナヴォンだって?」と囚人は言った。「そりゃおれの——」それから彼は口をとめ静まりかえった。そして彼はそのときに自分の見たものも語った——ふちなし眼鏡の奥に氷のように冷淡で、食いいるような眼、口答えや嘘に慣れず、それを許しもしない表情の、引き締まって気短そうな顔。(「そうさ」と太った囚人が言った。「そこんとこを、おれは聞こうと思ってたんだ。お前のその服よ。誰だって気がつくはずだぜ。お前が言うほどその医者が抜目ねえ奴だったとしたら、どうして奴が——」

「おれはあの服で十日間も寝てたのさ、それもたいてい泥のなかでな」と背の高いほうが言った。「それに夜中からずっと、あの焼け焦がして作った櫂で漕いでいて、そのすすをそぎ落とすひまなんか一度もなかったんだ。だけどほんとはな、あの服のまま毎日毎日おどかされて心配して、それからまたおどかされて心配してたんで、そのせいでほんとに様子が変わっちまったのさ。なにもズボンのことだけじゃないぜ」彼は笑わなかった。「おれの顔つきもさ。あの医者は知ったのさ」

「よしわかった」と太ったほうは言った。「話をつづけな」)

「わたしは知ってるんだよ」と医者は言った。「君があそこの甲板に倒れて酔いをさましている間に、気がついたのさ。だからわたしに嘘をついてはいかん。どうも嘘はきらいなたちでね。この船はニューオーリンズに行くんだ」

「だめだ」と囚人は即座に、絶対的断定の口調で、静かに言った。彼の耳にはまたもあの音が聞こえたのだ——まだほんの少し前だったとしか思えぬあそこで水面を叩いたシュッ・シュッという音。しかし彼は弾丸のことを考えてはいなかった。それはもう忘れていた、許してしまっていた。彼の思いだしたのは自分の姿だったのだ——また走りだす前に、泣きながら、喘ぎながら、かがみこんでいた自分——そしてあの声、あの告発、あらゆる欲望と気まぐれと不公平を司《つかさ》どる太古以来の気ままな『操り手』に向かって叫んだ捨身の最後の拒否の声だ——おれが頼んでるのはただ自首させろというだけだったのに、そのことを考え、思いだしていたがそれもいまでは体熱《ねつ》や情熱を持たず、言葉は墓碑銘より短かった——だめさ、あれは一度もう試したんだ。やつらはおれを撃ったんだ。

「すると君はニューオーリンズには行きたくないんだね。といってカーナヴォンに行く計画でもなかったね。ただ君としてはニューオーリンズよりもカーナヴォンを好むわけだろうな」囚人はなにも言わなかった。医者は、彼を見やったが、その瞳孔は橋に打つ二個の平釘の頭ほど拡大されてみえた。「君はなんの罪で入ってたのかね？　軽く殴ったつもりが大怪我をさせた、というところかね？」

「いいや。列車強盗をやろうとしたんだ」

「もう一度言ってくれんか」囚人は再び繰りかえした。「それで？　話をつづけたまえ。一九二七年の現在ではね、それを言ってあとは黙りこむなんてはやらないんだよ」それで囚人は、医者に劣らぬ冷やかな口調で、すっかり物語った——あの雑誌類のこと、弾《たま》のでない拳銃や、覆面のこと、そして蓋つき角燈《ランタン》は蠟燭《ろうそく》の燃えるに必要な隙間さえなくてマッチで火をつけるとすぐに消えたが、それでも金具の部分は手で持てぬほど熱くなったこと、道具はみんな雑誌の定期購読者をつのった金で手にいれたこと。どうも彼が見つめてるのはおれの眼や口でないらしいや、と彼は思った。まるで彼は、おれの頭の毛の生え具合を見てるみてえだな。「なるほど」と医者は言った。「しかしなにか手違いがあったわけだ。

だがその後の君は、それについてゆっくり考える時間があったはずだね。どこに手違いがあったか、なにをやりそこなったか、判断できるほどにね」

「ああ」と囚人は言った。「あれからおれはとってもあのことを考えたね」

「で、次の機会には同じ間違いをしない腹になっているわけだ」

「どうかねえ」と囚人は言った。「次の機会なんて、ありゃしねえもの」

「なぜかね？　君が自分の間違った点を知ったとしたら、次の機会には君はつかまらないかもしれないよ」

囚人は着実な眼で医者を見やった。二人は落ち着いて互いを見やっていた——両者の眼は、結局のところ、さほど大きく違っていなかったのだ。「あんたの言う意味、わかるみてえな気がするよ」やがて囚人は言った。「あのときおれは十八だった。いまは二十五なのさ」

「おや」と医者は言った。いまや（囚人はそれも語ろうとした）医者は動かず、ただ彼を見つめるのをやめた。彼は上衣から安い煙草をとりだした。「吸うかね？」と彼は言った。

「おれは好きじゃねえから」と囚人は言った。

「そうかね」と医者は例の愛想よくてきびきびした口調で言った。彼は煙草をしまった。

「わたしの種族には（医学者という種族には、という意味だが）、拘束したり解放したりする権限を託されているんだよ、もちろん全能の神からではないかもしれんが、たしかにアメリカ医学協会からは託されてるのさ——ついでだがその点については、わたしはこの場で、どんな率でどんな金額でも、即座に賭けをしていいほどだよ。ただ、現在のこの特殊事情においては、自分にどこまで権限があるかはわからないんだが、まあその権限を試してみようと思うんだ。船長！」と彼は大声をあげた。「この三人の乗客をここでおろすことにするぞ」彼は再び囚人に向いた。「そうとも」と彼は言った。「わたしは君の生まれた州にそれ自体の嘔吐物をなめさせる決心なのさ。さあ」彼の手はまたもポケットから現われたが、今度のその手には紙幣があった。

「いらねえよ」と囚人は言った。

「おい、君、わたしは拒絶されるのも好まんたちなのだよ」

「いらねえですよ」と囚人は言った。「もらっても返すあてがないからね」

「わたしが返してもらうと言ったかね？」

「いいや」と囚人は言った。「こっちも貸してくれとは言わなかったよ」

それでもう一度、彼は乾いた土地に立った——彼はすでに二度も水の奇妙な集中力にもてあそばれたのであり、どんな人間も生涯で一度出会えば充分なことに一度だけよけいにでくわしたわけだが、その上にまた別の信じがたい運命を予定されているのだ——この彼と女は人気ない堤防に立っていて、赤子は色あせた兵隊上衣につつまれて眠っており、あの葡萄蔓はなお囚人の手首に巻きつけられたまま、汽船が後退し、頭を転じ、去ってゆくのを見送っていた。空ろに広がる大皿じみた水面は、さらに銅色を濃くしていて、その上を這う汽船は縁《へり》を銅色に染めて煙をゆっくり吐きだし、たなびかせ、それは水面までさがると薄れ、消えはじめ、茫漠《ぼうばく》として穏やかな水の広がりに吸いこまれてゆく、そして汽船はますます小さくなってゆき、しまいにそれは這っているとも思えず、むしろ軽くて虚《うつ》ろな日没のただなかに吊りさがって、ついには水に浮く泥の一片のように虚無のなかへとけ去ってゆくかに思えた。

それから彼は振りかえった——はじめて自分の周囲を、背後を、見やった、そして縮まるような驚きにうたれた、それも恐怖からでなくて全くの反射作用からであり、それも肉体上のではなくて魂の、精神の、反射作用からで、それは他人《ひと》になにも頼まず、道をきくことさえしない田舎育ちの人間特有のあの深くて目立たぬ機敏な用心深さからであり、それで彼はいま静かに考えていた、**いいや。ここはキャロルトンでもねえぞ**。そう思ったのも彼が見た光景のためである——いま彼の立つ堤防の陸地側はほとんど垂直な斜面となり、六十フィートほどの空間があってその下方に、地表が見えたが、それはワッフルのように平たく、色もまたワッフルのそれ、あるいは薄茶の馬の夏毛の色合いであり、毛氈《もうせん》や毛皮のようなびっしりした密度も帯びて、遠くまで広がっていた——それは大きな起伏がないまま、液体じみた頼りない固さという奇妙な外観を見せており、あちこちに砒素《ひそ》色の緑を持つ隆起があるがそれらも高さを持つようには思えず、またあちこちにインク色の筋がくねり曲がっていて、それは実際に水だと推測したが、しかし彼はそうだときめこまなかった——やがて彼はそのなかを歩いたのだが、そのときでさえ彼はまだそれを水と断定しえなかった。ただし彼が言ったのは——語ったのは、ただ先へ進んだ、という言葉だった。また彼はいかに自分が独力で小舟を岸に引きあげ、次には堤防を越えて反対側の六十フィートの急斜面をおろしたかも語らず、ただ先へ進んだとだけ言ったのだが、実際は蚊の群が熱い灰の舞うように群がったなかを進んだのであり、またススキの葉が彼の頭より高く茂ってそれがしなやかなナイフのように彼の腕や頭にはね返るのをはねのけ、押しわけて進んだのであった。その黒くて曲がりくねる水路はむしろ水よりも土が多いといったもので、そのなかでも少しは土よりも水が多いもののなかを膝の深さまでつかり、女の坐る小舟を葡萄蔓のもやい綱で引っぱりながら、なおも彼はもがき、よろめいていた——するとそれから（いまは彼も小舟のなかにいて、焦げた櫂をあやつっていた、というのも半時間ほど前、だしぬけに足の下がなくなって彼は沈みこみ、その上衣だけが夕暮れの水面に風船玉のように軽く浮かんだのであり、しまいに水からあがった彼は小舟に這いこんだのであった）一軒の家、といっても馬の輸送車より少し大きめの小屋で、杉板張りのトタン屋根、それが蜘蛛《くも》の脚めいた細工の十フィートの床柱の上に乗っている様子は、水をわたりあるく一匹の、貧弱で瀕死の（そしてたぶん有毒な）生物がその平たい荒地まで辿りつき、それ以上は行先も目当もないままくたばった、といったふうであり、その床柱にかかる手作りの梯子《はしご》には一艘の丸木舟がつながれ、開いたドア口にはひとりの男が立っていて頭上に角燈をかかげており（いまはそれほど暗くなっていた）、そして彼らに向かってなにやらわからぬ言葉を喋っていた。

彼はそのことを語った——それにつづく九日か十日、そのどちらの日数か彼は覚えていなかったが、とにかくその間の昼と夜、彼ら四人——彼自身と女と赤子と、そして虫くい歯でねずみか縞栗鼠《しまりす》のようにおとなしくて生々しく光る眼をして、わけのわからぬ言葉を喋る小柄で筋肉質の男——が一部屋半の小屋で暮らしたことを語った。ただし彼はそんなに詳細に語ったのではなかった、それはちょうど自分が百六十ポンドの小舟を独力で引き上げて急斜面をおろしたことなど語る値打もないとして言わなかったのと同じで、彼はただこう言ったのだった——「しばらくしておれたちは一軒の家にきて、そこに八日か九日ばかりとまってたけど、それからやつらがダイナマイトで堤防を吹き飛ばしたんで、それでおれたちはそこからでるほかなくなったんだ」それだけだった。しかし彼はそれを記憶していた、といってもいまは静かに、いまは葉巻さえ手にして思いだしていたのだ——それは刑務所長のくれた上等品であり（火はまだつけられずにいた）それを落ち着いた平静な手に持ったまま、あの最初の朝のことを思いだしていて、彼が主人の隣りの薄い藁《わら》マットの上で眼を覚ましたときには（女と赤子はひとつのベッドに寝ていた）すでに猛烈な陽差しがそり返った粗雑な板壁の隙間から格子模様にさしこんでいた、そして次に彼はぐらつくベランダにでて見渡したが、前方にあるのは平たくて豊饒な無人境であり、それは地面とも水面とも言えず、どちらがどちらか、どの部分が濃くて豊かな大気であり、どこからが霞んで漠とした植物帯なのか、五官の感覚でさえ区別しかねるのだった。そして彼は静かに考えた、あの男はここで食って生きてゆくためになにかをしてるにちがいない。だがそれがなにか、おれにはわからない。そしておれがまたでかけられるまで、ということは自分のいる場所がどこかわかって、あの町を避けて通ってゆける道を見つけだすまで、おれはあの男のすることの手伝いをしよう、そうすればおれたちも食ったり住んだりできるからな、だがなにをしたらいいかはまだわからないんだ。そして彼はその最初の朝もまだ早いうちに、衣服も変えてしまったのだ、といっても彼はあの小舟と堤防のときと同じに詳しくは語らなかった——いったい十二時間前にはじめて会ったばかりの相手、しかも最後に別れるときまで言葉をかわせなかったこの相手から、どんなふうに頼んで手に入れたのかは語らなかったのだが、彼が借りるか買うかしたのは一着の木綿ズボンであり、それはこのケィジャン（ルイジアナ州に住むフランス系移民の子孫、フランス語を話す）さえはけないと捨て去ったものだ——汚れきって、ボタンはなく、両脚とも糸がほごれた様子は一八九〇年ごろのハンモックといったふうであり、彼はそれをはいて上半身は裸のまま立つと、次には泥が厚くついて煤《すす》に黒ずんだ上衣《ジャンパー》と作業衣を女に向かって突きだしたのだが、彼女のほうはまだその最初の朝を、部屋の片隅に釘でとりつけて乾草をのせた粗末な寝棚で眼を覚ましたばかりという有様だった。彼は言った。「これを洗ってくれ。よく洗うんだぜ。汚れをすっかり落としてもらいてえよ。すっかりな」

「でも上衣《ジャンパー》はどうするの？」と彼女は言った。「あの人は古いワイシャツも持ってないの？陽は強いしそれにあんなに蚊が――」しかし彼は返事さえせず、女もまたそれ以上は言わなかった、それでも彼とケィジャンが日暮に戻ってきたときには、囚人服はきれいに洗われていた――古い泥や煤でまだ少しはしみが残ってはいたが、もとのものに似ている程度にはきれいになっていて、それを彼は（彼の両腕と背中はすでに火のように赤くなっていて、明日には火ぶくれになるだろう）その衣服をひろげ、そして調べた、それから入念に丸めあげて半年前のニューオーリンズの新聞紙に包んで、それを棰《たるき》の奥に突っ込んだのであり、包みはそこに置かれたままで日々が過ぎていったが、その間に彼の背中の火ぶくれは破れ、化膿し、そして彼が汗をかきながら木彫仮面のように無表情に坐っていると、一方のケィジャンはその背中に、汚らしい皿から汚れたボロ布につけたなにかを塗りつけたのであり、女のほうはなおも何ひとつ口をはさまなかった、なぜなら、彼女もまた彼の我慢する理由を悟っていたからだ、ただし彼女が悟ったのも、この二週間で彼女が彼に抱いた夫婦めいた親密感のせいではない――たしかにこの二週間、二人は感情的・社会的・経済的危機ばかりか道徳的危機さえともに分け合い、耐えてきたのであり、こんな一体感は五十年の結婚生活をした普通の夫婦にさえ常には起こらないものだ（こんな普通の老夫婦は、諸君もよく銀版写真で見かけるように、幾千ものにかよった二つの顔であり、その性別を見分けるには襟元のカラーなしの留めボタンとか古いお上品小説にあるような肩掛けだけが頼りなのだが、そんな夫婦が幾千もの朝ごとに砂糖壺やコーヒーポットに新聞を立てかけ、その新聞に詰まった惨事と警告、根もない保証や希望、あきれた愚鈍さと未来への不感症の向こうからのぞく顔付は、まるで野外実技の競技会で優勝した二頭つなぎの猟犬そっくりなのだ。またひとり者の場合もそうで、ベランダの揺り椅子にいたり、いたるところの郡役所の煙草のしみだらけの外廊下に坐って日向ぼっこをしていたりするが、まるでその様子は配偶者《つれあい》の死によって若返り法か不死の妙薬を相続したかのようなのだ——連れに先立たれた者は、新しい命を再び借用して永久に生きつづけるといった様子なのだ、まるで肉体はすでに結婚という儀式で道徳的にも法的にも純化された上に、実質的にも長い退屈な生活で純化されつくし、そしてそれを妻にしろ夫にしろ先立った者がいっしょに地下へ持ち去ってしまったので、残された者はただあの堅固に永久に長らえる骨を受けつぎ、自由に、束縛もなく生きてゆくかのようなのだ)——この理由からではなくて、彼女が黙って悟ったのは、彼女もまたあの同じ田舎の遠い祖先の血を受けついでいたからなのだ。

それであの包みは棰の奥に置かれたままで日々が過ぎていったのであり、その間に彼と彼の相棒は（いま彼は小屋の主人の相棒になって、岸辺で鰐《わに》狩りをしていた、それも山分けの条件だと彼は語った——「山分けだと?」と太った囚人は言った。「お前の話だとその男とは話もできねえはずなのに、どうしてそんな仕事の話合いができたんだ?」「話合いなんかいらなかったのさ」と背の高い囚人は言った。「金のことでは言葉はいらねえものさ」)毎日、夜明けに小屋をでたのだ、それも最初はいっしょに丸木舟に乗ったが、やがては別々に、ひとりは丸木舟に、ひとりは小舟に乗りこんだのであり、男は傷だらけの古鉄砲を持ち、彼は小刀《ナイフ》と結び目だらけの綱、そして古代人の棍棒に重さも大きさも形もそっくりの松材の棒を持ち、氷河紀生残りの悪魔どもを追いもとめて、真鍮《しんちゅう》色の平たい土地をくねり流れる未知の水路をあがりさがりした。彼はまたあの最初の朝のことも思いだした——陽が昇ったころ、あのぐらつくベランダにでて振りかえると、板壁に生《なま》皮《かわ》が釘で打ちつけられ乾いているのを見つけ、思わずも足をとめた、そして静かにまじめな気持で思った——**そうか、あれか。食ってゆくために彼のしてるのはあれなのか**。それが生皮であり、獣の皮だとはわかったが、どんな獣のものかは、連想や推理に頼っても、まだ若いときに見たどの絵の記憶からしても、見当がつかなかった、しかしあれがこんな小さくてか細い脚の一軒屋のある理由だ、その説明だとはわかったのだ、実際この小屋は(すでに屋根を打ちつける以前から脚部のほうが麻痺し、腐りはじめたといえそうなのだが)無数の豊饒かつ多産な人外境にぽつりと立ち、それを強く抱きしめるのはたださかりのついた牝馬の大地と種馬の太陽だけなのだ、それで彼には自分と小屋の男とに同じ種族からの共感を直観したのだ——両者はいわば田舎の畑暮しと沼暮しの人間たち、二つでありながらひとつで、よく似ているのだ、というのも両者が激しくて絶えまない労働のとぼしい分け前や情けない運命を共有しているからであって、彼らの生き方はわずかな一生を耐えしのび、感じとれる空気と飲みこめる陽光を得る許可を求めるだけであって、将来の安定とか老後の無為の安楽のために銀行預金をしたり金をソーダ罐に入れて埋めたりするためではないのだ、だから（囚人は）こう考える、まあとにかく、あれがなにか、おれの思ったよりも早く見つけだすさ、そしてそうしたのであった——再び彼が小屋に入ると、そこではあのケイジャンが提供した貧弱な造りつけの藁ベッドでは女が眼を覚ましたばかりだった、そして朝食を終え（それはひどいにおいの魚のまざった米の粥《かゆ》であり、胡椒ですごく辛かった、そしてチコリでどろりとしたコーヒー）、そして明るい眼と欠けた歯の小男が小股で小走りにゆく後から手造りの梯子をおりて、丸木舟に乗りこんだ。彼は生まれてはじめて丸木舟を見たのであり、それが上を向いて浮かんでいられるものとは信じられなかった——といってもそれが軽くて坐席のあいた部分を上に保てそうもないからではなく、もともと木には、丸太には、たえず回転する自然法則、いやほとんど意志めいたものがあり、丸木舟のいまの姿勢はその法則を踏み破っているからなのだ——それでも彼はこの事実を受けいれたし、それは彼があの生皮は小牛や豚より大きいからそんな動物ならかならず歯や爪も持つにちがいないという事実を受けいれたのと同じであって、こう腹を決めた彼は丸木舟にしゃがみこみ、左右の舟端をつかみ、硬直したように身じろぎもしなかったのだが、その姿はまるで高性能爆薬のつまった卵を口中にしていてろくに息もつけないといった様子であり、ただ頭ではこう考えていた——もしもあれをやるんなら、おれにだってできるさ、そして彼がやり方をおれに教えられなくとも、彼を見ていればいずれわかるんだ。そして彼はこれもまたやってのけたのであり、いまでも静かにそのことを思いだして、考えた——ああいうやり方だと思ったんだ、だから、かりにおれがもう一度やり直すことになったとしたって、やっぱり同じことを思いつくだろうな——すでに凶暴な陽差しが彼の裸の背中に焦げつき、水路はインクの筋がほぐれたように曲がりくねって、そのなかを丸木舟が櫂の水音もたてぬ着実な上下の動きにつれて進んでいった。それから突然に背後で櫂の停止があり、ケィジャンは猛烈なシューといった言葉を彼の背中にあびせかけ、彼はというと息をつめてしゃがんでいて、その緊張した不動の姿は耳をすます盲人の真剣さに似ていたが、その間も薄い木の舟は自分の分けた水の消えゆく頂点に向かってひっそりと進んでいた。後になってから彼はあの小銃も思いだした——ケィジャンが舟に持ちこんだあの錆びてへこんだ単発銃で、無器用に針金をまいた銃床をもち、銃口はウイスキーのコルク栓さえ押しこめそうな代物である——しかし、この瞬間にはそうでなかった。いまの彼はただしゃがみこみ、体をまるめて、息を殺して身動きもせずにいて、その真剣で油断のない視線だけを、あちこちとたえず走らせながら思っていたのだ、なんだろう？　なんだ？　おれは自分のさがしてるのはなにかを知らないばかりか、どこをさがしたらいいかもわからないんだ。それからケィジャンが動いたので舟のゆれるのを感じ、次には自分の首筋と耳に相手の切迫した言葉、というよりシューという早くて押し殺した音のかかるのを感じ、ちらっと下を見やると彼自身の両腕と胴体の間に、背後から、ナイフを持ったケィジャンの手が突きでていて、再び眼をあげると、泥が平たく厚く延びていて、それが見ている間に割れて、泥色の太い丸太となり、それが次には、なおも動かぬまま、だしぬけに彼の網膜に飛びこんできたかに思えた——それも三次元の、いや四次元のものとなってだ、すなわち体積と実質と外形に、もうひとつなにかが加わっていたのだ——それは恐怖ではなくて、純化し緊迫した思考力といったものであり、だからその鱗《うろこ》のある不動の姿を見ながらも、やつは危険そうだ、とは考えず、ただ、でかいやつらしい、と考えたのであり、さらに、でもまあ、畑にいる騾馬だって、端綱《はづな》をつけた騾馬に近よったことのない人間にはとてもでかく見えるもんだ、と思い、また、彼がどうやったらいいのか教えてくれさえすりゃあ、うんと手間がはぶけるのにな、いまや丸木舟はずっと近よっていた、いまはさざ波さえたてずに、這うように進んでいて、彼の相棒の抑えた息さえ聞きとれるかに思え、彼はいま相手の手からナイフを取ったが、この行為を考えさえしない、というのもそれがあまりに素早く、一瞬のことだからだ——それは状況に屈服したのでも諦めたのでもなく、あまりに平静な行為であり、むしろ彼の体内にあったものだ、彼が母の乳とともに飲みこんで彼のなかで生涯を共にしてきたものなのだ——結局のところ誰だって自分のすべきことをするしきゃないんだ、それも自分の手にある道具で、自分の習ったやり方で、いちばんいいと思う方法でな。それにどんなに見えようと、豚はどうせ豚なんだ、だから、やるぞ、なおほんの一瞬間はじっと坐りつづけ、すると丸木舟の舳先が一枚の葉の落ちるよりも軽く水底について彼は舟から踏みだした、そしてさらにほんの一瞬だけ止まると、その間に言葉がこいつはでけえやとひらめいたが、それも強くはなくかすかであり彼の注意力の破片がちらっと眼にできた程度でたちまち消えさり、そして身をかがめると股がった、手近の前足をつかむと同時にナイフを突っ立てた、それとほとんど同時にしなる鞭のような尻尾が彼の背中に激烈な一撃をくわえた。しかし彼のナイフが急所に刺さったのは知っていて、重い獣とともに泥のなかに引っくり返った後も、その突起した背中が腹に食いこむままにその咽喉《のど》もとに片腕を巻きつけ、その唸る頭に自分の顎《あご》を押しあて、その凄まじい尾がのたうち襲うなかでもう一方の手にしたナイフを突っ立て押しこんで急所をえぐった、そして熱くて猛烈な血の噴出——それからいま腹を見せた静かな死骸のそばに坐りこんで、両膝の間に頭をたれた例の姿勢となり、こんどは自分自身の血で、自分を血だらけにした獣を新たに濡らしており、またおれの鼻なんだ、ちえっ、と考えていた。

で、彼はそこに坐っていた、両膝の間にその頭を、血の流れおちる顔を垂らしていて、それは呆然とした様子というよりも、深い思いに耽り、観想といった態度だったが、その間もケィジャンの甲高い声が非常な遠距離から彼まで届いてくるかに思えた、そして少しすると彼は眼をあげさえしたのであり、するとあの道化めいた細っこい姿が自分のまわりをやたらと跳ねまわり、その顔は興奮して笑っており、その声は意味のわからぬままに甲高かった。囚人のほうは、血が口に流れこまぬように少し頭をかしげて相手を見やっていて、その表情は美術館の聚集官《しゅうしゅうかん》が自分の陳列ケースの前に立ち止まったときのような冷たい集中心を見せていたが、一方のケィジャンは小銃をたかくさしあげ、「ブーム・ブーム・ブーム！」と叫び、小銃をおろし、黙劇《パントマイム》でさっきの光景を演じなおし、また両手をさしあげると、叫んだ、「すてきだ《マニフィーク》！　すてきだ《マニフィーク》！　百両《サン・ダルジャン》だ！　千両《ミル・ダルジャン》だ！　世間《トゥ・ラル》にありったけの金《ジャン・スウ・ル・シエル・ド・デュー》になったぞ！」しかし囚人はすでに再びうつむいていて、コーヒー色の水を両手にすくって顔にあて、その水が鮮やかな紅で大理石模様になるのを見やりながら、**いまさらなにを言われてもわかりゃしねえや**、と考えていたが、この考えさえ長くはもたなかった、というのは二人がやがて丸木舟に乗りこんだからであり、囚人はしゃがみこむと再びあの息を殺した硬直した姿勢に戻ったが、それは息をしなければ自分の重み自体さえ減少できると思っているかのようだった、そして彼の前の舳先にはあの血だらけの皮があり、彼はそれを見ながら考えていた、**それどころか、おれの半分の分け前がいくらになるかさえ、おれには聞きようがないんだからなあ。**

しかしこの考えもまた長くはつづかなかった、なぜなら、後になって彼が太った囚人に話したように、金のことでは言葉など不要だったからだ。彼はそのことも思いだした（彼らはいま小屋に戻っていて、生皮はベランダにひろげられ、そこではケィジャンは女のためにもう一度身振りで語り聞かせた——小銃は使わずに、素手での闘い——、ここであの眼に見えない鰐が叫喚のなかで殺され、勝利者の立ちあがる光景が繰り返されたが、今度はこの女さえ、あの男を見ていないと気がついたのだった。彼女は囚人の顔がまたも赤くふくれているのを見やっていた。「すると、あれがあんたの顔を蹴りとばしたというわけ？」と彼女は言った。

「そうじゃねえよ」と囚人は口惜しげな荒っぽさで言った。「おれの鼻ときたら、子供が豆鉄砲でおれの尻を射っただけで、血をだすほどになっちまってるんだ」）——そのことも思いだしたのだ、しかし彼はそれを語ろうとはしなかった。たぶん彼には話そうにも話しようがなかったのだ——いかにして言葉の通じぬ二人が互いに約束をし、それを互いに了解したばかりか、二人がその約束を、文書や証人つきの契約よりももっと真実に守ると（というのも証拠のない約束だからだろう）、そんなことまで互いに了解したことなどは、とても囚人には語れなかったろう。しかし彼らはどうやってにしろ、さらに相談をして、別々に狩りをやることも同意したのだった——互いが自分の小舟でゆく、そうすれば獲物を見つける機会は二倍になるというわけだ。しかしこの点は理解しやすかったのであり、囚人はケィジャンが言った言葉の内容をほとんど理解したのだった——「あんたにはわたしも小銃もいらない。わたしは、あんたの邪魔をするだけだ」そしてこれ以上のこともあったのであり、二人は二挺目の小銃について合意さえしたのだった、すなわちほかに誰かがいて——その誰かが友達か近所の者か同業の人間かは、どうでもよいことだが——その誰かから二挺目の小銃を借りられるという話なのだが、それを彼らは二つの方言で相談したのだ、ひとつは崩れた英語、もうひとつは崩れたフランス語であり——あとのほうは欠けた歯だらけのよく動く口と活気のある眼付で勢いよく喋り、前のものは陰気に見えるほどまじめな、はれあがった顔をし、火ぶくれて牛肉のようにただれた背中を剝きだしており——彼らは釘打ちした生皮をはさんで両側にしゃがんで相談していたから、まるで二人はマホガニーの大机をはさんで坐る大会社の二人の重役といった様子であり、そして結論は否定だった、囚人のほうが反対したのであり、「まあ、やめとこう」と彼は言ったのだった、「はじめから鉄砲を使ってやったんなら、これからも使うがね。おれはもう鉄砲なしにはじめちまったんだから、変えずにやってゆくよ」というのも時間に、日数に限られた金の問題があったからである（奇妙なことだが、半分の分け前がどれくらいの額になるかは、ケィジャンにも説明できないことなのだった。ただし囚人のほうはそれが半分なのは知っていた）。彼はごくわずかの日数しか持っていなかったのだ。じきにまたでてゆかねばならぬ身であり、（囚人が）考えたのは、**こんな馬鹿くさい仕事はじきにやめて、お**

れは帰ってゆけるんだ、それからたちまち彼はひっそり黙りこみ、自分を取り巻く奇妙で豊かな無人境を見まわしたのだ——実際このなかでの彼は一時的にせよ平和と希望に我を忘れていたのであり、彼の過ごした七年の刑期も池に落ちた七個の小石のようにこのなかへ沈みこんで、なんのさざ波も残さなかったのであり、彼は驚きに似た気持で静かに考えた、そうだなあ、おれは金を稼ぐというのがどんなにいい気持か、すっかり忘れちまってたなあ。金を稼がせてもらうこと、ということがなあ。

それで彼は銃を使わなかった。彼の道具は輪を作った綱と古代人ふうの棍棒であり、毎朝、彼とケィジャンはそれぞれ二艘の小舟でこの世界の果ての土地のひそかな水路に這いこみ、獲物を狩りたてたが、ときおりこの土地から（あるいはその地面から）また別の小柄で浅黒い男たちが妙な言葉を喋くりながら現われた、まるで虚空から魔法によって出現するかのように突然に別の木の刳舟《くりぶね》でくると、静かに彼のあとにしたがい、そして彼の素手の戦闘を見守るのだ——タインとかトトとかサールといった名のその男たちは、いずれもケィジャンたちがときおりつかまえる麝香鼠《じゃこうねずみ》（小屋の主人も同じことをやり、食料の足しにもしたが、そのことを主人は鉄砲の相談のときと同じに彼自身の言葉で説明した——「おお、大力《ヘラクレス》の人よ、食物のことは心配しなさるな。鰐どもをとっておくれ。鍋の中味はわたしが世話するよ」そして囚人はこれもまた英語で言われたかのように理解したのだ）よりさほど大きくないうえに様子までひどく似ていた。罠にかかった麝香鼠を取ってくるのは、まるでほしくなると豚小屋から小豚を取ってくるのに似ていた、そしてあいかわらずの米と魚料理に変わった味をそえた（このことは四人もたしかに語ったのだった、すなわち夜になった小屋のなかで、ドアや窓わくのない唯ひとつの窓には蚊を防ぐ板があてられ——ただしこれは形だけの儀式で、指を十字に組むとか木を叩くといったまじないと同じように無意味だった——体温に近い暑さのなかで、虫の舞う角燈の置かれた板テーブルの前に坐りながら、彼は自分の汗ばんだ皿に浮かんでいる肉片を見おろして考えたものだ、**こいつはサールにちがいないぞ。あいつは肥えてたからな**）——一日が次の日に重なっていったが、特別の変化もなく、前の日と似た今日はそれに似た明日にとつづき、その間に理論上は彼が半分を取るはずの金額は増していった、ただしそれをセントで計算するのか、それともドルか十ドル単位でするのか、彼にはわからなかったが——とにかく朝には彼がでてゆくと、いつもひと群の丸木舟が敬意をこめた様子で、あたかも彼という闘牛士《マタドール》を迎える熱心なファン《アフィチアナドス》のように、待ちかまえていたし、苛烈な昼ちかくには小さくて動かぬ丸木舟たちに半ばかこまれたなかで孤独な戦を行ない、帰還する夕方には、丸木舟はひとつずつ、最初の数日の彼にはそれがあると見わけられなかった細い入江や水路へと別れてゆき、それから薄闇のなかのベランダには静かな女と、たいてい乳を飲んでいる赤子と、その日の獲物の血だらけな生皮一、二枚があり、その前であのケィジャンがお定《き》まりの勝利の黙劇《パントマイム》を演じてみせるのであり、彼のうしろの板壁の一枚には、ナイフで刻まれた二列のしるしが次第にふえてゆくのだった、それから夜になると、女と子供はひとつの寝床に入り、はやくもケィジャンが敷布団の上でいびきをかきだすと、彼は（囚人は）煙のいぶる角燈を近くに引きよせ、裸足《はだし》のまましゃがみこむ――たえず汗をかいていて、彼の顔はやつれて静かで、熱中と不屈さをみせており、やや丸めた背中は牛肉のような生々しさであり、その表面には膿《う》んで固まった火ぶくれや尻尾でうけた太いみみず腫れが走っている――そして彼はもうほとんど櫂の形である焦げた生木《なまき》を削ったり、そいだりするのだが、ときおりはふと手を止めて頭をあげ、まわりで音をたてて舞う蚊の群ごしに自分の前の板壁を見つめる、そしてしばらく見つめていると、その荒削りの板はおのずからとけ去ってしまうらしく、彼の空《うつ》ろで物を見ぬ凝視は妨げられずに先へ、豊かで忘却に満ちた闇を抜けて、たぶんその向こう側にさえ延びてゆくのであり、たぶんあの七年の不毛の歳月（その間の彼は労苦することを許されただけで働いていたのではなかった、といまは気づいていた）さえ越えて延びてゆくのだ。それから彼も寝仕度にかかる――まず棰《たるき》の奥にある紙包みをもう一度ちらっと見やり、角燈を吹き消す、そしていびきをかく相棒のとなりに身を横たえる（ただし腹這いにである、というのも背中はどんなものに触れるのも我慢できないからだ）。汗をかきながら寝ていると、オーヴンのように暑くて蚊のうなる闇には鰐どもの淋しい吼え声が満ちて、**刑務所ではおれにそうと知る暇もくれなかったな、**とは考えず、ただ、**働くのはどんなにいい気分だか、おれは長いこと忘れてい**

たなあ、と考えていた。

それから十日目になってあれが起こったのだった。それは今度で三度目だった。はじめ彼は信じようとしなかった、といっても彼がいまや運命のいたずらに耐えてそれを卒業しおえたと感じたからではなかった――すなわち、赤子の生まれたことで自分の苦難の山を登りつめ、いまは許されたと言えぬにしろ無視されて、自由に向こう側の道を下れると感じたからではなかったのだ。そんな気持を抱いたのではなかった。彼が受けいれがたかったのはひとつの事実によるのだ――いままで何週間にもわたってひたむきに彼をいじめぬいてきた力あるいは勢力とは、大自然の暴力と災害を引きだすほどの無限の能力を持っているはずだ、ところが、そんな能力を持つ力が、発明や空想力に欠け、創意や技巧への誇りも捨てて、同じ手段を二度も繰り返したという事実が、彼には納得できなかったのだ。一度は彼も受けいれたし、二度目は許しさえした、しかし三度目のいまは頭から信じるのを拒絶したのだ、とくに、この三度目は量と運動という大自然の盲目の能力を用いずに、人間の指図と手を使って煽動《せんどう》している、とようやく悟って、さらに信じまいとする気持が強まったのだ――実際今度はこの宇宙にかくれるいたずら者は、二度も失敗したあとで、さらに彼をいじめることに熱中し、こんどはダイナマイトという手段を採用したのだ。

彼はそれを語らなかった。たぶん彼自身にはなにが起こったのか、起こりつつあるのか、わからなかったのだ。しかし彼は自分の知ったこと、悟ったことを疑いもなく思いだしていた（ただしそれは汚れを洗った落ち着いた手に火をつけぬままの濃い色の葉巻を持って、静かな気持で思うことだ）。それが起こるのは夜のこと、九日目の夜のことで、夕食のテーブルの両側に彼と女が坐っているが小屋の主人はいない。彼は小屋の外からくる人声を、耳にしているが食べるのを止めず、なおもたえず嚙みつづけている、というのも彼には外の光景が、でていって見たのと同じほどに思い描けたからだ——外のベランダには主人が立っており、その下の暗い水には二つ三つ、あるいは四つの丸木舟が浮かび、理解不能の言葉を喋くり合う声々の響きには、警戒心でなく、正確には憤激でさえなく、たぶん全くの驚愕でさえなくて、むしろちょうど驚きさわぐ沼鳥たちの声に似た不協和音に満ちていると言えよう。彼は（囚人は）なおも嚙んでいて、ケィジャンがとびこんできたときもまだ静かに、さほどの疑惑や驚きもなしに見あげただけだったが、二人の前に立ったケィジャンは気持の乱れた顔で、眼は睨《にら》むように光り、汚れた歯を剝きだし、黒いほら穴めいた口をいっぱいにあけたのであり、（囚人が）見守る間にこのケィジャンは急激な立退き、追出しについての激烈な黙劇《パントマイム》を演じだした——なにか眼に見えぬものを両腕いっぱいにかかえこみ、それを外へ下へと放りだして、その身振りが完了するや、次には最初の追出し役から被害者側に変わり、頭をかかえこみ、ほかは動かさずに身をかがめたのは吹きとばされるという想定らしくて、口では「ドカーン！　ドカーン！　ドカーン！」と叫んでいた。囚人は、いまはもう顎を動かしもせずに相手を見つめていた、といってもその瞬間には、考えてもいた——なんだ？　彼はおれになにを言おうっていうんだ？　さらに考えたのは（ただしこれも一瞬のひらめきだった、なぜならこれは彼の表現できない考えであり、だから彼自身がこう考えたと自覚することさえなかったからだが、その内容は次のように要約できるだろう）——たしかに彼という存在はここに投げこまれた、この環境に締めつけられ、この環境に受けいれられもした、そして自分から受けいれるようになりもした（そしてここでの彼は立派にやってのけもした——もし単に知るだけでなくて考えたり、言葉に言い表わせたりできたなら、彼はこれを平静に、まさに地道に、やってのけたと言ったろう——いままでは働くことが、金を稼ぐことが、いかに素敵か知らなかった彼にしては、最上のできだともいえるほどだ）。しかしそれにしても、これは彼の生活ではなかったのだ、やはり彼は池の水面《みのも》にいる水すましにすぎなくて、池の底しれぬ暗い深みはけっして知りようもないのだ、彼がその底と実際に接触するのはごく限られた場合だけで、たとえばあの苛烈な陽の下で寂然と輝く泥州にでたときなどだ——見守る丸木舟たちがじっと動かぬ半円となって取りまくなかで、彼は自分の選びもしなかった捨て身の闘いを受けいれるのであり、彼は武装した尻尾《しっぽ》が襲いうる円内へと踏みこみ、嚙みついてくる凄まじい頭を松の棍棒で殴りつけるか、それに失敗すれば、ためらいもせず相手に抱きつくのだ、それも甲冑《よろい》を着た相手に向かって肉と骨のもろい生き身のままで格闘する、そして八インチ刃のナイフで相手の暴れ狂う生命の急所をさぐり、刺し抜くのだ。

かくして彼と女とはケィジャンが立退きの芝居を演じ抜くのをただ見守っていた——その小柄でばねのきく男が夢中で身振りをつづけ、その狂乱するような影は荒削りの壁に跳ねあがり跳ねおりて、彼の黙劇《パントマイム》は小屋を捨てるところから次には壁や隅から貧しい所有物をかき集めることに移っていった——ただし所有物といっても他の人間なら誰ひとり欲しがらず、それを奪うものといえばただ洪水や地震や火事といった自然力だけだったろう——それを女もまた見守っていて、食物を入れたままの口を少し開いて、その顔の表情は平然たる驚きといったものであり、こう言っている——「なんのこと？　彼はなんと言っているの？」

「わからねえ」と囚人は言った。「だけどな、もしこれがほんとに知る必要のあることなら、そのときがきたらちゃんとわかるはずさ」こう言ったのも彼がおじけていなかったからである。ただしいままでは彼も相手の黙劇《パントマイム》をはっきり読みとっていて、**彼はでてゆくつもりだな**、と考えていた。**おれにもでてゆけと言ってるんだな**——このほうは後でのことだ、すなわち彼らが食卓を離れてからケィジャンと女は寝床に行ったが、ケィジャンはまた敷布団から起きると彼に近より、そして小屋を離れろという黙劇《パントマイム》をすっかりまたやり直したが、今度は、人が前に誤解された話をまた繰り返すときのように、くどくて注意ぶかく、子供に向かってするように入念であり、いわば片手で囚人を押さえながら、もう一方の手で身振りをし説明するというふうで、身振りはまるで一字ごとに変わるほどだった、そして囚人は（しゃがんでおり、膝には刃をひらいたナイフとほとんど完成した櫂を横たえて）見つめつづけ、頭を頷かせ、英語で喋りさえした――「ああ。そうとも。その通りさ。わかったぜ」――また再び櫂を削っていたがそれも前と同じ速さであり、他のどの晩とも変わらぬ手付きなのだ、というのも、なにが起こったのかは、わかるときがくれば自然に形になってでてくるさ、という信念からの落着きだったが、まだ起こったことがなにかを知らず、その可能性や問題が生じる前から、立退くという考えを早くも否定し、拒絶していたのであり、考えるのは、おれの分け前を金に代えたいけれど、どこへゆけばいいのか、なんとか彼に教わりたいものだ、しかしこの考えもナイフの刃を巧みに二度だけ滑らす間のことだった、というのは次にすぐと次の考えが浮かんだからだ――まあおれがあいつらを摑まえられるかぎり、誰にしろ買い手を見つけるのに面倒はかからねえだろうさ。それで次の朝の彼はケィジャンが自分のわずかな所持品を丸木舟に積みこむ手伝いをしてやった――錆ついた小銃、衣類をくるんだ小さな包み（ここでも彼らは取引きをしたのだった。互いに会話さえできない二人が、今度は鰐の生皮一枚にたいして、少しの料理道具と定まった分け方をした数個の錆びた罠具、そして料理用ストーブや粗末な寝台や小屋とその所有権まで、一切合財、漠としたなにかまで含めたものとを交換したのだった）――それから、しゃがみこみ、二人の子供が棒切れを分け合うように、彼らは生皮の束を分け合った。ひとつはおれで、ひとつはお前、二つはおれで二つはお前、というふうに左右の山にし、そしてケィジャンは自分の分け前を丸木舟に積みこむとベランダから押しだした、そして再びとまった、といっても今度はただ櫂をおろしただけで、またも見えないなにかを両手にすくうと上方に激しく投げあげ、語尾を高める調子で、「ドカーン？　ドカーン？」と叫び、激しく頷いてみせた、するとベランダにいる半裸でただれた背中の男は、陰気な平静さに通う表情で相手を見つめ返し、そして言った、「そうとも、ドカーン、ドカーンだろ」それからケィジャンは漕ぎ去った。彼は見返らなかった。二人は彼がすでに忙しく櫂をあやつってゆくのを見送った――いや、女のほうはそうしたと言えるが、彼はもう身をまわしていた。

「たぶんあの人、あたし達にも立ち去れって言おうとしてたみたいね」と彼女は言った。「ああ、そうさ」と囚人は言った。「そのことは昨日の晩に考えついたぜ。その櫂を渡してくれ」彼女はそれを取って彼に渡した――それは若い生木《なまき》のほうだ、彼が夜ごとに削ってきて、完成はしていないがあとひと晩でできるほうの櫂だ。（それまでの彼はケィジャンの予備の櫂を使っていた。またケィジャンは彼にその櫂もやると申しでた、たぶんストーブや寝棚や小屋の所有権のほかにこれも含める気だったのだろうが、しかし彼は断わったのだった。たぶん彼はその長さから判断してそれのお返しに鰐皮をやることになると計算し、それならもうひと晩だけナイフを入念に使ったほうがよい、と考えたのだろう）。そして彼もまた出発したのだが、輪をつけた綱と棍棒をもってであり、方角は反対のほうだった、その行為はまるで、立退けという警告を拒否するだけでは満足せずに、その拒否の断固たる決意を打ちたて実証するためにその奥へ、もっと深く侵入せねばならぬと思いこんだふうなのだった。そしてそれから、なんの警告もなしに、彼のなかに孤独の刺すような麻痺《まひ》感が高まり、そして彼を打ちのめした。

たとえ試みたとしても彼にはこれを語りえなかったろう――これが起こったのは午前の半ばも過ぎぬころで、彼ははじめてひとりきりで進んでおり、背後に現われて従ってくる丸木舟は一艘もなかったが、彼はそれをもう期待していなかった、――他の連中もまた去っていっただろうとはわかっていたからだ。そのせいではなかった、原因は彼の孤独さそのものであり、残ることを選んでからの彼が、いまひとりきりで満足している自分の空しさ、荒涼感なのだ。とつぜんに櫂の動きが止み、小舟はなお少し滑ってゆく間に彼は思った、**なんだ? なんてこった?** それから静寂と寂しさと空虚さが嘲りの喚声をどっと浴びせかけてくると、**よせ。だめだ。だめだ、**そしてたちまち方向転換した――小舟は尻を中心に激しく回転し、仰天した彼は、凄まじい様子で桟橋の方向へ漕ぎ戻っていったが、すでに彼は、もう遅すぎると悟っていたのだ。あの桟橋づきの小屋こそ彼の城砦《じょうさい》であり、彼の生活のかなめ、彼の命の息そのものなのだが――すなわち働いて金を稼ぐことを許された場所であり、自分ひとりの力で獲得したと信じた権利と特権なのだ、何者の好意にもすがらず、自分が頼んで運ばれたのでもない土地で、その領地のトカゲの親玉に対抗する意志と力だけを頼りにして、手に入れた権利なのだ――それがいまや崩れようとしているのであり、歯をくいしばった凄まじさで手製の櫂を振るいつづけ、ついに栈橋の見えるあたりまでくると、そこに発動機船の横づけになっているのが眼に入ったが全く驚きもせず、むしろ実際には愉しさに似たものを感じたのだ、まるでそれが自分の怒りと恐怖の具体的証拠であり、それゆえ自分自身の傲慢さにたいして、おれの言った通りだろ、と言える特権を持てた、といったふうであり、それに向かって漕いでゆく彼は夢を見ている気持なのだ、それで小舟は全く進んでいるように思えず、そこでの彼は、がむしゃらに喘ぎながらも、やはり夢心地で漕ぎつづけ、その腕の筋肉は力も弾力もなく、その振るう櫂は重さがなく、打ちこむ水にはなんの手応えもないといった感じのまま、小舟は陽の明るい水面を無限にゆっくりと栈橋に向かって這いすすむかのようであり、その間に発動機船にいるひとりの男が（それには全部で五人が乗っていた）話しかけたが、その言葉はこの十日間彼がたえず耳にしながらまだ一語もわからないあの外国語だった。すると二番目の男が小屋からでてきて、その後から女が赤子を抱き、新たな出発のために褪せた兵隊上衣と日除《ひよけ》帽子という姿で現われたが、男の持っているのは（いくつか他の物もあったのだが、囚人には他の品物は全く眼に入らなかった）あの紙包みだった――囚人が十日前に棰の奥へしまいこみ、それ以来誰の手も触れなかったあの品物だ――、いま彼も（囚人も）また栈橋に立っていて、片手には小舟のもやい綱を持ち、もう一方の手には棍棒めいた櫂を持って、ようやく女に向かって話しかけたのだが、彼は自分の声を、現実離れした、息苦しげな、異常に静かな調子に抑えようとしていた。「それを彼から取って、家に持ちかえりな」

「するとお前は英語を喋れるんだな、ええ？」と船にいる男が言った。「君はなぜ昨日の晩、彼らが言ったようにでてこなかったんだ？」

「でてくる？」と四人は言った。またも彼は船のなかの男を見やり、睨みつけ、またも自分の声を抑えようとさえしながら、「おれはでてゆく暇などねえんだよ。忙しいからな」すでにまた女のほうに向いており、彼の口はすでに開いて同じことを繰り返しかけたが、すると男の夢じみた鈍い声が割りこんできて、彼は再び振り向いたが、いかにも我慢できぬという苛だちに満ちた様子であり、こう叫んだ——「洪水だと？　どの洪水だ？　馬鹿くせえ！　そいつはもう幾ヵ月も前に、二度もおれの横を通りすぎたんだ！　いっちまったんだ！　どの洪水だと？」そしてそれから（実際、現在の彼の運命には繰り返すという奇妙な特性がひそんでいて、彼の根源をゆさぶる危機《パターン》が一定の単調さで何度も起こるばかりか、外側の環境そのものもあきれるほど平凡な様式に従っていたが、このこともまた彼は実際の言葉にして考えたのでなく、自分の性格や生まれつきへのひらめく直観力でつかみ、知ったにすぎない）発動機船の男が言った、「やつを摑まえろ」そしてなお数分間、彼はまだ自分の足で立っていて、喘ぐ怒りとともに暴れ、殴りつけ、それからまたもや固い手応えの板に仰向けになっていて、その上に四人の男たちが固い骨と喘ぐ罵り言葉の荒波とともに押しかぶさった、そしてしまいに手錠のあの細く乾いて容赦のない響き。

「まったく、お前、気が狂ってるのか？」と船の男が言った。「向こうじゃ、今日の正午にあの堤防を爆破するってこと、知らんのか？――さあ」と彼は他の男たちに言った。「やつを乗せろ。ここから立ち退くんだ」

「おれは生皮の束とボートがいるんだ」と囚人は言った。「生皮だと！」と船の上の男が言った。「そんなものはな、もし堤防の爆破が遅れでもしたら、バトン・ルージュの州会議堂の玄関でいくらでも狩り集められるさ。それにお前にはこの船だけでたくさんさ、あとは無事の航海でも祈ってればいいんだ」

「おれは自分のボートがなけりゃあ、ゆかねえ」と囚人は言った。彼はそれを静かに、完全な決意をこめて言った。実に静かに、実にきっぱりと言ったので、そのあと一分間ちかくは誰ひとり返事をせず、男たちはただ立ったまま静かに彼を見おろしていた。彼のほうは火ぶくれや傷だらけの半裸のまま手と足に枷《かせ》をはめられた哀れな様子で仰向けに寝ており、その姿のまま彼の最後通告を発したのであり、その静かで安らかな声は、まるで眠入《ねい》る前に隣りの仲間に話しかける調子とでもいえそうなものだった。それから発動機船にいる男が動いた――船端ごしに静かに唾を吐き、囚人に劣らぬ静かな落ち着いた声で言った。「じゃあ、そうしよう。彼のボートを運べ」男たちは赤子と紙包みをかかえた女を発動機船に助けおろした。それから囚人を立たせて、手首と足首にある錠の響きをたてながら、やはり船に乗せた。「おとなしくするんなら、その錠ははずしてやるよ」と男が言った。

囚人はこれには全く答えなかった。

「おれはあの綱《ロープ》を持っていたいんだ」と彼は言った。

「あの綱？」

「そうさ」と囚人は言った。「あの綱だ」それで彼らは囚人を船尾におろすと、もやい綱を艫《とも》の臍《へそ》にからめてから、彼に手渡した、そして彼らは出発した。囚人は背後を見返らなかった。もっともその点では、前方も見やったりしなかったのであり、彼は半ば寝そべるような姿勢で、枷のはまった両脚を前に投げだし、手錠のついた片方の手に小舟のもやい綱をつかんでいるのだった。発動機船はほかに二ヵ所だけ停まった――霞んだ薄煎餅《ウエファー》のような非情な太陽が再び頭の真上にきたころ、船には十五人の人間がいた、そして次に、寝そべった囚人が見たのは、平たくて真鍮色の土地であり、それが、盛りあがりはじめ、そして暗い緑に覆われた沼沢地帯となったが、その乱雑に入りくんだ茂みもじきに跡切《とぎ》れて、彼の前方には広い水面が現われた――それは青の融けた線のような岸にとりまかれ、真昼の陽の下で薄く輝いていて、その広さは彼の見たこともないものだった。発動機船のエンジンが停止し、船は舳先の波を追って滑るように動いていた。「なにをやってるんだ？」と指揮者が言った。

「正午ですからね」と操舵手は言った。「ダイナマイトの音が聞けるかなと思いましてね」

それで皆は耳をすました——船はすっかり前進力を失って、かすかに揺れており、その船腹には光のちらつくさざ波が小さく寄せて囁いていたが、この獰猛《どうもう》に霞んだ空の下のどこからも、轟きどころか、振動さえも伝わってこなかった。長い瞬間がそれ自体で終結し、移動し、そして正午が過ぎ去った。「さあ、よし」と指揮者は言った。「でかけよう」エンジンが再び始動し、船体は速力を増しはじめた。指揮者は船尾にやってくると、鍵を手にしたまま、囚人のほうに身をかがめた。「どうやらお前もおとなしくするほかないだろうな、暴れる気があろうとなかろうとな」と彼は言い、手錠や足枷をはずしながら、言った。「おとなしくするな？」

「するよ」と囚人は言った。船は進んだ。しばらくすると、岸は全く消え去って小さな湖水が現われた。いま囚人はもう自由だったが、なおも前のように寝そべっており、手にした小舟のもやい綱の端は、手首のまわりに三重か四重に巻きつけられていた。ときおりは頭をまわして、綱に引かれた小舟が発動機船の航跡《みお》のなかで揺れたり踊ったりするのを見ていた。ときおりは湖水を見渡したりもしたが、眼を動かすのみで、顔は落ち着いて無表情であり、考えていることは、自分がいままで見たどこよりも、ここは茫漠とした大きな水だし、荒涼寂寞としたところだな、あるいはこうは考えなかったかもしれぬ——それから三、四時間して、また岸の線が浮きあがり、さらにそこに一本マストのヨットや大型モーターボートなどが見えはじめると考えたのは、あそこにあるボートの群は、この世に存在するとおれが思った数よりもよけいだな、それに水の上で暮らす人間たちがこんなにいることも、おれの知識にはなかった、あるいは、それも考えずにいて、ただ見守っていただけかもしれぬ——そのうちに発動機船は左右を提にした船舶用運河に入り、向こうには低い煙のただよう都会があり、それから波止場となり、発動機船は速度を落とした——静かな群となった人々が見守っていたが、その頼りなげな活気のなさは彼が以前に見たと同じものだったし、ヴィクスバーグを通過したときの彼は見かけさえしなかったが、こうした人種の存在は、彼にはすぐに見分けられた——それは自然の暴威で家なしとなったという烙印《らくいん》、まがうことのない明瞭な刻印なのであり、彼もその点では全く同じだったが、この人種は彼をその仲間のひとりと呼ぶことをけっして許しはしないだろう。

「さあ、よし」と指揮者が彼に言った。「着いたぞ」

「あのボート」と囚人は言った。

「お前が持ってるだろ。おれになにをしろって言うんだい——受取証を書けというわけか?」

「いいや」と囚人は言った。「ただボートがほしいだけさ」

「持ってゆけよ。といっても運びこむには包み紐かなんかがいるだろうがね」(「運びこむだと?」と太った囚人が言った。「運ぶって、どこへだ? どこへ運べってわけだい?」)

彼は(背の高いほうは)次のことを語った——彼と女とは下船し、男たちのひとりが彼を助けて小舟を水から引きあげた、そして彼が手首にもやい綱の端を巻きつけたまま立っていると、男のほうは「いいぞ。次の荷だ！　次の荷だ！」と言いながら忙しく動きまわった、そして彼はこの男にも小舟のことを話したのであり、そして男は叫んだ、「小舟《ボート》？小舟《ボート》？」それから彼は男たちといっしょに小舟を運んでゆき、他のいくつものボートと並べて磯に固定した、そして彼はコカ・コーラの看板と入水用掘割にかかる跳ね橋を結ぶ線を眼で計ってそこに立った、そうすれば再びここに戻ったとき、すぐに自分の小舟を見つけだせるからだ、そして彼と女は（彼が紙に包んだ荷を持って）トラックに乗せられ、しばらくするとトラックは両側にびっしり家の立ち並んだ、交通の混雑する通りを走りはじめ、それからひとつの大きな建物にきた、兵器庫だ――

「兵器庫だと？」と太った囚人が言った。「刑務所のことだろ」

「ちがうさ。倉庫みたいなもんでな、荷物をかかえた人たちが床に寝ころんでたよ」そして彼はそこに自分の相棒だった男がいるかもしれぬと思ったことも話した――いや実際に彼はあのケィジャンを眼でさがしさえしたのだが、その間も兵隊の立っている入口に戻る機会をうかがってもいた、そしてしまいに女をしたがえてその入口まで戻ってゆき、兵隊が下におろしている銃に自分の胸がくっつくほど近くに立ちどまった。

「戻りなよ。あんた」と兵隊は言った。「戻って待ちなよ。じきになにか着るものをくれるからな。あんた、そんな格好で町のなかを歩けやしないぜ。それになにか食べるものもくるさ。それにそのころには、あんたの親類なんかもやってくるさ」そして彼は次のこと——女が言ったこと——も語ったのだった。

「この町には自分の親類がいる、とこの人に言ってみたらどう？　そうすればこの人、あたしたちをだしてくれるかもしれないわ」しかし彼はそう言わなかった。その理由も彼には口で説明できなかったろう、なぜならそれは深く彼の体内に植えこまれたものであり、彼自身にいたる長い幾世代と同様、彼もまたそれを言葉にして考える必要など一度も感じずにきたことだったからだ——すなわちそれは、田舎育ち特有の気質であり、真実にたいする尊敬というよりも、嘘の力あるいは効果にたいする生真面目で用心ぶかい敬意なのだ——嘘をつくのを嫌がるのではなく、嘘をつくにも、それが鋭利で恐ろしい刃物のように、尊敬と、細心で素早くて慎重な注意さえ払う習性からのことなのだ。それからまた彼は衣服を支給されたことも語った——青い色のジャンパーと作業衣だった、そして次には食事もきた（活動的できびきびした若い女が言っていた、「でもこの赤ちゃん、洗ってあげなきゃだめよ。清潔にしてあげないとね。さもないと死んでしまうわ」そして女が言っていた、「そうかもねえ。この子、ちっとは泣くこともあるわ、いちども洗ってやったことないもの。でもこの子、とても丈夫だよ」）そしていまは夜だった——いびきをかく人々の上には裸電球が苛烈で非情で頼りなげな光を放っていて、彼は起きあがり、女をつかんでゆり起こし、そして窓へ。彼はそれを物語った——倉庫には入口がいくつもあったが、それらはどこへ通じるか彼にはわからなかったので窓にしたのだ、しかし二人のでられる窓を見つけるにはひどく手間がかかった、そしてしまいにひとつの窓を見つけると、まず彼が紙包みと赤子を抱いてそれによじのぼり――「敷布をひき裂いて、それで滑りおりりゃあいいのに」と太った囚人が言った。しかし彼には敷布などいらなかった、そしていま、彼の足もとの濃い闇には石畳《いしだたみ》があった。そこには都会もあるのだった、しかし彼はそれをまだ見ていなかったし、これからも見ようとしないだろう――その低くて絶えまない輝き、それはビアンヴィル〔一七一八年にニューオーリンズを建設した、フランス領時代のルイジアナ総督〕が、自分をナポレオンと称しもした一不能者の見果てぬ夢にすぎぬにせよ、そこに立ったこともあり、アンドルー・ジャクスン〔一八一五年、米英戦争中ニューオーリンズの戦いで司令官として米軍を率い大勝。国民的英雄となり一八二九年第七代大統領就任〕もそれをペンシルヴェニア大通り〔首府ワシントンにある〕からほんの一歩のところに見出しもしたものだ。ただし囚人にとっては掘割と小舟までは一歩どころでない遠い道のりだった。いまはコカ・コーラの看板も薄暗く、跳ね橋が細く弧を描く向こうには夜明けの淡い色の空があった。今度も、あの六十フィートの堤防を越えたときと同じように、自分がどうやって小舟を水まで運んだか、彼は語らなかった。いまや彼は湖水を背後にして進み、彼の目ざす方角といえばただひとつしかなかった。再びあの「大河」を見たとき、彼はただちにそれと知った。それも当然なのだった――いまではこの大河は彼の過去の、彼の生涯の消しがたい一部分だったからで、もし彼がなにかを子孫に残すときがくるとすれば、この河はその遺贈の一部となるものなのだ。

しかし四週間後には、それはいまの様子とは違ったものになるだろう——いや実際にそうなりもした——彼（ザ・オールド・マン）は放蕩《ほうとう》をしつくしたあとで立ち直り、また堤防の内側に納まり、「ザ・オールド・マン」に戻り、チョコレートのように豊かで褐色の水をたたえて海へ悠然と下るだろう、そして両岸の堤防のその内側は、仰天して凍りついた驚きに似た皺だらけの顔をみせたが、堤上では夏の柳が鮮やかな緑をそよがせ、それを越えて六十フィートの下方には、さらに肥沃《ひよく》になって、棉を植えるどころか種をみせただけで芽をだしそうな土がひろがり、毛並のすべこい騾馬が、両べら鋤《すき》の幅広い引き綱をいやがって居すわったりしているだろう。七月ともなれば逞しい茎が果てしなく生えそろうだろうし、八月には紫色の花をつけ、九月には黒い畑は真白となり、その実が落ちこぼれて、畝《うね》の間を引きずってゆく棉つみの長い袋は滑らかに動き、長くてしなやかな黒い手が摘んでゆき、熱い空気は棉繰り機の唸る響きに満ちるのだ、それが九月の空気だが、いまは六月の空気であり、それは蟬の声で重たるく、そして（町では）塗りたてのペンキのにおいと壁紙用の糊のすっぱいにおい——町でも村でもそうだ、堤防から河へ床をだした小さな燃料の薪《たきぎ》置場や、新しいペンキと壁紙から強いにおいをただよわせる一階もそうだ、そして五月の荒れ狂った水位を語る杭や柱や木の上の跡さえ、夏のやかましくて気まぐれな雨が明るい銀の矢をそそぐごとに薄れさってゆく。ある堤防のへりに一軒の店があって、その前の眠たげな土埃りのなかでは鞍《くら》をしてロープの手綱つきの騾馬が数頭、幾匹かの犬、店の階段にはひとかたまりの黒人が坐り、彼らの頭上には、嚙み煙草とマラリア薬の看板、そして三人の白人もいて、そのひとりは保安官補であり、彼は八月の予備選挙で彼の上官を（その上官が彼を採用したのだ）打ち負かそうと票集めをしている——こうした連中がすべて話しやめて見守るなかで、午後の水の強い輝きのなかからあの小舟が現われたのだ、そして近づき、岸に着くと、赤子を抱いた女が小舟から踏みだし、次には男だ、それは背の高い男で、近づくにつれて色褪せたが洗ったばかりでごく清潔な囚人服を着こんでいるのが見てとれた。彼は驟馬が居眠りをする土埃りのなかに立ち止まり、青く冷たくて無感情な眼を向けたが、その間も保安官補は自分の脇腹に手をのばした姿勢をしつづけていた——その姿勢はなにも起こらぬままに終わるまでかなり長い間のことであり、そこにいる者はみな、それがいつでも刹那に銃をとりだすためのものだと悟っていた。新しく現われた人間にとっても、それだけで充分にわかったらしかった。

「あんた、警官かね！」と彼は言った。

「まさにその通りさ」と保安官補は言った。「この銃をぬかせるようなことを——」

「そうだったら」と相手は言った。「あっちにはあんたたちの舟があるんだ、それからここにあの女の人もな。ただ、棉倉庫の上にいるっていうやつだけは、どうにも見つからなかったよ」

野生の棕櫚

今度は医者とハリーという男がいっしょに戸口から暗いベランダへゆき、そして眼に見えない棕櫚《しゅろ》のこすれる音に満ちた暗い風のなかへ歩みでた。医者はウイスキー壜《びん》を持っていた——半分残っている一パイント壜だが、たぶん彼は自分が壜を手にしているとさえ気付いていなかった、だから彼が自分より背の高い男の、暗くて見えない顔の前で振りまわしたのも、壜ではなく、自分の手のつもりだったのだろう。彼の声は冷たく、きっぱりして、確信にみちていた——いかにも清教徒らしい声だ、だから人によっては彼がいま、清教徒だから清教徒の義務を果たそうとしているのだと見るだろうし、そしておそらく彼自身も、みずから選んだ職業の倫理と尊厳を守るためにやるのだと信じているのだが、実際にいま彼がしようとする理由はちがう——まだそんなに老いこんでもいないのに、自分ではこの出来事にたいして年をとり老いこみすぎていると信じこんでいたせいなのだ——こんな齢《とし》になったのに、真夜中に起こされ、まだ眠気もとれぬ内にだしぬけに連れだされ、そして引きずりこまれたのが、なまなましい眩しい情熱の領域だったからであり、しかもこの情熱は彼が若い年頃に早くも過ぎ去ってしまって、それをとり逃したことをいままでは甘んじて受け入れているばかりか、とり逃したのは神に選ばれた幸運であると同時に正しかった、と信じこんでもいたせいなのだ。

「君はあの女《ひと》を殺してしまったな」と彼は言った。

「そうですよ」と相手はほとんどじれったそうに言った。いまの医者はこの口調だけしか気付かなかった。「病院。電話をしてくれるか、それとも——」

「そうとも。彼女を殺しちまった！　誰がしたのかね？」

「ぼくですよ。ここに突っ立って喋ってないで。知らせてくれま——」

「誰がこれをしたのかと聞いてるんだ。あれを行なったのは誰だね？　わたしは知る義務がある」

「だからぼくだと言うんです。ぼく自身でね。さあ、頼むから早く！」彼は医者の腕をつかんだ、握りしめた、医者はそれを、その手を感じ、彼は（医者は）自分自身の声も耳にした——

「なんだと？」と彼は言った。「君が？　君があれをやった？　自分でか？　だって君はたしか——」たしか君はあの女の恋人だと思ってた、と彼は言おうとしたのだ。君は彼女の恋人だと思ったのに、というのはいま彼はこう考えていたからだ——これはひどすぎる！　節度というものがあるんだ！　限度というものがだ！　たとえ性交や姦通、堕胎や犯罪にさえだ。ここで彼の意味したのは、愛と情熱と悲劇の行為にさえ、ということなのだ、悪魔が味わいうることはすべて神もまた、それを苦しみとして味わったが、そういう神にならぬようにと人間に許されているのが愛や情熱や悲劇なのだ、しかしそれにも限度があるのだ。彼はこの考えの一部分を最後には口にだしさえしたのであり、相手の手を激しく振りほどいたのだが、それは男の手を蜘蛛《くも》か爬虫類《はちゅうるい》、さらには汚物のように感じたというよりも、むしろ自分の袖に無神論か共産主義の宣伝ビラがくっついたような気持だといえたろう——いわばいまや純粋な道徳圏に逃げこみえた深遠かつ不朽のひからびた精神に、冒瀆《ぼうとく》というよりも侮辱を加えられたとでもいったふうだった。「これは実にひどすぎる!」と彼は叫んだ。「ここにいろ! 逃げるんじゃないぞ! どこに隠れようと、かならず見つかるんだから!」

「逃げる?」と相手は言った。「逃げるだって? 電話をかけて、救急車を呼んでほしいんだ、頼むから早くしてくれないか」

「電話はするとも。その心配はご無用だ!」と医者は叫んだ。彼はいま、ベランダの下の地面におりていて、黒い激しい風のなかを、すでにだしぬけに鈍い足どりで、運動不足の太い脚を動かしはじめていた。「逃げたりするんじゃないぞ!」と彼は振り向いて叫んだ。「逃げたりするんじゃないぞ!」彼はまだ懐中電灯を持っていた。ウイルボーンはその光が夾竹桃《きょうちくとう》の垣根のほうへ上下に揺れてゆくのを眺めていた——まるでその光も、その小さくて軽くてはかない蛾のような光もまた、非情な黒い風のたえまない圧力にさからいもがいているかのようだった。彼は懐中電灯は忘れていかなかったな、とウィルボーンはその光を見守りながら思った。もっともあの男はたぶん一生涯で何ひとつ忘れたことのない人間なんだろうな――ただし自分が一度は生きたこともあり、少なくとも生きて生まれてきた人間だということは忘れちまっているけれどもな。そしてその「生きて」という言葉で、彼は自分の心臓を意識したのであり、まるでそれは心の奥の恐怖が彼自身のうながすきっかけを待ちうけていたかのようだった。彼にもまた激しい黒い風が感じとれて、もがいている光を瞬《まばた》きしながら見送っていると、光の粒は垣根を抜けて見えなくなった。黒い風のなかで、たえず彼は眼をしばたたかせ、それを止めることができなかった。ぼくの涙腺《るいせん》は正常に機能していないな、と彼は思い、喘ぎつつ叫び声をあげる心臓の音を聞きながら、まるで砂を送りだしているみたいだ、血や液体でないものをな、と彼は思った。それでもそれを送りだそうとしている。ぼくが呼吸できないのは、この風のせいなんだろうな、ほんとに呼吸できないからじゃないんだ、呼吸するものや呼吸する場所がないからじゃないんだ、だって心臓はどんな、どんな、どんなものにも耐えられるらしいからだ。

彼はひき返してベランダを横ぎった。今度もさっきと同じように、彼と、たえまなく吹いている黒い風は、たったひとつの同じ入口を使おうとする二匹の生き物のようだった。風のやつ、ほんとは入りたがってるんじゃないんだ、と彼は思った。そんな必要はないいんだ。入らなくていいんだ。風のやつはただ、おもしろがって邪魔してるだけなんだ。彼はノブをにぎったときに、ドアに風の手応えを感じたし、それを閉めたとき、そのかすれるような囁きを聞くことができた。それは笑い声、ほとんど含み笑いであり、その重みが彼の体重に加わってドアは楽に、押していると気づかぬほどらくに動いたのであり、ドアを閉めきるときになってはじめて、風の重みがほんとうに感じられたが、今度もごくらくに閉まったのだ、というのも風のたえまない笑いは含み笑いだったからで、風はほんとうになかに入りたくはなかったのだ。彼はドアを閉めたが、そのときも彼のいる内玄関にさしこむ寝室のランプのかすかな光は、吸いこまれ、ゆらぎ、またゆっくりもと通りになったのであり、それは風が、その気になれば家のなかにとどまれたし、ドアが閉まって、家のなかに閉じこめられたかもしれないのに、閉まる寸前にわずかな隙間から、たえず笑いながら、でてゆく、というよりも、そっと抜けだしていったというふうだった、そして彼は耳をすましながら振り返り、耳をすましたまま頭を寝室の方へ少し傾けた。だがそこからはなんの音も聞こえてこなかったし、内玄関にもドアにあたる風のつぶやきのほかは物音もなく、このがらんとした借家の内玄関に突っ立って、静かに耳をすましたまま、静かに考えて、**ぼくの推測は間違っていたな。信じられないことだな——自分が推測なんかしたということじゃなくて、こんな間違った推測をしたなんてことがだ**——それは医者のことを指しているのではなく、いまは医者のことを考えていなくて（いまの彼は、働かさずにいる頭の片隅で、こんな情景を見ることもできた――向こうの家の内玄関、それはこぢんまりと片づいて、茶色に汚れた耐風用の実矧《さねはぎ》の壁板にかこわれた内玄関で、そこにはまた点けっぱなしの懐中電灯がテーブルにあり、その横にはあわててだした鞄《かばん》と、脚のふくらはぎ――太くふくらんだ静脈が走っているふくらはぎは、彼が最初に眼にしたときと同じように下着寝巻の下からぬっと伸びていて、その様子は憤慨し、確信にあふれ、こうでもしなければほかに怒りの和らげようがないといったふうだ。彼の耳はあの声さえ聞けただろう――それが電話に向かって、高めはしないが高まって、少し尖って、妥協もゆるさぬ調子で、「それから、警官だ。**警官だよ。**必要なら二人。わかったかね？」彼は**妻君も起こすだろうな、**と彼は考え、また別の情景を眼に浮かべるかもしれぬ――二階の部屋、ゴルゴンのような髪をした女が、グレーのハイネックのガウンを着て、にぶい灰色のベッドに片ひじをついて身を起こし、ちょっと頭をかしげて聞いているが、別に驚いた様子でもない、というのもこの四日間ずっと予期していたことをいま聞いているだけだからだ。**あの妻君も亭主といっしょにまたやってくるだろうな――もしあの男自身がひき返してくればだが、**と彼は思った。**ただし彼は、ここに戻ってこなければ、出口を見張るためにピストルを持って、表に坐りこむだろうな。そうなればたぶんあの妻君もいっしょに表に残るだろう）**だがそんなことはどうでもよかったのだ。いわば手紙を投函するのと同じことで、どのポストに入れるかはどうでもよく、ただ問題は彼が手紙をこんなに遅くなってようやく投函したという点だけだ。四年間、そしてそれから二十カ月、ほぼ二年近くもさらにのばして、それからやっと投函した、けりがついたのだ。ぼくは人生のうちで自分が投げ捨てた部分さえぶちこわしちまったんだ、と彼は思った。待ちかまえて急ぐ様子もない風の笑うような囁きのなかにじっと立すくみ、寝室のドアの方へかすかに顔をむけて耳をすましていて、働かせる必要もない頭のなかの浅い層で考える。やはり呼吸ができないのは風のせいじゃないな、たぶん、この先もずっとそうなんだ、というのもぼくは少しばかり息苦しさを身につけちまったからだ、報いとして受けとってしまったからだ、前より早くではないがもっと深く呼吸をはじめたが、その息苦しさを止めることはできず、一呼吸するごとにしだいに浅くなり、さらに浅くなり、困難さがさらに困難の度をまし、呼吸は肺の上端でするだけとなり、しまいには空気が肺から完全に抜けでて、実際に息はどこにも永久に残っていないかに思われて、苦痛のあまり、しきりにまばたくと、瞼《まぶた》の裏もまたざらざらした感じであり、まるで黒い砂が体内の水分を永遠にせき止めたかのようであり、彼の強い心臓がその砂をすくいこみ押しだしていて、水気のない砂をからだ中の導管や毛孔《けあな》から、吹きだすかのようだ——それもいわば苦悶の汗が吹きだす、といった勢いであり、彼は考えて、落ち着くんだ。さあ用心しろよ。今度彼女に意識が戻ったら、そのまま保《も》ちこたえさせなきゃならないんだぞ。

彼は内玄関を横ぎり、寝室の戸口まで行った。風のほかには、なおも何ひとつ物音はなかった（窓がひとつあって、その窓枠がぴったり合ってなかった。黒い風はそこで囁き、つぶやいていたが、なかには入らなかった、入りたがらなかったし、入る必要もなかった）。彼女は仰向けに横たわり、眼を閉じ、寝巻《ナイトガウン》は（彼女はいままで寝巻を一度も持ったことがなく、着たこともなかったのだが）ちょうど両腋の下までまくれてよじれており、その体全体はのびのびした様子でもなければ投げだしたようでもなく、むしろ逆に少し緊張してさえいた。黒い風の囁きは部屋にみちていたが、どこから生じるというのでもなく、それでいつしか彼にはその音が、むしろランプ自体の呟きと思われはじめた――そのランプはベッドの横の、逆さにして置かれた荷箱の上に立っていて、そのかすかでほの暗い光自体がいまやさらさらと彼女の肉体に触れて呟いているかのようだ。その光の触れる腰のあたりは、彼が信じて予期していたよりもずっと細かったし、太腿《ふともも》が幅ひろく見えるのもただそれが平たくなっていたからだ、そして凹みを失った臍《へそ》の線から小さな椀を伏せたような陰毛にかけて、下腹部はただ小さく盛りあがるだけでなにも目立たない――消しえない闇の這いよる影もなければ、彼からこの女を寝取ろうとする死の姿も見えない――そんな様子は全く見えないのだが、しかし死はたしかにそこにいて、ただ彼に自分の女が寝取られるのを見守ることを許さないだけなのだ。そしてそれから彼は呼吸ができなくなって戸口から後ずさりをはじめたが、もう遅すぎたのだ、なぜなら彼女がベッドに寝たまま、彼を見つめていたからだ。

彼は動かなかった。息をしないわけにはゆかなかったが、身動きはせず、片手をドアの枠に置き、片足はすでにあがって後ずさりの第一歩をはじめていたが、彼女の両眼は大きく見開かれ、依然として知覚の底まで空《うつ》ろなまま彼を見つめていたのだ。それから彼はあれがはじまるのを、あのわたしがはじまるのを見た。それは水中を魚が浮上してくるのを眺めているときに似ていた――小さな点が小魚に、そしてさらにどんどん大きくなってゆき、次の瞬間には、もはや水たまりはなく、知覚だけでいっぱいになるだろう。彼は素早いが静かに大股に三歩でベッドまで行った。彼女の胸にぴたっと手をあて、静かで落ち着いた、たじろがぬ声で言った。「だめだ、シャーロット。まだだめだ。わかるね。戻るんだ。さあ、戻るんだ。もう大丈夫なんだから」自分の必要にせまられて静かに、たじろがず、落ち着きを保って言ったのだが、それはちょうど、出発の前には別れの言葉があるだけなのに、永遠の別離の前では、さよならではなく、別の言葉があるといったふうだ――ただしそれは別離のために時間がある場合のことだ。「そうだよ」と彼は言った。「戻るんだ。まだその時間じゃないんだよ。そのときになったら、君に教えるからね」そしてどうやら彼女は彼の声を聞きつけた、というのはすぐにあの魚が再び小魚になり、それから小さな点になったからだ、そしてさらに次の瞬間には、両眼は再び空ろに、空白になるだろう。ただ彼はいま彼女の精神を見失っていた。彼はあれを見守っていた――今度はあの小さな点は急速に生動し、静かな小魚ではなく、認識するための瞳孔が、渦巻が、黄色い視線のなかで回転し、黒ずんでゆき、あの黒い影が腹の上でなくて両眼のなかに現われた。彼女は下唇をかみしめ、頭をゆすって起きあがろうとし、胸に平たくあてられた彼の手の下でもがいた。

「痛いわ、ああ、あの人どこなの？　どこへ行っちゃったの？　なにか薬をうつように言って。早く」

「だめなんだ」と彼は言った。「彼にはできないんだよ。君には痛みが必要なんだ。君は痛みにしがみついてもちこたえるんだよ」いまではそれは笑いごとにちがいなかった、それ以外ではありえなかった。彼女はまた仰向けになり、尻を左右にゆすって激しく身を動かしはじめた、そしてその動きのつづく間に、彼は女の寝巻のよじれをなおし、下にひきおろした。

「もちこたえるほうは、あなたがするって言ったと思うけど」

「ぼくはそうしてる。でも、君ももちこたえなきゃいけないんだ。しばらくの間、それだけに気持をそそいでいるんだ。ほんのしばらくの間だからね。すぐに救急車がくる。しかしここにいる間、君は痛みを感じてなきゃいけない。わかったかい？　意識を失ってはいけないんだ」

「それよりメスを取ってわたしの体からあれを切りとってちょうだい。そっくり。奥まで。そうすれば、なにもなくなって、残っているのは冷たい空気の入った殻だけ、冷たい――」

彼女の歯は、ランプの光にきらりと輝き、再び下唇をかみしめた。血が一すじ、口の端に現われた。彼は尻のポケットから汚れたハンカチをとりだし、彼女の方に身をかがめたが、彼女は頭をゆすって、彼の手をのがれた。「いいのよ」と彼女は言った。「もちこたえるわ。あなた、救急車がくるって言ったわね？」

「ああ。もうすぐにその音が聞こえるはずだよ。さあ——」彼女は再び頭をゆすって、ハンカチをさけた。

「いいのよ。さあ、でてってちょうだい。約束したでしょ」

「いやだ。ぼくがでてったら、君はもちこたえないんだ。君はもちこたえなきゃいけないんだ」

「あたし、もちこたえてるじゃないの。あたしはもちこたえるから、あなたは行っていいのよ。彼らがくる前にここからでてって。そうするって約束したでしょ。あたし、あなたがでてゆくのを見ていたいの。この眼で見たいのよ」

「わかった。でもその前に君はさよならを言いたくないのかい？」

「わかったわ。でも、お願いだから、あたしにさわらないで。まるで火みたいだわ、ハリー。痛くはないわ。火みたいなだけ。だから、さわらないで」それで彼はベッドの脇にひざまずいた。彼女は頭をゆするのをやめ、その唇は彼の唇の下で一瞬だけ停止し、血の淡い甘さをまじえて、それは熱くて乾いた味がした。それから彼女は手で彼の顔を押しのけたが、その手も熱くて乾いており、彼はなおいまも、彼女の心臓の音を聞いたが、それは少し速すぎ、少し強すぎた。「ほんとに、わたしたち、たのしんだわね、そうでしょ、いっしょにやったり作ったりして——あの寒さのなかで、雪のなかで。あたしがいま考えてるのは、あのことなのよ。あたしがしがみついて、もちこたえてるのはあのこと——あの雪、あの寒さ、寒さ。でも、痛くはないのよ、ただ火みたい。ただまるで——さあ、もう行って。でてってちょうだい。早く」彼女は再び頭をゆすりはじめた。ひざまずいていた彼は、立ちあがった。

「わかった。ぼくはでてゆくよ。でも君はもちこたえるんだよ。それも長い間、もちこたえなきゃならないかもしれない。できるね？」

「ええ。さあ、行って。早く行って。あなたはモービールにたどり着けるだけのお金を持ってるのよ。あそこまで行けば、すぐに身をかくすことができるわ。あそこなら見つからないわ。さあ、行って。おねがいだから、さっさとここからでてってちょうだい」今度は歯が唇をかみしめたとき、明るくて薄い血が顎《あご》いちめんにほとばしりでた。彼はすぐには動かなかった。彼は何年も前に読んだ本に書いてあったことを思いだそうとしていた——オーエン・ウィスター（西部小説の作家。一九三八年没）の本で、ピンクの夜会服を着た娼婦がアヘンチンキを飲んでしまい、カウボーイたちが交替で彼女につきそって、あちこち彼女を歩かせつづけて、なんとか生かしておこうとする話で、それを思いだし、次にはたちまち忘れてしまった、というのもそれが彼にはなんの役にも立たなかったからだ。彼はドアの方へ動きはじめた。

「わかったよ」と彼は言った。「じゃあ行くよ。でも、いいかい、あとは君ひとりでもちこたえるほかないんだよ。わかるね？　シャーロット？」黄色い眼がいっぱいに見開かれて、彼を見ていた。彼女の嚙みしめていた唇がはなれ、彼がベッドの方へとび戻ったとき、彼の耳は風の含み笑いより高い声を聞いた——玄関のドアの前、ベランダの上でする二人の人間の声だ——ひとつは太いふくらはぎの医者の高くて、ほとんど叫びにていまにも割れそうな声、もうひとつは灰色のゴルゴンのような妻の冷たい無感情な声、その高さはバリトンで、亭主の声よりもはるかに男性的であり、その二つの声は風のためにどこから聞こえてくるのかわからず、まるで二人の幽霊がつまらぬことで言い争っているかのようで、彼（ウイルボーン）はそれを耳に聞くそばから忘れさりながら、すでにゆするのをやめた頭のほうにかがみこみ、見開いた黄色い眼と、血の流れるゆるんだ唇の上に顔をちかづけた。「シャーロット！」と彼は言った。「いま気を失っちゃだめだ。君は痛がっているんだよ。痛いんだよ。その痛さがそっちに戻るのをとめてくれるんだよ。聞こえるかい」彼はすばやく彼女を叩いた、片手でその頰を右、左と素早く叩いた。「シャーロット、君は痛がっているんだよ」

「そうよ」と彼女は言った。「あなたや、ニューオーリンズ一番のお医者たちときたら。

通信販売の聴診器がひとつしかないお医者だって、あたしになにかしてくれるというのに。さあ、ラット。彼らはどこにいるの？」

「彼らはくる途中だよ。でも君はいま痛みを感じてなきゃだめなんだ。君はいま痛がっているんだよ」

「わかったわ。あたし、もちこたえてるわ。でもあなたは彼をつかまえないでね。あたしのお願いしたのはそれだけ。彼のせいじゃなかったのよ。ねえ、いい、フランシス——ほら、あたし、あなたのことをフランシスと呼んだでしょ。あなたに嘘をついてるなら、あたし、あなたをラットでなくてフランシスなんて呼んだりすると思う？——ねえ、いい、フランシス。別の人がやったのよ。ウイルボーンなんかじゃないわ。あんな無器用な馬鹿で、ろくに病院実習《インターン》も終えなかった男に、あたしがメスであちこち体をつつきまわさせるはずないでしょ——」その声がとぎれた。両眼はまだ開いていたが、いまそこには全くなにもなかった——小さな魚も、小さな点さえも——なにもなかった。**だが、心臓は、**と彼は思った。**心臓は。**彼は女の胸に耳をあて、片手で手首の脈をさぐった。耳が触れないうちに、それは聞きとれた、ゆっくりと、まだ充分に力強かったが、鼓動はそのたびに奇妙に空ろな反響音を作り、まるで心臓自体がすでに奥のほうへ引っこんでしまったかのようであり、それを聞きながら同時に彼の眼は（彼の顔はドアの方に向いていた）医者の入ってくるのを見た——いまもまだ片手にすり切れた鞄を持ち、もう一方の手には安ものらしいニッケルめっきのピストルを持っていたが、それはどこの質屋にもありそうなもので、有用性という点に関するかぎり、そのまま質屋においたほうがよさそうなしろものだった。そして彼の後からは灰色の顔に蛇のようにもつれた髪の女がショールにくるまって入ってきた。ウィルボーンは立ちあがり、すでに医者の方に進みでていたし、手はすでに鞄を取ろうと伸びていた。「今度の失神はつづきそうだ」と彼は言った。「しかし心臓は——さあ、鞄をかして。なにを持ってきました？　ストリキニーネ？」彼の見守る下で鞄はさっとひき去られ、太い脚のうしろに素早く隠れ、彼が見てもいなかったもう一方の手が次の瞬間には上にあがって、とくに狙いをさだめてもいない安物のピストルが、あのウイスキー壜のときと同じように、彼の顔の前で振りまわされていた。

「動くな！」と医者は叫んだ。

「そんなもの、おろしなさい」と妻があの同じ冷たいバリトンの声で言った。「そんなものは持ってくるなと言ったでしょ。その鞄を渡したらいいわ、彼がそれをほしがるんならね、それで彼がなんとかできるというんなら」

「だめだ！」と医者は叫んだ。「わたしは医者だ。この男はちがう。犯罪すらうまくやれなかった男だ！」そこで灰色の妻がウィルボーンに話しかけたが、それはあまりだしぬけだったから、一瞬の間、彼は自分が話しかけられているとは気がつきさえしなかった。

「その鞄のなかには、あの女《ひと》をなおせそうなものが入ってるわけ？」

「なおす？」

「そうよ。あの女を歩けるようにして、あんたたち二人をこの家からでて行かせるものがさ」医者が今度は彼女に食ってかかり、いまにも割れそうなあの甲高い声でしゃべった。

「この女は死にかけてるってこと、お前にはわからんのか？」

「死なせてやればいいでしょ。この二人とも死ぬならそれもいいでしょ。でもね、この家じゃごめんなのよ。この町でもね。この土地からでてもらったら、それから好きなだけ互いに切り刻みあって、死んでもらいましょ」ウィルボーンは、医者が彼の顔の前でしたのと同じように、いまは妻の顔の前でピストルを振りまわすのを見守っていた。

「わたしのすることに邪魔はさせんぞ！」と彼は叫んだ。「この女は死にかけていて、この男はその罰をうけねばならんのだ」

「罰ですって、くだらない」と妻は言った。「あなたが頭にきてるのは、この男が免許もないのにメスを使ったからでしょ。それとも、メスを使って医学協会が禁じてることをしたからでしょ。その鞄を下におろして、なんでもいいから薬をやりなさい、彼女があのベッドからでられるようにするのよ。それからこの人たちに少しお金をやって、タクシーを呼ぶのよ、救急車じゃないわよ。自分のお金をやるのがいやなら、わたしのからお金を少しこの男にやってちょうだい」

「気狂いか、お前は？」と医者は叫んだ。「気が狂ったのか？」妻は灰色にとぐろを巻いた髪の下の灰色の顔で冷たく彼を見やった。

「するとあなたは最後までこの男を助けて、手をかしてやるつもりなのね？　ちっとも変わりゃしない。男って、必ず別の男に手をかしてやるんですからね、ただし自分のやりたいことが、もっともだといえた場合だけだけど」再び彼女は先ほどのように冷たく突然ウイルボーンにたいして（の方にでなく）話しかけたのであり、一瞬間、またも彼は自分が話しかけられているのだと気づかずにいた。「あんた、まだなにも食べてないんだろうね。あたしコーヒーの仕度をすることにするよ。あんたもこの人や他の人間たちがあんたをいじめたあとでは、たぶん飲みたくなるだろうからね」

「ありがとう」とウイルボーンは言った。「ぼくにはとても――」だが彼女はすでにそこにいなかった。彼はもう少しで、「待ってください、案内します」と言うところだったが、それもすぐに忘れてしまって、ここは彼女の持ち家なのだから、彼より台所のことは詳しいのだと考えてみる必要すらなかった。脇によけると、医者は彼のそばを通りすぎてベッドのところへ行き、彼はあとからついていって、医者を見つめていると、医者は鞄を置き、それからどうやらピストルを握っているのに気づいたらしく、どこか置場所はないかとあたりを見まわし、それから思いだして、肩ごしに髪の乱れた顔でふり返った。

「動くな！」彼は叫んだ。「動くと承知しないぞ！」

「さあ聴診器をとりだして」とウイルボーンは言った。「ぼくの考えではね、いや、でも、たぶん様子をみたほうがいいかもしれない。つまり、彼女はもう一度意識をとりもどすかもしれないからね、そうでしょう？　もう一度、彼女は回復する。もちろんそうなるんだ。さあ。だして」

「いまごろになってそんなこと考えついても遅いんだ！」医者はなおもウイルボーンを見守り、睨《にら》みつけていて、手にはまだピストルを握りながら、手さぐりで鞄を開け、聴診器をひっぱりだした。それから、ピストルを握ったまま、二本に分かれたゴムチューブの間に頭をつっこみ、かがみこんだが、どうやらまたピストルのことは忘れたようだった。というのは、実際のところピストルはベッドの上に置かれて、彼の手はその上にのせられたままだったが、ピストルのことは意識になくて、ただその手で体重をささえているだけだし、いまは部屋のなかも平穏で、怒りはどこかに消えさっていたからだ。いまはウイルボーンの耳に、台所で灰色の妻君がこんろを使っている物音が聞こえ、再び黒い風が、笑い、ひやかし、平然と無関心な声をたてていて、さらに風のなかで棕櫚の葉のこすれあう荒々しい乾いた音さえ聞こえるように思えた。それから、彼は救急車の音を聞いた――最初はかすかに高まる泣き声であり、まだ村から遠く離れた幹線道路《ハイウェイ》からのものだ、そしてほとんど同時に、妻君がコーヒー茶碗を持って入ってきた。

「さああんたの楽しいドライブのおむかえが来るよ」と彼女は言った。「熱くするひまさえなかった。でもなにか口にできるものにはなってるわ」

「ありがとう」とウィルボーンは言った。「ほんとにどうも、しかし腹におさまりそうもないから」

「馬鹿な。お飲みなさい」

「ほんとにありがとう」救急車の泣き叫ぶような声はさらに高まり、スピードを増し、やがてちかづいてくると、泣き声は速度がおちるにつれて不平めいた唸り声になり、それからまた泣き声に高まった。横柄な喧《やかま》しい音と人を急ぎ慌てさせる調子のせいで、それは家のすぐ外にいるように思えたが、実際は、まだ幹線道路からこの家に通じる草ぶかいでこぼこ道をのろのろやってくるのであり、それはウィルボーンにもわかっていた。次にその音が低くなり、うめき声になったときには家のすぐ外にきていて、さらにその音は戸惑ってぶつぶつ言うような調子となり、ほとんど動物の声に似ていた、それも大きな獣で、うろたえ、たぶん傷も負っているときの声に似ていた。「ほんとにありがとう。それに、家を明け渡すときには、ある程度の掃除をしておくべきだともわかってるんですが。いまさらこんなことを言うのは間抜けな話でしょうけど」いま彼はベランダに足音を聞いたが、彼の耳にはその音が大きくひびいた——自分の心臓の鼓動や、自分が深く強く絶え間なく浅く吸う音、自分の肺からようやく息を吐きだす音のすべてを越えて、大きく聞こえた。いま（ノックはなかった）彼らは玄関にいて足音をひびかせ、すぐに三人の男が入ってきたが、私服を着ていた——ひとりは若くて、ちぢれ毛を短く刈りこみ、ポロシャツに靴下なしの男、二人目は年齢のはっきりしない男で、細い体にちゃんと服を着こみ、角縁《つのぶち》の眼鏡までかけていて、車輪のついた担架を押している。そのうしろには三人目の男がいたが、都市や都市近郊に一万人もいる南部の保安官の歴然たる特徴をそなえていた——折り曲げた帽子のつば、サディストの眼、まぎれもなく少しふくらんだ上衣、その態度は威張るというのではないが、残虐行為はあらかじめ公認されているといった様子なのだ。担架を押す二人の男はそれを事務的にベッドの端までころがしていった。医者が話しかけたのは保安官で、手でウイルボーンを指したが、その手はまだピストルを握っていた、そしてウイルボーンはまだ医者自身ピストルを握っていることをすっかり忘れてしまっているのに気づいた。

「彼を逮捕したまえ」と医者は言った。「町に着きしだい、私は正式に告訴するつもりだよ。できるだけ早く」

「危ないよ、先生——今晩は、マーサさん」と保安官は言った。「そんなもの、おろしなよ。いつ発射するかわかりゃしない。あんたにそのピストルを売り渡したやつは、譲り渡す前に引金を引いてたかもしれませんぜ」医者はピストルを見やった。それからウイルボーンは医者がピストルを聴診器といっしょにすり切れた鞄のなかに順序よくしまいこむのを見たように覚えている。しかしそういう記憶があるだけかもしれない、なぜなら彼は担架のあとについてベッドのところに行ったからだ。

「そっとやってくれないか」と彼は言った。「彼女を抱きおこさないように。このひとは――」

「君はな、余計なことを言うんじゃない」とうんざりした声で医者は言った。その声はどうにか穏やかになっていたが、それは彼なりの納まり方で、疲れきっていても、必要とあればすぐまた生気をとりもどし、憤りを新たにして甲高くなるし甲高くもなれるといったふうであった。「この患者はわたしにまかされたんだ、そうだろう。こっちが頼みもしないのにな」彼はベッドに近づき（ここで彼はピストルを鞄のなかにしまったらしく、それがウィルボーンには記憶に残ったように思えた）シャーロットの手首を持ちあげた。「できるだけ静かに運ぶんだ。しかし急いでな。リチャードソン先生が向こうにいるだろうからな、わたしは自分の車であとから行く」二人の男がシャーロットを持ちあげて担架に載せた。担架にはゴムタイヤの車輪がついていて、それは無帽の若い男に押されて、信じられぬほどの速さで部屋を横切って玄関へ消え去ったように思えた、まるでそれは押されてというより、玄関へ吸いこまれたみたいであり（車輪それ自体も床にふれて吸いこむような音をたてた）、それも人間の力でなく、あるいは戻らぬ一瞬一瞬が吹きぬける「時」という通風管のようなものに、いや夜そのものに、吸いとられてしまったかのようだった。

「さてと」と保安官は言った。「君の名前は？　ウィルソンかね？」

「ええ」とウィルボーンは言った。その声も担架と同じように玄関を通り抜け、吸いこまれてゆき、その玄関にはいま痩せた男が懐中電灯を手にしていた。笑う黒い風が、開いたドアからなかへと含み笑いや呟き声をたてながら入ってきて、黒い触鬚《しょくしゅ》のある手のように彼によりかかり、彼のほうもそのなかに、その上にもたれかかるかのようだ。ベランダがあり、その先には踏段があるだろう。「彼女は軽いですよ」とウイルボーンは細い心配そうな声で言った。

「このところ、彼女はとても体重が減っていてね。ぼくが抱いてゆけたんだ、もしそうさせて――」

「あの連中にもやれるさ」と保安官は言った。「おまけに、あの連中はそれで給料をもらってるんだからな。まあ心配するな」

「わかってます。しかしあの背の低い人、明りを持ったあの小柄な人は――」

「こういうことのために、彼は力をとっておくのさ。彼はやりたがってるんだ。君も彼の気持を傷つけたくないだろ。まあ心配するな」

「ねえ」とウイルボーンはか細い声で呟くように言った。「ぼくに手錠をかけたらどう？どうしてそうしないんです？」

「そうしてもらいたいのかい？」と保安官は言った。そしていま担架は停まりもせずに、そのままベランダの向こうへ、空間へと吸いこまれていったが、まるで容積はあるのに重量はないかのように、同じ平面上を進むのであり、ちょっと停まりさえせず、若い男の白いシャツとズボンはあとから歩いているだけのようで、懐中電灯の光のあとからどんどん移動してゆき、家の角の方へ、彼がこの家を借りた家主が車寄せ《ドライブ》と呼んでいる道の方へ進んでいった。いま、彼の耳には眼に見えない棕櫚のこすれる荒々しい乾いた音が聞こえた。

病院は低い建物で、どことなくスペイン風（あるいはロス・アンゼルス風）であり、漆喰《しっくい》塗りで、こんもりと繁った夾竹桃にほとんど隠れていた。そこにも多くのみすぼらしい棕櫚があり、救急車はスピードを出したまま入ってくると、サイレンの泣き声はしだいに小さくなって、けもののうなり声に低まってゆき、タイヤは下に敷かれたかき殻のなかで乾いたかすれた音をたてた。彼は救急車から出ると、再び棕櫚のこすれる乾いた音を耳にしたが、それはまるで砂吹き機から砂を吹きつけられているかのようだった、そして彼はなお海のにおい、あの同じ黒い風のにおいをかぐことができたが、いまは海から四マイルほど離れていたから、さっきほど強くはなかった。担架は吸い出されるように、再び素早く滑らかに出てきて、次には四人の足が乾いたもろいかき殻のなかで、パリパリという音をたてた。そしていまは廊下にいて、彼は再び砂だらけになったような瞼《まぶた》を、電球の光の下で痛そうにしばたたきはじめたが、担架はそのままどんどん吸いこまれてゆき、車輪はリノリウムの床に触れて囁き声をたてていた、そして彼が二度まばたきする間に、担架はもう大柄と小柄の二人の、制服を着た看護婦に押されているのがわかり、彼の頭にはこんな考えが浮かんだ——担架というものは、いつも釣合いのとれない二人の人間が押すものらしいな。だいたいが世界のありとあらゆる担架は、どうやら、釣合いのとれた二人の人間でなくて、その場にいてなにが起こっているのか見たいという人間二人の一致した欲望によって押されるものなんだな。それから強烈な光の流れでる開けたままのドアが見え、その脇にはすでに手術衣を着た外科医がいて、担架が戸口から吸いこまれるように入ってゆくと、外科医は一度、好奇心からではなく、顔を覚えるときのように、彼を見やった、そして背を向け、担架のあとについていった。ウイルボーンが彼に話しかけようとすると、ドアは（これもゴムのタイヤがついているような音をたてた）彼の眼の前で音もなく閉まり、彼はもう少しで顔を叩かれるところであり、同時に彼の脇にいた保安官が言っていた――「まあ落ち着けよ」それから、もうひとり別の看護婦がそこにいたが、彼には彼女の来たのが聞こえなかったし、彼女も彼の方は全く見ないまま、保安官に手短になにか話した。「わかった」と保安官は言った。彼はウイルボーンの肘にふれた。「さあまっすぐ行け。心配するなよ」

「でも、おねがいだから――」

「わかってるよ。まあ落ち着くんだ」別のドアまでくると、看護婦はこちらを向き、脇によると、そのスカートもあのかき殻のように乾いた低い音をたてたが、彼女は全く彼を見なかった。なかに入ると、そこは事務所で、机がひとつあり、消毒済の帽子に手術衣を着たもうひとりの男が白いままの記入用紙と万年筆を手に、机に向かっていた。この男は最初の手術衣の男よりも年長だった。この男もウイルボーンを見なかった。

「名前は?」と男は言った。

「シャーロット・リトンメーヤー」

「未婚《ミス》?」

「主婦《ミストレス》です」机に向かった男は用紙に記入した。

「夫は?」

「います」

「名前は?」

「フランシス・リトンメーヤー」それから、彼は住所も教えた。ペンはなめらかにさらさらと流れていった。こんどはあの万年筆が、こっちの息をつまらせるんだ、とウイルボーンは思った。「すみませんが――」

「この人には通知するさ」いま、机にいる相手の男は彼を見やった。男は眼鏡をかけ、その奥のひとみはかすかに歪んでいて、全く非人間的だった。「どんな説明を書き送ったらいいかね? 器具が清潔でなかったとするか?」

「清潔でしたよ」

「きみがそう思ってるだけだろう」

「まちがいないですよ」

「はじめてやったのかね？」

「いや。二度目です」

「もうひとつの方はうまくいったのかね？　もっとも、君にはわからんだろうが」

「いや。わかってます。うまくいきましたよ」

「じゃあ、こんどの失敗をどう説明するんだね？」彼はこの質問に答えることもできたろう。彼はこうも言えただろう。**守銭奴も自分の金庫を爆破するのはやりそこなうだろう。ぼくはあのひとを愛していたからだ。彼もプロを頼むべきだったのだ、プロなら、なかの金《かね》を保護している鉄の側壁など気にかけないし、愛してもいないから。**彼は全くなにも言わなかった。そしてしばらくすると、机に向かった男は再びうつむくと記入しはじめ、ペンは用紙の上をなめらかに動いていった。彼は顔をあげず、ペンを走らせたまま、言った。

「外で待っていなさい」

「まだこいつを連れてゆけないのかい？」と保安官は言った。

「だめだね」机の男はまだ顔をあげなかった。

「できればその――」ウィルボーンは言った。「よろしかったらぼくを――」ペンが止まったが、なおしばらくの間、机の男は用紙を見ていた。おそらく、記入した内容を読み直しているのだろう。やがて男は顔をあげた。

「どうして？　女のほうは君が誰だかもわからんだろう」

「でも、意識が戻るかもしれない。もう一度覚めるかもしれないんだ。そうすれば、ぼくがなんとか――ぼくたちはなんとか――」相手の男は彼を見やった。その眼は冷やかだった。苛だってはいなかったし、はっきりわかるほど我慢している眼付でもなかった。その眼はただ、ウイルボーンの声がやむのを待っていた。それから、机の前の男はウイルボーンに言った。

「あんたは、彼女の意識が戻ると考えるんだね――お医者さん？」しばらくの間、ウイルボーンは痛そうにまばたきをして、明るいデスクランプの下の、きちんと記入された用紙と、その横にある手――キャップをはずした万年筆を握っている清潔な外科医の手を、見ていた。

「まず、だめだね」と彼は静かに言った。机の男は再びうつむき、用紙を見おろした、なぜなら万年筆を握った手が用紙まで動いて、再び書きはじめたからだ。

「あとで知らせるよ」外科医は顔をあげず、たえず万年筆を走らせながら、今度は保安官に言った。「それだけだね」

「女の亭主が拳銃かなにか手にして飛びこんでこないうちに、この男をここから連れ出したほうがいいと思うがね、どうです、先生？」と保安官が言った。

「あとで知らせるよ」机の男は顔をあげずに、同じ言葉を繰り返した。

「わかったよ、先生」と保安官は言った。ベンチがあった。すき間のある固いやつで、昔の屋根なしの市街電車の座席に似ていた。そこからはあのゴムタイヤつきのドアが見えた。それは無表情で、鉄の落とし格子戸のように、決定的で難攻不落のようにみえた。しかし彼のいる角度からさえ、ドアが戸の枠に片側だけで軽やかに吊りさがっていて、残り四分の三の枠からはクリーグ灯の光がひとつながりの細い線になってもれてくるのを見て、彼は一種の驚きを感じた。**そうとも、彼女はもしかすると、**と彼は思った。**彼女はもしかすると。**「やれやれだ」と保安官は言った。彼はいま火のついてない煙草を手にしていた(ウィルボーンは肘にあたるその動きを感じとっていた)。「——やれやれ、おまえがやらかしたのは——名前はなんて言ったっけな? ウェブスターか?」

「そう」とウィルボーンは言った。**その気になればあそこに入れるんだ。やむをえなければ、この男の足をすくっても、あそこに入ろうか。なぜってぼくならわかるからだ。ぼくならわかる。彼らにわかるはずがないんだ。**

「ひでえことやらかしたなあ。ナイフを使うとはな。おれは古風なんで、いまだに昔ふうのほうが性に合うね。いろいろ変えるのは嫌いだね」

「そうだね」とウィルボーンは言った。ここには風がなく、風の音も聞こえなかったが、彼にはにおいが、海そのもののにおいでないにしても、少なくとも車寄せに敷きつめたかき殻に残る乾いた頑固な海のにおいが、感じられるような気がした。するとそのとき、突然、廊下が音でみたされた。人間の恐れと苦痛のおびただしい小さな声であり、彼はそれを知っていたし、覚えてもいた——それはリノリウムとゴムの靴底から成立つフェノール消毒された真空領域であり、子宮のような場所なのだ、そしてそこへ、人間はなにか苦痛、というよりたいていは恐怖に直面して逃げこみ、修道院のような小さな個室にこもって、情欲、欲望、自尊心という重荷ばかりか身体の上で自立しているという重荷までも放棄して、しばらくは胎児のようになるのだが、それでもこの病院とは、人の、身にしみついたぬぐいようのない現世の汚濁をわずかながらも残しているところなのだ——四六時中の浅い眠り、退屈、真夜中から、よどんだようにのろのろとやってくる夜明けまでの時間に、寝つかれずいらいらして鳴らす小さな呼び鈴の音(おそらくこういうことも、値打のさがって世間にだぶついている金の有効な使い方だと気がついたせいだろう)。しばらくこういう暮しをさせ、それから再び生まれ出て、生気をとりもどした姿で、勇気のつづくかぎり、またしばらくの間、世間の重圧にたえさせるところなのだ。彼はそうした世界の物音が廊下にあふれるのを聞いていたのだ——呼び鈴の鳴る音、ゴムのかかとと糊のきいたスカートがすぐにそれに応じてたてるシュシュという音、くだらぬことで不平をもらす呟き声。彼はそういうものをよく知っていた。そしていま、また別の看護婦がすでに彼をじろじろ見ながら廊下をやってきていて、前を通りすぎるときは歩調をゆるめて彼を見つめ、通りすぎながら頭をフクロウのようにまわし、その眼は好奇心以上のなにかにみちて大きく見開いたまま、全くたじろぎもおびえもせずに、歩きすぎていった。保安官は食べ物の残りかすでもさがすように、歯の内側のあちこちに舌を走らせていた。たぶん通報のあったとき、彼はどこかで食事中だったのだろう。彼はまだ火をつけないままの煙草を手にしていた。

「こういう医者とか看護婦という連中」と彼は言った。「病院のことじゃあ、いろんな噂を耳にするがね。病院じゃあ噂に聞くほど、あれがさかんなのかい」

「いいや」とウイルボーンは言った。「噂されるほどのことは全然ないですよ」

「そうかね。だが、病院という所を考えてみろよ。どっちを向いても、みんなベッドばかりなんだぜ。それに、他のやつらはみんな仰向けに長くなってて、邪魔はできない。それに、つまるところ、医者と看護婦は男と女なんだからね。おまけに、頭がいいから、ちゃんと自分たちの始末はつけられる。そうでなくちゃ、医者や看護婦にはなれないだろうからな。どうやるかわかってるんだ。どう頭をつかうかもな」

「そう」とウイルボーンは言った。「あなたがいま話したとおりでね」なぜなら、結局のところ彼らが紳士だからなのだ、と彼は思った。紳士でなければならないんだ。あの連中はぼくたちより強い。こんなはめになりはしないんだ。決して道化役をつとめたりしない。あの連中は紳士以外の何物にもなる必要がないんだ。そしていま、あのもうひとりの医者だか外科医だかが――あの万年筆の男が――事務室からでてきて、廊下をやってきたが、その白衣の裾はやはり背後になびいて、かすれた音をたてていた。彼は全くウイルボーンを見なかった、彼が前を通りすぎるとき、ウィルボーンは彼の顔を見つめながら立ちあがり、話しかけようと歩み寄ったときが、そのときでさえそうだった。保安官もあわてて立ちあがり、さっと寄り添った。そのときに医者はちょっと立ち止まって、保安官を振り返ると、眼鏡の向こうから、一度、ちらっと冷たく怒ったように見やった。

「君はこの男の身柄を預ってるんじゃないのかね？」と彼は言った。

「そうですよ、先生」と保安官が言った。

「じゃあ、いったいどういうことだ？」

「さあ、よせよ、ワトソン」と保安官は言った。「いいか、落ち着くんだ」医者は向き直った。彼はほとんど立ち止まりさえしなかった。「先生、ここで煙草をやってもいいかね？」医者は全く返事をしなかった。彼は白衣をひらつかせながら行ってしまった。「こ「こっちへ来いよ」と保安官は言った。「坐れよ、面倒ごとにならねえように、坐ってろよ」再びゴムタイヤつきの車輪にのってドアが内側に開き、また元のほうへ動いて音もなくぴたりと閉まって、鉄の非情さと鉄の不毛さをみせたが、それは見せかけであった、なぜならここからでさえ、ドアがさっと開くのは、片側が戸枠についているだけで、子供にでも、息を吹きかけただけでも動かせるのが見てとれたからだ。「いいか」と保安官は言った。「落ち着くんだ。彼女は治してもらえるさ。あれはリチャードソン先生自身だったっけな。二、三年前のことだが、ここに製材所の黒んぼがかつぎこまれた。サイコロばくちで誰かにはらわたをかみそりでやられたんだ。そこでリチャードソン先生はどうしたかというと、そいつの腹をさいて、悪いはらわたを切り取り、両はしをくっつけたんだ、ちょうどタイヤのチューブを修理するみたいにな。それで、いまじゃその黒んぼはまた仕事にもどってるぜ。もちろんやつの腸はひとつしきゃないし、たった二フィートの長さしかないからな、食い終わるか終わらぬうちに、やぶをめざしてかけ出すしまつさ。それでもやつはぴんぴんしてるんだ。先生は彼女もおんなじように治してくれるさ。なんにもないより、そのほうがましだろ、ええ？」

「そう」とウイルボーンは言った。「そうですよ。しばらく外に出てもかまわないかな？」

保安官は敏速に立ちあがったが、手にはまだ火のついてない煙草を持っていた。

「そいつはいい考えだ。そうすりゃ、おれたち煙草を吸えるからな」しかし彼はそこから離れられなかった。

「あなたはどうぞ。ぼくはここにいますから。ぼくはここから逃げやしませんよ。それはわかってるでしょう」

「さあ、どうかな。まあ、おれがあそこの入口に突っ立って、いっぷくやるのはかまわんだろう」

「そうですよ。あそこからなら、ぼくを見張ってられるから」彼は廊下の左右を見渡し、ならんだドアを見た。「もし気分が悪くなったら、どこへ入ったらいいですかね？」

「気分が悪くなる?」

「もし吐きそうになったらです」

「看護婦を呼んで、きいてやろう」

「いや。いいですよ。たぶんその必要もないでしょうね。ぼくにはこれ以上もう、失うものはなにもない。そんな手間をかける値打もないんですよ。彼らが呼ぶまで、ぼくはここにいますよ」それで保安官は廊下を向こうへ行った——三方を強烈な光のわくにかこまれて吊られているあのドアの前をすぎ、来たときに通った入口の方へ行った。ウイルボーンが見ていると、マッチが親指の爪の下でパチッとすられて、顔と帽子がマッチの方へ傾いて、炎が帽子のつばの下の顔を照らした（それはまずい顔でもないが、かみそりを使うだけが大人の、十四歳の少年めいた顔、あまりに若い頃から、あまりにも長い間、公認のピストルを持ち歩いた顔だ）。入口のドアはどうやらまだ開いているらしかった、というのも煙草の煙の最初の一吹きが、廊下を逆流してきて、次第に消えていったからだ。それで、海のにおいがほんとうに感じとれることもウイルボーンにはわかった。黒い風が吹き寄せる波静かな、黒くて浅くてまどろんでいる入江のにおいだ。廊下の先の角を曲がった向こうから、二人の看護婦の声が彼の耳に聞こえた。患者二人でなく、看護婦二人の声で、二人の女性の声ではあるが、必ずしも二人の女の声とすらいえないものだ、そして同じ曲がり角の向こうでは小さな鈴が、苛だって容赦のない鳴り方をしており、二つの声は低く話しつづけ、それから二つとも笑ったが、女が二人というより、二人の看護婦が笑っていて、鈴の小さくて苛だった音はかんしゃくを起こし、逆上したようになったが、笑い声はその鈴の音よりも大きく、さらに三十秒ほどつづき、それから、ゴム底がリノリウムにふれて、こすれるようなかすかな早い音をたてた。鈴の音はやんだ。彼の鼻に感じられるのは海のにおいだった。黒い浜辺の味が、吹き寄せる風のなかに含まれていて、彼の肺のなか、肺の上の端に近いあたりにその味がして、またあれが繰り返されたが、今度はそうなるにちがいないとあらかじめ予期していて、早い強い呼吸がそのたびにしだいに浅くなり、まるで彼の心臓は、すくいとり吸いあげようとしている黒い砂の置き場所か捨て場所をついに見つけたかのようだった。それで、今度は彼も立ちあがったが、どこへ行くというわけでもなかった。どこかへ行くつもりもなく、ただ立ちあがっただけだが、入口にいる保安官がすぐに向き直り、煙草をうしろへぽんと放った。しかしウイルボーンはそれ以上は動かず、保安官は足をゆるめた。彼は光が筋になって洩れる扉のところで立ち止まり、わずかの間、帽子を扉に、そしてその光のすき間に、押しつけてから、帽子のつばは平たく曲がった。それから、彼はやってきた。保安官がやってきたのは、ウイルボーンが彼を見やったからだが、彼が保安官を見やったのも、たまたま自分と道路の間にある街灯が眼に入ったようなものだ、というのもあのゴムタイヤつきのドアが、こんどは外の方へ、再び開いたからだ。（**強い手術用の光線《クリーグ》は消えてるなと彼は思った。消えてる。いまはもう消えて**

る）そして、二人の医者が姿を現わし、二人の背後で扉は音もなく閉まり、それから一度鋭くゆれると、もとにもどって再び動かなくなる前に、また開いて、看護婦が二人出てきたが、その二人の姿は保安官が映っている例の情景の一部として見えたにすぎなかった、なぜなら、彼は二人の医者の顔を見つめていたからで、二人の医者は廊下をこちらにやってくるところであり、マスクをしたまま語尾の聞きとれない声で互いに話をかわし、手術衣を二人の婦人のスカートのように小さくひらひらさせながら、彼には目もくれずに前を通りすぎてゆき、彼はまた腰をおろしはじめた、というのも脇にいる保安官が「それがいい。気を楽にするんだ」と言ったからで、気がついてみると、保安官は腰をおろしかけていて、二人の医者は貴婦人のように腰のあたりをぴたっと締めつけた手術衣のすそを後へひらつかせて歩いて行き、それからつぎに、看護婦のひとりも通りすぎていったが、同じようにマスクをしていて、同じく彼には目もくれず、糊のきいたスカートの音をサラサラとたてながら歩いて行き、彼は（ウィルボーンは）固いベンチにすわって、耳をすましていた。したがって、ちょっとの間、彼の心臓は彼から抜け出して、強く、ゆっくり、着実に、しかし遠くの方で脈打ち、彼は静寂のなかに、丸い真空のなかに、球形になってとり残されて、そのなかでは記憶に残された風だけが呟き、彼が聞き耳をたてると、ゴムの靴底のこすれる音が聞こえてきて、ひとりの看護婦がようやくベンチの脇で立ち止まったのであり、いま彼はちょっと間をおいてから、顔をあげた。

「もう入っていいわ」と彼女は言った。

「わかりました」と彼は言った。しかし、彼はすぐには動かなかった。ぼくを見もしなかったさっきの看護婦だな、と彼は思った。いまもぼくを見てはいない。いまやっとぼくを見たな。それから彼は立ちあがった。ちゃんと立てたし、保安官も立ちあがり、いま看護婦は彼を見やっていた。

「いっしょに入ってあげましょうか？」

「大丈夫です」大丈夫だった。おそらく息を吹きかけるだけでよさそうだったドアは、手を触れてみると、体重を全部かけてもだめだということがわかった。つまり、彼には体重を扉にかけることなど全くできないように思えたのであり、実際、扉は壁にはめこまれて固定された鉄の板のようだとも思った、その瞬間、不意にゴムタイヤの車輪にのった扉が彼の眼の前から逃げてゆき、彼の眼には、看護婦の手と腕、それから手術台、シーツの下でどうやらそれとわかるだけの、奇妙に平たくなったシャーロットのからだの形が見えた。手術用のクリーグ灯は消え、スタンド類は隅に押しやられていて、丸天井についた電燈がただひとつともっているだけで、もうひとりの看護婦がいて——彼には看護婦が四人いたという記憶はなかったのだが——、流しで手をふいていた。だがその瞬間、看護婦は箱のなかにタオルを放りこむと彼の前を通りすぎ、つまり、彼の視野に入りこんできて、それから視野から見えなくなって、いなくなった。天井の近くのどこかで送風器も換気装置も動いていたが、眼に見えず、少なくとも隠されるかカモフラージュされていて、それから彼が手術台にたどり着くと、看護婦の手が現われてシーツを折り返したが、一瞬後に彼は彼女をこえた向こうを振り返り、乾いた痛む瞼をしばたたかせながら、戸口に立っている保安官の方を見やった。「もういいですよ」と彼は言った。「あの人、もう煙草をすってかまわないでしょうね？」

「だめです」と看護婦は言った。

「まあいいさ」と彼は言った。「これはじきにすむんだ。そうすればあんたは――」

「さあ」と看護婦は言った。「一分だけなんですからね」ただしここの風は部屋に吹きこむすずしい風ではなくて、むりやり押し出されている暑い風だったから、風が吹き寄せる黒い砂浜のにおいは含まれていなかった。だが風にはちがいなく、絶えず吹いていて、肌に感じられたし、見えもして、黒くて乱暴に刈った短い髪がひとふさ、風にゆれていて、まだ髪が濡れてしめっているので重たげであり、それは彼女の閉じた眼と、彼女の下顎を支えているテープの、外科医らしいきちんとした結び目との間でゆれていた。ただしそれはそれ以上のことを意味していた。たんに彼女の関節や筋肉が緩んでいるという以上のこと、つまりそれは、せきを切られた水が崩れ落ちるような、肉体全体の崩壊を意味しているのであり、いまのところ彼が見れる程度には押しとどめられているものの、まっすぐ立って歩いている者よりずっと低いところを求めているからなのだ。つまり眠りと呼ばれる小さな死のなかで横になっている者よりも低く、紙のように薄く履き古した靴底とくらべてもさらに低いあの奥深い原初の水平面を求めつづけているのだ、平たい大地そのものを求め、いや大地ですら充分でない低さにいたるのであり、最初はゆっくりと、やがて速度を増して信じられないほどの速さとなり、広がり、消滅してゆくのだ。去り、消えてゆき、それを容れて飽くことを知らぬ塵の上に、なんの痕跡も残らなくなるのだ。看護婦が彼の腕に手を触れた。「さあ」と彼女は言った。

「待って」と彼は言った。「待ってください」だが、彼は後ずさりせざるをえなかった。前と同じように、それはさっとやってきた——ゴムタイヤつきの車輪の同じ担架であり、帽子を脱いだあのやせた男もいて、水できれいに分けた髪は昔のバーの主人のように、ブラシで前へ垂らしてから額のところで後へカーブさせていて、尻のポケットには懐中電灯を突っこみ、上衣のすそがその上で盛りあがっていて、看護婦がまたシーツを引っぱりあげると、担架は素早く移動してきて、手術台に横づけになった。「お二人に手をかす必要はありませんね」と彼は言った。「どうですか？」

「けっこうよ」と看護婦は言った。いまはもう、シーツの下には特にこれという形がなく、重さも全くないもののように担架に移された。担架は囁き声をたてながら再び動き出し、車輪が低い音をしてまわり、いま保安官が帽子を手にとって立っている戸口を通って、再び吸いこまれ、それから担架は見えなくなった。なおしばらく、彼の耳にはその音が聞こえた。それから、聞こえなくなった。看護婦は壁に手を伸ばし、ボタンがカチッというと、送風器のうなり声がとまった。その音は全速力で壁の中へかけ込んだかのように、ぱたりとやんだのであり、すさまじい静けさに呑みこまれたかのようだった——その静寂は波のように、海のように彼にどっとのしかかり、彼はすがりつくもののないまま、持ちあげられ、放りだされ、くるくる回転し、静けさは咆哮《ほうこう》をつづけ、彼はひっきりなしに、痛そうに、乾いてざらざらした瞼をしばたたかせた。「さあ」と看護婦は言った。「リチャードソン先生が一杯飲ませてやっていいとおっしゃってるわ」

「そうだな、モリソン」と保安官は再び帽子をかぶった。「気を楽にするんだな」

拘置所はなんとなくあの病院に似ていたが、二階建てで、四角く、夾竹桃がないという点がちがっていた。しかし棕櫚はあった。彼の窓のちょうど外のところにあり、病院のものより高かったが、みすぼらしかった。彼と保安官がなかに入るのでその下を通ると、風もないのにその木は、不意に狂ったようにざわざわと音をたて、まるで二人が木を驚かしたかのようだったし、夜中にもさらに二回、その木は再び不意に短く、わけのわからぬざわめきを起こしたが、そのときの彼は鉄格子をつかんでいて、その手が暖くなり、手のひらに汗がにじみはじめると、ときおり手の位置を変えて握りしめつづけた。やがて河の潮がひきはじめ、あのにおいも嗅ぐことができた——塩気を含んだ砂州の、すえたにおいであり、そこではかき殻やえびの頭がくさり、麻のロープや古い杭がならんでいる。それから夜が明けはじめ（しばらく前から、えび漁に出てゆく舟の音が聞こえていた）、そしてニューオーリンズ行きの鉄道線路が横断している可動橋が、白んでゆく空を背景に、不意に姿を現わして、ニューオーリンズからの列車の音が聞こえて、やがて橋をのろのろと渡って接近してくる列車からの煙が見えたが、その煙は高く、おもちゃのように、ピンク色で、まるでケーキのデコレーションにつかう奇怪ななにかのようで、それがすでに暑くなった平たい太陽の光を浴びていた。それから列車もピンク色の煙も見えなくなった。窓の向こうの棕櫚の木は、たえまなく乾いた呟き声をたてはじめ、海からたえまなく吹いてくる塩を含んだ涼しい朝のそよ風は監房のなかをきよめるヨードのように感じられ、クレオソートや煙草の吐きかすや古いげろのにおいなどを消してくれた。砂州ではあのすえたにおいも消え失せ、いまでは潮に波立った水面がきらきら輝き、ぷかぷか浮いている台所屑のあいだを、貪欲な小魚がうねりながら水面にあらわれ、やがてまたもぐってゆくだろう。それから階段に足音が聞こえ、看守がブリキのコップに入れたコーヒーとどこでも作る安物の菓子をひとつ持って入ってきた。「ほかに欲しいものはないか？」と彼は言った。「肉かなにか？」

「ありがとう」とウイルボーンは言った。「コーヒーだけでいい。そうだ、もしよければ、煙草をお願いしたいな。昨日から一本も吸ってないんでね」

「おれが外出するまでは、これを置いてってやるよ」看守は布製の煙草の袋と巻紙をシャツから取り出した。「巻けるかい？」「さあ、どうだか」とウイルボーンは言った。「大丈夫でしょう、どうも。これで充分です」だが、彼にはあまりうまく巻けなかった。コーヒーのほうは薄くて、甘すぎて、熱すぎた——飲むどころか持っていることさえできない熱さで、それはまるで、熱を激しく発散しながらも、なおみずからの熱を、内側から限りなく再生する自然装置を持っているかのようであった。それで彼は腰掛けにコップを置き、その上の簡易ベッドの端に腰かけた。そのときの彼は無意識のうちに、大昔からすべてのみじめなものがとってきた姿勢をとっていたのだ。つまり、悲しみにひたってではなく、はらわたに完全に精神を集中して、残飯や骨の上にかがみこむか、おおいかぶさるかする姿勢であり、その姿勢で食い物を守る必要があるのも、相手がまっすぐに立って歩くものでなく、その食い物を守るものや食い物と同じ平面上を動く動物、卑しい存在だからであり、それを手に入れようとして土埃のなかで、守るものにぱっととびかかり格闘する相手だからだ。彼は見よう見まねで煙草袋の中身を、折り目をつけた紙にそそぎこんだが、いつ、どこで、そのやり方を見たのか、まるで思いだせなかった。そして窓から吹きこんだそよ風に煙草が紙から吹き飛ばされるのを、やや驚きの眼をみはって見つめていた。紙へ吹く風をよけるように体の向きをかえながら、彼は手がふるえはじめているのに気付いた——ただしまだ懸念するほどではなかったが、それでも注意深く手さぐりで袋をわきに置き、巻紙のなかのわずかな煙草を、まるで視線の重みで押さえられるかのように、じっと見つめ、もう一方の手を紙にそえたが、するといままでは両手ともふるえているのがわかり、紙は不意にほとんど聞こえるほどの音をたてて両手の間で裂けた。彼の両手はいまひどくふるえていた。いま彼は煙草がほしいからではなく、ただ巻煙草を作りたいという欲望から、懸命に精神を集中して、二枚目の紙に粉煙草をみたした。彼は慎重にひざから肘を持ちあげ、ひげをそらぬままの平静だが、ややややつれた顔の前に、煙草をみたした紙を持ちあげると、ようやくふるえはとまった。しかし、煙草を紙に巻きこもうと手の力をゆるめると、すぐにまたふるえだしたが、こんどは手を休めたりせずに、注意深く煙草を紙に巻きこんでいった。煙草はわずかずつ、着実に紙の両端からパラパラと落ちていったが、彼はそのまま巻いていった。それをなめるには、両手でそれを支えていなければならなかった。それから舌が紙にふれるとすぐに、その接触が原因で、同じように彼の頭もかすかに、止めようもなく、揺れはじめたようで、彼はしばらく坐ったまま、できあがったものを眺めていた——それは不格好な代赭色《たいしゃいろ》の管《くだ》で、なかの煙草はすでに半分ほどになっており、火をつけるには湿りすぎているようだった。マッチの火をそれにもってゆくにも両手が必要だったし、火をつけるとそれは煙をださずに、一本の細い槍のような熱気が、火そのものが、喉にとびこんできた。それでも彼は右手で煙草をもち、左手で右手の手首をつかむとさらに二度吸いこんだが、それでもう紙の乾いた側はずっと上のほうまで焦げてきて、もう吸えなくなり、それを投げすてて、踏みつけようとしたとたん、自分がまだ裸足《はだし》のままなのを思いだし、気がつき、煙草はくすぶるままにさせて、一種の絶望感に襲われて、坐ったまま、コーヒー・カップを見つめていた——ただし彼はいままで絶望感を表現したことの全くない男だったし、たぶんそのときもまだそれに気付きはじめてさえいなかったろう。やがて彼はコップを取った、そして煙草を手にしたときと同じように、手首を握ってそれを支えると、コーヒーにでなく、飲むことに精神を集中して、口にもっていった。それでおそらく彼は、コーヒーが熱くて飲めないのを思いだすことも忘れており、コップのふちと、たえずかすかに揺れている顔とを接触させて、まだやけどしそうな液体をがぶりと飲み、熱さでそのたびに口を離しては、まばたきをし、またがぶりとやっては、まばたきをし、一匙分くらいのコーヒーがコップから床にこぼれ落ち、それはまるで、ひとつかみの針か氷のかけらが落ちたかのように、彼の足やくるぶしにはねかかり、彼はまたも自分がまばたきをはじめたことに気付いて、注意深くコップを腰かけに置いて——腰かけに置くにも両手をつかう必要があった——それにかぶさるようにまた坐ると、少し背をまるめて、瞼の裏のあのざらついたもののせいでたえず眼をまたたかせていると、こんどは階段に二人の足音が聞こえてきたが、彼はドアの方を見向きもせずにいた。やがてドアが開き、それから大きな響きをたてて閉まる音が聞こえ、それで彼が振りかえって顔をあげると、ダブルの上衣が見え（いまは品のいいグレーの色だった）、その上の顔は、ひげをきれいに剃っていたが、やはり不眠の表情であり、彼は（ウィルボーンは）こう思った、彼はじつにたくさんすることがあったんだな。ぼくはただ待つだけでよかった。しかし彼は急に知らされて、大急ぎで誰か子供達といっしょにいる者さえ、さがさねばならなかったんだ。リトンメーヤーはあのスーツケースを持っていた――インターンの宿舎のベッドの下から一年前に引っぱり出されて、シカゴ、ウィスコンシン、またシカゴ、ユタ、サン・アントニオ、それからまたニューオーリンズ、そしていまは拘置所へと旅をしてきたスーツケースだ――そして彼はやって来て、それをベッドの脇に置いた。だが、そのときでさえ、なめらかなグレーの袖の先にあるその手は役目がすんだわけでなく、こんどは上衣の内側へ入っていった。

「君の衣類だ」と彼は言った。「ぼくが君の保証人になった。今朝にも釈放してもらえるだろう」手が現われ、きちんと二つ折りにした札束をベッドの上にぽんと放った。「これはあの三百ドルだ。あれだけ長い間持ち歩いてたんだから、所有権は君に移ったというわけだ。その金で遠くまで行けるはずだ。とにかく、充分遠い所まではな。メキシコと言いたいところだが、用心さえしていれば、まあどこにでも隠れていられるさ。だが、これ以上のことは期待するな。そこは承知しておけ。これですべてだ」

「高飛びしろというのかい？」とウイルボーンは言った。「保釈中に高飛びしろと？」

「そうだ！」とリトンメーヤーは激しく言った。「この土地からとっとと失せるんだ。鉄道の切符を買って送り届けてやるし――」

「すまないが、できない」とウイルボーンは言った。

「——ニューオーリンズ。船ででてゆくこともできるだろうし——」

「すまないけど、それはしたくないんだ」とウイルボーンは言った。リトンメーヤーは口をつぐんだ。彼はウイルボーンを見ていなかった。彼はなにも見ていなかった。しばらくして、彼は静かに言った。

「彼女の心を考えてみろ」

「ぼくがそれを考えずにいられるというのか。それ以外になにも考えられないぼくに——。いいやだめなんだ。たぶんそのせいだ。たぶんそれが原因で——」たぶん、そうだったのだ。そのときはじめて、彼にはもう少しでその点に手がとどきそうになった。だが、まだだった。しかしそれも大丈夫だった。またもどってくるだろう。そのときが来れば。彼にはわかるし、つかめるだろう。

「それなら、ぼくの気持を考えてみろ」とリトンメーヤーは言った。

「それも考えずにすんだらと願ってるよ。たしかにすまないと——」

「ぼくに同情なんかするな!」と相手は急に激烈な口調になって言った。「同情などしてもらいたくないんだ。わからないのか? えっ?」そしてほかにわからせたいことがあったが、彼はそれを口にしなかった——できなかったし、したくなかったのだ。彼もまた慄《ふる》えだしていた。きちんとした黒っぽい地味な、上等の服を着た彼も、慄えだし、呟いていた。「ちえっ、ああ、畜生」

「たぶん、ぼくがすまないと思っているのは、あなたがなにもやれない点なんだ。なぜやれないかもわかっている。ほかの誰にでも、その理由は誰にもわかるほど明白だけども、だからといって、なんの役にもたたないんだ。ただぼくだったら、それができるだろうし、それで少しは役に立つだろうけど。しかしぼくにもできないんだ。そしてぼくにはなぜできないかもわかっている。わかってると思う。ただしいままでのぼくにはわかってなかった——」彼も口をつぐんだ。彼は静かに言った。「すまない」相手の慄えはとまった。彼はウイルボーンと同じように静かに口を開いた。

「じゃ、君は行かないんだな」

「たぶん、もしあなたがなぜかの理由を話してくれたら」とウイルボーンは言った。だが相手は答えなかった。相手は胸のポケットから汚れひとつないハンカチを取りだし、それでたんねんに顔を拭いた、それでウイルボーンも海からの朝のそよ風がやんでいて、そのままどこかに去ってしまったと気付いたのだが、その風はまるで、明るい積雲の散った空と大地でできた大鉢が空虚な球体か真空空間になったために、そこにある風だけではその大鉢をみたせず、それで風どもはその大鉢のなかを、なんの予定もなく、なんの法則にも従わず、予測もできず、どこからともなくやってきて、どこともなく去ってゆくのであり、なにもない平原で馬勒《ばろく》をつけずに暮らす馬の群のように、行ったり来たり駆けめぐっているだけといったふうだった。リトンメーヤーはドアのところに行くと、振り返りもせずにドアをゆすぶった。看守がやってきて、ドアの鍵をはずした。彼は振り返って見そうもなかった。「お金を忘れてますよ」ウイルボーンは言った。相手は振り返り、引き返すと、きちんと折った札を手に取った。その後で、彼はウイルボーンを見やった。

「じゃ、君はやる気がないんだな」と彼は言った。「その気はないんだな」

「すまないけど」とウイルボーンは言った。**なぜだか話してさえくれたら、**とウイルボーンは思った。**そうしてくれたら、ぼくはたぶんその気に。**ただし彼には相手がその気にならなかっただろうとわかっていた。しかし、彼はときおりそのことを考えつづけたのであり、そうしているうちに六月の末の日々も終了して七月になった——夜明けにはいつも、入江に向かって河を下ってゆくえびとり舟の重いエンジンの響きに耳をすまし、そうした朝のほんの一時《ひととき》の涼しい時間には、太陽はまだ彼の背後にあったが、いつまでもぎらぎら輝く真鍮色の午後の間は、塩にひたった太陽が窓からたっぷりと強烈に射しこんできて、彼がしがみつく鉄格子の形を彼の顔と上半身に焼きつけた——それに彼は再び眠ることさえできるようになっていて、ときどき気がついてみると、汗だらけになった鉄格子の手の位置を二度変える間にも眠りこんでいたりした。やがて、彼はあのことを考えるのをやめた。いつからかはわからなかった。リトンメーヤーが訪ねてきたことも自分はすっかり忘れてしまったことさえ、思い出さなかったのだ。

ある日——それは夕暮に近い頃であり、どうしていままでそれが眼に入らなかったのかわからなかったが、とにかく二十年前からそこにあったものだが——彼はひとつの船体を見つけた。それは海寄りの、河の向こう側にある平たい一段きりの堤防の岸にあった。一九一八年に作られたが完成にいたらなかった戦時用の船のコンクリートの船体、いや船体というよりその残骸だった。それは一度も動いたことがなく、何年も前に下部がくさって下からとれてしまい、ぎらぎら輝いている河口のそばの干潟《ひがた》に坐りこんだままになっていて、一段低くなった後甲板には、端から端まで洗濯物を干す細いひもがはってある。いま太陽はその向こうに沈もうとしていて、あまりはっきり見分けられなかったが、次の朝にはかまどの煙突が斜めに突きでて煙を吐いているのがわかったし、朝の海からの風にはためいている洗濯物の色も見分けることもでき、その後では、小さな人間の姿も眺められ、それが洗濯ひもから衣類を取り入れている女の人だということもわかり、洗濯ばさみを一つひとつ口にくわえる動作も見分けられるように彼には思えた。そして彼は考えた。**もしぼくたちがあの船のことを知っていたら、たぶん四日間はあそこに住んで、十ドルは節約できただろうな。**さらに考えて、**四日間か。いや、たぶん四日間だけではなかったかもしれない。それだけのはずはないな。**そしてある晩、見つめていると、平底の漁船が横づけになり、男が梯子を登ってゆくのが見えた。登ってゆく男の肩からは巻いた長い網がなだれのように、薄くて妖精の衣のように垂れさがっていた。また男が船尾に坐りこんで、朝日を浴びながら、網をつくろっているのも見てとれた。網は膝の上に広げられ、その迷路のような亜麻色の網格子は陽の光があたって、小麦色がかった銀色に輝いていた。そして月が出るようになり、彼がそこに立っている間にも、それは夜ごとに満ちてゆき、また彼が衰えてゆく光のなかで立っている間に、夜ごとに欠けていった。そしてある午後、彼はいくつもの旗を見た——それらは細いマストの下から上へ数珠《じゅず》つなぎについていて、河口の政府施設の上の方、雲が飛ぶように流れる平板な鋼色の空を背景に、ぴんと張ってたなびいていた、そして、その夜は一晩中河口の外のブイがうめき声をたて、吠え、窓の向こうの棕櫚はかすれた低い音をたてた、そしてちょうど夜明け前に、ハリケーンの尻尾が襲ってきて、吹き降りの激しい雨となった。それはハリケーンそのものではなかった。ハリケーンはメキシコ湾のどこかを疾走していて、その単なる尻尾、またはたてがみのひと振りにすぎなかったが、それでも濁った黄色い十フィートの高さの波が海岸に押しよせ、二十時間にわたって衰えず、激しく狂ったように依然として乾いた音をたてている棕櫚の間や、独房の屋根の上を走り抜けていったので、二日目の夜も一晩中、すさまじい音をたてる闇のなかで、防波堤に波のぶつかる音を聞くことができたし、その吠える声の合い間に、ブイのゴボゴボという音も聞こえた。それればかりか、ブイがしめ殺されるような叫び声をあげて再び波に持ちあげられるたびに、ブイから流れ落ちる水のとどろきさえ聞こえるような気がした。雨は降りしきり、次の夜明けになってもやまなかったが、いまは前ほど怒り狂っておらず、東の風に押されて、平坦な土地をよぎって進んでいった。それは内陸部ではさらに一層穏やかな雨となるだろうし、ずっしりした端正な木々の間や、刈りこんだ芝生の上では、きらきらした銀色の夏の呟きになるだけだろう。その芝生は刈りこまれているだろう、と彼には想像できた。彼が待っていたあの公園とそっくり同じだろう、たぶん、ときどき子供たちや子守りたちもやってくるし、最もふさわしい、まさに最上の場所だ。そのうちすぐに、墓石も置かれ、地面がもと通りになって、まわりも整うと、墓石はなにも語らずに残りつづけるだろう。芝生は刈りこまれ、青々として、静かで、かぶせられたシーツの下のあの形は、平たくて、小さくて、遺体は、二人の男の手で、実際には目方があっても、目方がないかのように運ばれてゆき、そんな軽さにもかかわらずいまは、鉄のような大地の重さを静かに耐えているのだ。だがそれで終わりだなどということはありえない、と彼は思った。そんなはずはない。無駄だったはずはないんだ。肉体のことではない、肉体はいつだってたくさんある。そんなことは二十年も前に、国々を維持し、いくつかの標語を正当化しようとしたときに、彼らの気付いたことだ——かりに肉体のおかげで維持できた国々が、それによって奪われた肉体をもって、維持するだけの値打があったとしての話だが、だが記憶はどうだ、記憶は肉体から独立して存在する。だがこう考えるのも間違っていた。なぜなら、記憶は自分が記憶だとわからないからだ、と彼は思った。記憶はそれ自体ではなにを覚えこんだかもわからないものだ。だから、もとの肉体がなければならない、記憶が刺激を与える、もとのこわれやすい、亡び去ってしまう肉体がなければならないんだ。

もう少しでわかりかけたのは、今度で二度目だった。だが、それは再び彼から逃げていった。しかし、彼はまだわかろうと努めてはいなかった。まだ大丈夫であり、彼は心配していなかった。そのときがくればまた戻ってきて、彼の手のとどくところにじっと立ってくれさえするだろう。そしてある夜、彼は入浴を許され、そして翌朝早く床屋が(彼は安全かみそりの刃を取りあげられていた)やってきて、ひげをそってくれ、そして新しいシャツを着せられ、片側は係官に手錠でつながれ、もう片側は官選弁護人につき添われて、まだ早い陽光のなかを通りを歩いてゆくと、町の連中は——製材所のある沼地からやってきた、マラリアにかかっている男たちや、風と陽にさらされたえび漁の漁師たちだが——振り向いて彼を見送り、裁判所の方へ向かってゆくと、すでにバルコニーではひとりの廷吏が開廷と叫んでいた。今度は裁判所が拘置所に似ていて、二階建て、同じ漆喰塗りで、同じようにクレオソートと煙草のはきかすの臭いがしたが、吐いた物の臭いはなく、芝生のない敷地にはここにも五、六本の棕櫚と夾竹桃があり、ランタナの背の低いこんもりとした茂みはピンクと白の花を咲かせていた。それから玄関を入ったが、そこはまだしばらくは、影と、地下室に似た冷やかさにみたされていたが、煙草の臭いは強くなり、空気はたえず人間の音にみたされていた——それは必ずしも話し声というのではなくて、生理機能を働かせている毛孔の、きわめて確実でたえず不眠不休の呟き声ともいえるような、ブンブンという声にみたされていた。三人は階段をのぼり、ひとつのドアに着いた。彼が人々でうまったベンチの間の通路を歩いてゆくと、頭がいくつもこちらを振り向き、延吏の声はバルコニーから相変わらず歌うように叫んでいて、彼は弁護士と係官にはさまれて、テーブルについたが、それからまたすぐに立ちあがり、起立していると、判事がガウンはまとわずに、麻服に老人のはく黒の高い靴というういでたちで、小またで早足のきっぱりとした歩調でやってくると、判事席についた。たいして長くはかからなかった。ごく事務的に、簡単に、陪審員の審理まで二十二分ですませたのだった――彼の官選弁護人は（月のような丸顔の青年で、眼鏡の奥からは近視眼がのぞいており、皺《しわ》だらけの麻の服を着ていて）単調な口調で陪審員にくいさがったが、それでも二十二分しかかからなかったのであり、その間、判事は壇上の、マホガニーまがいの木目ばかりか同じ着色もした松材の長テーブルの向こうに坐っていたが、その顔は全く法律家らしくなく、週日は銀行家、それもおそらく優秀で抜け目ない銀行家かメソジスト教会の日曜学校の校長といった顔で、やせていて、髪はぴたりととかし、きちんと口ひげを生やし、昔風の金縁眼鏡をかけている。

「起訴状にはどう書いてあるのかね？」と彼は言った。書記が起訴状を読んだが、その声はものうげで、冗長な言いまわしを口にする合い間にうとうとと眠りこけるかのようだった。

「……ミシシピイ州の治安と尊厳に対する……故殺……」長テーブルの一番はしで、ひとりの男が立ちあがった。彼の薄い麻服は皺だらけの、みっともないといえるほどのものだった。かなり太っていて、法律家らしく、貴族的ともいえるくらい整った顔付をしていて、フットライトを浴びるにふさわしく、法廷向きで、抜け目なく、機敏だ。地方検事だった。

「判事殿、われわれは謀殺を立証できると信じております」

「ガウワー君、この男は謀殺で起訴されているのではない。それはご承知のはずだ。被告の罪状認否をおこなう」今度は、あの丸々とした若い弁護士が立ちあがった。彼は年長の検事ほど腹は出ていなかったし、法律家らしい顔もしていなかった、少なくともいまのところは。

「有罪を認めます、判事殿」と彼は言った。そしていま、ウィルボーンは背後からあれが聞こえてくるのを耳にした——長く吐き出される息、溜息。

「被告は当法廷の慈悲にすべてをまかせようとしているのですか?」と判事は言った。

「ぼくは自分が有罪だと申し述べただけです、判事殿」とウィルボーンは言った。背後からまたあれが前より大きく聞こえてきたが、すでに判事は子供用のクロケー競技で使うほどの木槌で激しく叩いていた。

「君は黙っておればいいんだ!」と彼は言った。「被告は法廷の慈悲にすべてをまかせることを望んでいますか?」

「はい、判事殿」と若い弁護士は言った。

「ガウワー君、では君は陳述をおこなう必要がなくなったわけだ。陪審員諸君に私からひとこと――」今度は溜息などではなかった。息をつめる音が聞こえ、それからそれは怒号に近いもの、といってももちろん、それほど大きくなかった、まだそれほどではなかったが、小さな堅い木槌が激しくテーブルをたたき、廷吏もなにかをわめいており、そして動きも加わっており、彼の寄せるような足音もまじっていた。叫び声がした。「いいぞ！　やれやれ！　奴を殺しちまえ！」そしてウィルボーンは見た――ボタンを掛けたあの灰色《グレー》の上着が（同じものだ）判事席に向かってどんどん近づいていて、あの顔、憤りにみちた顔があった。――それは、全くだしぬけに、自分には不当な苦しみに直面した男の顔であり、その苦しみは彼にとっては全くふさわしくなかったから、いまでさえ彼は自分にこう問いかけているにちがいないのだ――だがどうしてぼくが？　なぜなんだ？　ぼくがなにをしたというんだ？　ぼくが自分の人生で、どんな間違いをしたというんだ？　その顔がまっすぐ進んできて、立ち止まり、話しはじめたのであり、彼が口を開くと、怒号はぴたりとやんだ。

「判事殿――もし法廷が許して――」

「誰だ、この男は？」と判事は言った。

「フランシス・リトンメーヤーと言います」リトンメーヤーは言った。それで、再び騒然となり、再び木槌が振られ、いまは判事自身がどなり、どなって騒ぎを静めようとしていた。

「静粛に！　静粛に！　もう一度こういう騒ぎがおきたら、わたしは退席します！　その男から武器を取りあげなさい！」

「武器はもってません」とリトンメーヤーは言った。「わたしはただ――」だが、すでに延吏とほかに二人の男が彼にとびかかり、なめらかなグレーの服の両袖をはがいじめにしながら、ポケットや両脇をたたいた。

「武器は持っておりません、判事殿」と廷吏は言った。判事は地方検事にくってかかったが、ふるえてもいて、このきちんと規律好きの人物は、こういう事態には年をとりすぎてもいた。

「君はどういうつもりでこんな馬鹿なまねをするのかね、ガウワー君？」

「わたしは知りません、判事殿、わたしがやったんじゃ――」

「君がこの男を召喚したのではないのかね？」

「その必要があるとは考えませんでした。この男にたいする配慮から――」

「もし当法廷の許しがえられるなら」とリトンメーヤーは言った。「わたしはひとこと――」判事は片手をあげて制した。リトンメーヤーは口をつぐんだ。彼は身動きもせず立っていて、その顔は彫刻のように穏やかであり、そこにはなにかゴシック寺院の壁に彫られた顔をおもわせるものがある、そしてそのうす青い眼にも、なにか同じような、ひとみのない大理石のうつろさをおもわせるものがあった。判事は地方検事をにらんだ。それ（地方検事の顔）は、いまは法律家の顔になっていて、完全に警戒し、完全に油断なく、その奥では頭がひそかに、急速に働いていた。判事は丸々と太った若い弁護士を、きびしく見つめた。それから、彼はリトンメーヤーを見た。「本件は終了した」と彼は言った。「だが、それでもなお君がなにか陳述したいのなら、それを許可する」いまは、全くなんの物音もしなかった。呼吸の音さえ、自分と、隣にいる若い弁護士の呼吸とをのぞけば、ウイルボーンの耳には全く聞こえてこなかった。リトンメーヤーは証人席へと進んでいった。「本件は終了している」と判事は言った。「被告は判決を待っているところなのだ。君はそこから陳述をしなさい」リトンメーヤーは立ち止まった。彼は判事を見ていなかった、なにも見ていなかった。その顔は穏やかで、非のうちどころなく、憤りにみちていた。

「わたしはひとこと嘆願したい」と彼は言った。しばらく判事は身動きせずに、リトンメーヤーを見つめていて、木槌はサーベルのようにまだしっかり握りしめられていたが、やがてゆっくりと前かがみになり、リトンメーヤーを見つめていた。そして、ウイルボーンにはまたあれがはじまるのが聞こえた——驚きと信じられない気持がつのるままに、息を吸いこむ音。

「あんたは、なにをしたいって？」と判事は言った。「なにをかね？　嘆願と言ったのかね？　この男のために？　この男はわざと、故意に、あんたの妻に手術をおこなったのだよ、そんなことをしたら彼女が死ぬかもしれないとわかっていながら、そして事実そうなったんだよ」そしていまや、それはまさに怒号となり、うねり、またわきあがった。彼はそのなかに足音と金切り声のひとつひとつを聞きとった——それは、法廷の係官たちがフットボールのチームのように、彼のなかへ突進してゆく音だ。なめらかな美しい服を着た男の、穏やかで動かない憤りにみちた顔のまわりを、怒りと混乱が渦まいている。「吊しちまえ！　二人とも吊しちまえ！」、「いっしょにぶちこんでしまえ！　そん畜生にこんどはその男をナイフで手術させてやれ！」足を踏みならす音や金切り声よりも高く、怒号はひびきつづけ、ようやく静まってきたが、まだやんではおらず、閉ざされた扉の向こうでしばらく押し殺されているだけで、やがて再び、建物の外でわきあがり、判事もいまは立っていて、判事席のテーブルに両腕をつっぱり、木槌はまだ握りしめたままで、頭は揺れてふるえていて、いまそれはまさに老人の頭だった。やがて判事は再びゆっくりと身を沈めたが、頭は老人の頭らしく揺れていた。しかし、彼の声は全く平静で、冷やかだった。

「あの男が町を出られるよう保護してやれ。ただちに出るように手配するんだ」

「判事殿、いますぐはこの建物から出さないようにした方がいいと思いますが」と廷吏は言った。「外のあれを聞いてくださいよ」だが、それは誰も耳をすまして聞くまでもないものだった、といってもいまはヒステリックではなくなり、ただ憤慨し、怒っているだけのざわめきだった。「吊すほど頭にきちゃいません。せいぜいタール塗りのリンチ程度のところです。でも、とにかく――」

「わかった」と判事は言った。「彼をわたしの部屋に連れてゆけ。暗くなるまではそこに置いておくんだ。それからこの町から出すことにしよう。陪審員の皆さん、皆さんは被告が起訴された通りに有罪と投票されるでしょうが、そうしたらその票決をここに答申してください、その結果の判決は、パーチマン刑務所で、五十年をくだらない期間の重労働ということになります。あなた方は退席してよろしい」

「判事、どうやらその必要はないと思うんだがね」と陪審員の代表が言った。「どうせわたしたちはみんな――」判事は彼のほうに向いたが、それは老人のみせる弱々しくてふるえる激怒そのままの姿だった――

「退席しなさい！　あなたは法廷侮辱罪で拘留されたいんですか？」陪審員たちは退廷したが、それは二分間たらずのことであり、延吏がドアを閉めてからまたそれを開けるだけの暇もないほどだった。裁判所の外では、あのざわめきが、高まったり低まったりしながら、つづいていた。

その午後、再び雨が降った――まだ太陽が隠れないうちに、明るい銀色の幕が吼《ほ》えるような音とともにどこからとなく現われ、仔馬のように気まぐれな足どりでどこかへ駆け去っていったが、それから三十分もすると再び、水しぶきをあげる足どりも軽く、無邪気に、叫び声をたてながら舞い戻ってきた。しかしやがて彼が監房に戻ってきた日暮の頃には、空は言いようのないほど汚れなく晴れあがり、たそがれの浅葱色《あさぎいろ》の残った上空には宵の明星が光っていた。鉄格子の向こうの棕櫚はただ囁くだけとなり、雨はすっかり蒸発していた。そのときの彼はリトンメーヤーの言葉の意味を悟っていた。いま彼はその理由を知ったのである。彼は二人の人間の足音を聞いた、しかし、しばらくは窓から振り返らずにいて、その間にドアが開いてそれが大きく響いて再び閉まると、リトンメーヤーが入っていて、一瞬の間、そこに立って彼を見やっていた。それからリトンメーヤーは自分のポケットからなにかを取りだし、監房を横切ってくると、手を差しだした。「これだ」と彼は言った。それは薬用の小箱だったが、ラベルは張られてなかった。なかには一個の小さな錠剤が入っていた。ほんの一瞬間、ウィルボーンは阿呆のようにそれを見おろしていた——ただしほんの一瞬だけであった。それから彼は静かに言った——

「青酸カリだね」

「そうだ」とリトンメーヤーは言った。彼は背を向け、すでに立ち去りはじめていた——その顔は一貫した激怒のためにかえって静かであり、自分が常に正しかったくせに、そのことに平安を見いだせなかった人間の顔であった。

「しかしぼくはどうしても——」とウィルボーンは言った。「ぼくがただ死んだからって、それがあんたになんの助けに——」それから彼は自分が理解したと思った。彼は言った。

「待ってくれ」リトンメーヤーはドアに達していて、それに手をかけた。にもかかわらず彼は動きをとめ、振り返った。「なにしろぼくは混乱してたからね。よく考えられないんだ。早くはね」相手は彼を見やり、待っていた。「あんたには感謝するよ。ほんとに感謝する。なにかぼくのほうからも、同じようなことをしたいけど、それがわからないんだ」それからリトンメーヤーは一度だけドアをゆすった、そして再びウイルボーンを見やった――一貫して、正しくて、永久に呪われた顔だ。看守が現われて、ドアを開けた。

「それは君のためにしてるんじゃないのだ」とリトンメーヤーは言った。「その点は君のぼんくら頭から叩きだしておけ」それから彼は立ち去り、ドアが大きく響いた、そしてウイルボーンは悟ったのだが、それは刹那のものであって、理解の閃きでさえなく、いわばごたごたのはめ絵《パズル》が自然に形に納まったというふうだった。**もちろんそうだったんだ、と**ウイルボーンは思った。**ニューオーリンズのあの最後の日のせいだ。彼は彼女に約束したんだ。彼女が、あのぼんくら頭の間抜けなウイルボーンのせいじゃないのよ、と言い、そして彼が彼女に約束したからなんだ。**そしてその通りだった。それだけのことだったのだ。それははめ絵の模様に落ち着き、彼が見るだけの時間しばらくはそのままに残り、それから流動し、薄れ、思いだすという領域からは永久に消え去ったのであり、それであとにはただ記憶だけが、刻みこんだ肉体があるかぎりは消しがたく永久に、そこにあるのみだった。そしていまの彼はその記憶に向きあい、それを言葉にしようと考えたのであり、いまはそれだけでよかったのだ、そして彼は窓のほうに向き、窓の下に、開いた小箱を注意ぶかく差しだし、親指と人差指で錠剤をつまんで、折り目のついた煙草の巻紙にそれを移すと、その錠剤を低いほうの鉄棒にあてて丹念にすりつぶした。そしてその最後の粉までを小箱に入れると、煙草の巻紙で鉄棒を拭い、そして小箱の中身を床にあけて靴底で踏みにじり、それが埃りや古い痰《たん》やクレオソートの塊と完全に混じりあって消えさるまでつづけ、さらに煙草の巻紙を燃やしてから、窓に戻った。あの記憶はそこにあった、彼を待っていて、それでよかった——あの瞬間がきたときも、あの記憶は自分の手にあるだろう。いま彼は向こうのコンクリートの廃船に灯火のともったのを見ることができた。その船の船尾の窓にも灯火がみえ、そこを彼は、まるで自分が住んだことがあるかのように、ここ数週間、台所と呼んでいた。またいまは軽い海風が棕櫚の間に前ぶれの囁きを鳴らして沖へと吹きはじめており、それは沼地と野生のクチナシの匂いをもたらし、さらに暮れはてる西空や輝く明星へ向かって吹きすぎていった——夜になっていた。そうだ、あれは単に記憶だけでなかったのだ。記憶はその半分にすぎず、それだけでは充分でなかったのだ。しかし記憶はどこかにあるにちがいないんだ、と彼は思った。あの無駄だった空しさはある。それもぼくばかりではないのさ。少なくともぼくだけのことを意味していないんだ。自分だけじゃないと思いたい。誰にでも起こることなんだ、考えつづけ、思いだすのはあの肉体であり、愛し合ったり作ったりするのが好きだったあの太い腿であり、あの両手だった。彼には自分の願いが、頼みが、ごくわずかなもの、ほんの小さなことに思えた。墓地へと這いすすんでいる老人の頼みごとと同じなんだ――年寄って、皺だらけで、萎んで、敗残の身であり、その敗北にしがみつきさえせず、ただ古い習慣に頼る人たち――その習慣にすがることを許してもらうために敗北を受けいれた人たち――ぜいぜいという肺、喜びを味わえない故障だらけの消化器官をもつ人たちと同じなんだ。しかしそれでも記憶はそんなに衰えた内臓のなかでも生きてゆけるのであり、いまそれは確かに彼の手もとにあるのだった――疑う余地もなく、明らかに、穏やかにそこにあるのだ、そして夜のなかで棕櫚はこすれあい、乾いて荒れたかすかな囁き声をつづけるが、しかし彼はそれに耐えることができたのだ、さらに考えて、いや、できたではない。そうするのだ。ぼくはそうしたいのだ。そうすればいかに老いこもうと、やはり最後まで、このいつもの肉体はあるんだ。なぜなら、もし記憶が肉体の外側にあるのだとしたら、それはもう記憶ではなくなる、なぜならそれはなにを覚えているかもわからないはずだからだ、だから彼女がこの世からいなくなったとき、ぼくらの記憶の半分がなくなったのだ、そしてもしぼくがいなくなったら、それですべての記憶は存在しなくなるわけだ。――そうだとも、と彼は思った、悲しみと虚無しかないのだとしたら、ぼくは悲しみのほうを取ろう。

次の朝、知事の若手部下のひとりが刑務所へ到着した。若手といったのも、その男がかなり若いほうだからで（たしかに彼は三十歳をすぎていて、またその年に戻りたい様子でもなかったが、その様子には自分の性格に合わぬものや無いものをけっして受け入れず、これからも持とうとしない人間、といった雰囲気があった）、東部の大学ではファイ・ベータ・カッパ（特別にえらばれた学生たちのクラブ）の会員だったし、知事の配下では参謀長の格だったが、その地位も選挙資金を提供して買ったのではなく、選挙のときの彼は東部仕立ての服を無造作に着こみ、品よく湾曲した鼻と物憂げで見下げるような眼付をしながら、奥地のさびれた田舎の村にでかけては小さな雑貨食料品店のベランダに立ったものだ、そして得意の話を聞かせては作業姿で唾を吐く聴衆たちを笑わせ、また同じような眼付のまま、前の知事の名にあやかったり次の知事の（当選を希望して）名をつけられた赤ん坊たちをあやしたり、そのついでに（そういう噂なのだが真実でないのは確かだ）投票するほどの年ではないが赤ん坊でもない女の子の尻をなぜたりもした人物である。彼は書類鞄とともに所長室にいた、そしてやがてあの堤防にでていた所長代理も加わった。所長代理はいずれ呼ばれるはずになっていたのだが、まだそうせぬ内に彼自身で勝手にやってきたのであり、ノックもせず、帽子もかむったまま部屋に入ると、知事の若手参謀を仇名で大声に呼びかけ、その背中を平手でぴしゃりと叩いた、そして片方の尻を所長のデスクに乗せたが、そこはほとんど所長と訪問客の真中だった。いや相手は訪問客というよりも、すぐわかってくるように、絞首刑用の綱にあたる命令をたずさえた使者だったのだ。

「どうやら」と知事の若手部下は言った。「だいぶ、ごたついた様子ですね、ええ？」所長は葉巻を持っていた。彼はすでに一本を客にすすめたのだが断わられていた、ところがやがて所長が、所長代理の首筋を少し険悪でもある眼付でじっと強く睨んでいる間に、所長代理は体をそらして手をうしろに伸ばし、デスクの引出しをあけて一本をとりだしたのだった。

「べつに、ごたついてるとは思えんがねえ」と所長は言った。「あの男は自分の意志に反して流されたんだよ。戻れるときになるとすぐに戻ってきて、自首したんだからね」

「それに、奴はあのやっかいなボートまで持ちかえりもしたんですぜ」と所長代理は言った。「あんなもの捨てちまえば、三日で歩きかえれたんだ。ところが、とんでもない。奴はどうしてもボートを持ち帰る気でいたのさ。『ここにあんたのボートがあるし、女も連れてきたよ、だけど棉倉庫の上の男なんてまるで見かけなかったな』ときたね」彼は腿を叩いて大笑いした。

「騾馬だって、鼠を別にすれば、その二倍の分別はあるね」と使者は愉快そうな声で言った。「しかしそれが面倒の元ではないんでね」

「なにが面倒の元なんだね？」と所長が言った。

「この男は死亡してるんですよ」

「奴は死んでるもんか」と所長代理が言った。「いま現にあっちの宿舎にいて、たぶんとんでもない嘘話でもやってるところさ。あんたを連れていって、本人を見せたっていいよ」所長は所長代理を見やっていた。

「君」と所長は言った。「ブレゾーがわたしに、ケイトの騾馬の脚のことでなにか話したがっておったからね、君ひとつ厩《うまや》にいって――」

「それは片付けましたよ」と代理は言った。彼は所長のほうを見やろうとさえしなかった。彼は使者を見ており、話しかけもしていた。「とんでもない。奴は死んでなんか――」

「しかし彼は死亡した者として、公式に釈放されているんだよ。恩赦でも仮釈放でもない。罪からの放免なんだ。だから彼は死亡してるか、自由の身か、どちらかというわけでね。どちらの場合にしても、ここに所属してはいないんだ。いまや、所長も所長代理も使者を見やっていて、代理のほうは少し口をあけ、葉巻の端を喰い破ろうと持ちあげた手をそのままにとめていた。使者は愉快そうに、非常に明確に話した、「当刑務所の所長から知事に送付された報告によるとですね」代理は、他の動きをしなかったが、口だけは閉めた。「それも当時、その囚人の身柄を任されて刑務所に戻す役であった所員による公式の証言によるのですがね」いま所長代理は葉巻を口にくわえ、ゆっくりとデスクからおりたち、舌の先で葉巻をまわしながら喋りはじめた――

「そうか。おれの失敗だったってわけだ、そうだろ？」彼は短く笑った――はっはっと二段に分ける作り笑いだった。「しかもこのおれは三度の知事選挙に三度とも、自分の応援をした通りの知事を当選させてる男なのにな。そのことはどこかの書類に書かれてるはずだよ。ジャクスン（ミシシピイ州の州都でもある）の州庁にいる者ならすぐ見つけるはずさ。もし向こうでもわからないんなら、おれが自分であんたに見せて――」

「三代の知事を？」と使者は言った。「なるほど、そりゃ立派なもんだね」

「そうとも、その通りさ」と所長代理は言った。「田舎あたりにはそんな目のきかない連中がいくらでもいるんだ」所長はまたも代理の首筋をうしろから見守っていた。

「ねえ君」と所長は言った。「わたしの家にいって、食器棚からウイスキーの壜をとってきてくれんかね？」

「いいですよ」と所長代理は言った。「しかしその前にこの問題を片付けたほうがいいですね。まずこうすればいいと思うんだ、すなわちだね――」

「それを片付けるには、一、二杯やりながらのほうが早いだろう」と所長は言った。「君はまず自分の部屋にいって上衣を着るんだ、そうすれば壜を——」

「そんな面倒なこと」と所長代理は言った。「上衣なんか要らんですよ」彼はドアまで行ったが、そこで立ち止まって振り返った。「こうすればいいと思うんだ。ここに十二人の人間を呼び集めて、これが陪審員だとあの男に言う——なにしろあの男は一度きりしか見たことがないから、わかりっこないんだ——そしてあの列車強盗の件で裁判をやればいい。ハンプなら裁判長の役をやれるし」

「同じ犯罪にたいして二度もひとりの人間を裁くわけにはいかないね」と使者は言った。

「たとえ眼の前にいるのが陪審員だと見分けられない男にだって、それぐらいはわかるだろうからね」

「ねえ、君」と所長が言った。

「それじゃあだな。その事件を新しい列車強盗だと言ったらいい。それは昨日の事件で、彼が外にでてる間にまた列車を襲って、それを忘れちまった事件だと言いきかせる。彼は肩をすくめるだけでさあ。それにね、気にもしないだろうね。あの男にとっちゃあ、外よりもこの中のほうがましなくらいだからね。たとえ外にでても、行くところはどこもない男だからね。連中はみんなそうでさあ。外にだしても、一族再会といった気分で、またクリスマスにはここに戻ってくる——それも前につかまったときと全く同じことをやってね」彼はまた大きく笑った。「あの囚人どもときたら」

「君」と所長は言った。「わたしの家にいったら、まず罎をあけて、酒が上等かどうかためしてみたまえ。一、二杯飲んでな。ゆっくり味をみるんだよ。悪い酒なら、ここに持ってきても無駄だからね」

「オー・ケー」と所長代理は言った。今度は彼も出ていった。

「ドアに鍵をおろせませんかね?」と使者は言った。所長はかすかに身をくねらせた。つまり、彼は椅子のなかで尻の位置を変えた。

「結局のところ、彼の言う通りなんだよ」と彼は言った。「彼はいままでも三度、選挙には当ててるんだ。それにあの男は、ピットマン郡では誰とでも親類づきあいをしてる男だからね、黒んぼは別だが」

「となると、この問題も手早く片付けられますね」使者は書類鞄をあけて、ひと綴りの書類をとりだした。「さて、要点はこの通り」

「どんな要点だね?」

「彼が脱走したこと」

「しかし彼は自分から戻ってきて自首したんだよ」

「しかし彼は脱走したんですよ」

「ではそうしよう」と所長は言った。「彼は脱走した。それで、どうしろというのかね?」

いま使者は苛だって言った。つまり次のような言い方になった――

「いいですか。ぼくは日当つきでここに来ている。つまり納税者や有権者の眼があるわけです。それでもし誰かがこの件について調査しろなんて言いだす機会が生じたりすると、十人の上院議員と二十五人の下院議員が特別列車でここに乗りこむことにもなりかねない。日当つきでね。それればかりか彼らの幾人かが、メンフィスかニューオーリンズに寄ってからジャクスンに帰るなんて言いだしたら——それも日当つきでね——押さえるわけにいかないでしょうしね」

「わかった」と所長は言った。「知事はどうしろと言うんだね?」

「こうです。あの囚人はひとりの特定の職員による監督下でここを離れた。しかし彼はべつの職員によってここに連れ戻された」

「しかし彼は自首——」今度は所長が自分から口をとめたのだった。彼は使者を見やった——というより、ほとんど見つめるといった眼付だった。「わかった。つづけたまえ」

「正式に任命されて特定の責任を課された職員が、ここに戻ってきたあとで、その囚人の身柄はもはや自分の管理ではなくなったと報告した、つまり、事実として、その所員はその囚人がどこにいったか、知らなかったわけですね。それは間違いないでしょ、どうです?」所長はなにも言わなかった。「その通りでしょう?」と使者は愉快そうに、しつっこく、言った。

「しかしあの代理にはそんな処置がとれないんだ。なにしろ彼は郡の半分の人間たちと

――」

「そこも配慮してありますよ。知事はですね、彼にハイウェイ・パトロールの役を用意しましたからね」

「そりゃ駄目だ」と所長は言った。「彼はオートバイにも乗れやしない。わたしは彼にトラックさえ運転させないんだ」

「彼はその必要がないんですよ。なにしろ、ミシシピイの州選挙で、三度もつづけて当選知事を応援した男なんですからね、驚きもし感謝もする州政府では、彼に専用車をあてがうばかりか、必要なら運転手もつけるでしょうね。それに彼はその車にいつも乗っていなくともいいんです。その近くにたむろしていて、監督官がその車を見つけて笛を鳴らしたら、でてゆきゃあいいんですよ」

「それにしても、どうも賛成できないねえ」と所長は言った。

「ぼくだってそうです。あの囚人が皆に信じこませたように、あのまま溺死してくれたら、あなたの部下もこんな面倒におちずにすんだんですがね。しかしあの囚人は死ななかった。そして知事はこうしろと言う。ほかにいい方法でもありますか？」所長は溜息をついた。

「ないね」と所長は言った。

「それではと」使者は書類の綴りをあけた、そして万年筆の蓋をはずすと、書きはじめた。

「刑務所よりの脱走を企てた場合は、十年の刑を加算」と彼は言った。「所長代理のバックワースはハイウェイ・パトロールに転任。あなたが望むなら、これを彼の功績による栄転としてもいいですよ。いまはもう、どっちにしろ問題じゃないですからね。これでいいですね？」

「それでいい」と所長は言った。

「それではと、彼をここに呼んだらいかがです。ついでに片付けてしまいましょうや」それで所長は背の高い囚人に迎えをやり、やがて彼は到着した——むっつりと生真面目な様子で新しい囚人服を着こみ、日焼けした顎のあたりは青くて締まっており、その髪はまだ刈られてぴったり分けられたばかりであり、かすかに所内の床屋（その床屋は妻殺しで終身刑をくっており、ここでも床屋をしていた）のポマードの匂いをさせていた。所長は彼を名前で呼びかけた。

「どうも君は運が悪かったな」囚人はなにも言わなかった。「君には今の刑期の上に十年を加えることになるんだ」

「いいですよ」と囚人は言った。

「どうも運が悪かった。気の毒に思うよ」

「いいですよ」と囚人は言った。「もしもそれが規則ならね」それで刑務所側では彼に十年の刑を加え、そして所長は彼に葉巻を与えた、そして彼はいま坐っていた——上と下の寝棚の間の空間に身を二つに折り曲げ、まだ火をつけぬ葉巻を手にして坐っていて、そばには太った囚人と他の四人がいて彼に耳をかたむけていた。いや、正確には彼に質問をしていたのだ、というのも彼の話はもうすっかり終わっており、彼は再び安全な身になっていたからで、たぶんこれ以上は語る値打さえない、といったところなのだった。

「なるほど」と太った囚人は言った。「それでお前はミシシピイ河に戻ってきたのか。それからなにがあったんだい？」

「なんにも。おれは漕いだだけさ」

「上流へ漕ぎ戻るのはえらく骨が折れたろう、ええ？」

「河は、まだ水がうんとあったな。流れもまだえらく速かったよ。最初の一週間か二週間、ろくに進めなかったね。そのあとは、ずっと楽になった」それから突然、そして静かに、なにかが起こった――彼のあの口ごもる気持、生まれつきお喋りをきらう遺伝めいた気持がいつしか融けさったのであり、彼はその自分に気づき、話している自分に耳をすまし、静かに話しつづけると、言葉は早くはないが楽々と、自分の望んだ通りに口からでてくるのだった――それで彼の語ったところだと、彼は漕ぎつづけたのであり（漕ぎのぼるには岸ぞいにゆくのがよい、そうすれば速力《スピード》がでるといえぬにしろ少しは速くゆける、と彼は発見したのだ――ただしそれは彼が苦い目にあってからのことであって、その前の彼はやにわに激しく中流へ押しだされて、気がつくと自分も小舟も、さっき逃れたばかりの湖に押し戻されていた、それからまた、ほとんど午前中いっぱいかかって、自分が夜明けに出発した運河の入口まで岸ぞいに辿りついたのだった）、そしてしまいに夜がきて、彼らは岸に小舟を結んだ、そしてニューオーリンズの兵器庫を出るときに彼がジャンパーに押し込んできた食料の一部を食べ、やがていつものように女と赤子が小舟のなかで眠りこんだ、そして朝の光がさしこむと彼らはまた進み、その夜も再び岸に小舟をつないだ、そして次の日になると食物がなくなった、それで彼は舟着場にいった。それはひとつの町だが、彼はその名前を覚えないまま、そこで仕事にありついた。それは砂糖黍《ケーン》農場だった。

「葦《ケーン》だと？」と囚人たちのひとりが言った。「いったい葦《ケーン》などを植えてどうしようってんだい？ 葦なんて刈り捨てるもんだぜ。おれの土地じゃあ、刈るのにもえらく苦労するんだ。退治するにゃあ、焼きはらったりするほどさ」〔ミシシピイやルイジアナ州などで背の高い葦をケーンと称する〕

「それは砂糖モロコシ《ソーガム》のことなのさ」と背の高い囚人は言った。

「砂糖モロコシ？」と相手は言った。「その農園ぜんぶに砂糖モロコシばかり植えてるのか？ **砂糖モロコシだと？** そんなもの、なんのたしにするんだい？」背の高い囚人は知らなかった。彼はそれを尋ねたりしなかったのであり、ただ堤防をあがると、そこには黒んぼをいっぱいに積んだトラックがいて、ひとりの白人が言ったのだ、「おい、お前。三角鋤を使えるか？」そして囚人が言った、「ああ」そして白人が言った、「じゃあ乗りな」そして囚人が言った、「だけどな、おれひとりじゃなくて――」

「そうとも」と太った囚人が言った。「おれはそこんところを聞こうと思ってたんだ。連中はどう――」背の高い囚人の顔は真面目であり、その声も静かだった――ただしほんのわずか不愛想な調子だった。

「農園には家族用のテントもあったよ。うしろのほうにだがね」太った囚人は彼にむかって眼をしばたたいた。

「すると連中は彼女をお前の女房だと思ったわけだ、ええ？」

「知らねえな。まあそうだろうな」太った囚人は彼に眼をしばたたいた。

「彼女はお前の女房だったんだろ？　世間でよく言う、かりの女房ってやつさ、ええ？」この質問にたいして背の高い囚人は全く答えなかった。ふと彼は葉巻を持ちあげた、そして外巻き葉のほぐれを調べるらしい様子をした、なぜならそのすぐ後で彼は葉巻の端を舌でなめたからである。「まあいいや」と太った囚人は言った。「それからどうした？」それから彼はそこで三日間働いた。彼はその農園を好まなかった。たぶん彼もまた自分が砂糖黍だと信じたものに、働いて取る値打のものだという信頼感を抱けなかったせいだったろう。それでその日が土曜日だと言われて金を渡され、さらに白人が彼に、次の日にモーターボートでバトン・ルージュへゆく者がいると言うと、彼はその人に会いにいった、そして稼いだ六ドルで食料を買いこむと、小舟をモーターボートのうしろにつないで、バトン・ルージュまでいった。それには長くかからなかった、そしてバトン・ルージュでモーターボートに別れた後で、彼はまた漕ぎはじめたが、もはや『あの河』は水位も低くてさほど速くも強くも流れないように囚人には感じられた、それで彼らはかなりの速力《スピード》で漕ぎすすみ、夜には柳の生えた堤の下に小舟をつなぎ、相変わらず女と赤子は前と同じように眠りこんだ。それからまたも食料がつきた。今度は材木用の舟着場で、材木が積まれて船積みを待っており、二頭の馬のついた荷車がべつのひと山をおろしていた。その荷馬車にいた男たちが彼に製材所のことを話して聞かせ、そして彼が小舟を堤防へ引きあげるのを手伝いもした。彼らは小舟を堤防に残しておけと言ったが、彼が承知しなかった、それで彼らはそれも荷馬車に積みこみ、彼と女もそれに乗りこみ、そしてその製材所にいった。ここでの彼らは一軒の家のひと部屋を与えられた。賃金は一日二ドルで、賄《まかな》いつきだった。仕事はきつかった。彼はその仕事を好んだ。彼はそこに八日間とどまった。

「そんなに好きになったんなら、どうして止めたんだ?」と太った囚人が言った。背の高い囚人はまたも葉巻を調べるといった様子になり、差しこむ光線のほうへその濃いチョコレート色の腹をかざした。

「面倒にまきこまれたのよ」と彼は言った。

「どんな面倒だ?」

「女さ。別の男の女房だったのさ」

「というと、お前はひとりをこの国の上から下まで、あちこち昼も夜も、それも一ヵ月以上も、連れまわったあげく、ようやくひと休みして息をつけるときになったら、たちまち別のやつと面倒を起こしちまったってわけか？」背の高い囚人はその点についてすでに考えていた。彼はそれを思いだした——たしかに最初のころ、もし赤子さえいなかったら、彼が手を出し、試みたかもしれぬ機会が——ほんの一瞬が——幾度かあったのだった。しかしそれらの機会はほんの数秒間だった、なぜなら次の瞬間には彼の全身が激烈でぞっとする嫌悪感にとらわれて、その考え自体から逃走するかに思われたからだ——ただし彼が女を味わってからは二年もたっていたのであり、その相手は名も知らねば若くもない黒人女、いわば迷いこんだ女で、ある第五日曜の訪問日に彼が偶然につかまえた相手だった。その女が面会にきた男は——夫か恋人かは——一週間ほど前に模範囚に射殺されていたのを、女は知らずにやってきたのだった——そういう彼だったにもかかわらず、それからの彼は盲目の衝動の気まぐれな力と権力が彼の上にのせた石臼を遠く離れて眺めるようになったのであり、苛烈で容赦ない憤怒《いかり》にかられて考えたばかりか、実際に口にだしてこうも言ったのだ——「この女はな、あれをするのにさえおれには役に立たねえんだ」

「だけどお前、新しいほうとはやったんだ、そうだろ？」と太った囚人が言った。

「ああ」と背の高い囚人は言った。太った囚人は彼に向かって眼をしばたいた。

「よかったか？」

「よくねえはずねえだろ」と他のひとりが言った。「それで？　お前は帰り道であと幾人つかまえた？　よくあるのさ、一度手に入りはじめると、次から次にできるもんなんだ、たとえそれが――」そのときだけだった、と囚人は彼らに話した。彼らは急いでその製材所を離れたのであり、食料を買うひまもなかった。食料を手に入れたのは次の舟着場でのことで、そこでは彼が稼いだ十六ドルをすっかり使い、そしてまた彼らは進んだ。いまや『その河《ミシシピイ》』は流れが低まっていた。それは疑いもない事実だったし、十六ドル分の食料はえらくたっぷりあるようにみえた、そして彼は、これでやれるだろう、充分だろうと思った。しかしたぶんこの河にはまだ、見た眼以上に急な流れがあったのだ。だが今度は、彼が働いたのはミシシピイ州であり、仕事は棉だったから、鋤の柄はまた彼の手の平にぴったり感じられたし、畝《うね》の土を分ける浅鋤を引いてゆく騾馬の、汗に光る尻の張り方や緩み方も、彼のなじんだものだった。ただしこの農園では彼に一日一ドルしか払わなかった。しかしそれがきめ手になったのだった。彼はそのことを語った――農園側ではその日がまた土曜日だと彼に言い、支払ってくれたが、そのあとのことを彼は話したのである――夜、こすられて銀のように滑らかな円い地面には、いぶる角燈《ランターン》、輪になってしゃがみこんだ男たち、たえず湧きおこる呟きや思わず洩らす小さな叫び、しゃがんだ膝の下には古びた紙幣がわずかばかり重なり、点々のついた立方体がからからと鳴って土埃りのなかを走っ《さっ》てゆく――それがきめ手になったわけなのだ。「お前、いくら勝った？」と第二の囚人が言った。

「間に合うほどさ」と背の高い囚人が言った。

「だけどいくらだよ？」

「間に合うほどさ」と背の高いのが言った。たしかにそれはちょうど間に合う程度だったのだ――彼はその金を、二隻目のモーターボートの持主にそっくり渡したのである（もう彼には食料はいりそうもなかった）、そして小舟をその船尾につないで、女は赤子を抱き、彼はその安らいだ両手の下、膝の上に紙包みをのせてその船に乗っていったのだが、ほとんどじきに彼は気がついた、といっても彼はヴィクスバーグ市を見たことがなかったから、そこがヴィクスバーグだと気づいたのではなかった、彼が見たのはあの鉄橋の橋桁だった――その下を一ヵ月と三週間前に、雷鳴と稲妻のなかで倒木や家や死んだ動物といっしょに狂いたつ流れに乗って、矢のように走り去ったところだ。いまの彼はモーターボートが行きすぎる間に、それを一度だけ見やった、それも熱心さばかりか興味さえない眼付だった。しかしいま彼は堤防を、盛り土を、見守りはじめた。彼にはどうしたら目的の地点が見つけられるかわからなかったが、しかし見つけられるとは知っていたのであり、そしてやがて昼すぎになるとその瞬間がきた、そして彼はモーターボートの持主に言った、「ここでいいようだな」

「ここで？」と持主は言った。「ここらには町もなんにもないように思うがね」

「ここでいいんだよ」と囚人は言った。それでモーターボートは岸に近より、エンジンを止め、浮きただよいながら堤防につくと、持主は小舟の綱をほどいて投げた。「どこか町でもある所まで乗ってったほうがよくないかね」と彼は言った。「おれはそんな約束で君たちを乗せたんだからな」

「ここで間に合うのさ」と囚人は言った。それから彼らは降りて、彼が葡萄蔓のもやい綱を持って立つと、その間にモーターボートは音を響かせて離れ、離れると同時に向きも変えはじめていたが、彼はそれを見送らなかった。彼は包みを下におき、柳の根本にもやい綱をしっかり結んだ、そしてあの包みをとりあげると、身をまわした。彼はひと言も言わずに、堤防をあがってゆき、あの荒れ狂った水の水位の跡を過ぎたが、それはいま乾いた線になって横に走っており、その浅い空《うつ》ろな割目は愚かなくせにこうるさい老人の笑った口つきに似ていた。彼はそこを過ぎると、柳の茂みに入りこみ、そしてニューオーリンズでもらった作業衣とワイシャツを脱ぎすてたが、それがどこに落ちたかを見返りもせず、すぐと紙包みを開けてもうひとつの服をとりだした——あのなじんだ自分の服、やや色褪せて、着古した汚れじみはあるが、洗いたての、誰もそれとわかる縞のある服であり、それを着こむと、小舟に戻り、あの櫂を取りあげた。女はすでにそのなかにいた。

太った囚人は彼にまばたきをしながら突っ立っていた。「そしてお前は戻ってきたってわけか」と彼は言った。「やれ、やれ」いま囚人たちはみな背の高い囚人を見守っていて、そのなかで彼は葉巻の端を実に慎重にきれいに噛みとり、それを吐きすてた、そして噛みきった端をなめて滑らかに濡らすと、ポケットからマッチをとりだし、それをちょっと調べたのだが、その様子はまるで、そのマッチが上等かどうか、この葉巻に使うだけの値打があるかどうかを確かめるかのようだ、そしてそのマッチを同じ慎重さで自分の腿にあてこすった――それもごくゆっくりであり、それではとても火がつきそうもないと思える動作だった――そしてその焔がしっかりと燃えて硫黄の気《け》がなくなるまで待って、それから葉巻に火をつけた。太った囚人は、たえずせわしなくまばたきしながら、彼を見守っていた。「それなのに、やつらはお前に、脱走罪で十年も加えたんだ。こりゃあ辛《つら》いぜ。人間、誰でも最初にくらった刑期には慣れるものなんだ、そこから覚悟して、はじめるからな。たとえどんなに長くたって気にならねえ、たとえ百九十九年だってな。だけど十年よけいになる――その上にまた十年よけいになるのはなあ。その覚悟もしねえときに、だよ。さらに十年も世間ばなれして、女性のお相手もなしにやるなんて――」彼は背の高い囚人に向かってたえず眼をぱちくりさせていた。しかし彼は（背の高い囚人は）そのこともすでに考えていた。彼とても以前は恋人を持ったことがあったのだ。つまり、彼もひとりの娘といっしょに教会へいって歌を唱ったり、ピクニックにいったことがあった――彼よりはひとつ年下ぐらいの娘で、短な脚とたっぷりした胸もと、厚ぼったい唇、熟したマスカダイン葡萄のような鈍い眼付をしており、彼女の持つふくらし粉の空罐には十セントストアから買った（あるいは誘うために贈られた）、耳飾り《イアリング》やブローチや指輪がほとんどいっぱいにつまっていた。やがて彼はこの娘に自分の計画を打ち明けたのだが、ずっと後になって思い耽ったときなどには、あの娘さえいなかったら自分もあれを実行したりしなかったろう、という考えが浮かんだ——といってもこれは感じただけであり、言葉になる考えではなかった、なにしろ彼には、次の考えもまた、感じたにせよ言葉では綴れなかったからだ——あの娘のほうでも自分の運命として将来いつかは自分がカポネ（当時の有名なギャングの親玉）の（正式ではないが）花嫁になり、防弾色ガラスと機関銃でいっぱいの車で交通信号を無視して突っ走ることを夢みていたかもしれないということだ。しかしこうした感じが彼のなかに起こったのもすべてが終わって過去になってからであり、そして彼が入獄して三ヵ月すぎたころ、その娘は彼に面会にきた。彼女は耳飾りと腕輪をしていたが、それは彼が以前には見たことのないものだった、そして彼女が家からこんな遠くまでどうやって訪ねてこれたのかも、彼女ははっきり答えなかった、そして最初の三分間は彼女も激しく泣いたが、しかしやがて（二人がどのように引き離されて、彼女がどうやって知り合ったか彼にはさっぱりわからずにいるうちに）気がつくと彼女は看守のひとりと陽気にお喋りしているのだった。しかし彼女もその晩、別れる前に彼にキスをし、そしてまた来る機会をめっけたらすぐ戻ってくると言った、そして彼にとりすがった娘は少し汗ばんでいて、香水と、柔らかで若い女の肉体の匂いがして、かすかに精霊のような気配もした。しかし彼が手紙を書きつづけたのに彼女は戻ってこなかった、そして七ヵ月すぎてから彼はひとつの返事を受けとった。葉書、それもアラバマ州のバーミンガム市にあるホテルを色刷りにした葉書で、その窓のひとつの上にはペンで太く、子供のしたような×印がつけられていて、その裏側には傾いて小学生じみた太い字でこう書かれていた——**ここがいま、あたしたちの新婚旅行ちゅうのところ。あなたのお友達のヴァーノン・ウォルドリップ（夫人）。**

　太った囚人は立ったまま背の高い囚人に向かって、たえずせわしなくまばたきをしていた。「そうとも」と彼は言った。「その余分の十年ってやつ、そいつがたまらねえところなんだ。さらに十年間も女なしでやる——どんなにほしくったって丸っきり女なしで——」彼はたえずせわしなくまばたきしながら、背の高い囚人を見守っていた。背の高い囚人は動かなかった。上と下の寝棚の間で背中を折り曲げていて、いかにもさっぱりと、清潔で、生真面目な様子であり、もう汚れても慄《ふるえ》てもいない手には葉巻があって、それは滑らかに勢いよく燃えており、その煙は彼の顔をよぎって上へと渦巻きのぼっており、彼の表情は寡黙で、動かず、静かだった。「十年間もまた——」

「女なんてみんな……くらえさ！」と背の高い囚人は言った。

『野生の棕櫚』について

加島祥造

I

この作品はタイプ原稿の時には別の題名がついていた。それは『エルサレムよ、もし我なんじを忘れなば』〔*If I Forget Thee, Jerusalem*〕という題であって、旧約聖書の詩篇第一三七編からとられたものであった。しかし一九三九年の出版の時には現在の題名となった。この作品はヨクナパトーファを舞台にしていない。作中人物のうちでのっぽの囚人はヨクナパトーファ郡の生れであるが[*1]、二つの物語ともニューオーリンズやミシシピイ州各地にわたっている。ある人はこれを、『蚊』『パイロン』についでニューオーリンズ物第三作と分類している。物語の扱う年代は現代にかぎられている。

II

この作品はフォークナーが四十一歳のときに書いたものであり、壮年時代の彼の心情が反映している。三十五歳のときから彼は、大家族を支える生計の困難を解決するために、ハリウッドへ来て、映画の脚本を書く仕事に従うことが多かった。そしてそこでひとりの南部出身の女性に会い、両者は恋愛関係におちる。フォークナーは南部からハリウッドに来るごとにその女性メタ・カーペンターと交際し、ときにはともに住むこともあったほどで、両者の関係は浅いものでなかった。この事情は一九七七年にこの女性が書いた本『愛すべき紳士』(*A Loving Gentleman*) のなかで明らかになったのであり、それまでのフォークナー伝ではどこにもふれられていない。彼女によると、当時のフォークナーが『野生の棕櫚』となる作品を書いていたとのことであり、その点から考えると、この作品の主題には、フォークナーとメタの恋愛の影がおちているとも察せられる。すなわちフォークナーはこの女性との恋愛に、いわゆる「純粋な、二人だけの愛」のもつ抽象的排他性をかぎとったのであり、それを『野生の棕櫚』では非常に徹底した形で追究したのではないだろうか。フォークナーは現実にはこの女性との深い恋愛を切りぬけて、故郷の家も妻子も捨てなかったのだが、作品のなかでは、それを敢えて行なう主人公たちを扱っている。そういう「二人だけの愛」という恋愛観の実行が、現代社会ではどのような所に行きつくかを、徹底的といってよいほどに追究している。しかしこの作品にフォークナーの私的経験があるとするのは推測にすぎず、完成したものは実に彼特有の内容と形を備えていて、それは彼の想像力がいかに集中し、また拡大してゆくかを、改めて私たちに認識させるものとなっている。

この作品『野生の棕櫚』（*The Wild Palms*）は、第一章が同じ「野生の棕櫚」という題のもとにはじまり、医学生ウィルボーンと人妻シャーロットの話が語られるが、第二章は「オールド・マン」（*Old Man*）となる。これはミシシピイ河を呼ぶ俗称であり、この章では第一章とは全く別の、ミシシピイ河の洪水と、そのために救助に駆りだされる囚人の話になる。第三章は再び「野生の棕櫚」となって第一章のつづきが語られ、第四章では再び「オールド・マン」になる。……このようにして、総題は『野生の棕櫚』であるが、実際には「オールド・マン」という物語が加わり、二つの独立した話が各章ごとに交互に置かれ、その形式のまま最後までつづく構成になっている。

わたしたちは普通、二個の独立した物語が一章ごとに交替で並んでいる長編作品に出会うことはない。その点では一九三九年のアメリカの読者も批評家も同じであって、多くの人々はこれをフォークナーの文学的遊戯と解したり、そこに対照の妙のみを求めたり、これをフォークナー特有の風変り性《エクセントリシティ》だと見たりした。長い間、フォークナーがこのような妙な構成をとった理由がわからなかったが、ついにフォークナー自身が質問に答えることで、ようやく明らかになった。[*2] 質問者はこう尋ねた——「ここでは二つの無関係な主題が並置されていますが、これは批評家たちが言うように、対照による美的効果をねらったものなのですか、それともほんの気まぐれなのですか？」

フォークナー——「いや、あれはひとつの作品なのです——あれは恋のためにすべてを振りすて、しかもその恋を失うシャーロットとウイルボーンの物語なのです。あの作品を書きはじめたときは、まさかこれが二つの話を持つものになるとは思わなかったのです。ところが、現在の形で『野生の棕櫚』の第一章になっている部分を書きおえたとき、どうもなにかが欠けていると気づいたのです。なにか、作曲でいえば対位法のように、なにかこれを高めるものが必要だと感じました。そこで「オールド・マン」を書いてゆきますと、再び「野生の棕櫚」が浮かんできました。そこで「オールド・マン」を現在の第二章のところで横に置き、また前の物語にもどりました。この恋愛の話がまた萎《しぼ》んでゆくと、次に再び、囚人の話にうつり、愛を手に入れたのにそれから逃げだそうとする囚人の話を書いていったのです。……このようにして二つの話は偶然に、というよりも必要性から、並ぶ形になっただけです。あの作品は元来がシャーロットとウイルボーンの物語なのです」

また彼は別の応答で「オールド・マン」の役割をこう説明している——「あの物語は背景的効果を持てばよいものであり、だから人物は固有名詞を持たない。あの人物たちはハリーとシャーロットの悲劇と正反対の動き方を示す人間たちであればよかったのです。彼らはそんなに重要な役割を持たないのです」

それでは、ハリーとシャーロットの話に欠けているものとは何かという点について、彼はこう説明している――「ハリーとシャーロットは恋愛を達成するために二人だけの世界をつくろうと努力し、危険を冒し、すべてを犠牲にする。一方、囚人のほうはそういう愛の世界へ、自分で求めもせぬのに、押しやられる。囚人が自分の救った女とともにいるボートの世界は、ハリーとシャーロットが何物にかえても欲しいと願った境地なのです。この二人の物語に欠けているものを囚人の物語が埋め合わせるものとは、そういう意味だったのです」

フォークナーが書きはじめた医学生ハリーと人妻シャーロットの現代的な恋愛は、シャーロットが抽象的・個我的な愛の理想へ向かって不寛容に盲進し、初心のハリーが引きずられてゆくという形で進行するが、フォークナーはこの恋愛を書きながら、一種の不毛感・虚無感にとらわれた。それほどフォークナーの想像力と共感力は強烈なのであり、彼は自分の物語のなかにある不毛感・虚無感に耐えられず、それを充実させるために、全くそれと対照的な主題を導入した。それが「オールド・マン」の物語であり、その肉体的・本能的人間たちと自然の力に満ちた物語によって、作家の、そして読者の感情的不毛感を満たそうとした。それゆえ、この両方の物語には明白な対照性がいくつも見てとれる。一例をあげれば、シャーロットは現代科学のメスを用いられながら堕胎に失敗して死亡し、囚人の助けた女は空罐の蓋をメスの代わりに使って、原始的な自然の状況のなかで無事に子を産みおとす。

また、「オールド・マン」の物語が、根本では喜劇の色調を持つものだとも、つけ加えておきたい。物語自体は、あまりに異常な状況と激烈な動きに満ちているので、軽い喜劇調とは全く異なった印象をあたえられる。しかし主人公の囚人はたえざる困難と困惑と矛盾の状況にたいして、一瞬の逡巡《しゅんじゅん》も持たずに応戦するのであり、彼の諸行動には知的煩悶《はんもん》といったハムレット的悲劇の影は全くない。この囚人を描くフォークナーの筆力も、自然の暴威とそれに対応しうる人間の力を見事にとらえていて、たぶん「オールド・マン」の物語はフォークナーの全作品のなかでも、傑出した散文のひとつに数えられるであろう。

しかしひとつの作品のなかに二つの別個の物語を交替に置いてゆく手法は、よほど大胆な作家でも思いつかないことであろう。こんな手法は単に小説上の前衛的実験精神からは生まれがたいものだ。しかしフォークナーの場合は、彼の説くように、自分の内部の想像力の流れを信じ、それに従ったのであった。彼はハリーとシャーロットの恋愛を書きつつその不毛性に苦痛を覚え、そのときそこから、たぶんほとんど自動的に、彼の想像力はミシシピイ河とその上の人間たちを描きだしたのであろう（ある研究家はフォークナーのタイプ原稿を調べた結果、これら二つの物語が別々に出来あがってから分割並置されたのではなく、連続して書かれたものだということを確かめている）。

フォークナーはこのように自分の想像力の動く方向を直観的に信じ、それに勇敢に従った。そしてこうした想像力の拡充のなかから、充実した平衡性《バランス》を創りだそうとした。この特有の美的感覚がしばしば批評家を惑わしたのであり、この作品でも「二重小説《ダブル・ノヴェル》」の外見をとっている。

しかしフォークナーの小説構成における感覚は単なる審美的目的から生じたのではない。それは彼自身に内在する人間観に根ざした平衡感覚であり、あるいは全体感覚とでも呼びたいものなのである。その感覚は自分の作品が平面的な、切紙細工的なものに終わることに耐えられない。そういうものに対しては、ほとんど生理的反発を生じ、彼の想像力は拡充して、その作品の立体化に向かい、その作品が自らの両脚で立ちうる全体像に達するまで休止しない。しかもそれは生きたもの、動いているものを立体的に再現しようとするのであり、そういう「真実」への表現のために、フォークナーは自分の生涯をささげたといえよう。

なお、この作品の邦訳題名について、つけ加えておかねばならない。従来の訳として、この作品は『野生の棕櫚』となっているが、原題の *The Wild Palms* にある Palm は、私たちが日本でみる棕櫚と、非常にちがっている。ミシシピイ州ではパームといえば、普通にはキャベジ・パーム cabbage palm のことを指していて、この椰子《やし》は南部、とくにメキシコ湾ぞいの地帯に多い。それは八十フィートの高さと、太さは直径二フィートにもなるのであり、葉の長さも七フィートに及ぶ。すなわち海ぞいの土地に高く幹をのばしている椰子であって、日本でみかける棕櫚とは非常にちがっている。以上は最近に刊行されたカルヴィン・ブラウン『フォークナーの南部語彙集』〔Calvin S. Brown "*A Glossary of Faulkner's South*" 1976〕によるものであり、確かであると思える。それでこの翻訳に当たっては、棕櫚を椰子に変えたかったのだが、従来の題名が広く知られて長い年月も経過しているので、今回も旧題名を採用することにし、また文中でも、椰子の代わりに、棕櫚を用いた。しかし読者は作中に出る棕櫚に「椰子」のイメージを持たれるように願っておく。

〔注〕

＊1　マルカム・カウリー編『ポータブル・フォークナー』(一九四六)のためにフォークナーが作成したヨクナパトーファ郡の地図に、「オールド・マン」と作中の囚人に関する言及がある。

＊2　「パリ・レビュー」一九五六年三月号のジーン・スタインによるインタビュー。

附録

ノーベル文学賞受賞スピーチ

人間終末説は容認せず

ウィリアム・フォークナー

この賞は、人間としての私にではなく、私の作品に対して授与されたものである、と考えます。すなわち、栄光を得んがためではなく、まして利得を得んがためでもなく、ただ人間的精神という素材の中から、従来存在しなかったものを創り出さんがために、一箇の人間的精神が苦悩し汗を流して得た、畢生の作品に対して授与されたものだと考えるものであります。従って、この賞は単に私に委託されたものに過ぎません。金銭の点では、この賞本来の目的や意義と相匹敵する献金を他に見出すことも困難ではありますまい。しかしながら、私は、自分もやはり歓呼の声をあげながら、同じことをやりたいと思うのであります。すなわち、同じような苦悶と労苦にもうすでに献身している若い作家たちに、自分の声を傾聴してもらう一つの峰として今のこの機会を利用することにより、彼らの中には、今私が立っているこの場所に、将来いつか立つことになるような人がいるのでありますす、と。

今日のわれわれの悲劇は、総じて万人が肉体的な恐怖を抱いていることであります。それは今まですでに久しく続いているために、われわれはそれに耐えることもできるほどであります。精神についての問題などはもはやありません。自分はいつ爆砕されるであろうか、という問題があるだけであります。この恐怖があるために、今日の若い作家は、人間的信条の内面的葛藤という問題を忘れているのであります。ところが、この葛藤を措いては、良い作品を生み得るものは他にありません。というのは、それのみが書くに値するものであり、苦悩し汗を流すに値するものだからであります。

若い作家はあらためて、この精神についての問題を学び知らなければなりません。彼は、恐れることこそ何にもましての卑劣なのだということを学ばなければなりません。それを学んだ上で、それを永久に忘れてしまい、自分の仕事場には、心情についてのあの古い真実と真理、それがなければいかなる物語もはかなく、たちまち死滅するほかないところのあの古い普遍的な真理――愛と名誉と憐憫と誇りと同情と犠牲――以外にはいかなるものも容れないようにしなければならないのであります。そうするまでは彼は呪詛のもとにあがくほかありません。彼は、愛でなく色欲について、無価値なもののみを失う敗北について、また、希望もなく、とりわけ、最も悪いことには、憐憫ないし同情というもののない勝利について書くのであります。彼の嘆きはなんら普遍的な人間についての嘆きではなく、なんらの傷痕を残さないのであります。彼が書くものは、心情についてではなく、腺についてなのであります。

彼がこのような事柄をあらためて学び知るまでは、彼は、あたかも人間の終末の中に立ち、それを見守りでもしたかのように、書くことでありましょう。私は人間の終末というようなことは断然容認できません。人間は耐え忍ぶであろう、ただそのことの故に人間は不滅であるのだとか、破滅を告げる最後の鐘が鳴りわたり、最後の夕映えと薄暮の中に、打ちよせる潮もなく峙っている最後の取るにも足らぬ懸崖から、そのこだまが消え失せたとき、その時でもなお一つの物音が残るだろう、すなわち、まだ話をしている人間の弱々しい絶えることのない声が残るだろうとか、そんなことを言うのはわけもないことであります。

私はこういうことは絶対に容認できません。私は、人間はただ耐え忍ぶばかりではない、彼は勝利をおさめるであろう、と信じております。人間が不滅であるのは、生物の中で人間のみが絶えることのない声を有しているがためばかりではなくて、人間が魂を、すなわち同情し犠牲となり忍耐し得る精神を有しているがためであります。詩人の、作家の義務は、かような事柄について書くことであります。人間の心情を気高くし、彼の過去の栄光であった勇気と栄誉と希望と誇りと同情と憐憫と犠牲とを思い起こさせることによって、彼が耐え忍ぶのを助けること、それが作家の特権であります。詩人の声は、単に人間の記録たるに留まることを要しません。それは人間が耐え忍び、やがて勝利を収めるのを助ける、支柱ないし柱石の一つとなり得るのであります。（一九五〇年十二月十日、ストックホ

ルムにて）

（Saturday Review of Literature, February 3rd, 1951／「中央公論」一九五一・八、編集部訳）

巻末エッセイ

フォークナーとラテンアメリカ文学

野谷文昭

I

ケンブリッジを訪れたボルヘスと対話を行なったリチャード・バーギンは、その記録を『ボルヘスとの対話』[*1]という本にまとめている。その序文で彼は、次のように述べる。

そうして私たちは話しはじめた。十五分とたたないうちに、私たちはフォークナー、ホイットマン、メルヴィル、カフカ、ヘンリー・ジェイムズ、ドストエフスキー、そしてショーペンハウアーの話をしていた。(柳瀬尚紀訳)

ところが、彼が会話をテープに録り始めるのはその後であり、しかも記録として残っているテクストには、なぜかフォークナーの名がまったく出てこない。録音されなかった幻の会話で、ボルヘスはフォークナーについて何を語ったのだろうか。まっ先に話題になったと思われるだけに、余計気になるところだ。

わずか九歳で『幸福な王子』をスペイン語に訳したボルヘスは、その後、ヴァージニア・ウルフの『オーランドー』、カフカの『変身』、ミショーの『アジアにおける一野蛮人』といったモダニズム文学の重要な作品の翻訳を行なった。そして、一九四〇年には、彼の手掛けたフォークナーの『野性の棕櫚』の翻訳が出ている。原作が発表されたのがその前年であることを考えると、当時のボルヘスが、フランスで評価の高まったフォークナーに強い関心を抱いていたであろうことは想像に難くない。大橋健三郎氏の指摘するように、自分と同世代の作家であることによる共感や「モダニズムの面」の親近感から接近したということもあるだろう。「自伝風エッセー」によると彼は、当時図書館員として働くかたわら、休日になるとフォークナーやウルフの翻訳をしたという。〔追記〕

ところが、今日残っているボルヘス語録によれば、彼がフォークナーという作家に敬意を抱きながらも、その作品を好んだかどうかは疑わしい。自分が好む作家について述べた件《くだり》で彼は、バーナード・ショウとフォークナーを対比し、その相違をこんな風に説明しているからだ。

私が好む作家はジョージ・バーナード・ショウです。彼とそれ以外の著名な現代作家の違いは、おそらく彼が英雄的な感覚を備えた唯一の作家であることだと思う。他の作家たちは、私が大いに感服しているウィリアム・フォークナーのように、下劣な状況や悪魔的環境を専門にしているようです。（J・M・プリエト編『ボルヘ・ルイス・ボルヘスの英知』未訳）

たとえばならず者のうちにも英雄的精神を見出すように、ボルヘスが不純なものより純粋なもの、あるいは高貴なものを好んだことはいうまでもない。その意味で対照的なフォークナーの世界をボルヘスが好まなかったであろうことは十分想像できるのだが、この度〔一九九七年〕機会あって訪れたブエノスアイレスで、晩年のボルヘスに連れ添ったマリア・コダマにボルヘスとフォークナーのことを訊いてみた。すると予想に違わず、彼女も同意見だった。ボルヘスがガルシア＝マルケスの『百年の孤独』を読み（聴き）切れなかった理由も、そのあたりにありそうだ。

ところで、今、右に引用した一節が、フォークナーの作品の内容に触れているとすれば、次の一節はコルタサルを引き合いに出しながら、フォークナーの作品の形式もしくは構成について批評した言葉として興味深い。

私はコルタサルのある短篇をアルゼンチンで初めて認めたエディターであるという

名誉を得ました……。彼のその後の作品もいくつか読みました。でも、短篇を中程から語り始めるといった類の不快な遊戯には魅力を感じません。それはすべてフォークナーの模倣だからです。しかも、非凡な人物であるフォークナー自身の作品においてすらその種のことは不快なのですから。（『ホルヘ・ルイス・ボルヘスの英知』）

さらに、次のような言葉を聞くと、フォークナーという作家に感服しながらも、そのすべてをボルヘスが認めていたわけではないとの印象を強くする。

フォークナーは農場主になることに固執し、自分は作家ではないと言っていた。彼を知った私の友人が、フォークナーは馬の話をしたがったと私に語った。そのとき私は心の中でこう思った。「変った人だ、私は馬のことは何も知らない、興味があるのは文学なのだ」と。（一九八四）（C・R・ストルティーニ編『ボルヘス辞典』未訳）

もっともこのような語録では一般に文脈が無視される傾向があり、この『辞典』も例外ではない。そのため、ボルヘスの言葉にユーモアもしくはアイロニーを認めるべきなのか、それとも真摯な言葉として文字通り受け取るべきなのかは、にわかには決めがたい。彼がにこりともせずに冗談を言うことを、ぼく自身実際に知っている。

II

ところで、ボルヘスがコルタサルの短篇構成法にフォークナーの模倣を見出したという事実は、ラテンアメリカの現代小説の性格を考える上で、ひとつの手掛かりになるだろう。ボルヘスが言っているのが、物語のフラグメント化や時間の非直線的進行のことであるとすれば、彼が別の機会に指摘しているように、それはたとえばファン・ルルフォがフォークナーに学んだ技法でもある。『ペドロ・パラモ』の舞台となる、死者がささめく町コマラを創造する上で、ヨクナパトーファが参考になっていることは明らかだが、この小説に生気を与えているのは、何よりもまずフォークナー譲りの構成法なのだ。

そしてこの構成法が、ルルフォばかりでなく、実に多くのラテンアメリカ作家に霊感を与えていることは問違いない。それはこの構成法が、アメリカ深南部同様あるいはそれ以上に混沌としているラテンアメリカの現実を表現するのにきわめて適していると、多くの作家たちが考えたからだろう。

学生だったガルシア＝マルケスが、ボルヘス訳の『変身』から魔術的リアリズムのテクニックを学んだとしても、それをラテンアメリカの現実に適用するには、フォークナーを読むことにより、「土地」を発見し、構成法をマスターする必要があった。したがって、彼より先にフォークナーを消化吸収したルルフォの作品は、格好のモデルとなったはずだ。

　ここで思い出すのが、バルガス＝リョサがそのフォークナー論「サンクチュアリ――悪の聖域」（『嘘の真実』[*2]所収）で引いている、アンドレ・マルローの言葉である。それは一九三三年、マルローがフランス人にフォークナーの小説を紹介する際に用いたという「推理小説のギリシア悲劇への闖入《アントゥルシオン》」という表現だ。これがルルフォやガルシア＝マルケスの作品、とりわけ『ペドロ・パラモ』、『落葉』、『予告された殺人の記録』の性格を言い表わす言葉にもなっている。まだ見ぬ父親、医師の自殺の原因、娘の名誉を汚した犯人と、対象は異なるが、いずれも「探し求める」という推理小説の構造を持ち、大衆小説的性格を備える一方で〝ソフォクレス〟が意識されており、そのためにジャンルの闘争を孕んだ「文学」となりえている。

　面白いのは、フォークナーの特徴を分析把握しながら、バルガス＝リョサ自身は『誰がパロミノ・モレーロを殺したか』という推理小説を書くに当たり、構成面ではフォークナーを継承しながらも他の二人とは異なり、ギリシア悲劇を導入してはいないことだ。そのため、現実を加工しながらも、彼の小説は自身の言う「現実的現実」にきわめて近いレベルに踏み止まることになる。言い換えれば、彼の小説はその構成に大きく頼っているということを意味する。

　おそらくそのためだろう。彼は先に挙げたフォークナー論において、形式の重要性を強調して次のように述べている。

あらゆる小説において、その物語が豊かなものになるか貧弱なものになるか、深遠なものになるか下世話なものになるかを決定するのは、形式——その小説が書かれる文体と語られることが現れる順序——である。しかし、フォークナーのような小説家の場合、形式はきわめて可視的で、語りのうちにはっきりと存在しているために、それ自体が主人公に代わり、骨と肉を備えたもう一人の登場人物として行動したり、挿話中の情熱、犯罪あるいは天変地異と同様「出来事」の形を取ったりする。

Ⅲ

評論『果てしなき饗宴』[*3]で自ら語っているように、バルガス゠リョサは小説を書き出したころ、フロベールを初めとするフランス文学に傾倒している。しかし、ペルーの「現実」をダイナミックに描き出そうとするとき、西欧的ブルジョア社会を扱う方法だけでは不足だったはずだ。まして同国の前世代の作家たちの写実主義的リアリズムによってその「現実」を捉えることなど不可能である。つまり彼が言うように、マニアックなまでに写実的であっても、「完全に書かれた」小説など存在しないのだ。したがって、「あらゆる小説は物語の一部を語り残し、読者の純然たる推測か空想に委ねる」ことになる。そして彼によれば、『サンクチュアリ』における形式の効果は、クロノロジカルなデータの順番を乱したり、それを消し去ることにより、語り手が読者に対して隠してしまうものに負っているという。

バルガス＝リョサのフォークナー論は、短いながら、彼のフロベール論と同様、自らの作品についての考察として読める点でも興味深いのだが、次の一節などは、まさに彼自身の小説の手法として読むことが可能だろう。

語り手は「決して」我々にすべてを語らず、しばしば我々を惑わす。すなわち、ある登場人物が行なうことは明示するが、考えていることは明示しない（たとえば、ポパイの私生活を明らかにはしない）か、あるいはその逆であり、予め我々に知らせることとなく身振りや行為、思考を飛び越えてしまう。そして、後になって、消えたハンカチを突然取り出して見せる手品師のように、びっくりするような方法でそれらを示して見せるのだ。

『野性の棕櫚』でフォークナーが用いた二重小説の手法の影響はともかく、『都会と犬ども』にせよ『緑の家』にせよ『ラ・カテドラルでの対話』にせよ、バルガス＝リョサの重要な作品において右に引用した文の中で彼が語っている手法が効果を挙げていることは言うまでもない。

また形式あるいは構成法ということで言えば、コルタサル、プイグ、ガルシア゠マルケスがフォークナーから学んだ手法が、彼らの小説を通じて、ウォン・カーウァイの映画にまで受け継がれている。それはつまり、フォークナーという方法が、非ヨーロッパの現実を描く時により有効性を発揮するということなのだろう。フォークナーという分光器は、彼の影響を受けた作家たちの特性を浮び上がらせて見せる一方、それを逆向きに用いたとき、作家たちの多様性の中に存在する共通性を浮び上がらせもする。その共通性こそ、フォークナーの影に他ならない。

（のや・ふみあき　ラテンアメリカ文学研究）

〔文中、特に訳者の記名のない引用文は野谷による試訳。また、＊で挙げた書の邦訳には以下がある〕

＊1　リチャード・バーギン『ボルヘスとの対話』柳瀬尚紀訳、晶文社、一九七三

＊2　マリオ・バルガス゠ジョサ『嘘から出たまこと』寺尾隆吉訳、現代企画室、二〇一〇

＊3　マリオ・バルガス゠リョサ『果てしなき饗宴　フロベールと『ボヴァリー夫人』』工藤庸子訳、筑摩叢書、一九八八

［追記（二〇二三年）］
実は、この翻訳はボルヘス自身ではなく、母親によるのではないかという疑念も存在する。根拠は『ボルヘスとわたし』所収の「自伝風エッセー」の一節「わたしのものと思われている、メルヴィル、ヴァージニア・ウルフ、フォークナーのいくつかの翻訳も彼女の手になるものである」（牛島信明訳、新潮社、一九七四）である。ここに『野生の棕櫚』が含まれるのかどうか。Douglas Day という研究者もここを捉え、もやもやすると述べているが、断定は避けている。

（初出「ユリイカ」一九九七・十二／『マジカル・ラテン・ミステリー・ツアー』五柳叢書、二〇〇三所収／本書への再録にあたり加筆修正）

編集付記

一、本書は、ウィリアム・フォークナー著／加島祥造訳『野性の棕櫚』を文庫化したものです。本文は学習研究社版『世界文学全集5』（一九七八）を底本としました。また、訳者による本作品の解説として、「I」は『新潮世界文学42』（一九七〇）の解説より、「II」は前掲学習研究社版の解説より、関連部分を抄録しました。

一、文庫化にあたり、明らかな誤植と考えられる箇所は訂正しました。また、編集部による注釈を〔　〕内に記しました。

一、本文中、今日の人権意識に照らして不適切な語句や表現が見られますが、訳者が故人であること、作品発表当時の時代背景と原文の意味あいを尊重した訳語であること、作品の文化的価値に鑑みて、底本のままとしました。

中公文庫

野生《やせい》の棕櫚《しゅろ》

2023年11月25日　初版発行
2024年５月30日　３刷発行

著　者　フォークナー
訳　者　加島《かじま》 祥造《しょうぞう》
発行者　安部 順一
発行所　中央公論新社
〒100-8152　東京都千代田区大手町1-7-1
電話　販売 03-5299-1730　編集 03-5299-1890
URL https://www.chuko.co.jp/

ＤＴＰ　平面惑星
印　刷　三晃印刷
製　本　小泉製本

Published by CHUOKORON-SHINSHA, INC.
Printed in Japan　ISBN978-4-12-207447-7 C1197

中公文庫既刊より

各書目の下段の数字はISBNコードです。978-4-12が省略してあります。

フ-17-1
エミリーに薔薇を
フォークナー
高橋正雄 訳
ミステリの古典にも数えられる表題作ほか「あの夕陽」「ウォッシュ」など代表的な短篇全八篇。巻末に中上健次の講演「フォークナー衝撃」他一篇を収録。
207205-3

チ-3-3
狩場の悲劇
チェーホフ
原　卓也 訳
殺人事件をめぐる小説原稿に隠された秘密と、読み終えてなお解け残る謎。近代ロシア文学を代表する作家が残した恐るべき大トリック。〈解説〉佐々木敦
207224-4

む-4-11
恋しくて　TEN SELECTED LOVE STORIES
村上春樹 編訳
恋する心はこんなにもカラフル。海外作家のラブ・ストーリー＋本書のための自作の短編小説「恋するザムザ」を収録。各作品に恋愛甘苦度表示付。
206289-4

む-4-12
極　北
マーセル・セロー
村上春樹 訳
極限の孤絶から、酷寒の迷宮へ。私の行く手に待ち受けるものは。この危機は、人類の未来図なのか——読み始めたら決して後戻りはできない圧巻のサバイバル巨編。
206829-2

エ-6-1
荒地／文化の定義のための覚書
T・S・エリオット
深瀬基寛 訳
第一次大戦後のヨーロッパの精神的混迷を背景とした長篇詩「荒地」と鋭利な文化論を合わせた決定版。巻末に深瀬基寛による概説を併録。〈解説〉阿部公彦
206578-9

オ-1-3
エ　マ
オースティン
阿部知二 訳
年若く美貌で才気にとむエマは恋のキューピッドをきどるが、他人の恋も自分の恋もままならない——「完璧な小説家」の代表作であり最高傑作。〈解説〉阿部知二
204643-6

た-19-6
橘外男海外伝奇集　人を呼ぶ湖
橘　外男
虚栄の裏の差別、愛憎の果ての復讐……鬼才による、異国を舞台にした怪奇と幻想のベスト・セレクション全八篇。文庫オリジナル。〈解説〉倉野憲比古
207342-5

モ-9-1

白檀《びゃくだん》の刑（上）

莫《モオ》言《イエン》
吉田富夫訳

膠州湾一帯を租借したドイツ人に妻子と隣人の命を奪われた孫丙は、復讐として鉄道敷設現場を襲撃する。哀切な猫腔の調べにのせて花開く壮大な歴史絵巻。

205366-3

モ-9-2

白檀の刑（下）

莫言
吉田富夫訳

捕らわれた孫丙に極刑を下す清朝の首席処刑人・趙甲。生涯の誇りをかけて、一代の英雄にふさわしい未曾有の極刑を準備する。現代中国文学の最高峰、待望の文庫化。

205367-0

セ-1-3

夜の果てへの旅（上） 新装版

セリーヌ
生田耕作訳

仏人医学生バルダミュは第一次大戦で絶望し、暗黒遍路の旅へ出る。「呪われた作家」の鮮烈なデビュー作。〈座談会〉中上健次他「根源での爆発、そして毒」

207160-5

セ-1-4

夜の果てへの旅（下） 新装版

セリーヌ
生田耕作訳

アフリカ、米国と遍歴を重ねたバルダミュは、パリ郊外で医院を開業するが——。世界に衝撃を与えた二〇世紀文学の重要作品。〈巻末エッセイ〉四方田犬彦

207161-2

ス-10-1

ホワイト・ティース（上）

ゼイディー・スミス
小竹由美子訳

ロンドン出身の優柔不断な中年男・アーチーと、バングラデシュ出身の誇り高きムスリム・サマード。ふたりの友情を軸に歴史、信条、言語、世代、遺伝子の差違が招く悲喜劇を描く。

207082-0

ス-10-2

ホワイト・ティース（下）

ゼイディー・スミス
小竹由美子訳

アーチーの娘・アイリーとサマードの息子・ミラトとマジドは、遺伝子工学者のチャルフェン家と関わり、新たな問題の渦中へ。多文化社会の困難と希望を描く傑作小説。

207083-7

ク-1-2

地下鉄のザジ 新版

レーモン・クノー
生田耕作訳

地下鉄に乗ることを楽しみにパリを訪れた少女ザジ。ストで念願かなわず、街で奇妙な二日間を過ごす。文学に新地平を拓いた前衛小説。〈新版解説〉千野帽子

207120-9

シ-1-2

ボートの三人男

J・K・ジェローム
丸谷才一訳

テムズ河をボートで漕ぎだした三人の紳士と犬の愉快で滑稽、皮肉で珍妙な物語。イギリス独特の深い味わいの傑作ユーモア小説。〈解説〉井上ひさし

205301-4

各書目の下段の数字はISBNコードです。978－4－12が省略してあります。

テ-3-2
ペスト
ダニエル・デフォー
平井正穂 訳
極限状況下におかれたロンドンの市民たちを描いて、カミュの『ペスト』以上に現代的でなまなましいと評される、十七世紀英国の鬼気せまる名篇の完訳。
205184-3

な-29-2
路上のジャズ
中上健次
一九六〇年代、新宿、ジャズ喫茶。エッセイを中心に詩、短篇小説までを全一冊にしたジャズと青春の日々をめぐる作品集。小野好恵によるインタビュー併録。
206270-2

ぬ-3-1
文庫で読む100年の文学
沼野充義／松永美穂／阿部公彦／読売新聞文化部 編
二一世紀に読み継いでいきたい文学作品とは。第一次世界大戦前後から一〇〇年の海外文学六〇冊、日本文学四〇冊を厳選。ポケットに入る世界文学全集の提案。
207366-1

こ-62-1
小説作法
小島信夫
書き続けるために本当に大切な事とは……これからの創作者に伝える窮極のエッセンス。単著未収録のトークを中心にした文庫オリジナル。〈解説〉保坂和志
207356-2

あ-20-4
新編 散文の基本
阿部昭
『短編小説礼讃』の著者による小説作法の書。「私の文章作法」「短篇小説論」に日本語論、自作解説等を増補した新編集版。巻末に荒川洋治との対談を収録。
207253-4

あ-96-1
昭和の名短篇
荒川洋治 編
現代詩作家・荒川洋治が昭和・戦後期の名篇を厳選。志賀直哉、高見順から色川武大まで全十四篇を収録した戦後文学アンソロジーの決定版。文庫オリジナル。
207133-9

あ-96-2
文庫の読書
荒川洋治
文庫愛好歴六〇年の現代詩作家が、読んで書いた文庫をめぐるエッセイを自ら厳選。文庫オリジナル編集で贈る、文庫愛読者のための文庫案内全一〇〇冊。
207348-7

ラ-3-1
作家の仕事部屋
ランビュール 編
岩崎力 訳
筆記具、部屋の間取り、時間帯……バルト、サガン、レヴィ＝ストロースなど二十五人の巨匠達がインタビューで明かす、自分だけの執筆スタイル。〈解説〉読書猿
207397-5